Édition : Kindle Direct Publishing - KDP

Impression : Amazon KDP

ISBN : 9798398730043

Dépôt Légal : Septembre 2023

COLLEGE DISCOVERY SERIES #1

UNKNOWN NUMBER

Chèr.e lecteur.ice,

Un simple mot pour vous remercier d'avoir choisi mon livre et de donner une chance à ma plume, j'en suis très reconnaissante.

Unknown Number est une histoire d'amour qui me tient particulièrement à cœur et qui a une place très spéciale pour moi. J'espère que l'histoire de mes personnages saura résonner en vous comme elle l'a fait avec moi.

Cela dit, je voulais vous avertir de certains sujets pouvant rendre la lecture difficile pour certaines personnes. En effet, j'ai à cœur de transmettre et d'écrire sur des sujets un peu plus profonds et encore peu mis en valeur. Ainsi, la lecture peut s'avérer plus « lourde » à certains moments.

Voici la liste des Trigger Warning (TW) pour Unknown Number. Par volonté de ne pas vous spoiler, les chapitres ne sont pas précisés. Néanmoins, si vous avez besoin du détails pour éviter de lire certains passages trop compliqués pour vous, n'hésitez pas à m'envoyer un mail directement à cette adresse :
kcteddyauteure@gmail.com

TW :

-Deuil
-Maladie génétique
-Anxiété / Santé mentale
-Attaque de panique (détaillée sur pages)
-Homophobie

PLAYLIST

⇄ ◁ ◁ II ▷ ▷ ↻

—— · ｡˚☆: *.☽ .* :☆˚ .

☆ Until I Found You -Stephen Sanchez
☆ Dandelions -Ruth B
☆ Nothing In The Way Of Us -James Arthur
☆ Single -The Neighbourhood
☆ I Wanna Be Yours -Arctic Monkeys
☆ Right Now -One Direction
☆ Look After You -The Fray
☆ Ain't No Sunshine -Bill Withers
☆ Rescue -Lauren Daigle
☆ Always -Bon Jovi
☆ Can't Help Falling In Love -Elvis Presley
☆ Somewhere Only We Know -Keane
☆ Nobody Gets Me -SZA
☆ Die For You -The Weeknd
☆ Enchanted -Taylor Swift
☆ Home -Edith Whiskers

À tous ceux qui ne savent pas encore qui ils sont,
Et qui souffrent encore de leurs différences.

Vous trouverez votre place.

PARTIE I

09 mai 2018

19h45

Inconnu :

Ça fait vingt minutes que je t'attends devant chez toi mec, qu'est-ce que tu fous ?

Jayden :

Je pense que tu t'es trompé de numéro mec, je ne suis pas ton pote, désolée pour toi.

Inconnu :

Arrête de me faire marcher Alex, tu as le même numéro depuis la cinquième !

Jayden :

Tu t'égares, je ne suis pas Alex, encore une fois, désolée pour toi.

Inconnu :

Je viens de changer de téléphone donc tu me fais une blague c'est ça ? Tu me fais marcher, gros malin !

Jayden :

Je ne suis pas Alex.

Inconnu :

Je vais hurler.

Inconnu :

Alors, je suis en train de parler à qui exactement ?

Jayden :

Quelqu'un.

Inconnu :

Non sans blague ! Quelle surprise ! Allez, dis-moi, qui es-tu ?

Jayden :

Tu es un parfait inconnu, je ne compte pas te dire qui je suis de si tôt.

Inconnu :

"De si tôt", est-ce que ça veut dire que tu finiras par me le dire ?

Jayden :

Je te le répète, je ne te connais pas, alors la réponse est non.

Inconnu :

On pourrait peut-être apprendre à se connaître alors ?

Jayden :

Et si je n'en ai pas envie ?

Inconnu :

Je serais triste.

Jayden :

Pourquoi tu es soudainement intéressé par l'étrangère au bout du fil ?

Inconnu :

"Étrangère", tu es donc une fille ?

Jayden :

Bien joué Sherlock, mais tu n'as pas répondu à ma question.

Inconnu :

C'est excitant de ne pas savoir à qui on s'adresse.

Jayden :

Vraiment ?

Inconnu :

Oui, pourquoi tu me répondrais si ça ne t'excitait pas toi aussi ?

11 mai 2018

17h23

Inconnu :

Bonjour à toi l'étrangère au bout du fil.

Jayden :

Bonjour.

Inconnu :

Comment vas-tu ?

Jayden :

Tu as vraiment décidé de ne pas me lâcher en fait ?

Inconnu :

Dis-moi ton prénom, peut-être que je te laisserais tranquille.

Jayden :

J'ai déjà dit non il y a deux jours, pourquoi je te le dirais maintenant ?

Inconnu :

Parce que j'ai envie de mettre un prénom sur la personne avec qui je discute tout simplement.

Jayden :

Eh bien, la réponse est toujours non, je suis en pleine période de révisions, je n'ai pas le temps d'être perturbée par un inconnu qui m'envoie des messages parce qu'il s'ennuie !

Inconnu :

Tu révises ? Tu dois être étudiante ! C'est dingue, comme moi, tu vois encore un point commun de plus pour me dire comment tu t'appelles.

Jayden :

Je ne vois pas en quoi ça me donne une bonne raison de te dire mon prénom.

Inconnu :

S'il faut on étudie dans la même université, et peut-être qu'on est dans la même classe !

Jayden :

Tu connais la probabilité que ces hypothèses soient plausibles ?

Inconnu :

J'en sais trop rien, je crois au destin moi, pas aux statistiques.

Jayden :

Aucun rapport avec le destin, concentre-toi merde.

Inconnu :

Mon cerveau est en surchauffe, peut-être que si tu me disais ton prénom il se détendrait un peu.

Jayden :

Je pense surtout qu'il te manque quelques neurones.

Inconnu :

Probablement oui, mais je meurs d'envie de savoir ton prénom !

Jayden :

Alors meurs en silence, s'il te plaît.

14 mai 2018

15h18

Inconnu :

Salut.

Jayden :

Ça faisait trois jours que tu ne m'avais pas parlé, j'avais l'espoir que tu aies abandonné.

Inconnu :

C'est vraiment mal me connaître de dire une chose pareille de moi.

Jayden :

Breaking news, on ne se connaît pas.

Inconnu :

Et pourquoi ? Parce que madame ne veut pas prendre la peine de faire connaissance !

Jayden :

Tu comptes me faire la leçon ? Va réviser tes derniers partiels au lieu de perdre ton temps ici.

Inconnu :

L'inconnu t'intéresse autant qu'il m'intéresse.

Jayden :

Qu'est-ce que tu racontes comme connerie encore ?

Inconnu :

Si tu n'étais pas excitée à l'idée de savoir qui je suis tu aurais arrêté de répondre depuis le premier soir.

Jayden :

C'est juste que j'ai envie de savoir qui tu es, histoire de pouvoir te dire en face de me laisser tranquille :)

Inconnu :

Oh non, c'est pas du tout ça la réponse, tu es curieuse, voilà tout.

Jayden :

Il n'y a pas de mal à l'être.

Inconnu :

Encore un point commun, c'est fou on est fait pour s'entendre !

Jayden :

Arrête un peu.

Inconnu :

Dis-moi ton nom aujourd'hui.

Jayden :

Non.

Inconnu :

Pourquoi ?

Jayden :

Parce que.

Inconnu :

J'espère que tu n'argumentes pas tes devoirs de fin d'année de cette manière.

Jayden :

Toi d'abord, peut-être que tu auras le mien plus tard.

Inconnu :

Ah non, je te le dis et tu me le dis. Directement après !

Jayden :

Bon sang qu’est-ce que tu peux être impatient !

Inconnu :

Zach.

16 mai 2018

09h13

Zach :

Deux jours que je t'ai donné mon prénom et toujours pas de réponse de ta part, est-ce normal ?

Jayden :

Salut Zach.

Zach :

Oh mais c'est que t'es vivante !

Jayden :

Comme tu peux le voir, oui.

Zach :

Tu ne comptes pas me dire comment tu t'appelles ?

Jayden :

Je croyais que ça t'excitait de parler à l'inconnu ?

Zach :

Ne réponds pas à une question par une autre.

Jayden :

Non, je ne compte pas te dire comment je m'appelle.

Zach :

Et pourquoi ?

Jayden :

Mais laisse-moi finir mon message !

Zach :

Excuse-moi.

Jayden :

Je te propose qu'on apprenne à se connaître ici, à travers deux vulgaires écrans de téléphone.

Zach :

Et c'est quoi la suite ?

Jayden :

Si on s'entend bien, peut-être que j'accepterais qu'on se rencontre.

Zach :

Et ton prénom alors ?

Jayden :

Je ne te le dirais pas.

Zach :

Je suis censé t'appeler comment si on finit par se rencontrer ?

Jayden :

Si on se voit, mon prénom sera la première chose que je te dirais, avant même de te dire bonjour.

Zach :

Eh quand on est polis on dit d'abord bonjour je te signale !

Jayden :

M'emmerde pas ou je laisse tomber mon idée.

Zach :

Non ! Surtout pas !

Jayden :

Alors commençons la partie.

Zach :

Attends, c'est un jeu pour toi ?

Jayden :

Je prends quand même ça au sérieux.

Zach :

Comment il s'appelle ton jeu alors ?

Jayden :

Je sais pas trop, à vrai dire, ça importe peu non ?

Zach :

Démarrons la partie.

18 mai 2018

02h13

Jayden :

Bonsoir Zach.

Zach :

Sérieusement ? Il est deux heures du mat', j'ai attendu ton message toute la journée !

Jayden :

Je bosse mes cours la journée Zach, j'ai pas le temps pour des sms.

Zach :

Moi aussi je bosse, ça m'empêche pas de répondre à quelques messages.

Jayden :

Chacun sa manière, écoute.

Zach :

Comme tu dis, alors t'études où ?

Jayden :

À UCLA.

Zach :

Qu'est-ce que tu études là bas ?

Jayden :

Je fais des études en musicologie.

Zach :

Intéressant.

Jayden :

Et toi ? Qu'est-ce que tu études ?

Zach :

Je suis étudiant en architecture.

Jayden :

Où ça ?

Zach :

À UCLA.

Jayden :

Tu plaisantes ?

Zach :

Absolument pas, non.

Jayden :

Il y avait si peu de chances que l'on puisse être dans la même université.

Zach :

C'est dingue.

Jayden :

Comme tu dis, oui.

Zach :

Qu'est-ce que tu veux faire après tes études ?

Jayden :

Certainement enseigner la musique.

Zach :

Tu joues de quel instrument ?

Jayden :

Du violon, et toi, tu veux faire architecte je suppose ?

Zach :

Tu supposes très bien.

Jayden :

Tu dois sacrément bien dessiner !

Zach :

C'est un de mes nombreux talents.

Jayden :

T'es quelqu'un d'assez vaniteux quand même.

Zach :

N'importe quoi, tu ne me connais pas encore je te signale !

Jayden :

Ça c'est clair, je sais seulement ce que tu étudies.

Zach :

On est en plein milieu de la nuit, il serait peut être temps qu'on dorme.

Zach :

T'es encore là ?

Zach :

Ah génial, tu t'es endormie c'est ça ?

Zach :

Bon, alors à plus.

19 mai 2018

20h29

Zach :

Tu es réveillée cette fois-ci ?

Jayden :

Il est vingt heures, heureusement que je suis réveillée, oui.

Zach :

Toujours partante pour continuer la partie ?

Jayden :

Bien évidemment, hors de question de laisser un jeu au beau milieu d'une partie.

Zach :

Génial.

Jayden :

Tu as l'air bien enthousiaste.

Zach :

Tu m'intrigues.

Jayden :

T'aimes bien les mystères on dirait.

Zach :

Dis-moi, tu viens d'où ?

Jayden :

J'habite au Groenland.

Zach :

Sérieusement ? C'était ton idée ce jeu, fais un effort !

Jayden :

Ça te dirait de rigoler un peu ?

Zach :

C'est plutôt à toi qu'il faudrait dire ça, madame qui ne veut pas me dire son prénom.

Jayden :

Arrête un peu, tu es carrément fan de mon jeu Zach.

Zach :

C'est vrai, maintenant réponds à ma question.

Jayden :

Je viens de Toronto, au Canada, et toi ?

Zach :

Je suis originaire de Boston.

Jayden :

Qu'est ce qui t'amène à UCLA ?

Zach :

On a déménagé à Los Angeles il y a quelques années, et le programme est reconnu à haut niveau et j'ai eu une bourse d'études.

Jayden :

C'est que tu dois être un bon élève alors.

Zach :

Pas le premier de la classe, mais je me débrouille.

Jayden :

Je vois.

Zach :

Et toi ? Qu'est ce que tu fais à UCLA ?

Jayden :

J'avais envie de changer un peu de paysage, connaître de nouvelles choses.

Zach :

Et tes amis ? Ils sont tous à Toronto ?

Jayden :

Connaître de nouvelles choses signifie aussi rencontrer de nouvelles personnes Zach.

Zach :

Madame aime la nouveauté.

Jayden :

Exactement.

Zach :

Ça tombe bien, je suis nouveau dans ta vie.

Jayden :

Tocard va.

Zach :

:)

21 mai 2018

15h19

Jayden :

Alors, tu as fini tes partiels ?

Zach :

Oui, heureusement, et toi ?

Jayden :

Moi aussi ! On pourra parler certainement plus régulièrement.

Zach :

Oh, tu vas avoir plus de temps pour moi, en voilà une bonne nouvelle.

Jayden :

Imagine que je viens de lever les yeux au ciel.

Zach :

D'accord madame.

Jayden :

Parle-moi de ce fameux Alex.

Zach :

Et pourquoi donc ?

Jayden :

Et bien, c'est la personne que tu as cherché à contacter le soir où j'ai reçu ton premier message, j'aimerais savoir qui il est.

Zach :

C'est une raison valable en effet. Je vais te parler d'Alex alors.

Jayden :

Je t'écoute.

Zach :

Alex est mon meilleur ami depuis la première année de collège, on s'est rencontrés car on était tous les deux dans la même classe et je ne connaissais personne. Il m'a proposé de jouer avec lui et j'ai accepté. C'était mon premier ami dans cette nouvelle ville. Plus tard on a appris que sa mère bossait dans la même entreprise que mon père donc on se voyait très souvent le week-end en plus des jours de cours, alors c'est comme ça que s'est créée notre amitié, j'imagine.

Jayden :

Oh intéressant, il étudie à UCLA aussi ?

Zach :

Oui, il est en biologie.

Jayden :

Les gens qui étudient les sciences sont hors norme pour moi, clairement.

Zach :

Je suis complètement d'accord, c'est un calvaire !

Jayden :

C'est surtout incompréhensible.

Zach :

Parce que tu crois qu'une partition c'est compréhensible peut-être ?

Jayden :

Oh tu m'énerves ! Oui, c'est compréhensible, il suffit d'avoir fait un peu de solfège et de reconnaître un "dessin" sur une ligne.

Zach :

Je t'énerve ?

Jayden :

Oui, t'as toujours le petit mot pour m'emmerder.

Zach :

Je commence à savoir comment m'y prendre.

Jayden :

Crève, t'as encore des tas de choses à savoir.

Zach :

J'apprends vite.

Jayden :

C'est ça.

23 mai 2018

14h09

Zach :

Salut l'étrangère.

Jayden :

Bonjour Zach.

Zach :

Comment ça va aujourd'hui ?

Jayden :

C'est dimanche, alors tout va bien.

Zach :

Dimanche, c'est ton jour ?

Jayden :

Disons que c'est mon jour préféré. Je vais au cinéma, je joue de la musique et surtout JE ME REPOSE.

Zach :

Tu aimes le cinéma ?

Jayden :

Pas mal oui, mon père bosse dans le milieu.

Zach :

Ah oui ? Qu'est-ce qu'il fait ?

Jayden :

Il est producteur.

Zach :

C'est super bien ça, tu as déjà assisté à des tournages alors ?

Jayden :

Quelques-uns oui.

Zach :

Ça doit être incroyable.

Jayden :

Oui plutôt, j'avoue.

Jayden :

Et toi ? Tes parents bossent dans quoi ?

Zach :

Mon père est dans une entreprise de design/rénovation immobilière et ma mère est dentiste.

Jayden :

Intéressant.

Zach :

Parle-moi de ta famille, s'il te plaît.

Jayden :

Si tu insistes alors, d'accord.

Zach :

Il faut bien avancer dans ton jeu non ?

Jayden :

Tu as raison.

Zach :

Comme toujours.

Jayden :

Oh Zach, qu’est-ce que tu peux être chiant quand même.

Zach :

Je sais, allez maintenant, raconte.

Jayden :

J'arrive, espèce d'impatient.

Jayden :

Comme je te l'ai dit mon père est producteur de films et ma mère est styliste. Néanmoins avec leurs emplois du temps monstrueux, je ne les vois que très peu. J'ai grandi avec des nounous principalement. Sinon, j'ai un petit frère, Jonah, il a 8 ans. Lui et moi on est très proches. En ce moment, il est à Toronto et c'est sa nounou qui s'occupe de lui la plupart du temps, j'espère pouvoir le retrouver bientôt.

Jayden :

Voilà, pas très joyeux, je sais.

Zach :

Chacun sa famille.

Zach :

Je ne te jugerai jamais sur ça.

Jayden :

Et toi ? Qu'est-ce que tu attends pour me raconter alors ?

Zach :

J'arrive, espèce d'impatiente.

Jayden :

Tocard.

23 mai 2018

19h14

Jayden :

Eh Zach ! Tu t'es endormi ou quoi ?

Zach :

Excuse-moi, j'étais dehors avec Alex, j'avais oublié mon téléphone.

Zach :

Madame impatiente.

Jayden :

C'est toi l'impatient, je te signale !

Zach :

Bon alors je devais te raconter.

Jayden :

Comme tu dis.

Zach :

Je t'ai déjà dit ce que faisaient mes parents, je ne vais pas me répéter. Mais j'ai aussi deux petits frères, Lukas et Gabe. Ils ont quatorze et seize ans, ils ne me laissent jamais tranquille et ils adorent me taper sur le système. Après, ce sont mes petits frères donc je les aime beaucoup, même si Dieu sait qu'ils sont chiants quand ils s'y mettent.

Jayden :

Tiens je me demande de qui ils tiennent.

Zach :

Qu'est-ce que tu insinues ?

Jayden :

Que t'es chiant quand tu t'y mets.

Zach :

Si je voulais vraiment être chiant, crois-moi, je t'enverrais des messages toute la journée.

Jayden :

Bon alors, sois mignon, et deviens pas chiant :)

Zach :

Je suis déjà mignon.

Jayden :

Dois-je te rappeler que j'ignore à quoi tu ressembles ?

Zach :

Ah oui, j'avais oublié ce détail.

Jayden :

Imbécile.

Zach :

J'espère que c'est une manière affective pour toi d'appeler les gens "tocard" ou "imbécile" parce qu'en deux semaines j'en ai fait les frais de ces surnoms !

Jayden :

C'est pour t'embêter, j'aime bien.

Zach :

Toi aussi t'es chiante, tu sais.

Jayden :

Bien sûr que je le sais, la preuve, je ne veux même pas te donner mon prénom.

Zach :

Je suis encore frustré d'ailleurs.

Jayden :

Dommage pour toi Zach :)

Zach :

Arrête avec ce smiley.

Zach :

Tu m'énerves.

Jayden :

:)

Zach :

Imbécile.

25 mai 2018

03h08

Jayden :

Zach ??

Jayden :

Zach, tu es là ? S'il te plaît.

Zach :

Je suis là, il est trois heures du matin, qu'est-ce qu'il se passe ?

Jayden :

J'ai fait un cauchemar, je me sens pas très bien.

Zach :

Parle-moi, ça te changera les idées.

Jayden :

Je suis désolée de te déranger en pleine nuit comme ça.

Zach :

T'en fais pas, c'est pas grand- chose. Et puis on est en vacances, je peux me lever à l'heure que je veux demain.

Jayden :

Je suis quand même désolée.

Zach :

Pourquoi tu n'as pas appelé quelqu'un directement ?

Jayden :

Tu voudrais que j'appelle qui ?

Zach :

Hm, j'en sais rien, tes amis peut-être ?

Jayden :

Écoute Zach, tu es la seule personne que je considère comme mon ami.

Zach :

Oh, je vois.

Zach :

Pardon, je voulais pas être indiscret.

Jayden :

C'est pas grave, tu l'aurais bien compris tôt ou tard. Je n'ai pas vraiment "d'amis", je déménage assez souvent alors j'ai seulement quelques connaissances de cours que je ne me permettrais pas de déranger en pleine nuit.

Zach :

Et à Toronto ?

Jayden :

Oui j'ai mon meilleur ami là-bas, mais il bosse de nuit dans un fast-food, il ne m'aurait pas répondu.

Zach :

Parle-moi un peu de lui alors.

Jayden :

Il s'appelle Louis mais j'ai l'habitude de l'appeler Lou, on se connaît depuis la seconde, un peu plus de trois ans maintenant. Sa maman, Chelsea, s'occupe de mon petit frère, c'est sa nounou. C'est comme ça qu'on s'est rencontrés. En arrivant au lycée, je suis tombée dans sa classe et on est très vite devenus amis. Désormais, on est inséparables, c'est comme mon frère et je passe beaucoup de temps avec lui lorsque je suis au Canada.

Zach :

Tu habitais où avant ?

Jayden :

À Dublin, en Irlande.

Zach :

Oh d'accord je vois, pas la porte à côté, en effet.

Jayden :

Comme tu dis.

Jayden :

M'enfin, je vais te laisser dormir, merci d'avoir pris du temps pour moi.

Zach :

Me remercie pas, je suis là si t'as besoin.

Zach :

Repose-toi.

Jayden :

:)

26 mai 2018

10h39

Zach :

Tu t'es reposée ?

Jayden :

Oui, merci encore et désolée de t'avoir dérangé.

Zach :

Tu ne me déranges jamais.

Jayden :

Tu comptes faire quoi de ta journée ?

Zach :

Te voir ?

Jayden :

Zach, ça fait deux semaines, tu as encore le temps d'attendre, tu sais.

Zach :

À la fin, ça sera toi qui mourra d'envie de me voir.

Jayden :

Absolument.

Jayden :

... Pas.

Zach :

T'es même pas un peu drôle, tu veux pas revoir un peu tes vannes ?

Jayden :

Tu te crois drôle toi, peut-être ?

Zach :

Déjà plus que toi ouais.

Jayden :

Breaking news, tocard, tu n'es pas drôle.

Zach :

Alors, je suis mignon ?

Jayden :

Tu débites combien de conneries par minute ?

Zach :

Arrête de répondre à des questions par des questions, merde !

Jayden :

Ça m'amuse.

Zach :

T'as une drôle de façon de t'amuser toi dis donc.

Jayden :

Je m'occupe comme je peux, écoute.

Zach :

C'est les vacances, tu vas bien rentrer au Canada, non ?

Jayden :

Oui.

Zach :

Et tu pars quand ?

Jayden :

Le 21 juin.

Zach :

Ça te laisse plein de temps pour me voir, ça.

Jayden :

Mais quel impatient borné putain !

Zach :

C'est l'effet que je te fais ? Pas cool l'ambiance.

Jayden :

On est en pleine partie je te signale.

Zach :

Je crois que je suis resté bloqué au level 1.

Jayden :

T'es bien optimiste.

Zach :

Hein ?

Jayden :

J'aurais plutôt dit level moins 2.

Zach :

Imbécile va.

Jayden :

:)

Zach :

Recommence pas avec ce smiley.

Jayden :

:)

Zach :

Tu m'énerves.

27 mai 2018

12h57

Zach :

Comment va mon imbécile préférée ?

Jayden :

Si tu penses réellement que c'est utile pour que l'on se voie plus rapidement, alors tu as tort :)

Zach :

Tu recommences avec ton smiley !! C'est pas vrai.

Jayden :

Comme tu peux le voir, si, absolument.

Zach :

Tu me rends dingue.

Jayden :

Oh mais quel dommage.

Zach :

C'est ça, fous-toi de ma gueule, dans 2 semaines tu me supplieras pour qu'on se rencontre.

Jayden :

Dans 2 semaines, je serai entrain de jouer du violon du matin au soir, rien de plus.

Zach :

Je sais que tu as envie de me voir.

Jayden :

Ah oui ? Et pourquoi donc ?

Zach :

Parce que sinon, tu n'aurais jamais proposé ce jeu.

Jayden :

Tu te trompes.

Zach :

Ah oui ? Alors dis-moi pourquoi tu as voulu commencer la partie ?

Jayden :

Parce que.

Zach :

Je vois que tu as ressorti ton argumentaire préféré.

Jayden :

Je vois que tu as ressorti ton côté chiant.

Zach :

M'en voilà offensé, tu veux que je boude, c'est ça ?

Jayden :

Fais gaffe, bouder impliquerait que la partie serait en suspens.

Zach :

Tu vois que tu es accro, tu ne penses qu'à continuer le jeu.

Zach :

Tu meurs d'envie de me voir.

Jayden :

Tu fais preuve d'une confiance en toi monumentale.

Zach :

Peut-être.

Jayden :

Tocard.

Zach :

♡

30 mai 2018

16h23

Jayden :

Eh Zach, dis-moi, c'est quoi ton parfum de glace préféré ?

Zach :

Bonjour, oui je vais bien, merci.

Jayden :

Allez ! Fais pas le rabat-joie, réponds-moi.

Zach :

Ok, alors, caramel et cookie.

Jayden :

Terriblement basique mais acceptable.

Zach :

Ne manque pas de respect à la glace caramel et la glace cookie de cette façon d'abord !

Jayden :

T'es un justicier des glaces, c'est ça ?

Zach :

Peut-être bien.

Jayden :

Wahou, c'est que je serais presque intriguée par ta carrière secrète.

Zach :

Ton sarcasme à tout épreuve me met hors de moi, et en même temps j'adore ça.

Jayden :

N'est-ce pas ? Addictif.

Zach :

Il se pourrait.

Zach :

Est-ce que tu es en train de manger une glace ?

Jayden :

Absolument. Au caramel et au cookie.

Zach :

Terriblement basique, mais tu as pris cette glace ?

Jayden :

Écoute, j'ai paniqué chez le glacier, il faut qu'on continue notre jeu, j'en apprends sur toi et je profite de ma glace, il n'y a rien de mal.

Zach :

T'es gonflée, tu aurais pu m'inviter !

Jayden :

J'aurais pu, mais non :)

Zach :

Tu as de la chance que je sois patient.

Jayden :

Non, tu n'es pas patient Zach.

Zach :

Bon, ok, tu as de la chance d'être adorable.

Jayden :

Ouais il paraît que je fais cet effet-là !

Zach :

Imbécile va.

Jayden :

♡

02 juin 2018

09h31

Zach :

Dis-moi, tu manges quoi au petit déjeuner ?

Jayden :

Je fais partie de la team céréales avec mon incontournable café au lait de noisette.

Zach :

Terriblement basique mais acceptable.

Jayden :

Je te permets pas de dire que mon petit déjeuner est basique ! Goûte un café au lait de noisette et on en reparlera !

Zach :

Très bien madame café au lait de noisette, je goûterai.

Jayden :

M'en voilà ravie ! Et toi, tu déjeunes quoi ?

Zach :

Des toasts de beurre de cacahuètes avec café allongé.

Jayden :

Sérieusement ? C'est ennuyant à mourir Zach.

Zach :

Comme c'est flatteur !

Jayden :

Fais-moi plaisir, et va te manger un bon bol de céréales.

Zach :

Ok, lesquelles ?

Jayden :

Un bol de Lucky Charms, bien sûr.

Zach :

Comme c'est mignon !

Jayden :

Tu me remercieras plus tard.

Zach :

Tu crois vraiment que j'ignore le goût des Lucky Charms ?

Jayden :

Peut-être, pourquoi tu mangerais des toasts de beurre de cacahuètes, sinon ?

Zach :

Parce que c'est délicieux peut-être ?

Jayden :

Ok deal, j'adopte ton petit déjeuner et tu adoptes le mien.

Zach :

Wow, mais c'est qu'on avance madame je-ne-veux-pas-dire-mon-prénom.

Jayden :

Arrête de faire le tocard et va t'acheter des céréales.

Zach :

Arrête de faire l'imbécile et va t'acheter du beurre de cacahuètes.

Jayden :

Je suis en route.

Zach :

Tu m'enlèves les mots de la bouche.

Jayden :

Il se pourrait.

Zach :

J'aime bien.

Jayden :

Arrête de me draguer, Zach.

Zach :

Te draguer ? Tu rêves.

Jayden :

Tu penses être à la hauteur de mes rêves ?

Zach :

C'est moi ton rêve.

Jayden :

Tu me donnes la gerbe, arrête.

Zach :

♡

03 juin 2018

11h16

Zach :

Bien le bonjour, comment vas-tu ?

Jayden :

Ici tout va bien, et toi ?

Zach :

Tout va bien :)

Jayden :

Alors raconte-moi, c'est quoi ton programme pour les vacances ?

Zach :

Alors, je pars en camp sportif avec mon équipe de rugby, je vais probablement dessiner, passer du temps avec ma famille, lire, partir à la montagne avec Alex, et bien entendu, te voir le restant du temps :)

Jayden :

Primo : Qui a dit que tu allais me voir ?

Deuxio : J'ignorais que tu jouais au rugby ? C'est sympa comme sport !

Zach :

Wahou, je n'ai pas le droit au "terriblement basique" aujourd'hui ? Tu es malade ?

Jayden :

La ferme, Zach.

Zach :

Oui, je fais du rugby, et un tas de choses encore, le jeu vient tout juste de commencer, non ?

Jayden :

Certes. Mais, raconte maintenant, je veux savoir !

Zach :

Tu commences à être curieuse, attention ça va trahir ton côté détaché.

Jayden :

Dis pas de conneries. Je continue simplement notre partie :)

Zach :

Oui, bien sûr, et je suis la reine d'Angleterre aussi ?

Jayden :

Encore une identité cachée ? Tu bosses à la C.I.A ?

Zach :

Peut-être, qui sait.

Jayden :

Ok, James Bond !

Zach :

T'es bête.

Jayden :

Je vais rougir.

Zach :

Ouais, c'est l'effet que je fais, il paraît.

Jayden :

Arrête de te la jouer "je suis un sportif un peu trop confiant".

Zach :

Mais je suis sportif, et aussi très beau.

Jayden :

Tu vérifieras tes chevilles, elles doivent gonfler un max.

Zach :

Imbécile va.

Jayden :

Si mignon.

Zach :

Et tu n'as encore rien vu.

Jayden :

Ah oui ?

Zach :

Oui.

Jayden :

Mh, intéressant.

Zach :

Tu vas être surprise de voir combien je suis attentionné et gentil.

Jayden :

Arrête de te lancer des fleurs, Zach.

Zach :

Mais, je suis génial !

Jayden :

Tocard.

Zach :

♡

04 juin 2018

15h23

Zach :

C'est quoi ton film préféré ?

Jayden :

Charlie et la chocolaterie, et toi ?

Zach :

Bon choix ! Pour moi, Top Gun.

Jayden :

Tu déconnes ? J'adore ce film !

Zach :

C'est magnifique, promets-moi que la première chose qu'on fera ensemble c'est regarder Top Gun.

Jayden :

Et manger une glace.

Zach :

Ça me paraît tout bonnement parfait.

Jayden :

Deal alors. C'est quoi ton endroit préféré ?

Zach :

J'adore les forêts et la montagne, mais par-dessus tout la plage et toi ?

Jayden :

Le planétarium.

Zach :

J'y suis jamais allé de ma vie !

Jayden :

Wow, tu loupes quelque chose ! Il faut que tu y ailles, Zach.

Zach :

Très bien, j'irai.

Jayden :

Comment sont tes cheveux ?

Zach :

Brun et bouclés.

Jayden :

Tu marques des points, remercie tes boucles.

Zach :

T'inquiète, je les chéris de tout mon cœur.

Jayden :

Tu mesures combien au fait ?

Zach :

1m90.

Jayden :

Tu plaisantes ? Si un jour on se rencontre tu vas devoir te mettre assis pour me voir.

Zach :

Alors déjà, on se rencontrera. Et ensuite, oui totalement.

Jayden :

Ça risque d'être embêtant.

Zach :

Ah oui ? Pourquoi ?

Jayden :

Non, comme ça.

Zach :

Je sais exactement ce que tu allais dire.

Jayden :

Non tu ne le sais pas.

Zach :

Si, je commence à te comprendre.

Jayden :

Tu lis dans les pensées maintenant ? C 'est encore une de tes carrières secrètes ?

Zach :

Peut-être.

Jayden :

Eh bien, abstiens-toi de lire dans mon cerveau.

Zach :

Pourquoi ?

Jayden :

Les spoilers ça fait jamais plaisir.

Zach :

Même si je meurs d'envie de savoir ce qu'il se passe dans ta tête ?

Jayden :

Zach, je te l'ai déjà dit.

Zach :

Quoi donc ?

Jayden :

Meurs en silence.

Zach :

Imbécile va.

Jayden :

♡

06 juin 2018

09h34

Zach :

Je reviens sur ce que j'ai dis, les céréales c'est sympa au petit-déjeuner.

Jayden :

Ah !! Tu vois, je te l'avais dit.

Zach :

Je voulais pas te donner raison trop vite.

Jayden :

T'avais peur de faire mal à ton égo, c'est ça ?

Zach :

Aïe, touché.

Jayden :

Prévisible.

Zach :

Quand même, n'abuse pas.

Jayden :

Ok, je te laisse le bénéfice du doute pour cette fois.

Zach :

Comme c'est aimable, j'en serais presque flatté.

Jayden :

Mais tu peux, vraiment.

Zach :

Madame café au lait de noisette, quel est votre programme du jour ?

Jayden :

J'aime bien ce surnom finalement, et sinon, je vais à mon cours de chant.

Zach :

Ah oui, tu chantes. Tu me feras un showcase un jour ?

Jayden :

Ça dépend, tu aimes l'Opéra ?

Zach :

Attends, quoi ? Tu fais du chant lyrique ?

Jayden :

Absolument, mais pour les moqueries, j'ai pas le temps.

Zach :

Alors, je n'allais pas du tout me moquer, et pour ton information, je trouve ça incroyable.

Jayden :

Ah, vraiment ? Tu es sûr que tu ne dis pas ça pour marquer des points ?

Zach :

Absolument pas, c'est sincère.

Jayden :

Tu t'y connais un peu alors ?

Zach :

Je vais à l'Opéra une fois par semaine.

Jayden :

Tu déconnes ?

Zach :

Non madame, la probabilité que l'on se soit déjà croisés a cruellement augmenté d'un coup.

Jayden :

C’est dingue.

Zach :

Tu n'aurais jamais parié qu'un rugbyman puisse écouter de l’Opéra, n’est-ce pas ?

Jayden :

J'avoue, jamais.

Zach :

Eh bien voilà, maintenant tu le sais, c'est possible.

Jayden :

Tu me surprends de jour en jour, Zach.

Zach :

Je te l'ai déjà dit.

Jayden :

Quoi donc ?

Zach :

Je suis surprenant et tu n'as encore rien vu.

Jayden :

Maintenant, je te crois.

Zach :

C'est magnifique, presque comme moi.

Jayden :

Tocard.

Zach :

♡

07 juin 2018

10h10

Jayden :

Comment va le seul rugbyman que je tolère ?

Zach :

Wow, quel privilège ! Je vais très bien, merci, et toi ?

Jayden :

Super, je vais au cinéma.

Zach :

Tu aurais pu m'inviter, encore une fois.

Jayden :

Toujours pas.

Zach :

Dommage pour toi, tu aurais passé un agréable moment en ma compagnie.

Jayden :

Probablement. Et toi tu fais quoi ?

Zach :

J'ai match.

Jayden :

À la fac ?

Zach :

Oui, le dernier de la saison !

Jayden :

Eh bien je te souhaite bonne chance alors !

Zach :

Comme c'est mignon, merci madame.

Jayden :

Avec grand plaisir, Zach.

Zach :

Alors, tu as adopté mon petit-déj' ?

Jayden :

Oui, j'avoue, ça m'arrive de manger des toasts maintenant.

Zach :

Évidemment, c'est trop délicieux pour faire autrement.

Jayden :

Décidément, tu aimes te lancer des fleurs.

Zach :

La vérité mérite d'être dite, madame.

Jayden :

C'est ça. Tu joues à quelle heure ?

Zach :

18h, tu veux venir ?

Jayden :

Peut-être que je serai là sans que tu ne le saches.

Zach :

Évidemment, je ne connais ni ton prénom, ni ton visage, facile pour se fondre dans la masse.

Jayden :

Je maîtrise l'art du camouflage à merveille.

Zach :

Bien sûr, c'est toi James Bond finalement.

Jayden :

Peut-être bien, qui sait.

Zach :

Je serai honoré que tu viennes m'encourager.

Jayden :

Rectification, que je vienne encourager l'équipe, parce que jusqu'à preuve du contraire, je ne connais pas ton visage, ni ton nom, donc les maillots ne m'aideront pas plus que ça.

Zach :

Ok je te l'accorde, et si je te disais mon nom ?

Jayden :

Non surtout pas.

Zach :

Pourquoi ?

Jayden :

Ça gâcherait l'effet de surprise lorsqu'on se verra pour la première fois.

Zach :

Donc, on se verra ?

Jayden :

Oui.

Zach :

♡

08 juin 2018

18h15

Jayden :

Félicitations pour votre victoire :)

Zach :

T'es vraiment venue ?

Jayden :

Apparemment.

Zach :

J'y crois pas, t'es surprenante.

Jayden :

Il paraît.

Zach :

Je suis flatté que tu sois venue.

Jayden :

Tant mieux, Zach.

Zach :

Comment c'était le cinéma ?

Jayden :

Génial ! J'étais avec mon petit frère, il est venu en week-end à Los Angeles avec sa nounou, ça m'a fait plaisir.

Zach :

Cool, c'est trop bien ! Vous avez regardé quoi ?

Jayden :

Le dernier Disney, je suis fan.

Zach :

Comme c'est mignon.

Jayden :

Te moque pas, c'est génial.

Zach :

Je me moque pas, je trouve ça mignon.

Jayden :

Ok alors.

Zach :

Tu fais quoi aujourd'hui ?

Jayden :

Je joue avec l'orchestre de la fac pour la soirée de fin d'année.

Zach :

Ok, je viens.

Jayden :

Tu déconnes ?

Zach :

Non, absolument pas.

Jayden :

Très bien, tu ne me remarqueras même pas.

Zach :

Sûrement pas avec ton 1m54.

Jayden :

Eh, ça va hein.

Zach :

Ma minimoys préférée.

Jayden :

La ferme, Zach.

Zach :

Comme c'est aimable.

Jayden :

Oui, je suis très polie.

Zach :

En attendant, je serai là ce soir.

Jayden :

Très bien, prépare-toi, ce qu'on joue, c'est grandiose.

Zach :

J'en doute pas, j'ai déjà vu l'orchestre jouer cette année.

Jayden :

Tu ne cesses de marquer des points.

Zach :

Que veux-tu, je suis génial.

Jayden :

Peut-être, mais surtout chiant.

Zach :

Tu refuses d'admettre ce qui est évident.

Jayden :

Et qu'est-ce qui est évident ?

Zach :

Je suis génial et tu me trouves génial.

Jayden :

T'es vraiment un tocard Zach.

Zach :

Peut-être, mais ton tocard préféré.

Jayden :

Peut-être.

Zach :

Ah tu vois, je le savais.

Jayden :

Tu m'énerves.

Zach :

Je sais.

Jayden :

Je vais répéter.

Zach :

Ok, je serai là ce soir, au premier rang.

Jayden :

Ne me spoil pas, je ne veux pas te remarquer avant que l'on se rencontre !

Zach :

Ok pardon, je changerai mes plans, tu ne me remarqueras même pas.

Jayden :

Très bien, Zach.

Zach :

À ce soir, madame.

Jayden :

♡

09 juin 2018

08h52

Zach :

L'orchestre a été génial hier soir, bravo.

Jayden :

Merci :) Ravie que ça t'ait plu alors.

Zach :

Bien sûr, c'était parfait.

Jayden :

La dernière représentation de l'année se doit d'être parfaite.

Zach :

Tu joues combien de fois par semaine avec l'école ?

Jayden :

Pendant l'année, c'est une répétition tous les deux jours quasiment et j'ai aussi mes cours au conservatoire.

Zach :

Oh, j'ignorais que tu jouais au conservatoire, c'est encore plus cool.

Jayden :

Oui c'est vrai, je te l'ai jamais dit ! C'est sympa, mais il y a beaucoup d'examens.

Zach :

Je sais, mon frère y joue aussi. C'est tellement difficile, je serai clairement incapable de jouer d'un instrument.

Jayden :

Tout s'apprend, Zach, c'est pas sorcier tu sais.

Zach :

Je préfère le sport.

Jayden :

Certes. C'est ton domaine après tout.

Zach :

Voilà :) Chacun son truc.

Jayden :

Bien sûr !

Zach :

Bon, et maintenant que la fac est complètement terminée, tu vas faire quoi ?

Jayden :

J'attends les résultats du semestre, j'ai mon concert de fin d'année à l'école de chant, ensuite je prends mon vol pour le Canada.

Zach :

Ah oui, ton programme est bien chargé.

Jayden :

Peut-être que je trouverai une petite place pour toi.

Zach :

Vraiment ?

Jayden :

Peut-être.

Zach :

Tu ne peux pas me rendre plus heureux.

Jayden :

Ah oui ?

Zach :

Oui, je t'ai déjà dit mille fois que je mourais d'envie de te voir.

Jayden :

Et je t'ai déjà dit mille fois de mourir en silence.

Zach :

Je sais, mais je me dis que si je te le répète peut-être que ça te motivera encore plus à accepter de me rencontrer.

Jayden :

Peut-être.

Zach :

Tu vas faire planer le mystère encore combien de temps ?

Jayden :

Oh, bien longtemps :)

Zach :

T'es pas croyable.

Jayden :

Je sais, mais t'adores ça.

Zach :

Touché.

Jayden :

♡

12 juin 2018

10h28

Jayden :

Alors Zach ! Tes résultats ??

Zach :

J'ai validé ! 14 de moyenne, je suis super content, et toi ?

Jayden :

Validé aussi, major de promo :)

Zach :

Tu déconnes ? T'es encore plus impressionnante que ce que je pensais.

Jayden :

Je t'en demande pas tant, Zach.

Zach :

Non mais c'est important que tu le saches.

Jayden :

Eh bien, je te remercie.

Zach :

J'en reviens pas. Je comprends mieux pourquoi tu avais pas le temps de m'envoyer des sms pendant les révisions.

Jayden :

Voilà, tout s'explique maintenant.

Zach :

Je dois dire que je suis quand même flatté que tu aies trouvé du temps à m'accorder pendant tout ton travail.

Jayden :

Comme quoi, il y a du temps pour tout.

Zach :

Tu as fait une faute de frappe.

Jayden :

Ah oui ?

Zach :

Oui.

Jayden :

Où ça ?

Zach :

Tu voulais sûrement dire "il y a du temps pour toi"

Jayden :

Tu m'énerves.

Zach :

Ah ça, je le sais madame.

Jayden :

Et ça t'amuse.

Zach :

J'aime bien.

Jayden :

Je vois ça.

Zach :

Mais tu sais, qui aime bien châtie bien.

Jayden :

Tu dois vraiment bien m'aimer alors.

Zach :

Eh, fais pas de conclusions hâtives, d'abord.

Jayden :

Mouais, c'est pas si difficile.

Zach :

Bon, peut-être alors.

Jayden :

Tu vois, je commence à te connaître, Zach.

Zach :

Après plus d'un mois à discuter ensemble, il semblerait que oui, tu commences à savoir pas mal de choses sur moi.

Jayden :

Toi aussi, finalement.

Zach :

Oui, mais là était le but de ton jeu.

Jayden :

On joue toujours d'ailleurs.

Zach :

Bien sûr qu'on joue ! J'ai encore un tas de questions à te poser.

Jayden :

Qu'est-ce que tu attends alors ?

Zach :

Du calme, j'arrive.

Jayden :

Je vois que tu as pris ça à coeur.

Zach :

Évidemment, ton idée est vraiment sympa.

Jayden :

Comme moi.

Zach :

Plutôt comme moi.

Jayden :

Tocard.

Zach :

Ton préféré ♡

19 juin 2018

10h56

Zach :

Hey :)

Jayden :

Tu décides de m'ignorer pendant 1 semaine et ensuite tu reviens avec un "hey :)" je trouve que c'est tout de même culotté, Zach.

Zach :

Pour ma défense, nous sommes deux à parler, alors toi aussi tu aurais pu faire le premier pas pour qu'on discute.

Jayden :

Bon ok, un point pour toi, désolée.

Zach :

Je t'ai manqué à ce que je vois.

Jayden :

Quoi ? N'importe quoi d'abord !

Zach :

J'ai bien peur que si.

Jayden :

Tu délires, tu prends tes rêves pour la réalité Zach.

Zach :

C'est un truc de tocard de faire ça, apparemment.

Jayden :

Bon, t'arrêtes de dire des bêtises ? Donne-moi de tes nouvelles plutôt.

Zach :

Oui cheffe.

Jayden :

Et tu continues ? T'es pas croyable.

Zach :

Bon allez, pardon. La vérité c'est que j'avais cassé mon téléphone lors d'une soirée, et il a fallu une semaine entière de négociations pour que ma mère accepte de m'avancer le prix du nouveau. Comme on se parle nulle part ailleurs qu'ici, je ne pouvais donc pas t'écrire, à moins que j'envoie mon pigeon voyageur !

Jayden :

Quel récit palpitant. Raconte-moi comment tu as cassé ton téléphone, j'ai envie de rire.

Zach :

Ça va te donner une occasion de plus pour me traiter de tocard ça.

Jayden :

Oui mais, on a dit, qui aime bien châtie bien.

Zach :

J'Y CROIS PAS !!! Tu avoues enfin que tu m'aimes bien, wow.

Jayden :

Roh c'est pas possible ! Arrête de faire le tocard et continue de me raconter, Zach.

Zach :

Ok, très bien. Alors, on faisait une activité, un peu idiote soit, qui consistait à sauter du balcon dans la piscine. Bien entendu, je me suis lancé, remarquant une fois dans l'eau que mon téléphone était encore dans ma poche !

Jayden :

Alors là, je suis abasourdie. T'es vraiment un tocard !

Zach :

Tu vois ! J'étais sûr que t'allais dire ça.

Jayden :

Ça y est on en est au stade où on parle à la place de l'autre ?

Zach :

Wow qui êtes-vous et qu'avez-vous fait à madame café-au-lait-de-noisettes ?

Jayden :

T'es vraiment agaçant quand tu t'y mets.

Zach :

Oui, mais je t'ai manqué.

Jayden :

Argh, tu m’énerves.

Zach :

♡

21 juin 2018

08h23

Zach :

Mon café au lait de noisettes et moi te passons le bonjour.

Jayden :

Comme c'est gentil, mon toast de beurre de cacahuètes et moi te passons aussi le bonjour.

Zach :

J'étais persuadé que tu ne pourrais plus te passer de ces toasts.

Jayden :

Ouais, c'est ça. Bon alors, c'est quoi ton programme aujourd'hui ?

Zach :

Probablement venir sonner chez toi, te proposer d'aller au cinéma puis de manger une glace au parc :)

Jayden :

Sympa, c'est le rêve que t'as fait cette nuit ?

Zach :

Absolument. Mais allez quoi, avoue que ça te tente un peu ?

Jayden :

Un tout petit peu.

Zach :

Je te laisse encore trois jours.

Jayden :

Trois jours ?

Zach :

Pour craquer et accepter de me voir.

Jayden :

Alors là ! Tu peux crever, attends encore au moins un mois.

Zach :

Un mois ?? Tu vas encore hanter mes rêves pendant un mois ??

Jayden :

Oh je t'en prie ! N'abuse pas.

Zach :

Mais pourquoi tant de temps ?

Jayden :

J'ai besoin de temps, et tout simplement parce que j'ai mon vol pour le Canada ce soir et que je ne reviens pas avant fin juillet.

Zach :

Alors Madame aura le temps qu'il lui faudra :) Je ne suis pas pressé, et je ne te force à rien ! En plus, t'embêter par messages est devenu un de mes passe-temps favoris.

Jayden :

Sans blague ? Je n'avais pas remarqué !

Zach :

Ça m'occupe, et c'est plutôt intriguant de faire connaissance de cette façon.

Jayden :

Je te signale que bientôt tu as ton camp sportif et que tu passeras tes journées à faire autre chose.

Zach :

Mais dis-moi, tu as peur que je t'oublie, hein ?

Jayden :

Quoi ? Arrête, j'ai jamais dit ça ! J'ai dit que tu serais occupé !

Zach :

Oui, bien sûr, tu t'enfonces là.

Jayden :

Non, c'est faux.

Zach :

Je vais faire comme si je n'avais pas compris ton message subliminal.

Jayden :

Oui, tu fais bien, car il n'y en a pas.

Zach :

Mon oeil oui.

Jayden :

Tu pars quand ?

Zach :

Le 30 juin.

Jayden :

Encore neuf jours à devoir supporter tes messages toute la journée, quel cauchemar.

Zach :

Imbécile va.

Jayden :

♡

22 juin 2018

11h57

Zach :

Comme je vais te manquer, j'ai décidé de te parler tous les jours jusqu'à ce que je m'en aille.

Jayden :

Wahou, je suis supposée être flattée ?

Zach :

Continue avec ton sarcasme et tout ce que tu gagneras c'est mon ignorance :)

Jayden :

Mais c'est qu'il deviendrait presque menaçant, j'ai peur.

Zach :

Tu as le don de me taper sur les nerfs et en même temps de me donner envie de te parler.

Jayden :

Oui, je sais, mais ça c'est parce que t'es complètement accro.

Zach :

Accro ? À toi ?

Jayden :

Tu vois, tu m'enlèves les mots de la bouche.

Zach :

Mais quelle imbécile.

Jayden :

Je dis la vérité.

Zach :

Et si c'était le cas ? Tu m'en voudrais ?

Jayden :

Non, dans un sens c'est flippant, mais dans un autre c'est flatteur.

Zach :

Toi aussi, t'es accro.

Jayden :

Ah oui ? Et pourquoi tu dis ça ?

Zach :

Écoute, on se parle presque tous les jours depuis deux mois par téléphone, et tu n'as jamais cessé de me répondre alors que rien ne t'empêchait de le faire. Logiquement c'est que tu m'aimes plutôt bien.

Jayden :

Ok Sherlock, tu as mené une enquête pendant tout ce temps ?

Zach :

Et allez, elle recommence à être sarcastique !

Jayden :

Oui, mais t'adores ça aussi.

Zach :

Décidément aujourd'hui, t'as décidé de me faire avouer des choses.

Jayden :

Peut-être.

Zach :

C'est pour te convaincre de me rencontrer plus tôt ?

Jayden :

Non.

Zach :

Alors c'est pour quoi ?

Jayden :

Ça, Zach, tu ne le sauras pas.

Zach :

C'est pas juste, tu joues toujours à la mystérieuse !

Jayden :

Ça fait partie de moi :)

Zach :

Oh non, pas ce smiley, il m'énerve.

Jayden :

:)

Zach :

ARRÊTE !!

Jayden :

:)

Zach :

Tu es vraiment la personne la plus chiante que je connaisse.

Jayden :

♡

23 juin 2018

09h18

Zach :

Alors, c'est comment le Canada ?

Jayden :

Je suis contente d'être rentrée, ma maison est beaucoup plus spacieuse que les quatre murs de ma chambre étudiante !

Zach :

Tu m'étonnes ! Pas facile la vie sur le campus.

Jayden :

Ça pourrait être mieux comme ça pourrait être pire, on fait avec !

Zach :

Oui certes. Alors, c'est quoi ton programme ?

Jayden :

Ce midi, je vois Louis, tu sais mon meilleur ami. Et ensuite, je vais probablement jouer du violon ou chanter pendant le reste de la journée.

Zach :

Plus tu m'en parles et plus ça me donne envie de t'écouter.

Jayden :

Si je suis d'humeur charitable peut être qu'un jour je t'enverrais un audio.

Zach :

Tu ferais ça ?

Jayden :

J'ai vraiment dit peut-être.

Zach :

S'il te plaît fais ça pour moi !

Jayden :

Si t'es sage.

Zach :

Promis je serai sage comme une image.

Jayden :

On dirait un gosse de 6 ans à qui on a promis un énorme paquet de bonbons.

Zach :

Arrête de me mépriser de cette façon.

Jayden :

Je te méprise pas mais j'adore t'embêter.

Zach :

Ah ça, je l'ai bien remarqué.

Jayden :

Mais là, j'ai envie de continuer le jeu.

Zach :

Je t'écoute.

Jayden :

C'est quoi tes origines ?

Zach :

Mon père est américain et ma mère vient d'Hawaï.

Jayden :

C'est la première fois que je rencontre quelqu'un qui a des origines hawaïennes !

Zach :

Il y a un début à tout apparemment !

Jayden :

Fascinant, tu ne cesses de me surprendre.

Zach :

Je te l'avais dit oui, et toi ?

Jayden :

Ma mère est Polonaise et mon père est Écossais.

Zach :

Une européenne pure souche, quel mélange.

Jayden :

Oui t'as vu, à nous deux on fait le tour du globe.

Zach :

Tu sais quoi ?

Jayden :

Dis-moi.

Zach :

Un jour, on fera le tour du globe.

Jayden :

Arrête de me draguer, Zach.

Zach :

C'est mon charme naturel.

Jayden :

Tocard.

Zach :

♡

24 juin 2018

03h08

Jayden :

Hey Zach, t'es là ?

Jayden :

S'il te plaît, j'ai besoin de toi.

Jayden :

Zach ??

Zach :

Je suis là, tu vas m'expliquer pourquoi tu me réveilles en pleine nuit ?

Jayden :

J'ai fait un cauchemar, j'arrive plus à me rendormir.

Zach :

Encore un ? C'est régulier ?

Jayden :

Pour être franche, oui, mais estime-toi heureux que je ne te réveille pas à chaque fois.

Zach :

Tu pourrais me réveiller toutes les nuits que ça ne me dérangerait pas. Ça va mieux ?

Jayden :

Moui, on va dire ça.

Zach :

Tu veux pas m'expliquer ? Peut-être qûe ça t'aiderait à faire passer tout ça.

Jayden :

J'ai l'impression que c'est ridicule. Tu vas me prendre pour une enfant.

Zach :

Eh écoute, chacun fait les cauchemars qu'il fait, je ne vais pas te juger, c'est promis.

Jayden :

Bon... D'accord.

Zach :

Je t'écoute.

Jayden :

Je fais toujours le même cauchemar, celui où ma mère s'en va pour un évènement et en fait elle ne revient jamais. J'ai longtemps souffert du fait qu'elle soit souvent absente alors j'imagine que c'est pour ça que ce cauchemar me fait beaucoup de mal et que j'ai des difficultés à gérer l'angoisse que ça me procure. J'ai peur d'être abandonnée.

Zach :

Oh... Je vois. Je ne peux pas te dire que je comprends, mais j'imagine que ça doit pas être facile et que parfois l'absence doit véritablement te peser. Je trouve que tu es forte d'avoir grandi avec une maman un peu trop souvent absente, même si on se connait pas encore totalement je sais que tu es forte et que ça t'a forgée. Garde ça en tête, dis-toi que même si c'est dur, tu t'es construite en partie seule et que tu peux être fière de toi. Et aussi, sache que les personnes autour de toi ne t'abandonneront pas. En tout cas, tu peux être sûre que moi, je ne le ferai pas.

Jayden :

C'est à la fois réconfortant et aussi excessivement niais, Zach.

Zach :

Je sais, mais mon speech était tout bonnement génial et sincère et ça, tu ne peux pas le nier.

Jayden :

Bon d'accord, j'avoue.

Zach :

Tu vois ! J'en étais sûr.

Jayden :

Merci Zach.

Zach :

C'est normal.

Jayden :

Je vais essayer de me rendormir, désolée de t'avoir réveillé.

Zach :

T'excuse pas.

Zach :

Je suis là si tu as besoin.

Jayden :

Merci d'être là.

Jayden :

Bonne nuit Zach.

Zach :

Bonne nuit, repose-toi.

Jayden :

♡

Zach :

♡

25 juin 2018

11h11

Zach :

Alors, ça va mieux ? Tu t'es reposée ?

Jayden :

Oui, tout va bien, encore merci.

Zach :

C'est normal. C’est important que tu saches que je suis là pour toi si tu as besoin.

Jayden :

Mais qu'il est mignon.

Zach :

Toujours pour toi.

Jayden :

Beurk, me ressors pas tes disquettes à la con Zach.

Zach :

Ne m'offense pas ou je continue encore et encore.

Jayden :

Non, s'il te plaît, abstiens-toi.

Zach :

Je vais voir ce que je peux faire.

Jayden :

Eh Zach.

Zach :

Oui ?

Jayden :

Tu te souviens quand tu as dit que tu mourais d'envie d'entendre ma voix ?

Zach :

Absolument, ça me hante.

Jayden :

Aujourd'hui, c'est ton jour de chance.

Zach :

T'ES DEVANT MA PORTE ET JE VAIS ENFIN TE VOIR ?????

Jayden :

Alors, non, désolée de briser tes rêves.

Zach :

Me voilà dévasté.

Jayden :

Une chanson pourrait te réparer ?

Zach :

Tout dépend, est-ce que c'est toi qui chante ?

Jayden :

Il se pourrait.

Zach :

BORDEL, QU'EST-CE QUE TU ATTENDS POUR ME L'ENVOYER ALORS ?

Jayden :

J'ai toujours su que tu étais l'incarnation de l'impatience.

Zach :

Et moi j'ai toujours su que tu étais chiante.

Jayden :

Je vais rougir.

Zach :

Ne fais pas durer le suspens plus longtemps !!! Envoie-moi cette chanson.

Jayden :

Je n'ai jamais vu quelqu'un aussi excité à l'idée de m'entendre chanter.

Zach :

Parce que les autres ne sont pas moi.

Jayden :

Qu'est-ce que ça veut dire ?

Zach :

Que tu le veuilles ou non, ils ne te connaissent pas comme moi je te connais.

Jayden :

Ok, un point pour toi.

Zach :

Mais rassure-toi, les autres ne me connaissent pas comme toi tu me connais.

Jayden :

Alors on est des privilégiés.

Zach :

On peut dire ça.

Jayden :

J'aime bien l'idée.

Zach :

Je vais faire un arrêt cardiaque, tu n'as pas utilisé ton sarcasme pour répondre.

Jayden :

Chouette, si tu meurs, ma chanson sera ta mélodie funéraire.

Zach :

Ah voilà, je te retrouve.

Zach :

Maintenant, envoie.

Jayden :

Oui, monsieur impatient.

Jayden :

Pièce jointe : 1 fichier audio.

Zach :

ENFIN.

Jayden :

Va écouter tocard.

Zach :

J'y cours.

Jayden :

♡

25 juin 2018

16h23

Jayden :

Je t'ai autant cassé les oreilles pour n'avoir aucun message depuis ce matin ?

Zach :

Arrête de dire des conneries.

Zach :

J'ai dû écouter ton enregistrement une dizaine de fois, je ne m'en lasse pas. À vrai dire, ça doit probablement faire une heure que j'essaie de t'écrire un message pour te dire à quel point j'ai trouvé ça joli, mais à chaque fois j'efface tout, parce que ce n'est pas à la hauteur de ce que tu as chanté ni de ta voix.

Jayden :

Tu plaisantes ?

Zach :

Me voilà plus sérieux que jamais.

Jayden :

Oh, je te remercie, c'est vraiment gentil.

Zach :

Sache-le, tu as du talent, et je crois que tu es vraiment faite pour la musique.

Jayden :

Tu ne m'as entendue chanter qu'une seule fois.

Zach :

C'était assez pour me montrer que tu as ça dans la peau, c'est ton truc à toi.

Jayden :

Peut-être.

Zach :

Crois-moi, je ne te le dirais pas si c'était pas sincère.

Jayden :

Bon d'accord.

Zach :

Si jamais tu as d'autres enregistrements qui traînent, fais-moi signe !

Jayden :

Mh, j'y penserai.

Jayden :

Maintenant, j'ai une question, enfin, même deux.

Zach :

Je t'écoute.

Jayden :

Tu voudrais bien me montrer un de tes dessins ?

Zach :

Oh, je ne m'y attendais pas à celle-là !

Zach :

Mais bien sûr que je peux te montrer un de mes dessins.

Jayden :

Ça, c'est vraiment cool.

Zach :

N'est-ce pas ?

Jayden :

J'ai hâte de le voir.

Zach :

Attention, tu deviens impatiente.

Jayden :

Je viens de rouler des yeux.

Zach :

Et ta deuxième question ?

Jayden :

C'est quand ton anniversaire ?

Zach :

Le 19 août, et le tien ?

Jayden :

Le 5 septembre.

Zach :

Noté.

Jayden :

Noté.

Zach :

♡

Jayden :

♡

26 juin 2018

10h42

Zach :

Pièce jointe : une image

Jayden :

Je commençais à m'impatienter.

Zach :

Tu vois, tu deviens comme moi.

Jayden :

Tais-toi donc et laisse-moi apprécier ton dessin.

Zach :

C'est qu'elle serait autoritaire tiens.

Jayden :

roule des yeux

Zach :

:)

11h35

Zach :

Tu regardes vraiment mon dessin depuis une heure ?

Jayden :

J'étais partie à l'imprimerie.

Zach :

Ah bon ?

Jayden :

Bien entendu, tu pensais vraiment qu'un dessin pareil n'avait pas sa place sur mon mur ?

Zach :

Je vais hurler.

Jayden :

Soyons honnêtes, tu as un véritable talent. Je n'ai jamais vu un dessin aussi beau que celui-ci et pourtant, Louis dessine aussi. Il m'a transpercé le coeur ce dessin, il est tout bonnement incroyable, Zach. Je te jure que je prends sur moi pour écrire un truc pareil parce que, merde, on sait tous les deux que je ne suis pas très expressive. Mais là, ça en vaut la peine. Et je te le dis, c'est tout bonnement incroyable.

Zach :

Je ne sais pas si j'ai envie de pleurer de joie ou de sourire comme un con ?

Jayden :

Probablement les deux.

Zach :

Si je pleure, tu m'apportes un mouchoir ?

Jayden :

Crève, va voir dans ta salle de bain s'il y en a.

Zach :

Comme c'est gentil.

Jayden :

Tu as vu, l'incarnation de la gentillesse.

Zach :

À vérifier tout de même.

Jayden :

Mais quel tocard.

Zach :

Oh tiens, ça faisait longtemps.

Jayden :

Oui, faudrait pas que tu t'habitues.

Zach :

Je sais que c'est affectif même si tu aimes te cacher derrière des surnoms relativement nuls et un sarcasme débordant.

Jayden :

Primo : mes surnoms ne sont pas nuls ???

Deuxio : je fais corps avec mon sarcasme, lui et moi c'est fusionnel.

Zach :

Tu me surprends encore et toujours.

Jayden :

Et tu sais, Zach, tu n'as encore rien vu.

Zach :

Ah ça c'est sûr, tu ne veux pas me voir depuis 2 mois.

Jayden :

Laisse le temps au temps, Zach.

Zach :

Entendu, je t'attendrai.

Jayden :

♡

27 juin 2018

09h16

Jayden :

Alors, tu as commencé à faire ta valise ?

Zach :

Dis donc, ça te préoccupe vraiment, tu as peur que je t'oublie pendant deux semaines ?

Jayden :

Attends, deux semaines ???

Zach :

Oui, deux semaines madame.

Jayden :

Quel courage.

Zach :

On sait tous les deux que ce n'est pas ça que tu voulais écrire.

Jayden :

Bien sûr que si.

Zach :

Bien sûr que non.

Jayden :

Et alors, je voulais écrire quoi ?

Zach :

"Tu vas me manquer Zach, comment je vais faire sans toi?"

Jayden :

Ça sonne terriblement cliché, c'était ton rêve de cette nuit encore ?

Zach :

Il se pourrait, mais là n'est pas la question. Avoue-le, je vais te manquer.

Jayden :

Tu n'obtiendras aucune réponse à ta question.

Zach :

Bien. Alors, pour te répondre, oui j'ai commencé à faire ma valise.

Jayden :

Vous êtes combien à partir ?

Zach :

Une bonne vingtaine de mecs, ça promet.

Jayden :

Wow, toute une colonie de rugbymen ? Quel enfer.

Zach :

Quelle condescendance, on est gentils tu sais.

Jayden :

Je ne suis pas condescendante.

Zach :

Tu devrais partir en camp avec nous, tu changerais d'avis sur le rugby.

Jayden :

Alors, non, tout ce que j'obtiendrais c'est de finir écrasée comme une grosse crêpe.

Zach :

Plutôt une mini crêpe, tu fais 1m54 je te rappelle.

Jayden :

Eh, je te permets pas.

Zach :

Mais pourtant, c'est la vérité madame Lucky Charms.

Jayden :

Nouveau surnom *unlocked* à ce que je vois.

Zach :

J'aime bien, toi tu ne m'en donnes jamais.

Jayden :

J'aime appeler les gens par leur prénom.

Zach :

C'est très solennel.

Jayden :

Imagine que je viens de rire.

Zach :

Mais attends, tu sais rire ?

Jayden :

Ferme-la un peu.

Zach :

C'est fou ce que j'aime t'embêter.

Jayden :

Je me demande encore comment je peux te supporter.

Zach :

Et moi donc.

Jayden :

Tocard.

Zach :

♡

28 juin 2018

09h15

Zach :

Comment va mon amatrice de café au lait préférée ?

10h50

Zach :

Tout va bien ? J'ai fait quelque chose de mal ?

13h31

Zach :

Je m'inquiète.

Zach :

Je t'en prie, réponds-moi.

15h18

Zach :

Qu'est-ce qu'il se passe ?

Zach :

Explique-moi !!

17h09

Zach :

Je suis prêt à sauter dans un avion en direction du Canada si tu ne m'écris pas.

Zach :

Je t'en prie.

20h14

Zach :

Ton silence me donne le tournis.

Zach :

C'est comme me prendre une partie de mon cœur.

22h12

Zach :

J'ai attendu ton message toute la journée.

Zach :

J'ai envie de pleurer bordel.

Zach :

S'il te plaît.

23h43

Zach :

J'ai fait les cent pas.

Zach :

Qu'est-ce que je t'ai fait ?

Zach :

Où es-tu passée ?

02h16

Zach :

T'y crois toi ? Je n'arrive même pas à fermer l'œil.

Zach :

J'attends ton nom sur mon écran comme on attend une étoile filante, impatiemment.

Zach :

Je rêve de lire ton surnom sur mon putain d'écran.

Zach :

Je n'ai jamais été aussi préoccupé par le silence.

Zach :

Mais le tien résonne si brutalement.

Zach :

S'il te plaît !

Zach :

Je t'attends.

29 juin 2018

10h04

Jayden :

Excuse-moi, s'il te plaît, ne m'en veux pas.

Jayden :

Je vais tout t'expliquer.

Jayden :

Je suis tellement désolée de t'avoir fait ressentir tout ça, tellement désolée.

Zach :

Putain, te revoilà, j'ai flippé comme un malade.

Zach :

Tout va bien ?

Jayden :

Je suis malade, Zach.

Jayden :

J'ai fait une crise hier, j'ai été hospitalisée, voilà pourquoi je ne répondais pas.

Zach :

Tu es malade ? Qu'est-ce qu'il se passe ? Tu vas bien ?

Jayden :

Ne t'en fais pas, je vais mieux.

Jayden :

Je suis encore à l'hôpital.

Jayden :

Mais j'ai tout mon temps pour te parler maintenant.

Zach :

Je suis inquiet.

Zach :

Pardonne-moi, mais je ne peux que me faire du souci pour toi.

Jayden :

Je t'en prie Zach, je te promets que tout va bien.

Zach :

Tu es à des milliers de kilomètres de moi dans un foutu hôpital et tu penses que je ne vais pas m'inquiéter ?

Zach :

Est-ce que tu as une idée d'à quel point je peux tenir à toi ?

Jayden :

On ne s'est encore jamais rencontrés.

Jayden :

Je vais bien.

Zach :

Je m'en fiche qu'on ne se soit jamais vus.

Zach :

Le lien que nous avons m'importe bien trop pour que je sois rassuré avec une ligne de message.

Jayden :

Oh, je suis tellement désolée, vraiment.

Zach :

Tu aurais dû me le dire plus tôt.

Jayden :

Je sais.

Zach :

Pourquoi tu ne l'as pas fait ?

Jayden :

J'avais peur.

Zach :

Peur de quoi ?

Jayden :

Que tu partes, toi aussi.

Zach :

Écoute, ça fait deux mois que je m'accroche à une conversation par messages, et tu penses que je me serais enfui en courant parce que tu es malade ? Ça n'a pas de sens. Maintenant que je suis là, je reste. N'espère jamais te débarrasser de moi, parce que ça n'arrivera pas.

Jayden :

Merci Zachy.

Zach :

Zachy ?

Jayden :

J'aime bien.

Zach :

Je croyais que tu aimais appeler les personnes par leur prénom.

Jayden :

Mais toi, t'es pas qu'une simple personne.

Zach :

♡

30 juin 2018

09h29

Zach :

Comment tu te sens aujourd'hui ?

Jayden :

Fatiguée, mais ça va mieux.

Zach :

Tu ne vas pas m'expliquer en détail ce que tu as ?

Jayden :

Mh, quand on se verra peut-être ? Tu ne m'en veux pas ?

Zach :

Jamais, prends tout ton temps. Je posais juste la question.

Jayden :

Merci Zachy.

Zach :

Tu es rentrée chez toi ?

Jayden :

Cet après-midi, normalement.

Zach :

Bon, parfait.

Zach :

Dis, tu pourrais m'envoyer ton adresse ?

Jayden :

Seulement si tu me donnes aussi la tienne.

Zach :

Deal.

Jayden :

19 Danforth Avenue, Toronto.

Zach :

31 Imperial Highway, Los Angeles.

Jayden :

Noté.

Zach :

Noté.

Jayden :

Dis, c'est aujourd'hui que tu pars ?

Zach :

Oui, dans quelques heures.

Jayden :

Tu n'auras pas ton téléphone avec toi je suppose.

Zach :

Non, le coach veut vraiment qu'on soit coupé de toute distraction digitale pour forger l'esprit d'équipe et la cohésion. Enfin, tout un discours un peu redondant.

Jayden :

Je vois.

Zach :

Tu sais, ça va me faire bizarre à moi aussi.

Jayden :

Tu n'y penseras même plus, tu verras.

Zach :

J'en doute.

Jayden :

Faisons un pari, je pense qu'au bout du quatrième jour tu auras oublié nos conversations journalières.

Zach :

Je pense qu'au bout du quinzième j'aurai surtout envie de sauter sur mon téléphone.

Jayden :

N'essaie pas de me convaincre que tu vas penser à moi.

Zach :

Ça t'importe tout à coup ?

Jayden :

Peut-être.

Zach :

Et si je te le disais, ça te rassurerait ?

Jayden :

Peut-être.

Zach :

Tu te prends pour Miles Halter à la recherche de son grand peut-être ?

Jayden :

Peut-être.

Jayden :

Cela dit, très bonne référence, John Green est un de mes auteurs préférés.

Zach :

Même en blaguant je marque des points, incroyable.

Jayden :

Mais quel tocard.

Zach :

Un tocard, peut-être.

Zach :

Mais je vais penser à toi.

Jayden :

roule des yeux

Jayden :

(Tu vas me manquer.)

Zach :

(Je le savais.)

Jayden :

T'es pas croyable.

Zach :

Tu vas me manquer aussi, madame je-ne-veux-pas-dire-mon-prénom.

Jayden :

À dans deux semaines, Zachy.

Zach :

À dans deux semaines.

Jayden :

♡

Zach :

♡

JAYDEN

Une semaine. Une semaine que je n'avais pas échangé un message avec Zach. Je ne crois pas qu'aucune absence m'ait déjà fait si mal que la sienne. Il pourrait être facile de croire que j'exagérais, mais finalement je crois que c'était juste à la hauteur de ce que nous avions créé.

Je n'aurais jamais pensé qu'un stupide jeu, que de simples messages puissent avoir un impact si grand sur moi. Et pourtant, si. Si bien que je vérifiais inlassablement mon écran comme s'il allait m'envoyer soudainement un message. Alors qu'il n'était pas là. Minable.

J'ai passé une semaine relativement vide. Je suis rentrée de l'hôpital et j'ai joué du violon pendant des heures, puis j'ai essayé de chanter sans grand succès, mes poumons me brûlaient encore trop. Les jours s'enchaînaient et se ressemblaient, ils étaient tous terriblement longs et ennuyants. J'avais l'impression de peindre un tableau en noir et blanc, toutes les couleurs disparues. Parties et enfouies dans la valise de Zach. Parfois, je m'en voulais d'être si attachée, alors que je m'étais promis de ne pas l'être et que je lui faisais toujours croire le contraire. Mais parfois, je me remerciais d'avoir continué à lui répondre parce que maintenant je savais ce que ça faisait, de compter pour quelqu'un.

Une semaine que je n'avais pas répondu avec sarcasme à un de ses foutus messages sortis d'un film pour adolescents beaucoup trop cliché. Une semaine que je ne l'avais pas appelé "tocard" et qu'il ne m'avait pas envoyé son coeur habituel en fin de conversation. Tous ces petits détails que l'on pensait insignifiants mais qui devenaient des choses beaucoup trop importantes lorsqu'elles n'étaient plus là. J'étais peut-être dramatique sur les bords, c'est vrai quoi, il revenait dans une semaine. Mais être attachée à quelqu'un c'est aussi avoir l'habitude de lui parler pour se sentir mieux et sourire un peu. Une semaine sans lui était devenue presque aussi longue que tout un été.

Ces derniers jours, je lui ai écrit une lettre, mais pas une lettre banale où je lui racontais mes vacances. Parce que, soyons clairs, je m'ennuyais à mourir et je ne pouvais pas sortir depuis ma crise. Alors, je lui ai écrit une lettre. Probablement la lettre qui allait le faire sauter de joie mais qui me faisait aussi sourire secrètement. Dans cette lettre, je lui ai donné une date et un lieu de rendez-vous. Le premier jour où on se rencontrera. La première fois que je verrai son visage et son mètre quatre-vingt-dix juste en face de moi. La première fois qu'il entendra mon prénom et qu'il pourra m'appeler par autre chose que des surnoms. Le premier moment où on entendra nos voix résonner en cœur parce qu'on ne sait pas qui devra parler en premier. Et aussi cliché que ça puisse sonner, je crois que je commençais à me faire à l'idée que j'avais hâte, moi aussi.

Le lendemain du jour où j'ai posté cette fameuse lettre, un livreur a sonné à ma porte, trois fois, le temps que je fasse le chemin de mon lit à la porte d'entrée tellement j'étais lente. Il m'a tendu une boîte assez grosse pour que j'aie à la tenir à deux mains, ce qui était... surprenant. Une fois rentrée, je me suis empressée de regarder la boîte sous tous les angles, mais il n'y avait pas de nom, pas d'expéditeur, juste une boîte avec mon adresse dessus. Alors, je l'ai ouverte. Grande a été ma surprise lorsque j'ai découvert à l'intérieur un gros ours en peluche tout doux et si mignon que j'avais envie de me le greffer entre les bras. Je l'ai attrapé à pleines mains, un sourire collé aux lèvres, puis j'ai aperçu une carte au fond de la boîte. À la lecture de cette dernière, mon sourire s'est agrandi, si bien que j'ai cru me décrocher la mâchoire.

"Je te présente Jamie, un ours tout doux, pour t'aider à te réparer, te consoler, mais surtout pour faire comme si j'étais là, à côté de toi. Il prendra soin de toi.
Tu me manques,
- Z."

Non ce n'était pas Zorro qui m'a envoyé un colis secret, mais bien Zach. Et je ne pouvais pas être plus contente qu'à cet instant. Parce qu'avoir cet ours en peluche avec moi c'était comme savoir qu'il était là et que quelqu'un veillait sur moi. Bien sûr, je m'abstiendrais de lui dire tout ça parce que sinon, il allait clairement me bassiner avec ça pour le restant de mes jours.

Jamie et moi avons passé l'après-midi à regarder des films. J'ai essayé de me changer les idées, de ne pas penser au vide que son absence créait au fil des jours. Certes, la maison était quelque peu animée avec mon petit frère, mais mon petit être semblait si vide depuis une semaine. Je m'en voulais de ressentir tout ça alors que je ne l'avais encore jamais vu, mais finalement, ma dernière crise m'avait ouvert les yeux. Si je m'obstinais à vouloir toujours mettre cinquante murs entre les gens et moi, alors je finirais par me dire au revoir à moi-même le jour de ma mort. Personne ne se serait battu pour être auprès de moi, et je ne pourrais en vouloir à personne. Car c'est moi qui ai décidé d'être comme ça, si détachée, si méfiante et chiante. Je le savais. Zach le savait aussi, certainement. Mais avec lui, j'avais envie de faire les choses différemment. Je me haïssais de dire qu'il arrivait à me faire changer, et pourtant, il n'était rien de plus vrai. Et chaque jour qui passait me prouvait que c'était bel et bien en train d'arriver.

Peut-être que lorsque je le rencontrerai, toutes mes illusions partiront en fumée. Peut-être que rien ne se passera comme il fallait et qu'on ne se supportera pas. Je ne sais pas. Je n'étais sûre de rien finalement, ni de ce que je ressentais en ce moment, ni de ce que je ressentirais dans quelques semaines. La seule chose dont je pouvais être sûre c'est que j'étais bien plus attachée que je ne l'aurais imaginé. Je ne savais comment il vivait cette "coupure", bien ou mal, mais ça m'obsédait de ne pas savoir ce qu'il se passait dans sa tête à lui aussi. Je pense qu'on était deux à mourir d'envie de découvrir l'autre, mais seulement lui le verbalisait. Je n'étais pas douée pour avouer ce que je ressentais aux autres. J'aimais me cacher derrière ma façade opaque, pour me protéger, ne pas être déçue ou blessée. Peut-être que Zach arriverait à abattre ce mur avec le temps et qu'il se faufilerait dans tous mes recoins trop sombres pour les explorer. Peut-être qu'il y arriverait et que je le laisserais faire. Peut-être qu'il s'enfuira avant. Peut-être que je ne le laisserai pas faire. Je n'en savais rien. Juste qu'on ne refaisait pas le monde avec des « peut-être » et que je devrais plutôt m'enlever toutes ces pensées de la tête. Ce n'était pas le moment.

Il me restait encore sept longues journées à attendre que Zach remette la main sur son foutu téléphone. J'étais plutôt patiente en général, mais là je n'y arrivais pas. Ça me tracassait même, je dirais ? De ne pas savoir si ça lui faisait quelque chose ou non, de ne pas savoir s'il pensait à moi lui aussi. C'est niais n'est-ce pas ? Mais je ne pouvais faire autrement. J'étais tellement préoccupée que j'ai dû raconter toute l'histoire à Louis, mon meilleur ami. Premièrement, il n'en a pas cru ses oreilles, il me pensait incapable de me lancer dans un jeu comme celui-ci. Deuxièmement, il ne voulait pas me croire quand je lui ai dit que je m'étais attachée à une nouvelle personne. Il me connaissait presque mieux que moi même, et je crois que oui, c'était vraiment surprenant. Tout simplement parce que mon entourage se résumait à : mes parents, mon frère, Louis et désormais Zach. Je ne côtoyais personne dans ma classe, vaguement à l'orchestre et occasionnellement au conservatoire. Pas fameux, mais je vivais mieux dans mon silence ou avec mes écouteurs et un bon bouquin. Alors quand je lui ai raconté tout ça, forcément il a été complètement secoué, et maintenant il voulait tout savoir. Sauvez-moi.

Une fois que le récit fut terminé, j'ai eu droit à un incendie de questions en provenance de Louis. Tout simplement parce que si j'étais l'allégorie du mystère, lui était bel et bien l'allégorie de la curiosité. Alors je lui répondais. En essayant de me laisser aller, de laisser parler mon coeur au lieu de vouloir toujours laisser mon cerveau prendre le dessus.

— Je crois que tu es foutu. Il m'a dit avec un sourire moqueur.

— Qu'est-ce qui te fait croire ça ?

— Tout. Tes yeux qui s'éclairent, ton petit rictus qui se dessine quand tu prononces son prénom, tu joues avec tes doigts comme quand tu es nerveuse. Vraiment tout.

— Et alors ? Ça ne veut rien dire tout ça, j'ai répondu sur la défensive.

— Je n'en suis pas si sûr, tu penses que tout ça ne veut rien dire mais au contraire, ça veut tout dire.

— Tu m'énerves avec tes phrases à la con Louis.

— Non je t'énerve parce que je t'expose un truc vrai, d'autant plus que c'est un truc tout nouveau pour toi.

Ensuite, j'ai enfoui ma tête dans un coussin et j'ai hurlé. D'une part parce qu'il avait raison et que je détestais l'admettre. D'une autre parce que je ne savais pas où j'en étais et je détestais ça.

— Au lieu de hurler avec ce qui reste de tes poumons, tu devrais te ménager pour pouvoir embrasser fougueusement ton Zach quand tu le verras. Il a raillé tel un imbécile.

Je l'ai regardé, stupéfaite, puis je n'ai pas hésité à lui envoyer le coussin que je tenais dans mes mains en pleine face. Il délirait totalement. Je ne ferais jamais un truc pareil.

— Tu devrais parler avec lui, de tout ça. Pour de vrai, au moins tu serais fixée.

— Et si je lui en parle et qu'après il ne veut plus me rencontrer parce qu'il pense que je me suis emballée ? J'ai ajouté, pensive.

— Arrête un peu de dire des bêtises. Il est encore plus accro que toi.

— Bon, peut-être.

— Parle-lui.

— Dans une semaine, peut-être.

Après tous ces échanges, je n'avais pas arrêté de ressasser pendant des heures et des heures. Et finalement, c'était ce qui avait occupé le reste de ma semaine. J'ai gratté des tas de lignes pour mettre en mots ce qui pouvait se passer à l'intérieur de moi. Mais lorsqu'on ne verbalisait jamais ses émotions, il n'y avait rien de plus compliqué que de vouloir essayer d'écrire. Je n'ai pu trouver les mots. C'était tout et rien à la fois. Alors j'ai abandonné. Et j'ai passé ma semaine à faire de la musique. Parce que quand j'avais l'impression que tout me tombait dessus, ma bouée de sauvetage dans cette mer agitée, c'était la musique.

J'ai nagé dans mon propre tsunami pendant sept longues journées. Puis, mon téléphone a sonné deux coups, c'était *lui.*

Et d'un coup, je m'étais remise à flotter.

1 nouveau message : Zach.

ZACH

Une semaine. Une semaine que je n'avais pas pris mon téléphone pour démarrer une conversation avec elle. Une semaine que je m'imaginais tout un tas de choses dont j'aurais pu lui parler pendant tout ce temps. Une semaine que je n'étais obsédé que par une chose : retrouver mon portable.

Bien que je sois supposé être en plein camp de préparation à la saison sportive, ma tête n'était pas là. À vrai dire, je pensais que j'arriverais à me focaliser sur autre chose, être à fond dans mes entraînements et réfléchir à mes coéquipiers. Mais non. Il n'en était rien. Toutes mes pensées étaient dirigées vers une seule et unique personne. C'était elle.

C'était pitoyable et je m'en voulais d'être si attaché de cette façon. Ça ne me ressemblait pas. Je détestais les marques d'affection, les étreintes, les regards malicieux, les mains entrelacées et j'en passe. En fait, ça ne m'intéressait aucunement et je n'avais aucun désir à ce niveau-là. Voilà la vérité. J'étais peut-être le cliché de l'adolescent dans les films à l'eau de rose, mais de l'intérieur j'étais loin de l'être. Avec elle, tout était si différent et bordel ça faisait une semaine que je me torturais l'esprit pour essayer de comprendre ce qu'il s'était passé, ce qu'elle m'avait fait. J'étais si différent, et chaque jour qui passait me transformait en une nouvelle personne. Une semaine que je broyais du noir parce que je ne savais pas comment elle allait. Une semaine que je rageais intérieurement de ne pas savoir si elle s'était finalement rétablie. Une semaine que je n'avais pas eu le droit à un "tocard" ou même un "Zachy". Merde. Qu’est-ce qu'il m'arrivait ?

Je passais littéralement mes journées à courir dans un stade ou autour d'un stade. Lorsque nous avions du temps libre, on allait se baigner au lac, on faisait du kayak ou alors on discutait tous ensemble. Honnêtement, je préférais l'une des deux premières options. J'avais beaucoup de mal avec le fait de discuter avec tous les autres. Pourquoi ? Parce qu'aussi dingue que ça puisse paraître, ils étaient objectivement obsédés autant par les filles que par les garçons, que par les baisers et tout le reste. Malheureusement, c'était quasiment le seul sujet qui revenait sur le tapis. Particulièrement à cause de Mitch et James qui ne pouvaient s’empêcher de parler de sexe à tout bout de champ. Apparemment, ce seraient de nouvelles recrues mais bon sang, je n’étais même pas sûr d’être capable de les supporter si on devait vraiment jouer dans la même équipe.

Je me sentais tellement à côté de la plaque, je n’avais jamais été en couple, je ne couchais avec personne. Et bordel, ça me fatiguait de me sentir si différent dans ma propre équipe. Je ne savais pas pourquoi ce sentiment me traversait encore l’esprit alors que ça faisait des années que je travaillais sur cet aspect de ma personnalité. Mais il était bel et bien toujours là.

Alex me connaissait parfaitement et il savait que ce genre de conversation me tracassait énormément, et il connaissait les raisons. Alors, quand ce genre de situation arrivait, il trouvait toujours une excuse pour qu'on fasse une autre activité tous les deux. Et ça, mesdames et messieurs, c'est ce que j'appelais un véritable ami.

Je me demandais si un jour je serai capable de lui en parler à elle, lui dire tout ce que j'avais sur le cœur sans avoir peur qu'elle parte en courant et qu'elle s'éloigne de moi. Si loin, qu'elle ne serait plus qu'un mirage. Je doutais qu'elle s'en aille. Elle aussi avait peur que je m'enfuie, quand j'ai su qu'elle était malade. Et quand bien même j'ignore encore ce qu'elle a, je ne partirai jamais. Alors j'imaginais qu'elle non plus. J'espérais également trouver le courage de me confier. Aussi confiant que je pouvais paraître, elle me faisait oublier qui j'étais, je perdais mes moyens quand il s'agissait d'elle. C'était difficile d'accepter qu'une personne puisse vous changer à ce point. Et pourtant, elle avait réussi.

Alex m'a longuement questionné, il voulait savoir pourquoi j'étais sur les nerfs à longueur de journée. Alors j'ai dû tout lui expliquer. C'était vraiment compliqué de verbaliser des choses que je ressentais alors que les sentiments étaient si étrangers pour moi. J'ai essayé de clarifier ce qu'il pouvait se passer dans ma tête, et les sensations dans mon ventre n'ont cessé de croître, la connerie des papillons là, voilà ça. Je lui ai expliqué, doucement mais sûrement. Ça a été l'une des épreuves les plus compliquées de ma vie. Mais finalement, j'ai réussi à lui dire. Étant la personne la plus proche de moi, il ne m'a pas cru. Du moins, pas au début quand je lui ai dit "Je dois te parler d'une fille". Mais après, quand j'ai commencé à jouer nerveusement avec mon tee-shirt et à regarder ailleurs en parlant, alors il a compris que j'étais sérieux.

— Elle te manque hein ? Il m'a demandé avant de tirer sur sa cigarette.

— C'est pire que ça.

— Et tu ne l'as encore jamais vue ?

— Jamais. J'ai avoué dans un souffle.

— Alors imagine quand tu l'auras rencontrée.

Quand il m'a dit cette phrase, je me suis senti étourdi. Comme s'il venait de me remettre les idées en place. Comme si je venais de me réveiller de mon illusion. Qu' allais-je devenir une fois que je l'aurais vue ? Une fois que je connaîtrais les traits de son visage par cœur et que j'entendrais enfin le son de sa voix. Que je pourrais détailler son sourire et observer ses mimiques. J'étais en train de tomber. Il le savait, je le savais, est-ce qu'elle le savait ? Peut-être. Mais j'étais en train de tomber, inévitablement.

J'ai passé le reste du camp à essayer de me concentrer sur la raison pour laquelle j'étais ici, m'entraîner. Je dois dire que ça a été plus concluant que les premiers jours, probablement parce que j'avais extériorisé un peu de ma nervosité en parlant avec Alex et que ça m'avait déchargé d'un poids de lui raconter toute l'histoire. Mais honnêtement, je n'attendais qu'une chose, c'était de remettre un pied dans ma baraque pour lui envoyer un sms.

Le dernier jour du camp, notre entraîneur nous a dit que les sélections auraient lieu à la fin du mois d'octobre, et que nous devrions continuer de nous entraîner durant l'été si on voulait être pris dans l'équipe. J'ai eu un moment de panique, me disant que je ne serais pas assez bon. Mais je me suis rappelé que c'était mon truc, le sport, et que je n'avais aucune raison de douter de moi à propos de ça. Et tout d'un coup je me suis senti un peu plus serein pour rentrer chez moi l'esprit tranquille.

Le lendemain, ma mère est venue me récupérer après le voyage en bus puis elle m'a ramené à la maison. À peine a-t-elle eu le temps de se garer que je courais déjà à l'intérieur, d'une part pour retrouver mon téléphone et *lui* parler mais d'autre part pour sauter dans mon énorme lit. J'ai été stupéfait lorsque j'ai trouvé deux lettres à mon nom sur ce dernier. Une dans une enveloppe bleue et l'autre dans une enveloppe marron. Il n'y avait pas d'expéditeur. Simplement mon nom et mon adresse. Alors je me suis empressé de les ouvrir. Et là, arrêt du cœur. C'était *elle*. Elle m'avait écrit non pas une mais deux lettres. J'étais comme un fou et j'avais envie de hurler sur tous les toits que j'avais reçu une lettre de sa part. Je me suis assis avant de commencer ma lecture, craignant d'être secoué une nouvelle fois parce qu'elle m'avait écrit.

"Zach,

Ne crois pas que je vais te raconter les jours que je viens de passer. Rien d'intéressant n'a peuplé mes journées pour qu'elles soient racontées ici.

Simplement, je me noyais dans mes pensées. Ton silence a fait plus de ravages que je ne l'imaginais. Qui aurait cru que ne pas te parler m'atteindrait autant ? Certainement pas moi.

J'ai nagé à contre courant, en essayant de faire taire mon cerveau et surtout mon coeur. J'ai essayé de les noyer dans les vagues et d'oublier ce qu'il y avait à l'intérieur de moi.

Mais je n'y arrive plus.

Alors, je me suis dit que j'allais arrêter de nager à contre courant et que j'allais gentiment t'accueillir sur mon bateau (c'est une façon de parler ne pense pas que je t'invite littéralement sur un bateau).

19 août, 16h, Lincoln Park.

À bientôt.

-Celle qui ne veut pas te dire son prénom."

J'ai probablement relu la lettre une dizaine de fois. Je n'en croyais pas mes yeux. Je ne pouvais pas croire que ça y était, j'allais enfin la voir. Et en plus, le jour de mon anniversaire. Elle avait fait exprès, elle était si maligne. J'avais un sourire grand comme le monde collé sur le visage, me tirant les pommettes si hautes que j'en avais presque les yeux qui se fermaient. Je ne pouvais plus attendre, j'avais déjà si hâte.

Je me suis bien sûr empressé de lire la deuxième lettre que j'avais reçue de sa part. Le fait qu'elle se distinguait par l'utilisation d'enveloppes colorées était à la fois très ingénieux mais aussi super craquant, soyons honnêtes.

"Zach,

Jamie a fait un super voyage jusqu'à mon chez moi. Il est désormais logé dans mes bras et y est presque greffé. Il est adorable, doux et plus réconfortant que le réconfort lui-même. Je te soupçonne de l'avoir parfumé avec le même parfum que tu mets toi le matin. J'attendrai ton sms pour me le confirmer, mais je suis presque sûre de moi.

Merci d'avoir pensé à moi et de m'avoir envoyé cette peluche beaucoup trop adorable. C'est une petite partie de toi avec moi et en ce moment je n'ai besoin de rien de plus que ça.

Reviens-moi vite.

- *Ton imbécile préférée.*

Reviens-moi vite ???? *Reviens-moi vite* ??? Bordel, j'avais encore envie de 'hurler sur tous les toits. Je ne m'y attendais vraiment pas. J'étais littéralement stupéfait. S'il y avait bien une phrase que je ne l'aurais jamais imaginé écrire, c'était bien celle-ci. J'étais surpris mais en même temps tellement touché de me dire que moi aussi, je l'avais marquée.

J'ai rangé précieusement ses lettres dans ma table de nuit. Puis j'ai pris une feuille et j'ai tracé un calendrier. Prêt à barrer les jours jusqu'à ce qu'on se rencontre. J'étais complètement dingue non ? Je m'en foutais royalement. J'étais si impatient de voir à quoi elle ressemblait.

Une fois cela fait, j'ai rechargé mon téléphone. Curieusement, il avait la batterie à plat alors que je ne l'avais pas utilisé depuis deux longues semaines. J'ai pris soin d'attendre qu'il ait 100% de batterie puis j'ai attrapé mon casque audio, et j'ai marché jusqu'à la plage pour regarder le soleil se coucher. J'avais envie d'être dans ma bulle avant de recommencer à lui écrire. Parce que j'avais envie de rendre cette conversation éternelle. Parce que je voulais surtout lui dédier ma soirée, soyons clairs.

J'ai lancé la musique qui me faisait penser à elle depuis quelques jours. Puis j'ai pris mon courage à deux mains et j'ai rédigé un nouveau message, comme si je commençais un nouveau livre. Le nouveau chapitre que je comptais écrire avec toute mon âme. Parce que maintenant, une chose était sûre, c'était qu'elle comptait, beaucoup plus que je ne l'avais imaginé.

▷ **: Dandelions - Ruth B.**

Une inspiration, une expiration. Des doigts sur mon clavier. Quelques fautes corrigées. Un soupir de soulagement. Et puis ça y est.

Message envoyé.

15 juillet 2018

21h54

Zach :

Je ne sais même pas comment commencer ce message. Je crois que je suis bien trop heureux de pouvoir enfin te renvoyer des sms. C'est un peu minable, je sais, mais je ne peux pas te mentir. Ça m'a réellement manqué.

Zach :

J'espère que tu vas bien.

Zach :

Et que tu câlines Jamie.

Jayden :

BORDEL ZACH.

Jayden :

T'es enfin là.

Zach :

Bingo, je suis bien là.

Zach :

Réponds-moi, ça va ?

Jayden :

Ça va, il y a des hauts et des bas, mais ça va.

Zach :

Rassure-moi, tu n'es pas retournée à l'hôpital ?

Jayden :

Bien sûr que non, t'en fais pas.

Jayden :

Et toi, ça va ? Raconte !

Zach :

Écoute ça va, j'ai passé deux semaines éprouvantes, littéralement. Mais je suis content d'avoir pu vivre ça avec les gars de mon équipe, c'est remotivant pour la saison à venir !

Jayden :

J'imagine oui. Tu vas pouvoir te reposer maintenant.

Zach :

Et surtout, compter les jours jusqu'à te rencontrer, enfin.

Jayden :

J'étais sûre que ma lettre te ferait plaisir.

Jayden :

Je t'ai imaginé sourire en la lisant.

Zach :

Tellement souriant que j'ai eu mal à la mâchoire.

Jayden :

Honnêtement, je ne suis pas du tout surprise.

Zach :

Qui le serait ?

Jayden :

Je me suis dit que ça serait peut-être chouette comme cadeau d'anniversaire.

Zach :

Tu ne peux pas me faire plus plaisir, vraiment.

Jayden :

Ça me fait plaisir à moi aussi, tu sais.

Zach :

Arrête de vouloir me causer des arrêts cardiaques.

Jayden :

Va falloir t'y faire.

Zach :

Ça risque de causer problème si mon coeur cesse de battre sans arrêt.

Jayden :

Je le réparerai.

Zach :

Tu crois ?

Jayden :

Promis.

Zach :

Je te fais confiance.

Jayden :

Tu peux.

Zach :

Tu crois que je pourrais te réparer moi aussi ?

Jayden :

Peut-être.

Zach :

J'y arriverai.

Jayden :

Tu crois ?

Zach :

Promis.

Jayden :

♡

Zach :

♡

16 juillet 2018

09h19

Zach :

D'ailleurs, pour ton information, j'ai bien parfumé Jamie avec mon parfum.

Jayden :

Évidemment, tu es si prévisible.

Zach :

Oui, mais ça t'a plu.

Jayden :

Coupable.

Zach :

Tu vois, j'en étais sûr moi aussi.

Jayden :

C'est bon, n'en rajoute pas une couche !!

Zach :

Ok, pardon.

Jayden :

Maintenant que tu es rentré, c'est quoi ton programme ?

Zach :

Je suis en train de dessiner ma propre bande dessinée alors je vais essayer d'avancer quelques dessins j'imagine. J'irai sûrement manger une glace cet après-midi avec mes frères.

Jayden :

Intéressant, curieuse de voir à quoi ressemblera ta future bande dessinée.

Zach :

Le sujet est un peu surprenant, j'aime la garder secrète pour l'instant, peut-être que tu en verras des bribes plus tard.

Jayden :

J'en serais honorée, quand tu voudras.

Zach :

Et toi, tu vas faire quoi ?

Jayden :

Travailler mon examen de chant pour la rentrée au conservatoire, aller manger avec Louis, câliner Jamie devant un film et puis me reposer. Je ne peux pas encore faire grand-chose, tu sais.

Zach :

Tu arrives quand même à chanter ?

Jayden :

Je fais de mon mieux, c'est pas facile en ce moment.

Zach :

Ça doit être frustrant.

Jayden :

Perdre doucement ce qui te rend entière, c'est douloureux, oui.

Zach :

Je suis désolé.

Jayden :

Ne le sois pas, j'y suis préparée. À long terme je ne pourrai plus chanter de lyrique, peut-être le reste, mais l'opéra je devrai faire une croix dessus. Je le sais, mais même en ayant du recul sur ce point, j'en souffre.

Zach :

Tu sais, tu es entière grâce à d'autres choses. Tu as encore le violon ou le cinéma. Je sais que ce n'est pas égal au chant et que tu as l'impression que ça craint de perdre cette partie de toi, mais tu es plus que ça et tu trouveras une nouvelle bouée de sauvetage. Et si tu n'y arrives pas, je t'aiderai.

Jayden :

Merci d'exister, Zach.

Zach :

Tout pour toi.

Jayden :

♡

17 juillet 2018

19h42

Jayden :

C'est quoi l'endroit où t'aimes aller pour être tranquille ?

Zach :

La plage, en fin de journée surtout.

Jayden :

Bon choix en effet.

Zach :

Tu cherches un endroit pour être tranquille, hein ?

Jayden :

Mh peut-être. J'étouffe un peu chez moi à la longue.

Zach :

Une bonne playlist et un coin de tranquillité te feront le plus grand bien.

Jayden :

Dis, tu m'enverrais pas ta playlist d'ailleurs ? Je connais pas encore tes goûts musicaux.

Zach :

Dis donc, qu'est-ce qu'il t'arrive ? On passe à un *level* supérieur ? Tu veux que j'hurle c'est ça ?

Jayden :

roule des yeux

Jayden :

T'arrêtes un peu ? J'essaie de m'intéresser à toi, encore. Notre jeu n'est pas terminé je te signale.

Zach :

Un point pour toi.

Jayden :

Alors, tu vas me l'envoyer ?

Zach :

Seulement si tu m'envoies la tienne aussi.

Jayden :

Ok, *deal.*

Zach :

Je sens que je vais passer ma journée avec mon casque sur les oreilles finalement.

Jayden :

Alors, tu fais partie de la team casque toi aussi ?

Zach :

Y-a-t-il une meilleure façon d'apprécier la musique qu'avec un casque ?

Jayden :

Non, le casque c'est une véritable expérience.

Zach :

Tu utilises lequel ?

Jayden :

Un Beats Studio.

Zach :

Connectés jusqu'au casque audio.

Zach :

N'est-ce pas incroyable ?

Jayden :

Tu déconnes ?

Jayden :

C'est fou.

Zach :

Va falloir t'y faire.

Jayden :

À quoi donc ?

Zach :

L'histoire qu'on est en train d'écrire est totalement folle.

Jayden :

Ok, un point pour toi.

Zach :

Eh oui madame, on est géniaux.

Jayden :

Peut-être.

Zach :

Oh non ça y est, encore les peut-être.

Jayden :

:)

Zach :

Et ce putain de smiley.

Jayden :

Toujours à ton service.

Zach :

Tu es agaçante au possible.

Jayden :

T'adores ça.

Zach :

Touché.

Jayden :

♡

19 juillet 2018

09h58

Jayden :

Lien : playlist Spotify " ☺ "

Zach :

Lien : playlist Spotify "zach's world"

Jayden :

Vraie question, tu l'écoutes dans l'ordre ou en aléatoire ?

Zach :

Toujours en aléatoire, et toi ?

Jayden :

Playlist toujours en aléatoire aussi.

Zach :

Et albums toujours dans l'ordre hein ?

Jayden :

Absolument Zachy.

Zach :

Je m'en vais découvrir ça au plus vite.

Jayden :

Moi aussi, même si ta playlist dure 6h.

Zach :

La tienne 4, c'est tout aussi long je te signale.

Jayden :

Tu me diras quelle chanson tu as préférée.

Zach :

Ok, toi aussi alors.

Jayden :

Oui, promis.

Zach :

Ta playlist n'a véritablement aucun sens, c'est hilarant mais aussi super déroutant.

Jayden :

J'aime tous les genres de musique, alors ma playlist c'est un peu une immense mosaïque remplie de plein de choses.

Zach :

J'aime bien l'image que tu lui donnes. C'est cool de se retrouver dans différents genres.

Jayden :

Au moins, je ne me lasse de rien.

Zach :

Tu verras la mienne c'est plutôt un tableau monochrome, mais j'espère qu'elle te plaira.

Jayden :

Il n'y a pas de mal à préférer un genre aux autres, Zach.

Zach :

Dis, quand on se verra, tu pourras prendre ton violon ?

Jayden :

Seulement si tu prends tes feutres.

Zach :

Ok, *we have a deal.*

Jayden :

Ça me paraît plutôt convenable.

Zach :

Je te ferai dessiner.

Jayden :

Je sais faire que des bonhommes bâton, Zach.

Zach :

Ça sera donc le moment d'apprendre.

Jayden :

Tu sais pas dans quoi tu t'embarques.

Zach :

J'ai déjà donné des cours à des enfants, tu dois pas être bien pire.

Jayden :

Le culot.

Zach :

Je sais, mais t'adores ça.

Jayden :

Tocard.

Zach :

Tiens ça faisait longtemps !

Jayden :

Oui, mais là tu le mérites.

Zach :

Mais tu sais

Zach :

J'ai beau être un tocard

Zach :

Je resterai toujours ton préféré.

Jayden :

Tu m'énerves !!!

Zach :

♡

20 juillet 2018

11h47

Zach :

Alors, ton titre préféré ?

Jayden :

Mh, honnêtement c'était dur de choisir, mais je pense que c'est S*oftcore* de The Neighbourhood.

Zach :

Une des meilleures oui, très bon choix.

Jayden :

Et toi alors ?

Zach :

J'ai pu voir que tu étais fan de la musique des années 80. J'étais donc obligé de choisir un titre de cette décennie.

Jayden :

Ne me dis pas que tu as choisis la chanson de Top Gun.

Zach :

Bien sûr que non, ça aurait été trop facile.

Jayden :

Alors, quoi ?

Zach :

Heroes de David Bowie.

Jayden :

Un des meilleurs choix, j'en attendais pas moins.

Zach :

Tu m'as fait redécouvrir un tas de choses dont j'avais oublié l'existence, c'était incroyable d'écouter ta playlist. C'était comme découvrir une nouvelle partie de toi. Un nouveau prisme, une nouvelle porte vers ton monde.

Jayden :

Écouter la musique de quelqu'un c'est le lire au travers des paroles. Je t'ai confié une partie de moi, alors j'espère que tu ne la briseras pas.

Zach :

J'en prendrai soin.

Jayden :

Personne n'avait eu le droit d'écouter ma playlist avant toi.

Zach :

Qu'est-ce que tu essaies de me dire ?

Jayden :

Que tu n'es plus si insignifiant que j'aime le laisser paraître.

Zach :

Oh, mais tu ne m'apprends rien.

Zach :

Tu aimes te cacher derrière ta carapace de fer.

Zach :

Je l'ai compris bien assez tôt.

Jayden :

Et pourquoi tu as persévéré alors ?

Zach :

Il y a quelque chose qui m'intrigue, tu n'es pas comme les autres.

Jayden :

Tu as encore regardé une comédie romantique hier soir ou quoi ?

Zach :

Tu m'emmerdes.

Zach :

Mes speech sont toujours un cliché pour toi.

Jayden :

Oui, mais j'aime bien voir à quel point tu ressembles à un personnage de bouquin.

Zach :

Mais maintenant, je ne suis plus un personnage de bouquin.

Jayden :

Laisse-moi deviner.

Jayden :

Tu es le personnage de mon histoire hein ?

Zach :

Bingo.

Jayden :

J'ai la gerbe.

Zach :

♡

22 juillet 2018

17h42

Zach :

Tu vérifieras ta boîte aux lettres.

Jayden :

Hein ? Tu m'as envoyé quelque chose ?

Zach :

Va voir.

Jayden :

Je l'ai récupéré, ça à l'air énorme, qu'est-ce que tu m'as envoyé encore ?

Zach :

Ouvre au lieu de me poser des questions.

Jayden :

C'est quoi ce carnet ? C'est toi qui a dessiné tout ça ?

Zach :

La dernière fois, tu voulais voir mes dessins, je viens de terminer un carnet de croquis, alors je me suis dit que j'allais te l'envoyer. Comme ça tu auras le temps de les regarder avant le 19 août.

Jayden :

J'en reviens pas, il est énorme. J'ai trop hâte de les découvrir.

Zach :

Tu me diras ce que tu en penses alors !

Jayden :

Avec grand plaisir oui. Merci encore.

Zach :

Mais tout le plaisir est pour moi.

Jayden :

Il se peut que tu reçoives une nouvelle lettre colorée bientôt.

Zach :

Tu as des enveloppes de toutes les couleurs ?

Jayden :

Plus ou moins.

Zach :

Tu écris beaucoup de lettres ?

Jayden :

J'aime tout ce qui se rapporte à l'ancien, les vrais écrits manuscrits, les lettres, les vinyles, les appareils photo à pellicules, les vieux livres et les fringues des années 80.

Jayden :

J'écris beaucoup de lettres, le plus souvent je ne les envoie pas. Mais j'aime avoir mes écrits de façon matérielle. Ça laisse une trace.

Zach :

C'est fascinant. je n'avais jamais vu quelqu'un d'aussi passionné par l'ancien avant.

Jayden :

Au-delà d'une passion, c'est un univers dans lequel je me retrouve beaucoup plus. Tu comprendras avec le temps.

Zach :

Ça veut dire qu'on va se parler pendant des siècles encore.

Jayden :

Des siècles, je ne sais pas. Longtemps, probablement.

Zach :

Sympa cette idée, décidément tu penses souvent à des trucs cool.

Jayden :

Il paraît que j'ai les meilleures idées.

Zach :

Et un ego gonflé au max.

Jayden :

Peut-être.

Zach :

Tocarde.

Jayden :

♡

23 juillet 2018

14h39

Jayden :

Tu m'en veux si je garde quelques-unes des pages de ton carnet ? Il y a des dessins que j'aimerais toujours garder avec moi.

Zach :

En temps normal, ça me ferait chier oui. Mais comme c'est toi, je t'autorise.

Jayden :

Comment ça, "comme c'est toi" ?

Zach :

Arrête de vouloir me faire avouer des trucs ici, après j'aurai plus rien à t'avouer quand on se connaîtra en vrai.

Jayden :

Mais je suis curieuse, et chiante.

Zach :

Surtout chiante.

Jayden :

Touchée.

Zach :

Pour te faire oublier que je dois avouer un truc, je vais te poser des questions.

Jayden :

Je t'en prie.

Zach :

C'est quoi ta couleur préférée ?

Jayden :

Le vert très foncé, et le marron, et toi ?

Zach :

Quelle originalité, j'étais sûre que t'allais me répondre "noir" et que j'aurais dû faire le mec relou à dire que ce n'est pas une couleur.

Jayden :

Tu es un mec relou.

Zach :

Je vais rougir.

Jayden :

Alors, c'est quoi ta couleur préférée tocard ?

Zach :

Le rouge et le gris !

Jayden :

Tu dois être en panique devant ton maillot de rugby jaune et bleu.

Zach :

Mouais, je suis pas fan.

Zach :

Je voulais savoir, tu parles combien de langues ?

Jayden :

Couramment 3 : l'anglais, le français et le polonais.

Zach :

Wow, je suis impressionné.

Jayden :

Comme d'habitude, en fait.

Zach :

Fais gaffe, dans la course à l'ego tu commences à me devancer.

Jayden :

Moi ? Jamais voyons.

Zach :

Mais oui c'est ça, fous-toi bien de moi.

Jayden :

Si t'insistes.

Zach :

Non merci.

Jayden :

Tu continues tes questions ?

Zach :

Oui, espèce d'impatiente.

Jayden :

Je t'ai piqué ton rôle aussi on dirait.

Zach :

On dirait bien oui.

Jayden :

C'est sympa de jouer le tocard.

Zach :

Tu m'emmerdes.

Jayden :

Tu as fait une faute de frappe.

Zach :

Ah bon ?

Jayden :

Oui, tu voulais sûrement dire "je t'adore".

Zach :

Tu veux que je vomisse ?

Jayden :

Tu vois ce que ça fait d'être un tocard maintenant :)

Zach :

Imbécile va.

Jayden :

♡

24 juillet 2018

08h02

Jayden :

Il faut que je te prévienne d'un truc.

Zach :

Dis-moi.

Jayden :

Je pars faire une cure pour une semaine avant de rentrer à Los Angeles, je ne capte pas vraiment là-bas, alors mes messages seront sûrement irréguliers.

Zach :

Oh, je vois. Mais ça va aller ?

Jayden :

Oui, ne t'en fais pas. C'est pour mon bien, j'en fais une tous les trois mois.

Zach :

Mh, d'accord. Si c'est pour ton bien alors, ça me rassure.

Jayden :

Je pars cet après-midi.

Zach :

Je vais encore devoir me passer de toi pour une semaine alors ?

Jayden :

Peut-être.

Zach :

Je suis tout bonnement dévasté.

Jayden :

Quand même ! N'en fais pas tout un drame, Zach.

Zach :

Bon, ok. Mais ça m'attriste quand même.

Jayden :

Moui, moi aussi. Mais j'aurai quand même mon téléphone. Si je peux, je te parlerais.

Zach :

Oui, tu m'envoies des messages quand tu as du réseau.

Jayden :

Décidément, je vais encore te manquer.

Zach :

Primo : oui.

Deuxio : je m'inquiète pour toi.

Jayden :

Ne t'inquiète pas, je suis entre de bonnes mains. Ils me connaissent depuis des années maintenant, ils savent quoi faire.

Zach :

Tu as toujours été malade ?

Jayden :

Oui.

Zach :

Je vois.

Jayden :

Mais je t'assure que je vais bien.

Zach :

Je te crois.

Jayden :

Tu es l'une des rares personnes à me connaître à ce point, Zachy. Et je crois que tu me donnes envie d'avoir de l'espoir sur tout ça.

Zach :

Ah oui ?

Jayden :

Mh, oui.

Zach :

J'en suis ravi.

Zach :

Bats-toi s'il te plaît.

Zach :

J'ai envie de te connaître toute ma vie.

Jayden :

Promis.

Zach :

Et quand tu n'auras plus de force, je te porterai.

Jayden :

Tu me tiendras toujours la main alors ?

Zach :

Je déteste tenir la main, mais avec toi, ça sera différent.

Jayden :

À dans une semaine, Zach.

Zach :

Prends soin de toi.

Jayden :

♡

Zach :

♡

ZACH

Et tout à coup, elle était repartie. Encore une semaine à devoir batailler avec mes pensées pour essayer de la sortir un petit peu de ma tête. Une semaine à regarder le plafond en écoutant sa playlist et en me demandant si elle allait aussi bien qu'elle le prétendait. Sa façade si lisse m'intriguait. Je savais qu'elle dissimulait une montagne de douleur sous son sarcasme et son indifférence. Elle souffrait. J'en étais certain.

Plus le temps passait et plus elle laissait une marque. Comme si elle traçait son passage à l'intérieur de moi. J'ai eu du mal à accepter que quelqu'un puisse être si proche et à la fois si loin de moi. J'ai eu du mal à me rendre compte qu'elle était désormais tout ce que j'espérais découvrir. C'était mon aventure à moi, le voyage dont je ne voulais jamais revenir.

Assis sur la plage, j'ai regardé un énième coucher de soleil en allumant ma cigarette. La musique tambourinait dans mes oreilles et je murmurais les paroles à mesure que les chansons défilaient. J'étais dans ma bulle, à l'abri de tout ce qui pourrait interférer, de tout ce qui pourrait me réveiller de mon rêve. Je contemplais la beauté du ciel, pour m'apaiser mais aussi comme pour me dire qu'un jour je l'emmènerais au bout du monde pour regarder tous les couchers de soleil de la planète avec elle.

J'avais avec moi, la lettre qu'elle m'avait envoyée et que j'avais reçue quelques jours auparavant. J'aimais la relire. Elle écrivait si bien que c'en était déroutant. Avoir le privilège de recevoir ses lettres était quelque chose auquel je ne voulais jamais renoncer. C'était un petit bout d'elle si proche de moi. Comme l'avoir assise ici, partageant une once de tranquillité. C'était comme l'emmener avec moi, rire et sourire ensemble. J'ai lancé ma chanson préférée de sa playlist et j'ai relu encore une fois cette lettre. Je ne m'en lassais pas.

"Zach,
Tu dois probablement te demander pourquoi est-ce que je t'envoie encore des lettres alors que nous pouvons de nouveau échanger des sms. À vrai dire, j'aime à croire que mes lettres laisseront une trace et qu'elles ne s'effaceront pas dans une banque de données numériques. J'aime à croire qu'elles te feront sourire un peu plus.
J'aime t'écrire des lettres, parce que je n'appréhende pas cette réponse presque immédiate. Je sais que tu ne me répondras pas ou du moins, presque pas. Mais que tu prendras quand même en compte tout ce que je peux te livrer ici. C'est un exutoire pour moi, quelque chose qui me permet de me libérer un peu plus.

Je voulais te dire que je pars en cure mais que j'ai emporté tes dessins et Jamie avec moi. Il m'était impossible de partir sans cette petite partie de toi avec moi. C'est comme une protection, quelque chose qui me réconfortera quand j'aurai l'impression de stagner ou de perdre pied. C'est une force en plus. Parce que oui, tu m'as redonné cette envie d'y croire. Et je ne te remercierai jamais assez pour ça.
Je ne pars qu'une semaine et pourtant j'ai l'impression de laisser tout un monde derrière moi. Je t'avoue espérer secrètement que les jours s'écouleront vite. Pour te reparler, mais aussi pour te rencontrer. Qui aurait cru que je deviendrais l'impatiente entre nous deux ? Pas moi.
Mais putain, Zach, je suis impatiente. J'ai hâte de te rencontrer (imprime le bien car je ne te le répéterai probablement jamais.)
On se retrouve dans une semaine.
-Ton imbécile préférée. »

J'ai souri. Comme après chaque lecture. Parce que c'était subtil mais à la fois profond. Pudique mais tellement révélateur. Elle était en train de tomber elle aussi, inévitablement. Bientôt nous serions pris à notre propre piège, tombant tous les deux à cause d'un jeu par sms. Je ne savais quoi penser de tout ça, mais je crois que je commençais à accepter l'idée que mon coeur puisse ressentir quelque chose pour elle. Quand bien même j'étais loin d'être familier avec tout ça. C'était comme plonger dans l'inconnu la tête la première sans réfléchir à la chute. Sauter sans même penser à se rattraper.

J'avais enlevé mon casque et j'écoutais les vagues cogner contre la falaise à quelques mètres de moi. La plage était mon havre de paix. C'était ici que je trouvais mon coin de tranquillité. La bulle dans laquelle j'aimais m'enfermer. Parfois pour la soirée, parfois pour des journées. J'étais comme ça. Sociable mais parfois tellement épuisé par les gens que je m'isolais des jours durant. Comme avoir sa batterie sociale qui se déchargeait. C'était drainant. Je me demandais si elle viderait ma batterie sociale. Ou bien si elle la rechargerait. Je me demandais quel rôle on tiendrait dans la vie de chacun, une fois qu'on pourrait enfin se voir.

J'avais un monde de questions qui me traversait l'esprit dès que je pensais à notre rencontre. J'avais peur de ne pas être ce qu'elle espérait, de ne pas être assez. De ne pas pouvoir lui donner ce qu'elle désirait. De ne pas être à la hauteur. Foutue anxiété ! J'étais incapable de ne pas appréhender. Je serrais les dents et je me taisais. Mais la brûlure que créait ce stress au fond de mon être devenait insoutenable. J'avais le cœur en feu. Voilà ce qu'elle me faisait.

Elle était la seule fille qui avait su attirer mon attention. La seule qui avait su capter mon intérêt. Peut-être que le fait qu'il y ait d'abord une distance entre nous m'avait rendu désireux de poursuivre ce jeu. Peut-être que j'étais plus joueur et espiègle que je ne l'imaginais.

Peut-être que j'étais capable de ressentir des choses comme celles-ci, finalement. Peut-être que le fait de m'attacher à elle m'avait donné envie d'y croire un peu plus. Au diable les peut-être ! J'étais certain qu'elle était spéciale pour moi. Personne ne m'avait jamais fait cet effet-là.

Il était si dur de ne pas vouloir s'emballer lorsqu'on se sentait à ce point en phase avec quelqu'un. J'avais envie de tracer des plans sur la comète et de me plonger à fond dans un millier de rêves que nous pourrions réaliser ensemble. Mais la réalité me rattrapait souvent très vite et je me rappelais que je ne vivais pas un rêve éveillé. Et que je devrais probablement franchir un millier de murs avant de pouvoir espérer parcourir les Terres et les Mers avec elle. Elle était un véritable bunker, entourée par une forteresse scellée, et pourtant je n'ai jamais autant eu envie de trouver les foutues clés pour briser ces portes.

Je me demandais comment elle serait. J'imaginais ses cheveux noirs relevés, dégageant son visage, doux et un peu rond. Des joues généreuses et des fossettes aussi grandes que l'univers. Ses grands yeux me dévisageant parce que je suis deux fois plus grand qu'elle, remplis de lumière et d'espièglerie. Ses petites mains jouant nerveusement avec un bracelet attaché à son poignet, osant à peine prononcer des mots. Puis sa voix, claire et paisible, prononçant son prénom pour la première fois. Comme la résolution d'une énigme que je n'ai cessé d'essayer de résoudre pendant presque trois mois. J'ai dessiné un portrait, avec l'imaginaire que j'avais d'elle. Une sorte de portrait fictif de la personne avec qui je discutais. Je suis peut-être complètement malade, mais j'aimais croire qu'elle ressemblerait à cette personne et que j'aurais su lire en elle au-delà de l'écran qui nous séparait.

Plus les jours passaient et plus mon impatience grandissait. J'avais l'impression que c'était un trou sans fin et que j'avais plongé dedans à grande vitesse. J'étais si pressé que j'en rageais. Tellement nerveux et heureux à la fois. Je ne savais même plus quoi ressentir. C'était l'effet qu'elle faisait. Un tourbillon à elle seule, une tornade que personne n'avait osé approcher.

Le week-end avant qu'elle sorte de l'hôpital, j'étais parti camper avec Alex. J'avais besoin de changer d'air et peut-être aussi de me confier. Il était la seule personne avec qui je le faisais. On était partis, loin, profitant du calme que Los Angeles ne procurait que très peu. On s'était installés à la belle étoile, comptant les étoiles filantes et dessinant les constellations. J'étais calme mais à la fois préoccupé, j'aurais aimé qu'elle soit là, au moins avoir un message. Mais je n'en avais pas eu. Aucun de la semaine. J'ai cru qu'elle le ferait, qu'elle se faufilerait dans les couloirs de l'hôpital pour chasser le réseau. Mais non. Elle ne devait pas avoir la force pour le faire. Et je m'en voulais de ne penser qu'à mon bien-être, espérant son message et ignorant sa douleur. Elle était certainement branchée à cinq machines en même temps et je ne pensais qu'à mes sms. J'étais pathétique.

— Zach, parle-moi, je sais que tu es préoccupé. Alex a soufflé, doucement.

J'ai inspiré et expiré assez fort, montrant que j'étais d'accord avec ses dires. Je me suis redressé, ramenant mes genoux contre moi et j'ai regardé les lumières de la ville qui s'élevaient devant moi avant de pouvoir prononcer un mot. J'avais la gorge sèche et le cœur brûlant. Je voulais crier tout ce que j'avais dans la tête. Mais je me suis ravisé, choisissant de lui parler calmement.

— Tu sais, je n'avais jamais su ce que ça faisait réellement d'être attaché à quelqu'un. Je veux dire, à part toi bien-sûr, mais tu es plus comme mon frère, tu le sais.

J'ai secoué la tête, déjà perdu dès le début de ma tirade dramatique. J'ai repris mon souffle puis j'ai fini par continuer de parler.

— Enfin, ce que je veux dire c'est qu'avec elle, je me sens différent. Je ne sais pas si c'est positif ou négatif, je ne sais pas ce qu'elle me fait. Mais elle le fait. Je ne suis pas du genre à être affectif, encore moins amoureux. Mais avec elle, rien n'est plus comme avant. J'ai envie de la protéger, de savoir comment elle va, ce qu'elle fait, quelles sont ses passions et ses vices cachés. Je veux partager et parler pendant des heures sans m'arrêter. Découvrir des endroits, l'emmener sur la plage et à nos matchs de rugby. Je veux l'écouter chanter, la voir sourire et pouvoir mettre ses cheveux derrière son oreille comme ils font dans les horribles comédies romantiques pour adolescents. J'ai envie de refaire le monde et de redécouvrir ma vie. Elle me montre que je ne suis pas celui que je pensais être. Elle me fait sentir comme si j'étais beaucoup plus que ça, Alex. Ça me rend dingue.

— Allez, avoue-le Zach.

— Quoi donc ? Je lui ai demandé, surpris.

— Tu es fou d'elle.

J'ai passé nerveusement mes mains sur mon visage car je détestais ce genre de sentiments. Je n'aimais pas tout ce qui pouvait se rapporter à l'amour. J'étais très étranger à tout cela et je le savais profondément. L'idée qu'elle pouvait aussi métamorphoser cette partie de moi m'avait angoissé. Comment faisait-elle ? Est-ce que je pourrais être comme ça avec d'autres personnes qu'elle ?

— Je ne sais pas si je suis fou d'elle. Mais je ressens quelque chose.

Alex a souri, il a tourné la tête vers moi, probablement satisfait de ma réponse puis il m'a ébouriffé les cheveux, son sourire béat toujours collé aux lèvres.

— Tu vois, Zach, j'étais sûr qu'un jour, quelqu'un arriverait à te faire tourner la tête. Aussi étranger à l'amour que tu puisses être, elle t'a fait quelque chose. Et ton cœur brûle dès que tu parles d'elle. Ce n'est plus une personne lambda. Elle fait partie de toi.

"Elle fait partie de toi." Cette phrase a résonné tellement fort en moi que j'ai eu l'impression de perdre pied. C'était une description parfaite de l'effet qu'elle faisait. Elle était devenue une partie de moi.

— Tu sais, j'ai peur. Lorsque je la rencontrerai, j'ai peur qu'elle s'en aille, qu'elle ne revienne plus jamais. J'ai peur qu'elle me brise le cœur ou alors que je lui brise le cœur. J'ai peur, Alex.
— Mais tu sais, avoir peur n'est pas honteux. Particulièrement dans cette situation. Tu as le droit. Tu verras bien assez tôt que tes appréhensions se seront envolées. Tout ira bien. Laisse-toi du temps, Zach.

Sur ces paroles, je me suis conforté dans mon silence. Et j'ai espéré qu'il ait raison. On avait terminé notre week-end dans la bonne humeur, j'étais plus détendu qu'en arrivant. J'étais tellement heureux d'avoir Alex à mes côtés, il était le seul à me comprendre vraiment.

Nous étions rentrés le dimanche en fin de journée. J'avais instantanément rallumé mon téléphone, espérant que mes notifications apparaîtraient à la vitesse de la lumière. C'était sans compter la panne de wifi et la lenteur du réseau dans mon quartier. Génial. J'avais alors patienté, en dessinant. La musique tournait à fond dans ma chambre, couvrant les engueulades de mes petits frères, et le match de foot que regardait mon père dans le salon. L'horloge a tourné longuement. Puis à 22h, deux petits carillons ont retenti. Je savais que c'était un message. Alors j'ai sauté sur mon téléphone. Mon sourire était revenu presque aussitôt.

1 nouveau message : Mon imbécile préférée.

JAYDEN

Ça y est. J'étais repartie pour une semaine. Une cure, une fois de plus. J'essayais de rester optimiste quant à ce genre de traitements, mais honnêtement, ça devenait de plus en plus compliqué avec le temps. La maladie me rongeait de l'intérieur. Cultiver le positif c'était cool, mais c'était toujours plus simple de le faire quand on n'était pas allongée sur un lit d'hôpital.

Ma déception n'en avait été que plus grande lorsque j'étais arrivée et que l'on m'avait annoncé que je n'aurai pas le droit à mon téléphone de la semaine. Une histoire d'ondes et d'interférences, une connerie du genre. Le temps d'un instant, j'ai eu envie de pleurer, d'une part parce que je n'aurais pas de compagnie, d'une autre, parce que je ne pourrais même pas parler à Zach. C'était un carnage. Ma semaine allait me sembler aussi longue qu'une année scolaire.

J'avais accepté la nouvelle, non sans râler bien sûr. Et je m'étais repliée sur mon *walkman* -dieu merci j'y avais pensé-. Sans compter que je n'avais pas oublié de graver la playlist de Zach sur plusieurs cassettes avant de partir, histoire qu'il soit toujours près de moi. J'étais un peu ridicule et niaise sur les bords, mais il me donnait une nouvelle force d'y croire, alors j'essayais de l'attraper du bout des doigts autant que je le pouvais. Encore une semaine sous silence… Je n'en avais aucune envie.

Parfois, j'hésitais à le rencontrer plus tôt. Aller toquer chez lui soudainement au beau milieu de l'après-midi sans le prévenir et voir à quel point il serait dérouté sur son palier. Parfois, je m'imaginais à quel point notre rencontre serait désastreuse ou merveilleuse. Je ne savais pas si je devais penser seulement au bon côté des choses et me dire que ce serait comme dans les contes de fées ou bien si je devais rester rationnelle et accepter que ça puisse, potentiellement, se passer mal. Même si j'en doutais. Garder en tête cette possibilité me permettait de me dire que rien n'était acquis et que peut-être, après m'avoir rencontré, Zach déciderait de partir, lui aussi.

Je crois que j'étais prête. Prête à m'investir comme il se doit pour conserver ce lien que nous avions. Je ne savais pas vraiment quelle était sa nature. Mais à vrai dire, ça ne me préoccupait pas. J'aimais à croire que ce que nous avions était spécial. Même si pour d'autres c'était ringard. C'était une relation que je n'abandonnerais pour rien au monde. C'était autre chose qu'un lien habituel, c'était au-delà des étoiles, aussi grand que l'Univers. Parfois, je me surprenais à le remercier d'avoir envoyé ce foutu message sur un mauvais numéro. S'il ne s'était jamais trompé, nos routes ne se seraient probablement jamais croisées. Et maintenant, j'avais du mal à me faire à l'idée que j'avais vécu tant d'années sans le connaître.

Les jours se faisaient longs. J'entendais les machines résonner dans cette chambre si étroite. C'était une prison médicalisée.

Clouée au lit, je me sentais prisonnière de barreaux invisibles. J'ai écrit beaucoup de lettres, lu beaucoup de livres, écouté beaucoup de musique. Je cherchais à m'évader dans un monde dans lequel je ne vivrais probablement jamais. Je cherchais à fuir cet environnement oppressant. Je cherchais à sortir de ma tête souffrante. J'avais le cœur en mille morceaux, je me sentais sous Terre. Sans compagnie. Personne n'avait le droit de nous rendre visite en cure, c'était la règle. Et je trouvais que c'était une belle connerie. On était malade, c'était déjà un poids à porter, et en plus, on n'avait pas le droit de se consoler un minimum avec nos proches. C’était d’un ridicule sans nom.

J'ai passé des nuits entières à écrire des lettres à Zach. Des lettres qu'il ne lirait probablement jamais, mais j'en avais besoin. J'avais envie de lui hurler toutes les choses qu'il avait réussi à changer chez moi. J'avais envie de crier sur tous les toits du Monde que j'avais enfin trouvé quelqu'un pour qui je me sentais importante. C'était comme un besoin pressant de déballer mes sentiments sur le papier. Je n’étais pas très bavarde, je ne savais pas verbaliser. Je vivais dans mes pensées. Le papier était un exutoire pour moi, le seul endroit où je me sentais capable de confier librement mes émotions. C'était des nuits épuisantes, mais mon carnet s'est rempli à la vitesse de la lumière. Il faut croire qu'il avait réussi à briser plusieurs des murs que j'avais construit. Il fallait toujours que je sois "séparée" de lui pour me rendre compte que sa place était désormais immense. Il n'était plus l'étudiant lourd qui me dérangeait pendant mes révisions. Oh non. Loin de là.

Je connaissais maintenant presque par cœur sa playlist et je mentirais si je disais que je n'étais pas devenue fan de ce qu'il écoutait. Ça me changeait de ce que j'écoutais habituellement, mais il fallait admettre qu'il avait bon goût. Ayant emporté mon violon, je m'amusais parfois à rejouer ses chansons avec mes cordes. Peut-être que je lui jouerais quand on se verrait au parc, je ne savais pas, mais je savais que ça m'avait fait plaisir de faire ça et je pense que c'était l'essentiel.

Quand on était à l'hôpital, il était facile de croire que tout allait s'écrouler et que la vie ne rimait plus rien. Que c'était un énorme tas de conneries et de désastres ambulants. Je crois qu'il y a un lien entre être malade et le fait d'avoir du mal à voir le verre à moitié plein. C'est vrai, est-ce qu'un cancéreux de stade quatre vous a déjà regardé dans les yeux en vous disant : "La vie est un long fleuve tranquille merveilleux que j'apprécie de toute mon âme." Non ? Moi non plus. Tout simplement parce que l'outil qui était supposé nous maintenir en vie dans ce monde de merde décidait de défaillir, lui aussi, et c'était accablant. Je ne m'étais jamais vraiment plainte d'être malade. À vrai dire, j'avais appris à vivre avec, mais ça ne voulait pas dire que je trouvais ça agréable. Quand j'étais entre ces murs blancs et ennuyants, j'avais envie de marteler mon crâne contre le mur, hurler que m'injecter des perfusions cinq heures par jour ne m'aidait pas à aller mieux, j'avais envie de disparaître et que tout s'arrête. Comme la plupart des gens qui étaient ici. Mais je crois que ce serait être faible que de renoncer à continuer à se battre. Alors, je ravalais toutes les choses ignobles que j'avais envie de balancer à cette prison médicalisée et je respirais un bon coup. Comme pour me dire "*Ça va aller, tu vas t'en sortir*." Mais dans tout ça, le plus dur, c'était la solitude. Se rendre compte qu'on était littéralement seule dans son combat, c'était comme sauter d'une falaise et taper la tête la première contre la pierre, ça faisait mal. Avoir de la compagnie c'était bien, mais finalement on se battait toujours seuls. Comme une guerre contre notre pire ennemi, seul contre nous-même.

Depuis que je connaissais Zach, et surtout depuis quelques semaines à vrai dire, j'avais retrouvé un peu ma capacité à voir le verre à moitié plein. J'étais un peu plus optimiste qu'il y a quelques mois. Je pense que le fait qu'il ne m'ait encore jamais vue malade et qu'il continue à s'intéresser à moi malgré ça m'aidait beaucoup. J'avais tendance à repousser les gens et c'était pour cela que j'étais si seule. Je n'aimais pas nouer des liens, j'avais toujours peur de les blesser et de les faire souffrir quand j'étais à l'hôpital ou quand je portais ma canule. Ce n'était pas toujours facile de ne pas se sentir coupable de la souffrance des autres. J'essayais de travailler sur ça, et de me dire que je pouvais intéresser les gens, que j'étais plus que ma maladie. Mais bon sang, c'était tellement dur d'y croire parfois.

Je disais toujours que lorsqu'on traversait l'enfer, il fallait continuer d'avancer. J'avais l'impression de traverser l'enfer depuis quelques mois. Mais dans mon chemin vers la lumière, Zach était arrivé. Et je mentirais si je disais qu'il n'avait pas été d'une aide monumentale, même inconsciemment. Le fait qu'il m'envoie des messages chaque jour "m'obligeait" à garder la tête hors de l'eau, je continuais de m'accrocher jour après jour. Je crois que je devrais le remercier. Lui dire ou au moins lui écrire qu'il a réussi à me faire entretenir un espoir que je croyais éteint depuis quelques mois. Il avait ravivé la dernière étincelle de vie qu'il restait dans mon corps meurtri. Et lorsque je m'en rendais compte, je me disais que ce n'était pas anodin. Il m'avait tenu la main en étant toujours plus loin de moi. Il avait été le soutien et la force que je n'avais jamais trouvés auparavant.

*****

Aujourd'hui, pour la première fois depuis cinq jours, j'avais le droit d'aller dans le jardin. Alors je suis sortie, et j'ai emporté le carnet de Zach avec moi. J'ai passé trois heures à détailler chacun de ses dessins. Puis j'ai essayé de les reproduire et c'était clairement catastrophique. Je n'étais pas faite pour ça. Mais j'avais trouvé ça amusant d'essayer de faire l'activité qui faisait de lui la personne qu'il était. C'était comme partager un moment avec lui, sans même qu'il ait besoin d'être avec moi. C'était comme ça entre lui et moi, savoir que l'autre était toujours là, même quand notre présence n'y était pas.

J'ai décidé de lui faire un carnet moi aussi, avec tous les dessins que j'avais essayés de reproduire. Je m'étais dit que ça lui donnerait forcément le sourire. Et la simple pensée de l'imaginer sourire grâce à moi m'a fait sourire à mon tour. J'étais terriblement clichée, comme je lui ai reproché des centaines de fois. On finira comme les ados des comédies romantiques, inévitablement. Et je ne savais pas si je devais avoir la gerbe ou si je devais m'en réjouir.

Lorsque j'étais rentrée chez moi dimanche, j'avais dû passer un temps interminable dans le salon, avec mon père et mon petit frère. Je n'en avais aucune envie, mais ils m'avaient obligée à raconter comment s'était passée ma semaine, si je me sentais mieux et des trucs dans le genre. Je n'étais pas très bavarde et je l'étais encore moins quand j'avais compris que ma mère n'était encore une fois pas là à mon retour. C'était comme vivre avec son fantôme, et à chaque fois que je me le prenais en pleine face, je menaçais de me briser en mille morceaux. Alors j'ai entrepris de raconter ma semaine, collant un petit sourire rassurant sur mes lèvres, pour n'inquiéter personne et surtout pour ne pas montrer que j'étais, encore une fois, blessée.

Une fois mon récit relativement ennuyeux achevé, j'ai pris le chemin vers ma chambre. Je me suis installée nonchalamment sur le lit en soupirant longuement. J'étais épuisée de la semaine que je venais de passer. J'ai pris mon casque et mon téléphone puis j'ai lancé ma playlist. Pendant quelques instants, j'ai admiré le plafond, sans bouger, ni rien ressentir. C'était comme être un esprit conscient dans un corps vide. Déprimant.

Après avoir écouté des chansons tristes pendant une heure, j'ai finalement décidé d'envoyer un message à Zach. J'avais attendu une semaine de pouvoir retrouver mon téléphone et en arrivant je n'avais même pas été capable de lui envoyer un sms directement. J'étais lamentable.

Je m'y suis reprise à dix fois, je ne savais même pas quoi dire pour commencer la conversation. J'avais un million de choses à lui dire. Alors je n'avais pas réfléchi et j'avais fait confiance à mon intuition, pour une fois. Et en envoyant ce message je ne savais pas si je devais mourir de stress ou si je devais être fière de moi d'avoir envoyé un tel truc.

J'ai continué à regarder le plafond avec mon casque sur les oreilles jusqu'à ce qu'il réponde.

Puis, les deux petites cloches ont sonné, signe de libération.

C'était *mon* Zach.

1 nouveau message : Zach ♡

31 juillet 2018

21h13

Jayden :

Salut Zach, à vrai dire, je ne savais même pas comment commencer ce message. J'ai un océan de choses dans la tête, un million de choses à te dire. Je voulais déjà te dire que je vais bien et que ma cure s'est bien passée, même si la semaine était longue et ennuyante à mourir. Mais je voulais surtout te dire que tu m'aides à m'accrocher dans tout ça, alors merci. Je ne sais pas où j'en serais sans toi, et j'avais besoin que tu le saches.

Zach :

J'espère que tu n'espères pas que j'aille bien après un message comme celui-là, madame ?

Jayden :

Arrête d'en faire des tonnes !!! Je vais regretter d'avoir envoyé ça.

Zach :

Bon, d'accord, pardon. Mais en tout cas, ça m'a fait plaisir de lire ces mots.

Zach :

Et je suis content que tu ailles bien.

Jayden :

Et toi, comment tu vas ?

Zach :

Mieux maintenant.

Jayden :

Ça y est tu recommences.

Zach :

Sortir des trucs clichés ça fait partie de moi, habitue-toi.

Jayden :

Ah oui, je devrais ?

Zach :

Oui, littéralement.

Jayden :

Très bien alors.

Zach :

Tu as fait quoi pendant une semaine ? (À part penser à moi)

Jayden :

(Tocard)

Jayden :

J'ai rejoué ta playlist au violon, j'ai lu un livre par jour, essayé de dessiner, regardé les murs et compté le nombre de fleurs sur le papier peint horrible de ma chambre. Puis, quelques fois je pensais à toi.

Zach :

Bien sûr que tu pensais à moi.

Zach :

Sinon tes journées avaient l'air plutôt bien remplies !

Jayden :

Faut bien combler le vide.

Zach :

Bientôt tu n'auras plus ce souci.

Jayden :

Pourquoi ?

Zach :

C'est moi qui le comblerait.

Jayden :

♡

Zach :

♡

01 août 2018

11h56

Zach :

Dis, tu ne veux pas qu'on fasse comme s'il y avait eu avance rapide et qu'on était enfin le 19 août ?

Jayden :

Ça y est, tu recommences à faire ton impatient.

Zach :

Ça me rend dingue de devoir encore attendre presque trois semaines !! Ne me dis pas que tu es indifférente à tout ce temps qui doit encore s'écouler ?

Jayden :

Mh, je ne dirai pas que je suis totalement indifférente, mais je crois que je suis bien plus patiente que toi.

Zach :

Sans aucun doute !

Jayden :

Ça t'énerve hein ? De ne pas pouvoir venir sonner chez moi et me parler directement.

Zach :

C'est pire que ça, j'ai la rage.

Jayden :

Sois patient, tout cela n'aura pas été vain.

Zach :

J'espère bien ! Tu vas me voir tous les jours à partir du 19 août.

Jayden :

Je serai retournée sur le campus, je n'ai pas de maison à Los Angeles.

Zach :

Alors compte sur moi pour reprendre ma chambre en avance.

Jayden :

Tu dors aussi sur le campus ?

Zach :

Ouais, c'est mieux pour moi, j'ai besoin de mon espace.

Jayden :

Je peux comprendre, on sera amenés à se croiser souvent alors.

Zach :

En effet.

Jayden :

J'espère que tu viendras pas balancer des cailloux contre ma vitre à deux heures du mat'.

Zach :

Je sais que t'adorerais ça.

Jayden :

Tu déconnes ?

Zach :

Non, tu m'ouvrirais la fenêtre un énorme sourire collé aux lèvres en secouant la tête et en me disant : *"Zach tu es vraiment le plus gros des tocards que je connaisse"*.

Jayden :

Depuis quand tu me connais si bien ?

Zach :

Je suis peut-être un tocard mais je commence à te connaître, en effet.

Jayden :

Peut-être que je t'ouvrirais ma fenêtre alors.

Zach :

Évidemment, tu ne pourras pas résister en voyant que je t'ai ramené des Lucky Charms en prime.

Jayden :

Décidément, tu sais y faire.

Zach :

J'apprends bien.

Jayden :

Ne compte pas sur moi pour t'ouvrir tous les soirs.

Zach :

Ça veut dire que tu m'ouvriras quelques fois, ça !

Jayden :

Tocard.

Zach :

♡

03 août 2018

10h52

Zach :

Dis, tu rentres quand du Canada ?

Jayden :

Je prends l'avion le 9 août.

Zach :

Ça se rapproche !

Jayden :

Oui, je suis contente de rentrer et de retrouver mon petit espace à moi.

Zach :

Tu as quand même profité de ta famille ?

Jayden :

Mh, on n'est pas une famille très fusionnelle, alors j'imagine que j'ai profité à notre façon. On est allés au restaurant tous ensemble et c'est très rare. J'ai emmené mon petit frère au cinéma tous les week-ends, et je suis sortie quelques fois avec Louis.

Jayden :

J'imagine que c'est déjà une bonne façon de passer du temps avec eux, c'est pas tout le temps facile.

Zach :

Mh, je vois. Et ta maman ? Toujours aux abonnés absents ?

Jayden :

Exact. Elle n'était même pas là quand je suis rentrée de l'hôpital.

Zach :

Je suis désolé.

Jayden :

Non, ne le sois pas. On ne peut pas changer une personne qui ne veut pas changer, tu sais. C'est comme ça.

Zach :

C'est dommage, elle passe à côté d'une fille géniale.

Jayden :

roule des yeux

Zach :

Tu pourrais au moins me dire merci.

Jayden :

Bon ok, merci.

Jayden :

Et toi, tes vacances ?

Zach :

On s'entend bien chez moi, on part en vacances tous ensemble demain jusqu'au 10 août avant de repartir à la fac ! J'ai fait pas mal de trucs avec mes petits frères, c'était cool de pouvoir passer un peu de temps avec eux.

Jayden :

Je suis contente pour toi ! Tu pars où ?

Zach :

On va à Hawaii voir ma famille.

Jayden :

Oh putain, c'est génial !!

Zach :

Je t'envoie une carte postale ?

Jayden :

S'il te plaît.

Zach :

Promis, je te ferai même un album photo.

Jayden :

Tu sais comment me parler.

Zach :

Je sais plus résister.

Jayden :

Alors, ne le fais pas.

Zach :

♡

04 août 2018

23h15

Jayden :

Tu es bien arrivé ?

Zach :

Oui, on a fait bon vol, on s'installe tranquillement.

Jayden :

D'accord, tu es content d'être là-bas ?

Zach :

Oui, j'adore venir ici. J'ai plein d'endroits à moi, des endroits dans lesquels je suis vraiment en paix, c'est un peu ma petite bulle ici.

Jayden :

Je vois, profites-en alors !

Zach :

Et toi, tu fais quoi ?

Jayden :

Je suis chez Louis, je l'aide à faire ses affaires.

Zach :

Il s'en va ?

Jayden :

Il vient avec moi !! Il reprend ses études à UCLA en septembre !

Zach :

C'est trop cool ! Il va faire quoi de beau ?

Jayden :

Une licence d'Histoire.

Zach :

Intéressant ! J'espère que j'aurais l'occasion de le rencontrer.

Jayden :

Que si tu me présentes Alex.

Zach :

Me connaître, c'est aussi connaître Alex. On est comme des frères.

Jayden :

Génial, pas un mais deux tocards à supporter, m'en voilà ravie.

Zach :

Wow, c'était gratuit ça.

Jayden :

J'adore t'embêter, je me suis découvert cette passion pendant l'été.

Zach :

Oui, j'ai bien remarqué ! Tu es chiante tu sais ?

Jayden :

Oui, mais t'aimes bien ça, sinon tu aurais coupé les ponts.

Zach :

Coupable.

Zach :

Mais c'est pas une raison pour être encore plus chiante !!!!

Jayden :

J'oserai pas voyons.

Zach :

Mon oeil, ouais.

Jayden :

Je suis peut-être chiante mais je suis ta personne chiante préférée.

Zach :

Oui, tu es une privilégiée.

Jayden :

Je dois rougir ?

Zach :

Peut-être.

Jayden :

Tu fais ton mystérieux ?

Zach :

C'est ton rôle d'habitude.

Jayden :

J'allais le dire.

Zach :

Sinon.

Zach :

Je voulais continuer le jeu, tu te rappelles qu'il existe encore ?

Jayden :

Bien entendu, tu crois quoi ?

Zach :

On joue toujours alors ?

Jayden :

Toujours.

Zach :

Ok, alors.

Zach :

C'est quoi la chanson qui te fait penser à moi ?

Jayden :

Moi qui m'attendais à une question simple.

Zach :

Je te pose une colle hein.

Jayden :

Tocard.

Zach :

♡

05 août 2018

07h18

Zach :

J'attends toujours.

Jayden :

Je me suis creusée la tête toute la nuit, je te signale.

Zach :

Tu as trouvé j'espère.

Jayden :

Oui.

Zach :

Et tu attends quoi pour me l'envoyer ???

Jayden :

L'impatience aura ta peau un jour.

Zach :

En attendant, envoie, je veux écouter.

Jayden :

Ça va, ça va, j'arrive.

Zach :

Tu appréhendes que j'écoute cette chanson en fait.

Jayden :

Arrête de faire ça !

Zach :

De faire quoi ?

Jayden :

Lire dans ma tête !!!!

Zach :

J'essaierai de moins bien te connaître la prochaine fois :)

Jayden :

C'est ça.

Zach :

Allez envoie !

Jayden :

Nothing in the way of us de James Arthur.

Zach :

Ça alors, pour une surprise !

Jayden :

Quoi ?

Zach :

J'ignorais que tu écoutais James Arthur.

Jayden :

Maintenant tu le sais.

Zach :

Je vais écouter.

Jayden :

Et je vais me cacher.

Zach :

Dis pas de conneries.

Jayden :

Alors donne-moi une chanson qui te fait penser à moi.

Zach :

J'en ai vraiment plein.

Jayden :

Juste une, s'il te plaît.

Zach :

Single -The Neighbourhood.

Jayden :

Tu ne jures que par eux.

Zach :

Presque, oui.

Zach :

Maintenant va écouter.

08h25

Jayden :

La chanson t'a retourné ou quoi ? Tu es super silencieux.

Zach :

Je dois dire que tu es plus surprenante que tu ne le laisses paraître.

Jayden :

Il se pourrait.

Zach :

J'ai adoré la chanson.

Jayden :

Forcément.

Zach :

Et toi ?

Jayden :

Je l'ai ajoutée à ma playlist, j'ai beaucoup aimé.

Zach :

M'en voilà rassuré.

Jayden :

Tu penses vraiment que ces paroles pourraient coordonner avec ce qu'il se passe dans ta petite tête ?

Zach :

C'est une jolie façon de poser une question pourtant si simple.

Zach :

Peut-être, et toi ?

Jayden :

Peut-être.

Zach :

Tu crois qu'il faut qu'on se parle avec des chansons ?

Jayden :

Peut-être que c'est notre façon à nous de se dire qu'on s'aime plutôt bien.

Zach :

J'aime bien cette façon de communiquer.

Jayden :

Mh, moi aussi.

Zach :

Je te ferai une playlist.

Jayden :

C'est le meilleur message que j'ai jamais reçu.

Zach :

♡

07 août 2018

17h53

Zach :

Tu m'en voudras pas si je te fais une playlist de six heures ?

Jayden :

Six heures ?? Tu déconnes.

Zach :

Non, j'étais inspiré. J'avais plein de trucs à te faire découvrir.

Jayden :

Tu aurais pu attendre de revenir de tes vacances, c'était pas pressé.

Zach :

Peut-être, mais j'avais envie, alors pourquoi attendre ?

Jayden :

Certes, tu as raison.

Zach :

En plus, il pleut depuis hier alors je t'assure que j'ai du temps devant moi.

Jayden :

Alors, jouons.

Zach :

Je t'écoute.

Jayden :

Comment s'appellent tes amis ?

Zach :

Eh bien, Alex déjà. Ensuite, il y a Torrance et Mia.

Jayden :

Tu as beaucoup d'amis finalement.

Zach :

Un petit groupe, on s'entend bien, on se connaît depuis le lycée.

Jayden :

Je vois.

Zach :

Et les tiens ?

Jayden :

Louis est le seul que je considère comme mon ami, mais il y aussi Gabrielle, une fille avec qui je joue à l'orchestre, c'est plus une connaissance on va dire.

Zach :

Madame ne s'entoure pas trop, visiblement.

Jayden :

J'aime avoir mon espace, et aussi mon silence.

Zach :

Ne compte pas sur moi pour garder le silence.

Jayden :

Tu seras le seul bruit que je tolère.

Zach :

Et bientôt mes amis, je te les présenterai.

Jayden :

Ah oui ?

Zach :

Évidemment.

Jayden :

Prochaine question.

Zach :

Non, c'est à moi.

Jayden :

Très bien.

Zach :

Tu vas à des fêtes ?

Jayden :

Jamais, c'est un enfer. Et toi ?

Zach :

En tant que rugbyman, on est très souvent conviés à toutes sortes de soirées, et je t'avoue que ce n'est pas ce que je préfère. Mais je vais à quelques-unes, surtout après les matchs quand on est juste entre nous, je me sens plus à l'aise. Je déteste débarquer dans un endroit et être épié de tous les côtés parce que je porte le sweat de l'équipe et que ça me donne un pseudo-privilège de sportif étudiant.

Jayden :

"Sportif étudiant", sympa ta façon de te décrire.

Zach :

Ça te plaît ?

Jayden :

Ouais, c'est craquant.

Zach :

♡

08 août 2018

18h56

Zach :

Tu prends l'avion à quelle heure demain ?

Jayden :

À 07h30.

Zach :

Ah oui, ça fait tôt !

Jayden :

J'aurai la journée pour profiter à LA comme ça.

Zach :

Certes, surtout si tu dois aider Louis à s'installer sur le campus.

Jayden :

Exactement ! Et toi tu rentres à quelle heure ?

Zach :

On prend l'avion à 9h.

Jayden :

Tu as hâte de rentrer ?

Zach :

Oui et non, oui parce que je retourne bientôt à l'Université et aussi fou que ça puisse paraître j'adore être là-bas et sur le campus, je me sens vraiment bien, puis tous mes amis sont autour de moi. Non, parce que j'adore aussi cette île et que je profite toujours ici de faire un tas de choses que je n'ai pas l'habitude de faire à Los Angeles.

Jayden :

Je comprends, il y a des avantages et des inconvénients partout de toute façon.

Zach :

Non, il n'y a que des avantages à te parler je te signale.

Jayden :

Tu recommences à faire le mec cliché.

Zach :

C'est dans ma nature.

Jayden :

Tu m'as envoyé une carte postale ?

Zach :

Bien sûr, tu la recevras bientôt j'imagine !

Zach :

Et j'ai un tas de photos à te montrer.

Jayden :

J'ai tellement hâte !! Tu ne peux pas me faire plus plaisir.

Zach :

Je ne savais pas que des photos pouvaient te rendre si heureuse.

Jayden :

J'adore découvrir de nouveaux endroits, même lorsque ce ne sont que des photos, c'est toujours une façon de voyager.

Zach :

Oui je vois, tu n'as pas voyagé cet été du coup ?

Jayden :

Non, peut-être que j'irai à New-York quelques jours avant la rentrée, j'y suis encore jamais allée !

Zach :

Il faut absolument que tu y ailles ! Cette ville est géniale.

Jayden :

Tu serais mon guide ?

Zach :

Si tu acceptes que je me joigne à toi, alors oui.

Jayden :

Sportif, étudiant, guide touristique, dessinateur, décidément tu as des tas de casquettes.

Zach :

Il paraît que c'est craquant.

Jayden :

Peut-être.

Zach :

♡

09 août 2018

13h18

Zach :

Est-ce que Mme Lucky Charms a rejoint ses appartements ?

Jayden :

Tout à fait, je suis en train de ranger mes affaires.

Zach :

Contente d'être rentrée ?

Jayden :

Oui, tellement. Je vais pouvoir reprendre mon rythme tranquillement.

Zach :

Que je viendrai perturber incessamment sous peu.

Jayden :

Tu vas bien rester chez toi jusqu'à ton anniversaire, non ?

Zach :

Non, je reviens sur le campus le 12, le 19 on se rencontre au parc et le soir je rentre fêter mon anniversaire en famille !

Jayden :

Bon, on risque de se croiser sans même le savoir alors !

Zach :

Arrête ça me rend encore plus impatient !!

Jayden :

Oups.

Zach :

Tu as prévu quoi aujourd'hui ?

Jayden :

Je vais regarder une série avec Louis, ensuite je lui fais visiter l'Université, ce soir on va manger au bord du lac.

Zach :

Quel programme !

Zach :

Vous allez regarder quoi ?

Jayden :

Dis-moi ta série préférée.

Zach :

Peaky Blinders.

Jayden :

Alors Peaky Blinders !

Zach :

C'est tout bonnement adorable.

Jayden :

:)

Zach :

Et la tienne ?

Jayden :

Tu parles à la plus grande adepte de science fiction que tu puisses connaître.

Jayden :

Bien évidemment, Stranger Things.

Zach :

J'aurais dû m'en douter bien sûr.

Jayden :

Tu as déjà regardé ?

Zach :

Tu vas me détester.

Zach :

Mais, non.

Jayden :

Primo : je ne te déteste pas.

Deuxio : ça nous fera un truc à regarder les soirs où tu viendras lancer des cailloux sur ma fenêtre.

Zach :

Tu me laisseras entrer et en plus on regardera une série ? On dirait un *date*.

Jayden :

Ne dis pas de conneries.

Zach :

Moi ça me plaît bien cette idée de *date*.

Jayden :

Mais ça sera pas ça notre premier *date*.

Zach :

Et ça sera quoi, alors ?

Jayden :

Zach je te l'ai déjà dit.

Zach :

De mourir en silence ? Oui, je sais.

Jayden :

T'es bête.

Jayden :

Non, que les spoilers ça fait jamais plaisir.

Zach :

Donc c'est toi qui t'en charge ?

Jayden :

Il se pourrait.

Zach :

Je vais hurler.

Jayden :

C'est l'effet que je te fais apparemment.

Zach :

C'est positif.

Jayden :

Je sais, tocard.

Zach :

♡

PARTIE II

CHAPITRE 1

JAYDEN

Nous étions le 10 août, je ne devais le rencontrer que dans neuf jours et pourtant, j'étais devant sa porte. Déjà.

Je ne pouvais plus résister, mon envie de le rencontrer était beaucoup trop immense pour que je ne me pointe pas à l'improviste sur son palier le jour où il rentrait de voyage.

Je portais ma canule, je respirais difficilement, le stress n'aidait en rien. J'étais terrifiée et si excitée que ça m'en donnait la nausée. J'aurais clairement pu m'enfuir en courant et patienter jusqu'au 19 août comme convenu. Mais je n'en avais pas envie. J'avais envie qu'il se tienne là devant moi, qu'il me regarde du haut de son mètre quatre-vingt-dix et qu'il reste muet pendant de longues minutes car il serait littéralement abasourdi. Voilà ce dont j'avais envie.

Alors, j'ai saisi mon téléphone, et j'ai cherché la conversation que j'ouvrais bien trop souvent.

Message à : Zach ♡

Ouvre ta porte Zach.

Le temps passait, je voyais qu'il avait lu le message. Pourtant, rien ne se passait. J'étais toujours plantée sur son palier à regarder sa porte noire immaculée. Je soupirai, presque de détresse, et priais le Dieu qui voudrait bien m'écouter pour que Zach ouvre cette foutue porte. Trois secondes plus tard, c'était totalement ce qu'il se passait.

Il était là, devant moi. Ses cheveux en pagaille, son teint bronzé et ses grands yeux marron me dévisageant. Il avait l'air complètement abasourdi, comme prévu. Et puis, je l'ai vu sourire, un vrai et grand sourire, sincère et pur. Il souriait et me détaillait comme pour mieux me connaître.

J'ai planté mon regard dans le sien et on s'est observés pendant de longues secondes. J'avais l'impression que mille mots passaient entre nos yeux et un timide sourire s'est dessiné au bord de mes lèvres. Je n'en revenais pas. Il était enfin devant moi. Zach se trouvait bel et bien à quelques centimètres de moi.

— Jayden. J'ai finalement articulé doucement, perçant le silence.

J'avais tenu ma promesse. La première chose que je devais lui dire était mon prénom. Désormais, il avait la réponse à l'une de ses premières questions.

Son sourire ne retombait pas, il se déplaçait même jusque dans ses yeux. Il était tout bonnement craquant et je mentirai si je disais qu'il n'était pas séduisant. Il est resté muet quelques instants puis il est sorti pour me rejoindre devant la porte avant de la fermer derrière lui.

— Je n'y crois pas de t'avoir enfin devant moi. J'ai eu l'impression de ne pas me réveiller d'un rêve depuis trois mois et pourtant, tu es là. Il a dit de sa voix beaucoup plus grave que je ne l'aurais pensé.

Je lui ai souri plus franchement, ne pouvant m'en empêcher. Il était exactement comme je l'avais imaginé. Grand, les épaules relativement larges, des boucles retombant nonchalamment sur son front, des yeux marron brillants, un sourire éclatant et des petites tâches de rousseur sur le bout de son nez. C'était lui, *mon* Zach.

J'ai levé les yeux vers lui un instant avant de parler, puis je me suis éclairci la voix.

— Je suis bien devant toi, et crois-moi, j'ai bien failli m'enfuir en courant quand j'ai vu que tu ne venais pas ouvrir cette foutue porte, Zach !

— Tu as conscience que j'ai relu ton message dix fois ? Ou peut-être cent en fait ? J'étais comme un con. Je pensais que tu te foutais de moi, et là je te trouve sur mon palier ? C'est dingue.

Il s’est gratté la nuque nerveusement avant de mordiller l’intérieur de sa joue en me regardant. Il avait l’air nerveux et à la fois tellement heureux que je ne pouvais m’empêcher de sourire.

— C'est dingue, mais je ne pouvais plus attendre de te voir.

— Tu es devenue plus impatiente que moi, finalement.

— Faut croire. J’ai ajouté, amusée.

Sur ces paroles, il m'a pris la main et a commencé à m'attirer vers l'allée pour marcher. J’étais plus que surprise, étant donné qu'il m'avait avoué qu'il détestait tenir la main quelques semaines auparavant. Cela dit, je n'ai pas retiré ma main. Pour rien au monde je ne l’aurais fait.

Nous avons marché en silence sur la grande allée qu'offrait son quartier. Les silences pouvaient être gênants parfois. Mais ici, c'était différent. C'était un silence paisible et confortable, comme si on avait toujours eu l'habitude de marcher ensemble en se tenant la main. Nous avancions tranquillement, j'avais le souffle court entre mes difficultés habituelles et le fait que je sois d'une humeur particulièrement enthousiaste, alors il a calé son rythme sur le mien. Plus tard, j'ai souri doucement en entendant le bruit des vagues qui claquaient dans un bruit sourd contre les rochers. Il m'a emmenée sur la plage et je n’étais pas étonnée. C'était son endroit préféré.

— Tu ne me laisse même pas la liberté de choisir où je t'emmène pour notre premier *date* ?

Il s'est tourné vers moi, les joues légèrement rouges et l'air perdu.

— Parce que c'est notre premier *date* ? Il m'a demandé timidement.
— Je ne sais pas, peut-être.

J'ai haussé les épaules malicieusement avant qu'il ne m'offre un énième sourire solaire. Finalement, il a serré un petit peu plus ma main dans la sienne.

— Jayden, tu es incroyablement surprenante.
— T'entendre utiliser mon prénom est la chose la plus surprenante cela dit. J'ai plissé le nez en retenant un rire nerveux, c'était tout de même particulier.
— Certes.

Il a ri et j'ai suivi. Tout avait l'air si simple, je n'en revenais pas. C'était agréable et en même temps déroutant ? Je n'avais jamais connu ça avant Zach. Et pourtant, je n'arrivais plus à imaginer comment seraient mes journées s'il n'était pas là. J'aimais le confort que sa présence m'apportait, comme s'enrouler dans un plaid sur son canapé. J'avais l'impression de pouvoir juste être moi et que ça lui suffirait.

Cette pensée m'a faite sourire discrètement. Je pouvais être moi. Je l'avais toujours été avec lui.

J'ai détaillé son sourire une nouvelle fois dans un regard timide, puis j'ai décidé de m'asseoir, un peu fatiguée de la marche que nous venions de faire. Le bruit des vagues et l'air chaud de Los Angeles posaient un curieux décor cinématographique à ce qui était en train de se passer. J'avais l'impression de jouer dans mon propre film ou d'être actrice de mon propre rêve. C'était sincèrement déroutant, mais j'imaginais que j'allais devoir m'y faire maintenant.

Zach s'était assis à côté de moi, puis il a lâché ma main pour passer son bras autour de mes épaules et m'approcher de lui. Son geste avait été fluide et naturel, comme si on faisait ça toutes les fois où l'on se voyait. Pourtant, c'étaient les premiers moments que nous passions ensemble. Et pour la première fois de ma vie, je n'avais pas envie de mettre cent mètres de distance entre une autre personne et moi. J'appréciais son contact. Il était rassurant.

— J'espère que c'est ok et que ça ne te dérange pas. Si tu n'aimes pas la proximité, je comprendrai, tu n'as qu'à me le dire et je m'éloigne.

Je l'ai regardé en souriant doucement, trouvant adorable qu'il me demande mon avis avant d'entreprendre quoi que ce soit. Puis j'ai posé ma tête sur son épaule en me reconcentrant sur l'océan.

— C'est ok, Zach.

On est restés comme ça pendant presque une heure. On a parlé de tout et de rien comme si on se connaissait depuis des années. C'était littéralement la même dynamique que nos sms qui se dessinait désormais dans la vraie vie. Je pense que tout le monde serait surpris qu'une telle entente puisse se développer dès la première rencontre. Il m'a fait rire et sourire à n'en plus pouvoir et à ce moment-là je me rendais compte à quel point j'avais bien fait de ne pas attendre neuf jours supplémentaires. Comment avais-je pu me priver de tout ça tout ce temps ?

— Dis, tu te souviens que la première chose qu'on devait faire ensemble c'était de regarder Top Gun et manger une glace ? J'ai finalement pris la parole en me tournant vers lui.
— Je m'en rappelle. Il s'est redressé et a passé une main dans ses cheveux.
— Est-ce que ça tient toujours ?
— Bien sûr que oui ! Allons chercher une glace.

Je me suis levée et j'ai pris le chemin vers le glacier, il m'a rattrapée en quelques secondes, glissant une nouvelle fois sa main dans la mienne. J'ai frissonné à la pression de sa paume contre la mienne. C'était tout nouveau pour moi, mais j'appréciais étrangement ça.

Une fois nos glaces commandées, on a pris le chemin du campus. J'en déduisais alors qu'on se rendait dans l'une de nos chambres universitaires pour être au calme et regarder notre film. Après quelques minutes, il s'est finalement tourné vers moi.

— Est-ce que tu acceptes que je vienne dans ta chambre même si je n'envoie pas de cailloux sur ta fenêtre ? Il a sourit, moqueur.

J'ai haussé les épaules, l'air de réfléchir. J'avais envie de l'embêter.

— Mh, je ne sais pas trop, tu crois en être digne ?
— Tu ne vas pas me laisser entrer ?
— Je ne sais pas. Je devrais ?
— Oui.
— Et pourquoi ? J'ai dit en plissant les yeux.
— Parce que tu vas passer la meilleure soirée de ta vie en ma compagnie. Il m'a fait un clin d'œil en se rapprochant de moi.

J'ai levé les yeux au ciel et j'ai fait semblant d'avoir la nausée. Il s'est mis à rire et a secoué la tête avant de reprendre.

— Décidément, les trucs clichés c'est pas ton truc.
— Non, pourtant je me suis pointée à l'improviste devant ta porte et ça sonne largement comme une comédie romantique netflixienne.
— Netflixienne ? Il a étouffé un rire.

— Oui, le même scénario, avec un lieu et des personnages différents, mais toujours les mêmes actions et les mêmes rebondissements. J'ai soupiré, excédée de voir autant de films romantiques se ressembler.

Il a ri de plus belle avant de s'approcher encore plus près de moi comme pour me voir en détail. Je me suis sentie rougir jusqu'à l'échine et j'ai détourné un peu les yeux. Il me faisait quelque chose. Sans aucun doute.

— Toi et ton sens critique, vous êtes charmants. Il s'est pincé les lèvres en remettant une mèche de cheveux derrière mon oreille.
— Arrête de jouer à l'ado romantique netflixien, Zach. J'ai soufflé, me cachant de nouveau derrière mon sarcasme débordant.
— Laisse-moi entrer. Il a souri doucement. S'il te plaît.

J'ai fait mine de réfléchir encore une fois puis je me suis tournée vers mon bâtiment et je lui ai pris la main en guise de réponse. C'était la première fois que j'entreprenais le contact physique depuis le début de l'après-midi. En me retournant vers lui discrètement, j'ai pu voir qu'il souriait, encore. C'était craquant. Et je me détestais de me croire dans une comédie romantique.

Nous sommes entrés dans ma chambre, puis je me suis assise, encore une fois fatiguée du trajet effectué. Inconsciemment, je me suis mise à observer Zach, c'était plus fort que moi. Je n'y croyais pas, de l'avoir enfin sous mes yeux, de pouvoir enfin passer du temps avec mon fameux rugbyman. Quant à lui, il s'est mis à observer les décorations et les objets qui peuplaient ma chambre. Pour la plupart, des objets anciens, dénichés dans des brocantes et des recycleries. Un de mes violons et son pupitre, un petit bureau avec un tourne-disque, quelques photos de Louis et moi sur les murs, un poster de Strangers Things au-dessus du lit, une photo de Jonah et moi sur la table de chevet. Et enfin, ses dessins, accrochés au-dessus du bureau. Quand je m'en suis rendue compte, j'ai caché mon visage entre mes mains, morte de honte, il devait me prendre pour une dingue.

Merde.Merde.Merde. Bordel Jayden, qu'est-ce que tu as foutu ?

— Jayden, tu as mes dessins sur ton mur ? Il s'est tourné vers moi, amusé, visiblement.

Voyant que je ne bougeais pas, il est venu s'asseoir près de moi et m'a regardée, un sourire béat scotché sur le visage.

— Madame Lucky Charms aurait-elle un faible pour mon art ?

J'ai rougi, encore. Puis j'ai tenté d'articuler quelque chose avant de me résigner, je me sentais ridicule. Je n'étais même pas capable de lui répondre, parce que c'était la vérité. J'adorais ces dessins.

— Je vais prendre ça pour un oui. Il a finalement conclu face à mes tentatives de réponses vaines.

J'ai soupiré puis j'ai trouvé mon courage, qui était enfoui trop proche de ma fierté, certainement.

— Oui, j'adore tes dessins. Je les ai emportés pour que tu sois avec moi un peu partout. J'ai avoué, encore une fois rouge comme une pivoine.

Il s'est contenté de sourire, puis quelques secondes après je me retrouvais dans ses bras. Il me faisait un câlin. Je n'étais pas très familière avec les câlins à vrai dire, ils se faisaient très rares dans mon quotidien. Pourtant, j'adorais ça, ça m'apportait un sentiment de sécurité particulier. Et à ce moment-là, pour la première fois de ma vie, je me sentais parfaitement à ma place. Juste là, contre lui.

Terriblement netflixien Jayden, terriblement.

On est restés comme ça un moment, puis je me suis détachée, pour enfin retirer ma canule et me sentir un peu plus normale. C'était une véritable libération lorsque je l'enlevais, comme si je retirais le voile noir qui m'oppressait chaque jour durant. Être malade, ça craignait, pas de doute là-dessus. Zach m'a regardée faire, interloqué, se demandant probablement ce que j'étais en train de foutre avec le tube qui était censé m'aider à respirer.

— Je ne dois la porter qu'un certain nombre d'heures par jour. Je l'ai rassuré avec un petit sourire.

Il a soupiré fortement, soulagé.

— J'ai eu peur, je ne m'y attendais pas. Il a soufflé en posant ses beaux yeux marron sur moi.

Il avait un millier de questions au bord des lèvres et je le savais. Pour autant, il n'en a posé aucune, sachant probablement que j'attendais le moment opportun pour lui en parler et que notre première rencontre n'était certainement pas appropriée. Chaque chose en son temps. Après tout, il me connaissait avant de savoir que j'étais malade, il pouvait bien encore attendre avant de savoir toute l'histoire. Cela dit, j'appréciais qu'il ne force pas les choses, qu'il ne soit pas trop curieux vis-à-vis de ça. Il respectait mes dernières barrières.

J'ai sorti mon ordinateur avant de l'installer sur le lit, puis mon vieux lecteur de DVD et j'ai saisi celui de Top Gun entre mes mains.

— Tu ne mentais pas quand tu disais que tu aimais les trucs anciens.

Il était en train de sourire, me regardant fixement tandis que j'installais notre futur cinéma privé. J'ai souri légèrement en regardant le DVD puis j'ai levé les yeux vers lui avant de répondre.

— Tout est plus authentique. La numérisation ça résonne tristement avec quelque chose d'éphémère. Les DVD, les vinyles, les CD, les livres, rien ne disparaît, tout laisse une trace.

Il souriait toujours, ses yeux me détaillant silencieusement. J'aimais comment il me regardait, pour une fois je n'étais pas mal à l'aise de me dire que quelqu'un pouvait poser les yeux sur moi de cette façon. C'était nouveau.

L'ordinateur installé, je me suis posée contre la tête du lit à côté du mur, laissant l'autre côté à Zach. Il s'y était mis, quelque peu à l'étroit avec son mètre quatre-vingt-dix et tout à coup je me suis sentie en paix. Comme si sa présence pouvait m'apaiser instantanément. C'était ridicule et totalement cliché, mais c'était la vérité. Je n'avais jamais ressenti ce confort auparavant.

Je n'ai jamais autant apprécié ce film, même si je devais avouer que j'ai beaucoup observé Zach. Je n'ai pas pu m'en empêcher. Le voir dévorer son film préféré comme s'il le voyait pour la première fois, ça n'avait pas de prix. Et j'aurais donné beaucoup pour que ce moment dure une éternité.

Le film terminé, j'ai rangé l'ordinateur et je me suis levée pour m'étirer un peu. Mon ventre gargouillait à n'en plus finir et je rêvais d'une pizza. Sans réfléchir, je me suis tournée vers Zach, toujours installé dans mon lit, me regardant pour la millième fois de la journée.

— J'allais te proposer un truc mais tu es super flippant à me regarder comme ça ! J'ai ri en fronçant légèrement les sourcils.

— Désolé, j'ai du mal à m'en empêcher. Il a rougi avant de détourner un peu le regard.

-Tu voudrais aller manger une pizza ? J'ai finalement demandé, me rapprochant un peu de lui.

Il a saisi ma main en se levant, a passé son autre main dans ses cheveux puis il a hoché la tête avant de répondre.

— Je ne dis jamais non à une pizza, Jayden !

On a donc fini par se retrouver à manger une pizza dans le parc du campus. Et c'était littéralement incroyable et hors du temps. Même manger une pizza devenait merveilleux. J'étais en plein délire romantique. Il fallait vraiment que je me calme.

La soirée n'ayant pas une durée infinie, il a fallu qu'on se dise au revoir. Je crois qu'aucun de nous n'en avait envie, car on n'a pas cessé de retarder ce moment, quand bien même on se reverrait probablement dans les jours à venir. Zach avait patienté pendant trois mois avant que je me pointe chez lui, mais je savais pertinemment que c'était le plus gros impatient de la planète. Il viendrait toquer à ma porte dans un jour maximum deux s'il se retenait. Quel tocard.

Je crois que rencontrer une personne avec qui on partage autant sans avoir à dire beaucoup, ça fait quelque chose. Mais, vraiment quelque chose. Comme un voyage en orbite. Ça transporte au-delà de toutes les choses qu'on a pu connaître auparavant.

Et c'était exactement ce que je ressentais avec Zach.

J'ai frissonné car le vent s'était levé et je me suis redressée pour reprendre la route vers ma chambre. Il m'a regardé, l'air abattu et j'avais tout sauf envie de lui dire au revoir. Mais il fallait bien que quelqu'un se lance si on ne voulait pas rester ici jusqu'à cinq heures du matin. Même si ça me plairait, j'avais besoin de me reposer, avec tout ce qu'on avait marché aujourd'hui, j'avais les bronches en feu et les muscles réduits en poussière.

— Je crois qu'il faut se dire au revoir, Zach.

— Crois-moi, j'en ai aucune envie, mais tu as probablement raison. Il s'est levé et m'a surplombée de toute sa hauteur avant de m'aider à me relever.

J'ai mis mes mains dans mes poches en soupirant puis j'ai levé les yeux vers lui en souriant légèrement.

— On se revoit vite non ? J'ai demandé timidement.

— Le plus vite possible. Il a souri.

Bordel, il était craquant.

— Bonne nuit Zachy.

— Bonne nuit Jayden.

Il m'a regardée un instant en souriant doucement, puis il a posé ses deux immenses mains contre mes joues avant de déposer un baiser sur mon front. Je n'ai pu retenir mon sourire. C'était d'une douceur incomparable. Tellement à l'opposé des clichés qu'on peut se faire d'un rugbyman universitaire. Il m'a regardée une dernière fois avant de se détacher doucement.

Je lui ai fait un signe de main en m'engouffrant dans le hall de mon bâtiment. Il s'est assuré que j'étais bien rentrée, puis il a pris le chemin vers chez lui.

En remontant dans ma chambre, mon sourire ne redescendait pas, j'avais mal aux joues. Qui l'aurait cru ? J'étais abasourdie. C'était tellement mieux que tout ce que j'avais espéré.
Pas de doute, je n'aurais pas pu rêver mieux pour ce premier jour avec lui.

Le premier jour du reste de notre histoire.

CHAPITRE 2

ZACH

.˚。.˚ ★ ..★.˚ .。.

Ce matin, je me réveillai en me pinçant trois fois. J'avais l'impression que ma journée d'hier était un rêve dont je ne m'étais pas réveillé. Mais non. Tout était bien réel. Elle était venue. Neuf jours en avance, me prenant au dépourvu comme je ne l'avais jamais été avant.

J'ai passé la soirée à me dire que ce n'était pas arrivé et que j'avais tout bonnement halluciné sa présence. Puis, je me suis rappelé de sa voix, de son sourire et de sa main dans la mienne. Et j'ai eu un sourire immense scotché aux lèvres pendant des heures. J'avais passé une journée absolument incroyable. Il était rare que je sois si confortable avec quelqu'un en si peu de temps. Mais j'imagine que la proximité que nous avions créée à travers nos sms était bien réelle. Et surtout, plus forte que je ne l'aurais imaginé. C'était dingue.

Je m'étais mis à dessiner les moments que nous avions passés ensemble. La plage, la glace, le film et même la pizza. J'étais obnubilé par cette journée. Je me la repassais en boucle et je crois que je ne m'étais jamais senti aussi heureux depuis longtemps. Elle a rallumé toutes les étoiles qui s'étaient éteintes dans mon ciel. C'était comme rencontrer la lumière. Elle m'avait retourné le cœur et je n'avais qu'une envie, c'était de sprinter jusqu'au campus, frapper à sa porte et passer le reste de mes journées avec elle. Elle avait un effet particulier sur moi. J'avais été chamboulé. *Littéralement.*

Je me suis surpris à être extrêmement proche avec elle, comme si je ne pouvais m'en empêcher. Et pourtant, ça ne m'avait jamais traversé l'esprit avec aucune autre fille ni même avec un garçon auparavant. J'avais reçu, sans me vanter, des tas d'avances depuis que j'étais à l'Université. Le statut "étudiant-sportif" aidait aussi. Mais l'idée d'être physiquement proche de quelqu'un ne me faisait rien. J'étais littéralement hermétique à tout geste romantique. Je n'avais pas de désir en ce sens là. M'imaginer dans une relation de couple ne me procurait aucune émotion. Je n'avais jamais rien expérimenté de tel. C'était quelque chose de très lointain pour moi.

Du moins c'était jusqu'à ce que je la vois et que cette soudaine envie me traverse l'esprit. Je voulais voir ce que ça faisait de tenir sa main, de la prendre dans mes bras et même voir ce que ça faisait de faire un baiser à quelqu'un. Sur le front, cela-dit, je ne me voyais pas tenter plus pour l'instant. Tout ça, c'était déjà beaucoup pour moi. J'avais un peu de mal à accepter que l'étiquette que je m'étais volontairement collé à travers les années puisse évoluer vers autre chose. Différent, mais toujours dans le même spectre. Je ne dirais pas que j'avais maintenant de folles envies de proximité avec elle, ce serait mentir. Je sentais simplement que j'évoluais. Peut-être qu'avec elle, je ne détesterais plus tenir la main. Peut-être qu'avec elle, ça serait vraiment différent.

J'ai longtemps ressassé la journée, me demandant ce qu'elle en avait pensé de son côté. Je me demandais si ça lui avait plu de tenir ma main, d'être dans mes bras ou de sentir mes lèvres contre son front. Je ne savais pas ce qu'elle avait pu ressentir. J'avais essayé de lire dans ses yeux, mais j'étais trop concentré sur chaque autre trait de son visage. Elle était exactement comme je l'avais imaginée. Son carré tombant juste au-dessus de ses petites épaules, ses grands yeux brillants, des joues rondes et si mignonnes que j'avais cru fondre sur place. Ses traits avaient quelque chose de réconfortant, j'étais littéralement fasciné par la personne que j'avais enfin eu devant moi. Je pense qu'elle a dû me prendre pour un vrai taré d'ailleurs, mais je m'en fichais, je n'avais pas pu m'en empêcher. Elle était si petite, et pourtant elle prenait tellement de place grâce à toute la lumière qu'elle m'envoyait rien qu'avec sa personne. C'était comme si j'avais rencontré le soleil. Et je savais qu'elle était devenue le mien.

Passer tous ces moments avec elle m'avait montré que je ne m'étais pas fait des films, me disant que j'étais seul à ressentir cet attachement. Elle était tout autant attachée à moi, et ça se voyait. La preuve, aucun de nous deux ne voulait se dire au revoir. On était si habitués à être loin, qu'être proches nous a donné envie de le rester pour toujours. Comme deux aimants incapables de s'éloigner loin l'un de l'autre. C'était la meilleure journée de ma vie. Sérieusement.

J'ai couru chez Alex après le repas de midi. Je devais lui raconter. Il saurait m'écouter et me dire ce que je devais faire de toutes les informations qui fusaient dans ma tête depuis que j'étais rentré chez moi. Parce que, bordel, il y en avait un paquet. Et j'étais bien trop chamboulé pour savoir comment procéder avec tout ça.

Je suis entré dans sa chambre sur le campus comme si c'était la mienne et il a relevé les yeux de son énorme livre de biologie avant de soupirer.

— Mais oui Zach, fais donc comme chez toi. Il a fermé son livre en se redressant.

— Je l'ai rencontrée. J'ai articulé sans même lui dire bonjour.

Tout à coup, son expression a changé, il était presque aussi impatient que moi, il m'a regardé avec des yeux aussi gros que la planète Terre.

— Ne me dis pas que tu l'as forcée à te rencontrer plus tôt que la date prévue, mec. Il me regardait d'un air menaçant.

— Absolument pas, c'est elle qui s'est pointée sur mon palier hier, à l'improviste. J'ai dit, levant les mains au ciel comme pour prouver mon innocence.

Il s'est assis confortablement et m'a regardé d'un air qui voulait dire "t'attends quoi pour me raconter". Je me suis assis sur sa fenêtre comme je le faisais souvent, j'ai allumé une cigarette puis j'ai entrepris de lui raconter la journée de rêve que j'avais passée hier. On aurait dit que je racontais une comédie romantique netflixienne, comme elle dirait, mais non. C'était bien notre réalité. C'était bien la journée que nous avions passée tous les deux. Et en la racontant j'avais encore envie de me pincer trois fois parce que je n'y croyais toujours pas.

— J'HALLUCINE. Alex a explosé de joie.

Surpris, j'ai sursauté et je me suis tourné vers lui en faisant des gros yeux. Il avait l'air hyper euphorique et c'était totalement flippant. Qu'est-ce qu'il lui arrivait ?

— Mec, tu as passé une journée digne d'une comédie romantique pourrie et tu me dis que tu n'es pas romantique ? Je ne peux pas te croire.

— Je t'ai déjà dit que ce n'était pas ça ! C'est plus compliqué que ça et tu le sais bien, je t'ai déjà expliqué concrètement ce que c'était Alex ! C'est juste, qu'avec elle c'était différent. Je me suis senti assez à l'aise pour essayer des tas de trucs qui ne me procurent habituellement aucune émotion.

— Ok, excuse-moi. Je vois bien que tu es confus. Tu te sens comment après tout ça ? Il a pincé ses lèvres.

— Mh, j'ai réfléchi. Je crois que j'apprécie ça, à petite dose, et parce que c'était Jayden. Je ne suis pas sûr de pouvoir ou même de vouloir en

faire un truc régulier, et encore moins avec n'importe qui. Je pense que c'est parce que nous avons un lien assez fort, finalement. C'est elle qui me fait ressentir ça, j'ai aucunement envie de tenir une autre main ou d'enlacer qui que ce soit d'autre.
— Mon petit Zach, tu n'as pas fini de te chercher tu sais, c'est long de savoir qui on est et ce qu'on veut vraiment. Il essayait de me rassurer.
— Alors comment ça se fait que toi tu le sais déjà ?
— Je suis né en sachant déjà qui j'étais mec. Il a ri. Première année de maternelle et je voulais déjà me maquer avec mon super copain. Pas de doute, j'ai toujours aimé que les hommes.

J'ai soupiré en envoyant la tête en arrière. Alex était le mec le plus relax et confiant que je connaissais et parfois je l'enviais. J'aimerais savoir qui j'étais moi aussi. Mais c'était tellement dur de savoir que j'avais envie de me taper le crâne contre un mur pour oublier que mon identité était une équation avec encore beaucoup trop d'inconnues.

— Détends-toi, tu sais bien qu'elle ne te rejettera pas quand tu lui en parleras ! Si elle le fait, c'est vraiment une conne. Il a soufflé.
— Ne parle pas d'elle comme ça Alex. Je l'ai regardé dans les yeux.
— Du calme Roméo, je dis juste que si ton identité est un motif de rejet, ça craint. Parce que c'est toi et que ta personne entière vaut plus que des milliers d'artifices inutiles comme les vêtements ou le sport que tu pratiques.

— Tu es amoureux de moi ou quoi ? J'ai raillé, moqueur.

Il m'a balancé son oreiller à la gueule et on s'est mis à rire ensuite. Comme d'habitude. On était impossibles. Nos conversations restaient sérieuses dix minutes et après on dérivait. Il était comme un frère pour moi et parfois je me disais que sans lui, je ne saurais pas à quel point c'était cool d'être soi. Par dessus tout, je me disais que sans lui, j'aurais coulé depuis bien longtemps déjà. Il était mon ancrage le plus important, la barrière qui m'empêchait de tomber dans l'immense vide qu'étaient mes pensées.

Plus tard, j'ai repris la route vers chez moi. En chemin, je me suis surpris à m'arrêter devant le bâtiment de Jayden, la lumière de sa chambre était allumée, j'ai failli balancer deux ou trois cailloux sur sa fenêtre mais je me suis résigné. Elle ne m'avait pas renvoyé de message depuis la veille et je me disais que c'était normal d'avoir besoin d'espace. Alors je la laissais respirer. Mais juste aujourd'hui. Le lendemain je reviendrais à la charge. J'étais une vraie tête de mule. Et elle me traiterait probablement de tocard en prime. Mon pêché mignon.

J'ai rejoint la plage, mon casque sur les oreilles et un carnet avec moi. Je me sentais tellement plein d'émotions que je n'avais qu'une seule envie, c'était de les cracher sur le papier. J'avais toujours fait ça. J'avais toujours peur d'imploser, de vriller, de perdre le contrôle. Alors, j'écrivais et je dessinais. Pour me libérer et me rappeler que c'était ok de ressentir des trucs. Pour me rappeler que j'avais le droit d'exister et que mes émotions étaient valides, qu'elles soient positives, négatives ou un entre-deux un peu trop bizarre pour être nommé.

J'ai passé ma soirée ici, à écrire des tas de trucs sans aucun sens particulier et à dessiner des personnages de dessins animés. La musique de Jayden résonnait contre mes tempes, j'avais besoin d'écouter sa playlist, je n'arrivais plus à me l'enlever de la tête. Putain qu'est-ce que c'était dur d'être attaché à quelqu'un ! J'en devenais presque nerveux. C'était encore tout nouveau, et il fallait avouer que cette nouveauté ne me laissait pas indifférent.

Si ça me tracassait autant, c'était parce que ça ne m'était strictement jamais arrivé. Je ne savais pas ce qu'il s'était passé. À la puberté, quand tout le monde commençait à être plein d'hormones et de désir, les miens sont restés enfouis bien loin, et ils ne se sont jamais vraiment réveillés depuis. Si bien que je n'avais jamais ressenti aucun désir ni sexuel ni romantique envers qui que ce soit. Au début je me croyais dysfonctionnel, mais au final, j'ai appris avec quelques recherches que je n'étais pas seul et que ce n'était pas une honte. J'étais parfaitement normal, j'avais simplement des besoins et des envies différentes. C'était juste moi. Alors me voilà quelque peu perdu au beau milieu de ce qui était en train de me tomber dessus, c'est-à-dire Jayden et son tourbillon sarcastico-adorable qui était en train de m'emporter tout entier. C'est affolant à quel point je m'étais vu changer en trois mois, je me surprenais parfois à penser à des trucs auxquels je n'avais jamais pensé avant. Par exemple, qu'est-ce que je ressentirais en sentant mes lèvres contre les siennes ? C'était complètement dingue, je ne savais pas ce qu'il me prenait, je savais juste que ma tête n'arrêtait pas de tourner. Et que mes neurones n'étaient fonctionnels que pour penser à elle. Merde, c'était dur de s'attacher.

Mon carnet sous le bras et mon casque sur les oreilles, j'ai décidé de rentrer pour me détendre. Je me suis enfoui entre mes deux énormes oreillers et j'ai attrapé un nouveau bouquin. Je plaide coupable parce que c'était de la science-fiction et que j'ai pris l'idée dans la bibliothèque de Jayden, hier. Encore une fois, tout se rapportait à elle, et putain c'était terrible. Je suis complètement obnubilé par cette fille. Elle est venue tout secouer dans mon quotidien et je ne pouvais plus le nier, j'adorais ça.

Ma tête n'arrêtait pas d'extrapoler et de se poser dix mille questions à la seconde. C'était tout bonnement épuisant et j'aurais aimé un putain de bouton pour éteindre mon cerveau qui était en surchauffe vingt heures sur vingt-quatre. J'allais lui envoyer un message, je n'arrivais pas à rester sans nouvelles. Encore moins sans la voir. Ça m'avait démangé toute la journée, je me suis contenu, mais plus maintenant. J'étais un gros borné de première. Et par-dessus tout, j'avais besoin d'être rassuré pour calmer ma tête qui ne cessait de me rappeler que je n'étais jamais assez bien pour pouvoir vraiment intéresser quelqu'un. Foutue anxiété.

J'ai attrapé mon téléphone, réfléchi à peu près mille fois à ce que j'allais lui envoyer. Pourquoi ça devenait si dur tout à coup ? Je n'étais pas si angoissé avant. J'ai soufflé une bonne centaine de fois, exaspéré de voir à quel point j'étais incapable de rédiger un sms de rien du tout. J'étais intimidé et je ne savais même pas pourquoi. Ce n'était pas comme si on allait se déclarer notre flamme mutuellement. Je divague. Putain Zach concentre-toi ! J'ai fermé les yeux puis j'ai soufflé une dernière fois, mon taux de CO2 ayant cruellement augmenté, puis j'ai écrit ce message. Aussi simple qu'il pouvait être, ça me faisait du bien de savoir qu'on allait se parler, elle et moi. C'était toujours elle qui m'importait le plus et je crois que mon cerveau était bien déterminé à ne pas la retirer de ma tête pour un long moment.

Va bien falloir finir par accepter. T'es foutu Zach.

Zach :

Salut, tu vas bien ?

Jayden :

Putain t'as été long à la détente Zach ! J'ai attendu ton sms merdique toute la journée je te signale.

Zach :

Mais quel accueil, je vais rougir Jayden.

Jayden :

T'es vraiment le roi des tocards.

Zach :

Le roi des tocards souhaiterait t'emmener quelque part demain.

Jayden :

La reine du sarcasme, autoproclamée, accepte.

Zach :

Attends-moi en bas de ton bâtiment à 11h. Je viendrai avec ma voiture.

Jayden :

Tu conduis ?

Zach :

Oui madame, je vais avoir 21 ans, il serait temps !

Jayden :

TU VAS AVOIR 21 ANS ????

Zach :

Tu as quel âge ma minuscule Jayden ?

Jayden :

Encore 18.

Zach :

Une minimoys confirmée :) Je te mettrai un siège auto demain.

Jayden :

La ferme Zach, j'attends mon carrosse demain à 11h.

Zach :

Je serai là, cheffe !

Jayden :

Tocard.

Zach :

♡

Jayden :

♡

Cet échange avait réussi à faire redescendre toute la pression qui pouvait régner au fond de mon grand corps d'un mètre quatre-vingt-dix. Quelques sms, c'était tout ce qu'il me fallait pour me calmer. Et dans un sens, je ne savais pas si je me trouvais cruellement pathétique ou pathétiquement niais. Mais je souriais, et j'étais détendu. C'était tout ce qu'il me fallait.

J'ai reposé mon téléphone, l'esprit préoccupé à organiser ce que je prévoyais pour elle et moi demain. Je ne savais pas ce qu'elle en pensait et si ça lui ferait quelque chose qu'on sorte ensemble véritablement tous les deux.

Je commençais à la connaître et j'ai pensé que mon programme ne pourrait que lui plaire. J'en aurais mis ma main à couper. Si la personne qui était supposée habiter le ciel m'entendait j'espérais qu'elle fasse en sorte que Jayden apprécie, j'avais besoin de ma main pour dessiner ! Merci.

J'avais l'air du roi des imbéciles mais j'étais en train de sourire en regardant mon plafond. Rejouant la journée d'hier et imaginant celle de demain. Inévitablement, mon cerveau voulait me voir tomber plus vite que ma volonté propre. C'était comme me pousser doucement dans un Univers qui n'était plus le mien, mais qui était le sien. Bientôt je n'arriverais plus à lutter. Et quand je disais bientôt, c'était probablement pour les semaines à venir, j'en étais presque convaincu. Et j'espérais ne pas être trop effrayé pour accepter ça et ne pas m'éloigner de Jayden quand ça me tomberait brusquement dessus.

Breaking news Zach : tout a déjà commencé à te tomber dessus.

Dans quelle galère je m’étais encore mis, putain. Ça n’allait pas être de tout repos. Ça c'était clair.

Sur ce tas de pensées envahissantes et incessantes, j'ai décidé de fermer l'œil. Du moins j'ai essayé de fermer l'œil, je n’étais pas doué lorsqu'il s'agissait de dormir paisiblement. Les pensées dans ma tête m'envahissaient toujours un peu trop pour que je profite d'un sommeil réparateur. Mais il fallait que je dorme. Histoire d'être en forme pour mon tourbillon sarcastico-adorable préféré.

Jayden.

CHAPITRE 3

ZACH

Il était onze heures moins cinq et me voilà déjà garé devant le bâtiment du tourbillon qu'était Jayden. J'ai été très ponctuel, ce qui était très surprenant venant de moi. Mais à vrai dire, j'avais été impatient toute la matinée, si bien que j'étais debout à six heures du mat'. J'ai dû aller courir dix bornes pour me remettre la tête sur les épaules, me rappeler que ce n'était pas la dernière fois que je la voyais et que je devais décompresser un peu.

Onze heures pile, et la voilà qui descendait les marches devant son bâtiment. Elle était encore plus belle que ce dont je me souvenais. C'en était presque hypnotisant. Elle arriva finalement près de ma voiture, un lumineux sourire plaqué aux lèvres. Et je me retrouvais dans un piège bizarre dans lequel je ne pouvais plus contenir mon sourire moi aussi. J'ai baissé la vitre, lui faisant un signe de main puis elle est venue s'asseoir du côté passager. Étonné de la voir sans sa canule, je me suis empressé de lui poser la question sans même lui avoir dit bonjour. Mais quel tocard bordel ! Achevez-moi.

— Tu ne portes pas ta canule aujourd'hui ?

— On dit bonjour d'abord, Zach. Elle a souri doucement en se tournant vers moi.

J'ai rougi. Je me sentais idiot, et il y avait de quoi. Le roi des tocards, ça c'était clair.

— Désolé. J'ai ajouté nerveusement en me grattant la nuque.

— Je ne la porte pas aujourd'hui, j'ai redémarré un cycle de traitement. Ça va mieux, j'en ai pas besoin pour la journée.

J'étais rassuré. L'entendre dire qu'elle allait mieux me soulageait d'un poids. Un truc qui me surplombait sans même que je sois au courant apparemment. Mais oui, j'étais déjà un peu plus détendu. Faut dire que savoir qu'elle était malade me préoccupait très souvent. J'aurais aimé pouvoir l'aider dans ce sens, mais je ne pouvais forcer la porte. Alors, j'attendrai qu'elle me donne la clé pour entrer. Chaque chose en son temps.

— Tu m'emmènes où ? Elle m'a finalement demandé, curieusement.

— Ah ça, Madame Lucky Charms, tu vas devoir attendre d'arriver à destination pour le savoir. Je lui ai fait un clin d'œil en prenant la route.

— Oh non, Zach ! C'est pas juste. Dis-moi. Elle a soufflé.

— Dis donc t'es grognon quand tu t'y mets. Avec ta taille tu pourrais jouer Grincheux dans les sept nains.

Elle m'a adressé un magnifique doigt d'honneur et j'ai éclaté de rire. C'était tellement facile de la rendre dingue que j'en jouais. À bon entendeur bien sûr, je ne ferai jamais rien pour lui porter préjudice. Qui aime bien châtie bien on a dit, non ?

J'ai donc roulé pendant un long moment, m'éloignant de plus en plus de Los Angeles. Si bien qu'elle s'est endormie contre la vitre. Peut-être que j'aurais dû être vexé par le fait qu'elle dorme à côté de moi, mais au contraire, je pense qu'il y avait tellement peu de malaise entre nous qu'elle se sentait assez en confiance pour tomber de sommeil dans ma voiture, et ça, ça valait plus que mille mots réunis.

J'ai donc entrepris de la réveiller, sans savoir comment m'y prendre. Je secouais habituellement mes frères ou Alex quand ils se décidaient à pioncer dans ma magnifique voiture. Mais avec elle, je ne savais pas quoi faire de mes deux mains. Je craignais sérieusement. J'avais l'impression d'être un enfant trop maladroit pour entreprendre quoi que ce soit. Comme si c'était un casse tête indéchiffrable alors qu'il s'agissait seulement de la réveiller. Pathétique.

Soudainement, elle a ouvert ses yeux, juste sur moi qui était dans une galère sans nom pour tenter de la réveiller. Elle a ri, se moquant de moi, évidemment. Je suis devenu rouge et je me suis reculé en me grattant nerveusement la nuque. Je ne savais clairement plus où me mettre, elle me faisait perdre tous mes moyens, c'était très grave.

Elle s'est levée et m'a adressé un joli sourire avant de m'enterrer six pieds sous terre. Quel sacré personnage celle-là !

— Pourquoi tu as l'air d'être raide comme un manche à balai quand tu essaies de réveiller les gens ? Elle a pincé ses lèvres, amusée.

J'ai soupiré en roulant des yeux puis je l'ai regardée en riant doucement.

— Parce que tu es la réincarnation de Grincheux et que je ne voulais en aucun cas me prendre une gifle parce que je t'avais réveillée.

— Ok un point pour toi, Zachy. Elle a plissé les yeux en me regardant.

— Allez en route Grincheux. J'ai souri, toujours amusé.

Elle a soufflé puis s'est levée en roulant des yeux. J'ai attrapé délicatement sa main en passant doucement mon pouce sur le dessus de la sienne. Et tout à coup, elle avait changé d'air, comme si je l'avais apaisée en quelques secondes. Et aussi fou que ça puisse paraître, j'adorais ça. J'adorais constater que moi aussi, j'avais un effet sur elle. Parfois je l'agaçais, parfois je l'apaisais, en somme, je lui faisais quelque chose. Et ça m'a arraché un léger rictus rien que d'y penser.

On a marché main dans la main jusqu'au fameux endroit où je voulais l'emmener. J'ai nommé le Festival International d'Opéra et de musique classique. En d'autres termes, typiquement le paradis de la petite brunette qui se tenait à côté de moi. J'avais tellement bien préparé mon coup que je savais qu'elle s'arrêterait devant la porte, abasourdie.

Ma satisfaction était immense en voyant sa réaction. Fallait bien que je lui rende la monnaie de sa pièce, chacun son tour.

— Zach, t'es sérieux ? Elle s'est tournée vers moi, choquée.

— Plus que sérieux. J'ai sorti les tickets de la poche interne de ma veste et lui ai tendu le sien.

Sans que je puisse l'anticiper, elle s'est jetée dans mes bras pour me serrer fort contre elle. Fort était un bien grand mot cela dit, elle faisait un mètre cinquante-quatre pour rappel. J'étais encore novice dans la discipline "contact physique" mais je lui ai rendu son étreinte, chaleureusement. J'ai souri doucement en passant une main dans ses cheveux, elle était adorable et je devenais curieusement familier avec l'odeur qu'elle dégageait, sucrée et florale en même temps, ça lui allait parfaitement. Si j'avais bien compris une chose en l'enlaçant, c'est qu'elle m'apportait un confort que je ne trouvais nulle part ailleurs.

— Tu es surprenant putain ! Elle s'est détachée et m'a souri.

J'ai haussé les épaules, l'air de frimer, et lui ai fait un clin d'œil. Mon alter ego d'adolescent netflixien reprenait le dessus, visiblement.

— Il paraît ouais.

Elle a roulé des yeux et m'a gratifié d'une tape sur l'épaule avant de prendre la route vers le hall principal. On allait voir le premier opéra de l'après-midi. Je ne lui ai jamais menti quand j'ai dit que j'aimais l'Opéra. Savoir qu'on partageait ça était spécial. C'était la première personne avec qui je pouvais discuter de musique classique en sachant que je serais parfaitement compris. C'était une forme de musique brute et transperçante, l'une des choses les plus profondes que j'ai pu écouter de ma vie. J'en suis tombé raide dingue lorsque mon frère a posé ses doigts sur un piano pour la première fois. La musique classique avait littéralement pansé mes plaies. Et j'étais certain qu'elle pansait aussi profondément celles de Jayden. J'allais vraiment finir par croire que le destin y était pour quelque chose si ça continuait comme ça.

— J'y crois pas, c'est tellement incroyable d'être là.

Elle répétait ça pour la dixième fois et je crois que je ne m'en lasserais jamais. J'avais réussi à la rendre heureuse, et honnêtement ça n'avait aucun prix. J'étais tellement heureux moi aussi. Me dire que je partageais un truc si beau et si poétique avec elle, ça me paraissait hors du temps. J'avais l'impression qu'elle et moi étions en train de vivre dans un monde complètement à part. Comme être dans un ailleurs si loin et proche à la fois. C'était elle et moi, ce moment, et plus rien d'autre.

Je la voyais gigoter sur son siège, impatiente que le concert commence et je ne pouvais m'empêcher de sourire discrètement. J'étais si soulagé de me dire que ça lui plaisait. J'avais peur que ce soit trop, qu'elle dise que c'était totalement ringard et netflixien. Mais en fait, loin de là. Elle était tout aussi heureuse que moi je l'étais. Et quand bien même elle essaierait de me faire croire le contraire, je ne pourrais jamais la croire. Son sourire ne mentait pas. Ses yeux brillaient à n'en plus pouvoir. Elle était de retour chez elle, l'opéra était sa maison.

Lorsque le premier concert fut terminé, on est sortis pour prendre l'air. J'avais passé un moment incroyable. J'ai rarement ressenti de telles émotions à l'opéra, tout était si puissant, j'ai cru que j'allais lâcher des larmes. Mais je me suis retenu. Par contre, Jayden a pleuré plusieurs fois. Et à ce moment-là, j'ai compris à quel point c'était une énorme partie d'elle et que pour rien au monde elle n'abandonnerait la musique. C'était la moitié de son âme, ce qui la constituait, son essence propre et probablement une des raisons pour lesquelles elle se levait le matin. Être témoin de ça était particulièrement merveilleux, ça m'avait presque ému de la voir si vulnérable, si pure. Je l'avais emmenée dans son endroit préféré au monde sans même m'en rendre compte. J'ai rallumé ses étoiles en quelques secondes. Et moi, j'ai été éclairé par sa lumière, comme d'habitude. C'était le soleil.

On a passé le reste de l'après-midi à écouter de la musique classique, à vibrer et expérimenter des tas d'émotions. C'était grandiose et encore mieux que tout ce que j'avais pu voir auparavant. Aucun de nous deux n'avait besoin de parler, on savait qu'on était en train de vivre un grand moment et en plus de ça, tous les deux. C'était une après-midi incroyable et à vrai dire je n'aurais jamais parié que ce soit si bien. Je m'étais rarement senti comme ça, et si c'était à refaire, bien sûr que je le referais. Sans aucun doute.

Dans les alentours de dix-huit heures, on a repris la route vers le campus, je venais de reprendre ma chambre alors j'allais probablement pouvoir passer encore quelques heures avec elle. Ma playlist jouait en fond et la route était déserte, j'adorais conduire dans ces conditions. Jayden était silencieuse à côté de moi, elle jouait avec le bracelet autour de son poignet, le regard posé au loin par la fenêtre. Je la regardais discrètement de biais en conduisant et aussi paisible qu'elle semblait être, je savais qu'elle était plongée dans son océan de pensées et qu'elle ne savait pas comment en sortir. J'avais un monde de questions au bord des lèvres, j'avais envie de la découvrir à l'infini. Mais ce n'était pas le moment, je le ressentais, et je savais que tôt ou tard, elle se confierait à moi. Je ne la forcerais jamais à quoi que ce soit, et s'il lui fallait encore six mois pour me déballer ce qu'elle avait dans la tête, alors j'attendrais. Je crois que je pourrais même devenir patient. Rien que pour elle.

— Dis Zach, tu crois qu'on pourrait aller chercher à manger et manger tous les deux sur le campus ?

J'ai souri en tournant légèrement la tête vers elle, elle était tellement mignonne. Elle me posait toujours des questions sur un ton particulier, comme si elle avait peur que je lui dise non ou que je parte en courant. J'aimais la façon qu'elle avait de s'adresser à moi, ses grands yeux ronds ne faisant qu'une bouchée de mon visage anguleux.

— Bien sûr, il faut que je te montre ma chambre moi aussi tu sais.

— C'est vrai, tu es revenu ce matin ! Je t'ai vu décharger ta voiture.

— Tu m'espionnes ? J'ai demandé, curieux.

— Disons que mes yeux se sont posés par hasard sur toi à ce moment-là. Elle a rougi.

— C'est ça, prends-moi donc pour un imbécile Jayden. J'ai souri, amusé.

— Toi tu es un tocard, l'imbécile c'est moi. Elle a ri et j'ai suivi.

Tout était si facile, comme si on avait déjà passé des tas de semaines et de journées ensemble. Comme si tout était plus limpide, plus agréable et accessible. C'était comme nager dans une mer de coton et fondre au beau milieu d'un monde parallèle. On s'était construit une bulle, et j'avais bien l'impression qu'aucun de nous deux n'avait envisagé de la percer.

Nous sommes donc allés chercher à manger. Des sushis parce que Jayden a insisté pour manger japonais, puis nous avons rejoint le campus. Je me suis garé devant mon bâtiment et j'espérais secrètement ne pas croiser Alex. Parce qu'il ne pourrait pas s'empêcher d'être curieux et surtout de nous coller pour m'emmerder et me rendre dingue. Il adorait faire ça.

— Il faut que j'aille chercher ma canule, Zach. Elle jouait avec ses mains, visiblement nerveuse.

— Si tu préfères rester seule, on peut remettre ça tu sais. Je me suis rapproché en posant gentiment ma main sur son épaule.

Elle a secoué la tête, répondant donc par la négative puis elle m'a regardé, ses yeux ronds et brillants me détaillant subtilement.

— Non, je veux rester avec toi. Tu m'attends ?

— Bien sûr que je t'attends. Tu penses que je vais taxer ta commande et m'enfermer dans ma chambre ?

— Tu pourrais, tu dois bien manger pour trois ou quatre avec ta taille. Elle rit.

— Et toi pour une demi personne. J'ai souri.

Elle a roulé des yeux pour la millième fois de la journée, puis j'ai claqué un rapide baiser sur son front avant qu'elle ne parte chercher ce dont elle avait besoin pour la soirée. J'agissais avec un naturel déconcertant, comme si j'avais déjà fait des milliers de baisers sur le front ou que j'avais tenu des mains toute ma vie. Mais non. C'était la deuxième fois. Et comme je l'avais déjà dit, c'était uniquement parce que c'était Jayden, et parce que nous avions un lien particulier. Loin de moi l'idée de pouvoir reproduire ce genre de gestes romantiques netflixiens à l'infini. Hors de question !

Elle m'a rejoint plus tard, dans une toute nouvelle tenue. Elle avait les cheveux relevés dans une petite queue de cheval, sa canule délicatement posée sur ses oreilles, un jogging bleu marine et un grand sweat gris sur ses toutes petites épaules. J'ai souri malgré moi, parce qu'en toutes circonstances elle était absolument adorable, et je me suis surpris à l'imaginer en train de porter mon sweat. Il lui irait beaucoup trop bien.

Elle observait ma chambre avec attention, comme si elle apprenait un tas de choses sur moi à travers ma décoration et ce petit espace. Elle était attentive et tellement concentrée que j'aurais pu croire que ma chambre était devenue le sujet de sa prochaine dissertation. Je l'ai regardée faire en mangeant mes sushis. Je ne voulais pas la déranger mais j'avais extrêmement faim, je n'ai pas pu attendre pour commencer à manger. Elle est restée un moment debout, elle a regardé mes livres un par un, détaillé mon bureau, mes croquis laissés dans un coin et les cadres sur les murs. Je l'ai vu sourire devant la photo avec mes amis, puis encore plus devant celle de mon chien. Faut croire que c'était vraiment vendeur !

Elle s'est tournée vers moi, un petit sourire aux lèvres puis elle m'a rejoint pour manger.

— Ta chambre est exactement comme je l'avais imaginée.

— Ah oui ? J'ai baissé mes yeux vers elle.

— Absolument, tout est très Zach ici. Elle a ri.

— Tu veux dire que c'est une parfaite chambre de tocard et de rugbyman ?

Elle a levé les yeux vers moi, amusée, puis elle a haussé les épaules en regardant une nouvelle fois autour d'elle.

— Presque, il te manque un ballon de rugby et un maillot dédicacé encadré dans ta déco, mais tu as presque le *starter pack* complet du tocard rugbyman.

— Me vanner sur mon sport c'est ton passe-temps favori, hein ? J'ai souri.

— J'adore ça. Je joue sur les clichés et ça m'amuse, je sais que tu n'as rien de l'idée qu'on peut se faire d'un rugbyman. En fait, tu es tout le contraire de l'imaginaire qu'on peut avoir d'un étudiant sportif.

— Ah oui ?

— Bien sûr, Zachy, je ne te réduis pas à une médiocre étiquette de sportif-étudiant.

— Mais tu m'as dit que c'était craquant je te signale !

Elle a rougi en pinçant ses lèvres puis elle m'a regardé timidement. En temps normal, j'aurais été aussi timide qu'elle, mais c'était différent. Elle faisait ressortir une facette de moi que je ne connaissais pas, une facette confiante et authentique. Tout ce que je n'avais jamais réussi à être avec toutes les personnes autour de moi. C'était la version la plus douce et pure de moi. Elle me rendait toute mon essence, tout ce qui faisait de moi la personne que j'étais. Et je devais dire que c'était agréable de découvrir cette nouvelle partie de ma personnalité.

Plus tard, on a regardé Charlie et la Chocolaterie, son film préféré. J'ai été captivé par la façon qu'elle avait de regarder l'écran, de connaître le scénario par cœur, de sourire et de rire pile aux moments adéquats. D'être obnubilée par un écran aussi coloré sans jamais être déconcentrée par ce qu'il y avait autour, comme si même moi je n'étais pas là. Elle était plongée dans quelque chose qui lui faisait profondément du bien. Comme à l'Opéra. C'était sa façon à elle de reprendre son souffle. De se sentir respirer. Et encore une fois, elle me laissait entrer dans sa bulle presque privée, celle qu'elle avait longtemps voulue tenir à distance de moi.

— Zach ?

J'ai baissé la tête vers elle, l'invitant à continuer.

— Je voulais te remercier pour cette journée. Mh… J'ai rarement passé une journée aussi géniale, c'était merveilleux et vraiment je ne sais pas comment te remercier. Merci de m'avoir emmenée à l'Opéra, de m'avoir acheté des sushis et d'avoir regardé mon film préféré avec moi. Tu es le roi des tocards, mais tu sais comment me redonner mon sourire.

Elle m'a gratifié d'un joli sourire puis j'ai hoché la tête doucement, profondément touché par ce qu'elle venait de m'avouer.

Jayden était habituellement plus sarcastique qu'expressive, mais là, elle était sincère et ça m'a retourné le cœur. Si bien que j'en ai presque perdu mes mots. C'était déstabilisant de la voir me dire un truc pareil. J'ai tendu le bras pour l'attirer vers moi, et je l'ai serrée dans mes bras, pas trop fort pour ne pas l'écraser, mais juste ce qu'il fallait pour que je me sente apaisé.

Je l'ai gardée contre moi jusqu'à la fin de la soirée, on a parlé jusqu'à trois heures du matin de nos films préférés, c'était si facile que j'aurais pu y passer la nuit. Finalement, je l'ai raccompagnée jusqu'à sa chambre, la soirée devait bien s'achever à un moment donné. Je vous laisse imaginer à quel point ça me frustrait de ne pas pouvoir parler encore et encore avec elle.

— Encore merci, Zach. Elle a esquissé un sourire.

— Tout le plaisir est pour moi, Grincheux. Je me suis rapproché un peu d'elle, un rictus aux coins des lèvres.

— On se revoit bientôt alors ?

— Le plus vite possible. J'ai souri plus franchement avant de poser mes mains sur ses joues et d'embrasser son front tendrement.

Elle s'est détachée doucement, me regardant avec ses yeux brillants et un petit sourire, laissant apparaître pile comme il fallait sa fossette droite. C'était craquant, beaucoup trop craquant. Puis elle m'a fait un dernier signe de main avant de s'engouffrer dans sa petite chambre.

Je reprenai le chemin vers mon bâtiment, le sourire plaqué aux lèvres à m'en faire mal à la mâchoire. Si quelqu'un me voyait il se demanderait probablement pourquoi je souriais comme un malade comme ça, mais à vrai dire, je m'en fichais totalement, je profitais du bonheur que je venais d'expérimenter pour la première fois depuis des mois. Je venais de passer une journée extraordinaire. Comment est-ce que j'avais pu attendre si longtemps avant de tomber sur elle ?

La nuit serait peut-être courte, mais j'avais des étoiles plein la tête.

Et demain, le soleil brillera de nouveau. *Elle* sera encore là.

CHAPITRE 4

SMS

14 août 2018

Zach :

Salut toi. Mh, j'ai pas eu de nouvelles depuis l'autre soir, je voulais te laisser un peu d'espace pour respirer mais je t'avoue que je commence un peu à m'inquiéter. Tu vas bien ?

Jayden :

Primo : C'est le message le plus adorable que tu m'aies envoyé.

Deuxio : Je suis à la clinique depuis hier. Ma batterie était à plat, je viens de récupérer mon portable.

Tercio : Je vais bien.

Zach :

Alors pourquoi tu es à la clinique ?

Jayden :

Zach, je te dis que je vais bien.

Zach :

Et je te pose une question.

Jayden :

Tu es agaçant au possible.

Zach :

Je me fais du souci pour toi Jayden !

Jayden :

Et je déteste que tu sois préoccupé par tout ça. Je ne veux pas que ça t'occupe l'esprit de cette manière !

Zach :

Tu ne peux pas savoir à quel point ça me rend fou de rage de ne pouvoir rien faire pour toi.

Jayden :

Zach, tu ne te rends vraiment pas compte ?

Zach :

De quoi ?

Jayden :

Si je m'accroche comme ça, c'est en partie grâce à toi.

Zach :

Tu déconnes ?

Jayden :

Non. C'est toi qui me donnes envie d'y croire.

Zach :

Alors dis-moi pourquoi tu es à la clinique.

Jayden :

J'avais les bronches engorgées, du mal à respirer. Dans ces cas-là, je vais voir mon médecin à la clinique. C'est pas grave, c'est par précaution.

Zach :

Je conclus que tu as une maladie respiratoire.

Jayden :

Oui, je t'expliquerai.

Zach :

Et tu es sûre que ça va, hein ? Tu dis pas ça pour me rassurer ?

Jayden :

Promis, ça va.

Zach :

Tu as pris Jamie avec toi ?

Jayden :

Bien sûr, il est toujours là.

Zach :

Je peux pas te rendre visite ?

Jayden :

Je n'ai pas envie que tu me voies à l'hôpital.

Zach :

Je t'en prie.

Jayden :

S'il te plaît Zach. Pas cette fois.

Zach :

Ok, excuse-moi. Je ne veux pas te forcer, je comprends.

Jayden :

Mais on pourra se revoir quand je sortirai.

Zach :

J'y compte bien ouais !

Jayden :

Tu as fait quoi ces deux derniers jours ?

Zach :

Je suis allé courir avec Alex, j'ai avancé sur ma bande dessinée, j'ai tourné en rond en cherchant le sommeil, j'ai écouté des heures de musique et j'ai pensé à toi, bien entendu.

Jayden :

Tu as regardé un film romantique netflixien ?

Zach :

Peut-être, qui sait, c'est peut-être ça qui m'inspire mon attitude de tocard.

Jayden :

Bien sûr, quoi d'autre ?

Zach :

Peut-être des livres à l'eau de rose.

Jayden :

Tu lis de la romance Zach ?

Zach :

Non, mais toi oui. J'ai cramé tes livres dans ta bibliothèque, il y a des couvertures sacrément explicites.

Jayden :

Ne me dit pas que tu as vu ça !! Ils étaient pourtant bien dissimulés.

Zach :

Pas assez pour mon oeil de tigre.

Jayden :

T'es impossible.

Zach :

J'aime te rendre dingue.

Jayden :

Tu sais parfaitement comment t'y prendre.

Zach :

C'est le rôle d'un tocard netflixien.

Jayden :

Mais tu sais comment ils terminent les tocards netflixiens ?

Zach :

Dis-moi.

Jayden :

Ils tombent amoureux de la fille qu'ils emmerdent.

Zach :

Ah merde, je vais finir comme ça ?

Jayden :

C'est ça, fais l'innocent.

Zach :

Je ne vois pas de quoi tu parles ma mini Jayden.

Jayden :

Et moi je suis Iron Man ?

Zach :

Peut-être, ça serait incroyable cela dit.

Jayden :

Je préfère Thor.

Zach :

Tu es beaucoup trop minuscule pour porter un marteau si lourd.

Jayden :

Merci de croire en moi comme ça, c'est si agréable.

Zach :

Mais tout le plaisir est pour moi.

Jayden :

Le sarcasme c'est mon domaine je te signale.

Zach :

Tu déteins sur moi.

Jayden :

Ah bon ? Déjà ?

Zach :

On se parle beaucoup *dumbass.*

Jayden :

Je suis un *smart-ass* pour ton information.

Zach :

Madame major de promo.

Jayden :

Monsieur tocard rugbyman.

Zach :

Ça sonne bien.

Jayden :

C'est hyper cliché comme étiquette.

Zach :

Je suis un tocard cliché, tu l'as dis toi-même.

Jayden :

Peut-être que je regarderais cette comédie affreuse si c'était toi qui jouais dedans.

Zach :

Tu ne pourrais pas la regarder.

Jayden :

Pourquoi ?

Zach :

Parce que si je devais jouer dans ce genre de comédie merdique, c'est toi la fille que j'embêterais.

Jayden :

Touché.

Zach :

♡

CHAPITRE 5

JAYDEN

J'étais rentrée de l'hôpital il y a quelques heures déjà. Désormais allongée dans mon lit en fixant le plafond, je souffrais encore terriblement. Certes mon court séjour à la clinique m'aura permis de me remettre sur pied, mais pour le véritable bien-être, on repassera. J'étais drainée et vidée. Je n'avais aucune force. Je me sentais faible et presque en train de disparaître. Si bien que je n'ai pas eu l'énergie d'écrire un seul message à Zach, alors que mes doigts brûlaient d'impatience de lui dire que j'étais enfin rentrée.

J'ai laissé les larmes couler sur mes joues silencieusement. J'étais une nouvelle fois spectatrice de ma souffrance et je menais à mal ce combat qui me traînait dans des abysses un peu trop noires. J'étais en train de faillir. Je me sentais tomber à la renverse dans un trou noir sans fin. Comme si je sautais en parachute mais qu'il ne s'ouvrait jamais.

J'ai pleuré de longues heures, sans rien dire, sans bouger. C'était juste moi et mes larmes, menant un concert cruellement macabre et glauque dans une chambre aussi grande qu'une boîte de conserve. J'ai laissé échapper des semaines de souffrance, des semaines d'inconfort et de malaise. J'ai laissé couler mon mal-être hors de moi. Je me vidais de tout ce fluide sombre, celui qui peuplait mes songes et mon cœur. Celui qui me tirait au plus bas. Celui qui m'enveloppait et ne me quittait pas. Celui que je voulais cacher à tout le monde. La maladie qui me tenait la main et me rappelait que je défaillais, doucement mais sûrement.

Et la seule personne qui faisait disparaître ce vide n'était pas là. J'étais incapable de lui demander de l'aide, incapable de lui hurler que c'était la seule lumière qui restait autour de moi, que c'était sa présence qui m'apaisait, que c'était son sourire et son regard qui m'avaient redonné envie de vivre. Je m'en voulais. Terriblement. Il était tout ce dont j'avais besoin. Et je demeurais encore incapable d'attraper la main de la seule personne qui tenait à moi de cette façon là.

Plus tard, je me suis levée pour prendre une douche et manger un petit quelque chose afin de me tirer de cette angoisse permanente et glaçante qu'était mon existence. Ah oui, ai-je oublié de dire que je ne savais pas respirer mais que j'étais aussi anxieuse au possible ? Nous y sommes. Le sarcasme et l'humour bizarre que je peux avoir sont de simples façades. J'ai oublié comment être véritablement moi. C'étaient mes seules armes restantes. Tout ce que j'avais pour parfaire mon masque quotidien. Tout ce que j'avais pour contrer l'immensité de questions qui se baladaient dans ma tête. Foutue anxiété.

J'ai entrepris mille fois d'envoyer un message à Zach et je n'y suis pas parvenue. J'angoissais. Bien trop. Beaucoup trop. Je me sentais suffoquer, asphyxier. Je menaçais de m'évanouir à chaque seconde et ma vue se brouillait de plus en plus. J'allais faire une crise d'angoisse.

Violente et glaçante. Le pire combo qu'il soit, lorsque je faisais une crise de panique, mes bronches se rengorgeaient presque instantanément, me donnant le tournis, me faisant presque tourner de l'œil en une seconde. Il fallait que je réagisse, sinon personne ne serait là pour m'aider à me relever. Il fallait que je l'appelle. Il fallait qu'*il* soit là.

Avant que je plonge dans le trou noir la tête la première, j'ai eu une lueur de lucidité pour cliquer sur l'icône d'appel à côté du contact de Zach. Dieu merci je l'avais mis dans mes favoris. Il a répondu presque instantanément. Et avant qu'il ne puisse dire quoi que ce soit, j'ai pris la parole.

— Zach, rejoins-moi, c'est urgent. J'ai articulé difficilement.

J'ai entendu le bip, signe qu'il avait raccroché sans rien rajouter. Je me sentais vaciller en essayant de me rattraper aux meubles présents autour de moi. Je succombais, plongeant doucement, croulant sous le poids de mon anxiété. Puis la poignée a tourné et plus rien. Le trou noir m'avait emportée.

*****

Un instant plus tard, j'ai ouvert les yeux difficilement, comme si je ne l'avais pas fait depuis des jours. J'étais enveloppée dans deux immenses bras, un regard inquiet et rempli de larmes braqué sur moi. Zach était là, il me tenait fermement contre lui, comme si c'était la dernière fois qu'il me voyait sur cette Terre. J'ai bougé doucement, lui signifiant que j'étais revenue à moi mais il n'a pas daigné desserrer son étreinte, au contraire. Il me tenait encore plus fort. Comme s'il avait peur que je disparaisse en un claquement de doigts. Et dans un souffle presque inaudible, il m'a dit une phrase que je ne pensais lire que dans mes bouquins romantiques au possible.

— Je croyais t'avoir perdue. Il a chuchoté.
— Me revoilà. J'ai attrapé doucement une de ses mains dans la mienne en entrelaçant nos doigts.

Il a posé son menton sur mon crâne délicatement, j'étais toujours installée contre son torse, ses deux bras m'entourant le ventre. Il n'avait pas l'intention de me lâcher, et par-dessus tout, je ne voulais pas qu'il le fasse. J'étais de nouveau en sécurité. Et il a fallu que je fasse un malaise pour accepter à quel point j'aimais qu'il soit là. J'aimais qu'il me procure ce sentiment d'apaisement.

— Tu as prévenu quelqu'un ? Je lui ai finalement demandé après m'être raclée la gorge.
— J'ai appelé ton médecin, ton portable était déverrouillé, j'ai eu de la chance. Il m'a dit de veiller sur toi et d'attendre que tu reprennes tes esprits. Lorsque c'est fait, je dois t'apporter ton traitement que tu as dû

encore une fois oublier de prendre et mettre ta canule pour soulager tes poumons.

— Tu attends depuis combien de temps ?

— Une demi-heure. J'ai pleuré comme un gosse. J'ai flippé comme un malade. Putain Jayden, ne me fais plus peur de cette façon. Je t'en prie.

Sa voix était rauque et triste.

— Je te le promets Zach.

— Je vais veiller sur toi. Il est hors de question que tu oublies ton traitement. Je serais un vrai tocard de première si je ne faisais pas attention à ce que tu le prennes à la lettre. Et même si tu me détesteras probablement pour ça, je m'en tape. Tout ce qui m'importe c'est que tu ailles bien.

J'ai souri doucement. Il était énervé et quand bien même j'étais à peine réveillée, je trouvais ça cruellement craquant. Il avait une façon particulière de tenir à moi. Et plus le temps passait, plus je me rendais compte que ce que nous avions était spécial.

Il m'a aidée à me redresser puis je me suis installée en m'appuyant contre la tête de lit en étendant mes jambes devant moi. Zach m'a apporté les médicaments que j'avais évidemment oublié de prendre. Je prenais mon traitement à la lettre habituellement, mais les anxiolytiques m'échappaient parfois. J’étais tellement préoccupée que je ne m’étais même pas rendue compte que je ne les avais pas pris. Jusqu'à tomber et perdre connaissance à cause de mes crises d'angoisse. Intelligent, n’est-ce pas ?

Ensuite, j'ai mis ma canule, retrouvant finalement mon souffle. J’avais l'impression d'être déchargée du poids du monde, ma cage thoracique étant plus libre que jamais. Tout semblait reprendre sa place initiale, je me sentais retrouver mes esprits et vidée de tout le fluide macabre qui m’habitait perpétuellement. Je voulais qu'il sache, je voulais qu'il soit au courant. Il voulait m'aider par-dessus tout, et je n'avais plus la force de le repousser. J'avais besoin de lui. Et même si ça serait désormais une douleur pour lui aussi, il devait savoir. Il devait savoir pour ma maladie. Pour l'anxiété, je pense que c'était chose faite. Il n'avait pas dû louper l'énorme « anxiolytiques » marqué sur la boîte de médicaments qu'il m'avait ramené quelques minutes plus tôt. Mais pour ma maladie, c’était autre chose et je n'arrivais plus à prétendre qu'elle n'avait pas tant d'importance que ça dans ma vie. Au contraire, elle était toujours là, à côté de moi, me tenant la main, me rappelant que je défaillais.

J'ai soupiré longuement, jouant nerveusement avec mes mains, je ne savais par où commencer. Il y avait un tas de choses à dire. Toutes plus douloureuses les unes que les autres. Zach m'a regardée curieusement puis je l'ai invité à me rejoindre sur le lit. Il venait de m'aider à faire passer une crise d'angoisse, je voulais l'avoir près de moi. Je me suis blottie doucement contre lui et il a suivi mon geste en me faisant de la place entre ses bras. Je me sentais en sécurité.

J'ai levé la tête vers lui un instant pour observer ses traits, tous les détails qui faisaient de lui la personne qu'il était. Il a baissé son regard sur moi, un léger rictus au coin des lèvres, puis il a posé délicatement ses lèvres contre ma tempe. Il était protecteur, et bordel ça se voyait.

J'ai pris mon courage à deux mains, détournant mes yeux des siens, soupirant un grand coup. Puis j'étais partie. Il allait tout savoir.

— Lorsque je suis née, les médecins ont expliqué à mes parents que je souffrais d'une maladie génétique. Et que j'allais vivre avec tout au long de ma vie. Vie qui serait d'ailleurs raccourcie à cause de cette dernière. Bref, je suis atteinte de mucoviscidose. Je ne sais pas si tu en as déjà entendu parler, ce n'est généralement pas la première chose à laquelle on pense quand on parle de maladie. Enfin, c'est une maladie respiratoire, qui s'aggrave avec des sortes d'épisodes, je peux aller bien pendant de longs mois et puis dégringoler pendant des semaines. Je suis sur la pente descendante en ce moment, jusqu'à ce que mon corps reprenne des forces.

J'ai dégluti difficilement alors que mes yeux commençaient à brûler des larmes qui se formaient derrière mes paupières. Je savais que j'allais m'effondrer en lui racontant ce qu'il m'arrivait.

— Il m'arrive de faire des crises, quand j'ai trop de mucus autour des bronches. J'ai du mal à respirer et je peux m'évanouir. Ce soir, ça a été provoqué par mon angoisse par exemple. Je porte ma canule pour me soulager et faciliter la respiration, je fais également des inhalations tous les matins, un peu une sorte de purification quoi, et surtout, j'ai un traitement à prendre. Qui m'échappe, parfois, ou peut-être trop souvent.

Les larmes dévalaient désormais mes joues alors que les pouces de Zach les séchaient délicatement. Je pouvais sentir son regard tendre sur moi mais je n'osais pas relever les yeux vers lui. Je savais que si je le regardais, j'allais perdre mes mots.

— J'ai eu du mal à grandir avec cette maladie, j'ai longtemps repoussé toutes les personnes qui essayaient d'être trop proches de moi, parce que j'avais peur. Et qu'être malade c'est penser aux autres avant de penser à soi. C'est penser à quel point on va faire mal aux autres si jamais il nous arrive quelque chose, si jamais la maladie décide qu'elle nous emportera. Tu es l'une des rares personnes qui a pu entrer dans ma petite bulle presque scellée, et j'ai voulu te protéger. Je veux encore te protéger. Je hais l'idée que tu puisses te faire du souci pour moi. Je hais l'idée que tu vas maintenant avoir ce poids toi aussi. Mais voilà, Zach, maintenant tu sais. Et tu dois aussi savoir, que j'ai besoin de toi plus que j'ai besoin de gélules ou de mon putain d'inhalateur. Parce que j'ai été asphyxiée pendant dix-huit ans et que tu m'as redonné tout l'air dont je manquais. Parce que tu as su redonner à mon cœur l'ensemble des couleurs qu'il avait perdu. Et merde Zach, j'ai pas de mots pour tout ça. Je veux que tu sois là. J'ai besoin de toi.

J'ai chuchoté cette dernière phrase dans un souffle. Jamais je n'aurais imaginé être capable de dire une telle chose à voix haute.

Les larmes dévalaient mes joues de façon ahurissante. C'était un vrai océan, comme si je m'étais retenue pendant des mois durant. J'ai pleuré sans m'arrêter, sans pouvoir lever les yeux vers Zach. Il était si silencieux, je ne savais quoi penser. J'étais perdue au beau milieu d'un tableau en bazar.

J'ai senti sa main sur ma joue quelques minutes après. Il me regardait tendrement, d'une nouvelle façon, c'était pur, et surtout extrêmement doux. Il avait la galaxie dans le regard, et cette manière qu'il avait de me détailler me faisait fondre et sourire intérieurement en même temps. Rallumant doucement les sensations dans mon ventre, il n'y avait pas qu'un seul papillon à ce stade, plutôt un élevage entier je devais dire.

— Je suis désolé d'apprendre tout ça, du fait que tu doives vivre avec ce poids depuis le premier jour de ton existence. Je suis désolé que ça te soit tombé dessus et que rien ne pourra jamais enlever la souffrance que ça te procure. Mais sache que je serai toujours là. Que j'aie tout autant besoin de toi que toi tu as besoin de moi. Rien ne m'importe plus que de savoir que tu vas bien, et si je peux contribuer un minimum à te rendre heureuse alors je le ferai. Je t'ai déjà dit que je détestais tenir la main mais putain Jayden, je te tiendrai la main jusqu'à la fin. Je serai là, chiant, niais, cliché, tocard et lourd, mais je serai là. Je ne bouge pas, je ne t'abandonne pas, et quand bien même tu voudras me repousser, je casserai tous les murs que tu essaieras de construire entre nous. Parce que si je suis ta lumière, toi tu es mon soleil. Et j'ai besoin que le soleil brille au-dessus de mon monde sombre et chaotique. Je serai toujours là Jayden, à l'infini.

Il a souri doucement, ses yeux brillaient et il était d'une authenticité déconcertante. Je n'ai jamais été aussi touchée par les mots de quelqu'un. Habituellement je trouvais ça ringard et à vomir. Mais c'était Zach, et rien ni personne n'était à la hauteur de *mon* Zach.

— Tu me le promets ? J'ai articulé à demi-voix.

— Promis. Il a conclu avant d'embrasser mon crâne.

Puis on est restés comme ça, sans rien dire, juste lui et moi. Et cet instant m'a procuré une vague d'apaisement et au-delà de ça, de soulagement. Il m'avait déjà dit qu'il ne s'enfuirait pas en courant quand je lui avais avoué être malade, mais l'appréhension restait toujours. Surtout quand on se décidait finalement à raconter vraiment ce qu'il se passait.

La maladie était probablement la partie la plus intime de la personne qui est malade. La pudeur qui demeurait autour de tout ça prenait beaucoup de place. J'occultais souvent ce pan de ma vie, pourtant elle faisait corps avec moi, et je n'aurais pas dû me réduire à tout ça. Mais il était difficile de croire que les autres pouvaient me voir comme autre chose que "la fille malade" une fois qu'ils savaient.

Zach était différent vis-à-vis de ça, comme s'il avait déjà connu quelqu'un dans ce cas-là, ou comme s'il avait déjà été dans ce cas-là. Il ne m'a jamais regardée différemment, il n'a jamais eu pitié, n'a jamais insisté pour que je lui déballe l'histoire. Il ne m'a jamais posé de questions déplacées ni voulu investiguer dans cette partie si douloureuse et privée de moi. Et c'est ce que j'appréciais. Il respectait que je puisse avoir des parts d'ombre que je n'étais pas prête à partager. Il acceptait de ne pas tout savoir sur moi. Je trouvais ça particulièrement réconfortant et adorable. Surtout pour cet impatient de première, soyons clairs.

*****

Plus tard, je me suis redressée, j'avais besoin de prendre l'air, d'aller ailleurs. Cette chambre, aussi réconfortante soit-elle, devenait un peu oppressante quelques fois. Et par-dessus tout, j'aimais me balader la nuit. Zach était là, et je me suis dit que ça lui ferait probablement plaisir de découvrir mes petites habitudes nocturnes lorsque j'étais sur le campus.

— Je veux t'emmener quelque part. Je me suis levée et lui ai tendu la main.

Il m'a regardé en haussant un sourcil puis il a soupiré doucement.

— Tu penses que c'est vraiment prudent de partir en escapade maintenant alors que tu es encore un peu faible ? Il semblait inquiet.

— Zach, j'ai ma canule, tu seras là. Promis, on ne va pas loin, et si jamais ça ne va pas, je t'assure que je te le dirai avant que ça soit trop tard.

— Bon d'accord, mais ne me déteste pas si je te demande si ça va toutes les deux minutes.

— Tu vas faire le tocard inquiet et protecteur ?

— Je suis un tocard inquiet et protecteur Jayden.

Il a secoué la tête en souriant doucement puis il s'est levé et a passé son bras autour de mes épaules avant d'embrasser mon crâne.

— Tu m'emmènes où ? Il a souri.

— Tu verras.

— Madame mystère.

— J'ai beaucoup de surnoms. J'ai ri.

— J'ai une imagination débordante et tu as une personnalité gigantesque.

— Il paraît.

— Mais quelle tocarde toi aussi. Il a ri doucement.

J'ai pris la route vers le bâtiment des sciences du campus et à chaque pas qui nous rapprochait de la porte, Zach semblait être de plus en plus perdu. J'étais amusée de voir à quel point il pouvait être confus.

J'ai ouvert la porte arrière avec le code que je connaissais par cœur après avoir fouiné des heures entières dans le secrétariat puis j'ai emprunté l'escalier de service. Zach me suivait, toujours aussi perdu et interloqué par ce qu'on était en train de faire. Arrivés au dernier étage, j'ai ouvert la porte donnant sur le toit. Celle-ci offrait une vue sur la ville et ses mille lumières. L'endroit le plus paisible du campus. Le jardin secret que j'avais depuis quelques mois. Zach s'est rapproché doucement du bord, un sourire se dessinant sur son visage, et il a passé les mains dans ses cheveux avant de se retourner vers moi.

— C'est incroyable ! Il a souri.

— Madame mystère sait y faire il paraît !

— C'est dingue ! J'y crois pas, c'est un des plus beaux endroits que j'ai jamais vu.

— Quand je suis ici j'ai l'impression d'être hors du monde. J'ai esquissé un sourire en observant le ciel étoilé.

— Comme si tu t'échappais dans un autre univers ?

— Exactement. Je me suis rapprochée et me suis assise au bord du toit.

— Et tu acceptes de m'inviter dans cet autre univers ? Il m'a rejointe.

— Apparemment.

Il a pris ma main et l'a caressée de son pouce comme il faisait souvent, et j'ai trouvé ça, encore une fois, craquant. J'aimais sa façon d'être proche de moi sans trop l'être. Il était mystérieux et pudique, comme s'il découvrait tout ça en même temps qu'il réalisait ces gestes. Moi aussi j'avais un monde de questions à lui poser, mais je préférais attendre. Le moment viendrait, il me le dirait. En attendant, je profitais de chaque instant, et de chaque souvenir que je pouvais créer avec Zach. C'était précieux.

— C'est ma vue préférée.
— À moi aussi. Il avait dit ça en me regardant.

Quel tocard.

J'ai esquissé un sourire moqueur en regardant toujours devant moi. Pour être cliché, il l'était, mais putain je crois qu'il devenait mon cliché préféré.

— Tu es vraiment le roi des tocards Zach. J'ai tourné la tête vers lui en souriant.
— Je sais. Il a souri une énième fois avant de se pencher pour embrasser ma joue.

Après ça, il m'a parlé de son bouquin préféré, et il m'a fait un plaidoyer entier pour que je le lise. Alors bien entendu je lui ai tenu tête, lui assurant qu'il ne finirait jamais dans ma bibliothèque. Il s'est ensuite mis à râler et m'a répété dix fois que j'étais chiante. Faut dire que je le cherche. Mais j'adorais l'embêter. Qui aime bien châtie bien on a dit, non ?

Vers deux heures du matin, j'ai commencé à fatiguer, alors je me suis redressée et j'ai tourné ma tête vers lui en soupirant doucement. Je voulais rester là toute la nuit à parler, mais évidemment ma santé ne me le permettait pas.

— Tu me raccompagne ? J'ai demandé.

— Bien sûr, je vais pas laisser une minimoys comme toi rentrer seule dans le noir. Quelle idée, tu pourrais te perdre !

J'ai tapé dans son épaule en secouant la tête, il était pas croyable.

— Tu veux surtout faire le gars cliché et protecteur.

— Ce que je suis, Grincheux !

— Ah oui ?

— Que pour toi. Il m'a fait un clin d'œil en souriant.

J'ai secoué la tête à nouveau et j'ai fait mine de vomir avant de rire doucement. C'était le pire des clichés, je vous jure.

Il m'a ramené en tenant ma main dans la sienne, sa paume était si grande qu'elle enveloppait la mienne dans une chaleur réconfortante. Pour quelqu'un qui détestait tenir la main, il avait l'air d'y prendre autant goût que moi ! Le chemin était court jusqu'à ma chambre, mais il a insisté pour monter avec moi et s'assurer que je ne reparte pas en escapade interdite une fois qu'il m'aurait raccompagnée devant mon bâtiment. Il débordait vraiment d'imagination.

— Bon, bonne nuit Zachy.

— Bonne nuit Jayden.

— On se revoit vite ? Je l'ai regardé en souriant doucement.

— Le plus vite possible.

Et comme ces derniers jours, il a plaqué ses mains sur mes joues avant d'embrasser tendrement mon front. C'était une habitude qui s'installait et maintenant, je ne voulais plus jamais y renoncer. En prenant conscience de ça, je savais que je tombais doucement.

— Tu prends soin de toi, et tu m'appelles si ça ne va pas ! Promis ?

— Je te le promets Zach. J'ai conclu.

Il a hoché la tête en souriant légèrement puis il s'est finalement décidé à partir. Je l'ai regardé parcourir le long couloir, mes lèvres se pinçant doucement. Zach Jenkins était un garçon spécial, il n'y en avait pas deux comme lui.

J'ai rejoint mon lit, chamboulée par cette soirée, chamboulée par tout ce qui était en train de me tomber dessus.

Chamboulée par Zach. Zach, Zach et encore Zach.

Rah putain. Toujours lui.

T'es foutue Jayden.

CHAPITRE 6

ZACH

Le soleil était en train de se lever, la lueur orangée parsemait ma chambre d'une lumière particulière. L'une de mes préférées. Et rien ne pouvait m'apaiser plus que cela après la nuit que je venais de passer à me torturer l'esprit dans tous les sens.

Comment expliquer que je me sois torturé l'esprit des heures durant ? Eh bien, j'avais passé la nuit à faire des recherches sur la mucoviscidose, parce que oui, bien que je n'aie pas posé de questions à Jayden, j'en avais un tas dans la tête. Et rien de mieux que mon bon vieil ami Google pour m'aider avec tout ça. J'ai écoulé des pages entières d'informations à mesure que les cigarettes se consumaient aux coins de mes lèvres. C'était comme étudier à la bibliothèque toute la nuit avant un partiel, l'odeur du tabac froid en plus. J'ai rempli des feuilles et des feuilles de choses à savoir, de gestes à avoir. Comme si je m'écrivais un manuel pour ne pas être le parfait idiot devant la personne avec qui j'aimais passer tout mon temps. C'était peut-être tout nouveau pour moi, mais je le pensais quand je disais que je lui tiendrais la main pour toujours. Maintenant que j'étais à ses côtés, il était hors de question de la laisser tomber.

Hier soir, je l'avais vue dans sa vulnérabilité la plus totale. D'abord, quand elle s'était évanouie dans mes bras et que je m'étais mis à pleurer comme un enfant de cinq ans parce que j'étais totalement terrifié par ce qu'il se passait. Ensuite, quand elle avait décidé de me parler d'elle. Dieu sait que ce n'était pas souvent et que ça avait sûrement dû lui demander un effort colossal. Ce que j'admirais réellement d'ailleurs. Je l'avais vue dans un état de faiblesse, quelque chose qu'elle avait toujours caché devant moi depuis des mois. Quelque chose qu'elle ne laissait jamais entrevoir, qu'elle dissimulait et enfouissait parfaitement sous des couches de sarcasme et une pincée de nonchalance. Je ne l'appelais pas Grincheux pour rien.

Et tout ça, toute cette soirée, m'a amené à me questionner sur moi-même et sur ce que je lui laissais entrevoir. Pendant un moment, je me suis détesté. Parce que je lui reprochais de ne jamais se confier, mais je ne le faisais pas non plus. Elle a découvert la façade lisse de Zach. Mais elle ne savait pas que j'étais anxieux au possible, que je me cherchais toujours sans savoir qui j'étais, que je ne dormais qu'une nuit sur deux parce que j'étais obnubilé par mes pensées, que j'avais du mal à faire confiance et par-dessus tout, que j'avais peur qu'elle me brise le cœur et qu'elle emporte tout mon être avec elle. Je m'en voulais de ne pas lui montrer que moi aussi, j'étais vulnérable, que parfois la vie me mettait des grands coups de pied dans la gueule et que je ne savais pas comment m'en relever. Je m'en voulais de ne pas lui montrer que moi aussi j'avais besoin de sa main pour avancer.

Le soleil tapait maintenant contre ma vitre et les cernes bleutés sous mes yeux étaient le parfait constat que je venais de passer une nuit dans ma prison de pensées. J'avais besoin d'un litre de café, de toasts au beurre de cacahuètes et surtout, d'Alex. Parce que lorsque je plongeais, que je ressassais à m'en rendre dingue, Alex était là. Il était toujours là pour me rattraper quand je flanchais et que le sol se dérobait sous mes pieds. Il était la partie de moi qui éclairait celle qui était noire et terne. Il était mon ami le plus cher, celui qui m'avait vu grandir et qui continuerait de me voir évoluer au fil de la vie. J'avais trouvé mon binôme et pour rien au monde je ne le changerais.

J'ai mangé mes toasts et j'ai rempli ma Thermos de café. Il était huit heures vingt-deux et je savais qu'Alex serait déjà en train de dévorer un bouquin dans sa chambre à cette heure-ci. Alors j'ai marché jusqu'à sa porte, qui était seulement deux étages en dessous de la mienne et j'ai toqué deux fois, puis je suis entré. J'étais surpris de ne pas le voir souffler parce que je l'interrompais en pleine lecture. Il lisait des immenses pavés de Fantasy et quand bien même j'adorais lire, je trouvais qu'il avait du courage pour se lancer dans des lectures pareilles.

Il m'a regardé avec son air habituel, celui qui voulait dire "*Zach, je vais prendre soin de toi*". Et je mentirais si je disais que je n'étais pas chanceux d'avoir une telle personne à mes côtés. Surtout quand j'étais au bord de la crise existentielle pour la douzième fois en trois mois.

— Comment va mon frère préféré ? Il a souri doucement.

J'ai esquissé un sourire en coin, ça me rappelait un souvenir douloureux. Ce surnom était particulier. Surtout venant d'Alex. Mais je me suis résigné à amener ce sujet dans la conversation, sachant que dans quelques semaines, on serait en train de pleurer tous les deux en regardant les albums photos.

— Ça va, je t'ai fait du café. J'ai souri avant de m'asseoir près de lui en lui tendant la Thermos.

Il s'est levé puis il s'est rempli une tasse avant de se rasseoir à côté de moi avec son petit déjeuner préféré. J'ai nommé, des cookies double chocolat. Particulier, n'est-ce pas ?

— Dieu merci, tu as une cafetière.

Il m'a détaillé un instant, ses yeux rivés sur mes cernes et mon teint aussi pâle qu'un fantôme. Il savait que je venais de passer une sale nuit. Il savait qu'il allait devoir me faire une session de thérapie gratuite.

— Tes cernes bleus sont toujours aussi effrayants, va falloir songer à t'acheter de l'anti-cernes Zach ! Cela dit, je suis là pour t'écouter, et en ce moment même je sais que tu as un tas de trucs à me déballer. Et si tu ne le fais pas, je te jure que je t'en colle une. Il a plaisanté en m'ébouriffant les cheveux.

— Tu es chiant avec ton anti-cernes ! Je t'ai dit que ça faisait mon charme, je les supporte bien même si on dirait que je passe le casting de The Walking Dead ! J'ai secoué la tête avec un rictus amusé collé aux lèvres, il est pas croyable celui-là.

— Jayden aime les mecs aux yeux cernés alors ? Il a souri en haussant un sourcil.

J'ai joué avec mes mains, un peu nerveux qu'il amène déjà ce sujet sur le tas. Je ne savais même pas comment lui formuler ce qu'il m'arrivait. Mes pensées se mélangeaient et s'entremêlaient, me laissant incapable de verbaliser correctement les sensations que je ressentais au plus profond de moi. Mon alter-ego d'angoissé se pointait à la vitesse de la lumière à vrai dire. Mais comme on dit, chassez le naturel et il revient au galop.

— J'en sais trop rien, tu sais le physique n'a jamais vraiment importé dans notre relation. Enfin, je veux dire, on s'est découvert sans savoir à quoi on ressemblait alors j'imagine que ce n'est pas vraiment un truc qu'on prend en compte. Quand bien même elle est totalement adorable et craquante.

— Tu t'égares Zach, déballe !

J'ai soupiré en secouant la tête puis j'ai tourné mon regard vers la fenêtre un instant avant de me retourner vers Alex qui m'invitait lourdement du regard à continuer.

— Hier soir, j'ai découvert une partie de Jayden, quelque chose que je ne connaissais que superficiellement. Qu'elle avait toujours voulu laisser loin de moi, pour me protéger. Déjà j'ai trouvé ça hyper touchant qu'elle me confie ce pan de sa vie, parce que c'est particulier et que je ne l'avais jamais vu aussi vulnérable. Mais ensuite, j'ai culpabilisé. Je m'en veux de ne pas réussir à lui livrer toutes les parcelles de moi. Les plus noires, celles que j'ai peur qu'elle voit. Et putain, je me suis pris la tête toute la nuit avec ça, parce que je suis un énorme tocard Alex !

Alex m'a regardé longuement sans rien dire. S'il y a bien une chose qu'il savait faire, c'était écouter. Il avait ce que j'aimais appeler "l'oreille d'or". Parce que non seulement il savait écouter, mais par-dessus tout, il était toujours là pour le faire. Il était la personne la plus altruiste et attentionnée que je connaisse. Il avait un cœur abîmé mais une âme cruellement douce et réconfortante. Alex était un pilier sur lequel je prenais appui bien trop souvent. Mais j'étais le mur qui le retenait de tomber. Lui et moi, c'était un lien spécial, au-delà de l'amitié. C'était fraternel et fusionnel. Parce qu'on partageait une histoire et qu'on écrivait un nouveau livre tous les deux. Qu'on se reconstruisait en étant là l'un pour l'autre. On s'ancrait mutuellement.

— Écoute Zach, tu ne peux pas culpabiliser de ne pas réussir à te confier. Tu la connais peut-être depuis des mois, mais tu ne l'as vue que quelques fois. Laisse le temps au temps, tu te dévoileras quand le cœur t'en dira. Elle ne te force pas, alors tu ne dois pas te mettre la pression. Elle a eu besoin que tu connaisses ce morceau de sa vie parce qu'elle veut que tu l'accompagnes, que tu lui tiennes la main. C'est hyper adorable je dois avouer, mais est-ce que ça t'oblige à lui confier toute ta vie le jour suivant ? Bien sûr que non. Il vous reste un tas de journées pour vous découvrir, tu as plus de temps que tu ne crois en avoir, je te l'assure. Ça viendra, tu sauras quand ça sera le moment et que tu voudras lui raconter. Arrête de te tracasser l'esprit avec ça. Tu vas y arriver. Laisse-toi du temps.

Je me suis laissé tomber sur le lit en regardant le plafond et j'ai plaqué une main sur mon front en soupirant. Alex avait raison, je devais prendre du temps, et surtout ne pas m'en vouloir d'être qui j'étais. Je me dévoilais rarement. Il connaissait tout de moi certes, mais le reste de nos amis ignorait encore des choses, et parfois Jayden en savait même plus qu'eux. Parce que si Alex était mon ancrage, Jayden resterait toujours mon soleil, et personne ne pourrait la remplacer sur ce point. J'en étais entièrement convaincu. Elle aurait toujours une place particulière. Quoiqu'il arrive, ça serait toujours elle.

— Tu as raison, je vais y aller doucement. Et essayer de ne pas me prendre la tête avec tout ça, j'ai encore un tas de trucs à vivre avec elle, et quand viendra le moment, je lui parlerai. Je sais que j'y arriverai et qu'elle attendra. Je dois juste me sortir de la tête qu'elle va s'enfuir en courant parce que je suis un mec un peu trop paumé et encore un peu cassé. J'ai soufflé en passant une main sur mon visage.
— Zach, elle ne s'enfuira jamais en courant. Tu crois que tu es seul à tomber dans tout ça ? Non, clairement pas. Regarde, observe, les signes, les mots, les attitudes. Rien ne trompe. Vous êtes tous les deux au beau milieu d'une situation qui ne ressemble pas à une amitié. Vous prenez votre temps et ça ne veut pas dire qu'il faut en conclure quoi que ce soit. Mais votre lien est spécial. Et que tu le veuilles ou non, c'est une nouvelle partie de toi que tu découvres. Parce que tu ne l'as jamais expérimenté avant et que tu as l'impression de sauter dans le vide. Mais tu l'as elle, elle est là, et crois-moi elle ne s'enfuira pas.

Ses mots résonnaient en moi comme une enceinte avec le volume à fond. J'entendais l'écho de ses phrases sans cesse et je ne pouvais qu'admettre qu'il avait raison à cent pour cent. Il avait posé les mots parfaitement où il fallait, à des endroits que je n'étais pas encore capable de verbaliser ou d'accepter. Mais il venait de le faire, et il avait rendu toute cette histoire un peu plus réelle.

Nous étions en train de tomber. Est-ce que notre chute serait douloureuse ?

*****

Après ma session de pseudo-thérapie avec Alex, on a pris ma voiture pour aller en forêt. On adorait aller là-bas tous les deux, et j'en avais grandement besoin. Lui et moi, on avait souvent cette envie de partir s'isoler, de ne plus entendre le bruit, d'être dans une bulle. La forêt c'était notre endroit, et depuis quelques années on y venait très souvent. C'était un peu ce qui nous permettait de ne pas exploser, de ne pas partir en mille morceaux. Ce qui nous permettait de garder le contrôle.

On a passé la journée ici, à discuter et rire de beaucoup de choses. Puis on a parlé des sélections et de la rentrée. J'entamerais bientôt ma dernière année à UCLA et je mentirais si je disais que je n'étais pas stressé par la suite et ce qu'il adviendrait quand je quitterais cette Université. Mon rêve était de pouvoir continuer mon cursus dans une école spécialisée à New York. Et je me devais d'être excellent cette année pour que mon dossier soit retenu. Outre cette pression, le rugby serait aussi un énorme challenge cette année. On était champions universitaires en titre, alors il faudrait redoubler d'efforts pour conserver notre coupe et surtout, donner encore plus d'éclat à nos dossiers. Cette année risquait d'être mouvementée, surtout maintenant qu'il y avait Grincheux en plus. Jayden était extrêmement studieuse et j'étais parfaitement convaincu qu'elle ne laisserait pas sa place de major de promo à qui que ce soit d'autre. Alors je me rassurais en me disant qu'elle pourrait sûrement me motiver à travailler encore plus dur pour améliorer mes notes. Du moins, je l'espérais très fort, parce que je pensais que je serais plutôt occupé à vouloir l'enlacer encore et encore au lieu d'apprendre mes cours d'architecture.

Sur le chemin du retour, on chantait comme des casseroles avec Alex. Je me sentais vivre d'une façon que je n'aurais pu décrire. Il me donnait l'étincelle qu'il fallait pour rallumer mon feu. Celui que j'avais éteint quelques années auparavant. Alex savait quoi faire pour me faire sourire, et chanter avec la musique à fond dans ma caisse, c'était exactement un truc que j'aimais faire pour sourire. On avait l'air de gros idiots à hurler sur notre playlist, mais je crois qu'à ce moment-là, on en avait tous les deux extrêmement besoin.

Je l'ai déposé au garage de son père en passant, il récupérait enfin sa fameuse Pontiac. Autrement dit, la prunelle de ses yeux. Alex adorait les vieilles voitures, mais par-dessus tout, les voitures qui avaient de la gueule. Il disait qu'elles avaient un charisme incroyable, pour lui c'était presque encore plus charmant qu'une personne. Il a fait gronder le moteur pendant dix minutes, comme un enfant en furie devant son nouveau jouet. Alex était dans l'automobile depuis tout petit, son père était mécanicien, sa sœur, Ema, pilote des voitures de course, et lui il analysait les statistiques. C'était toute une institution chez eux, c'est pourquoi sa voiture était son véritable bébé. Il avait même un garage privé sur le campus. Hors de question qu'elle soit en plein air vous vous doutez bien !

On a fait la course sur le chemin du retour. Sa Pontiac fusait littéralement et je m'accrochais tant bien que mal avec ma Range derrière lui. Il aimait me devancer comme un malade sur la route. Et moi, j'aimais le laisser gagner. Ça avait toujours été comme ça. Rouler ensemble, c'était aussi une institution pour nous. Quand Glen était encore là, c'était notre rituel. Désormais on roulait chacun avec une photo de lui dans notre boîte à gants, comme si on l'emmenait en promenade avec nous, au bout du monde, et pour toujours.

Arrivés sur le campus, il était un peu tard. Mais je voulais aller voir si Jayden allait bien. Je supposais qu'elle s'était reposée aujourd'hui, mais je voulais quand même avoir de ses nouvelles. J'étais un adolescent netflixien chiant et je comptais bien remplir mon rôle à plein temps ! Et si vous pensiez qu'elle me manquait, vous auriez totalement raison.

Ni une ni deux, je suis allé sous sa fenêtre, et j'ai attrapé un caillou. Il y avait de la lumière, je savais qu'elle était réveillée et j'espérais secrètement qu'elle n'ait pas son casque sur les oreilles sinon j'étais foutu et tout le monde me prendrait pour un gros lourd un peu fou. J'ai lancé le caillou sur sa fenêtre, pas de réponse. Borné comme je suis, j'en ai envoyé un deuxième. Puis un troisième, avant de la voir ouvrir sa fenêtre, en soufflant et en secouant la tête.

— Putain de merde Zach ! Tu es vraiment le roi des tocards !

— C'est magnifique ce vocabulaire, Grincheux.

— Ne m'appelle pas Grincheux. Elle avait dit ça en serrant sa minuscule mâchoire.

— Tu vas bien ? J'ai souri, insensible à son exaspération, je craquais pour ça.

— Oui, ça va. Encore mieux si tu ne me dérangeais pas en pleine lecture !

— Laisse-moi deviner, je t'ai interrompue au moment où il allait enfin embrasser la fille qu'il est supposé détester ? J'ai mordu ma lèvre pour retenir mon rire.

— BINGO !! Elle a soufflé.

— Tu m'en veux ?

— Un peu. Elle a pincé ses lèvres.

— Bon, je vais donc te laisser en paix. J'ai souri doucement.

— Tu oublies pas notre rendez-vous de demain Zachy.

— Non, mais viens me faire un bisou.

— Tu déconnes, j'espère ? Elle a dit ça en écarquillant les yeux.

— Non, viens, je vais mal dormir sinon. J'ai fait mine d'être triste.

Elle a soufflé quelques injures que je n'ai pu comprendre puis elle a secoué la tête en me dévisageant.

— Tu es vraiment la pire créature netflixienne, Zach Jenkins.

Sur ce, elle a fermé sa fenêtre d'un coup sec et quelques minutes plus tard, elle apparaissait devant moi.

— Penche-toi.

— Wahou mais c'est que t'es autoritaire en plus. J'ai ri.

— Penche-toi immense tocard !

J'ai souri puis je me suis penché, que dis-je, je me suis plié en deux vers elle. Elle a posé une main sur une de mes joues puis a plaqué ses lèvres sur l'autre dans un doux baiser. J'ai souri encore plus, puis je l'ai attirée contre moi pour la serrer dans mes bras. J'étais heureux de la voir, et j'en avais marre de prétendre que ce n'était pas le cas. Je l'ai gardée contre moi un moment, puis elle s'est reculée en frissonnant légèrement, elle était sortie sans veste et j'aurais pu parier qu'elle avait froid. Dans un geste naturellement tocardien, j'ai enlevé mon sweat pour lui tendre. Elle m'a regardé en me suppliant du regard de ne pas dire ce que j'allais dire mais je l'ai fait quand même, incroyablement amusé.

— Tiens, enfile ça Grincheux.

Elle a enfoui son visage dans ses mains et a soupiré doucement. Elle a finalement accepté le pull et l'a enfilé. Et putain, elle était si adorable que j'aurais tout fait pour l'avoir encore dans mes bras. Je commençais à devenir dingue, qu'est-ce qu'il m'arrivait ?

— J'ai le droit de retourner lire maintenant ? Elle a souri doucement.

— Mmmh, bon d'accord.

— Dieu soit loué ! Elle a ri.

— Bonne nuit Grincheux.

— Arrête de m'appeler Grincheux, bordel !

— Allez, va lire au lieu de râler. J'ai souri.

Elle a roulé des yeux puis a enfoncé ses mains dans la poche centrale de mon sweat en me regardant. Elle attendait visiblement quelque chose. Et je savais parfaitement ce que c'était.

Je me suis approché et j'ai posé mes deux mains sur ses joues avant de coller sur son front mon baiser habituel. C'était devenu quelque chose entre nous apparemment. Et je commençais à y prendre goût.

Elle m'a souri et s'est reculée doucement, visiblement satisfaite. Puis elle m'a gratifié d'un dernier signe de main avant de s'engouffrer dans le hall de son bâtiment.

J'ai marché jusqu'à ma chambre, les écouteurs dans les oreilles, un sourire sur les lèvres. J'avais peut-être passé ma nuit à me torturer, mais je venais de passer une journée incroyable. De celles qui réparaient et qui redonnaient espoir.

J'avais croisé ma lumière et mon soleil le même jour, il ne me restait plus qu'à m'éclairer.

Je me couchai finalement, les idées parfaitement claires. Je pensais à demain, et aux bougies que j'allais souffler. J'allais avoir vingt-et-un ans, et j'allais le fêter avec Jayden. Une chose était sûre, c'était que ce jour resterait profondément spécial.

Lincoln Park, 16h. Rendez-vous avec le soleil.

CHAPITRE 7

JAYDEN

. ˚ ∘ . ˚ ° ★ . . ˚ ☆ ˚ ° ˚ ∘ .

Ce matin, j'ouvrais les yeux en ne pensant qu'à une seule chose : c'était l'anniversaire de Zach. Et c'était aussi aujourd'hui qu'on était supposés se rencontrer pour la première fois. Ça me paraît dingue de me dire que j'aurais dû me priver de journées fantastiques si j'avais patienté jusque-là. Parce que oui, les journées avec Zach étaient fantastiques. Et non, je ne le répéterai pas deux fois.

Je me suis levée, j'ai mangé mon petit déjeuner habituel, mon café au lait de noisettes et mon bol de Lucky Charms, puis j'ai pris de quoi écrire pour planifier la journée. J'avais un sens de l'organisation qui prenait parfois trop le dessus et qui m'empêchait de faire les choses spontanément. Mais parfois, il s'avérait relativement pratique, surtout quand je devais planifier ce genre d'après-midi et que je n'avais jamais fait ça de toute ma minuscule existence.

Parce que oui, je ne fêtais pas les anniversaires. Du moins, très rarement. Avec Louis on allait boire un milkshake et voir les étoiles au planétarium, puis ça s'arrêtait là. Je n'avais ni repas en famille ni fête entre amis. C'était juste lui et moi, et ça m'allait très bien. Quand on fêtait le sien, on passait l'après-midi au musée et on mangeait une crêpe. Ce n'était pas très conventionnel, je vous l'accorde, mais c'était nos habitudes. Cependant, j'avais choisi de voir Zach pour son anniversaire, et si je n'organisais pas un petit quelque chose pour le célébrer un minimum, j'allais me sentir terriblement mal. J'imagine qu'il avait l'habitude de fêter le sien assez traditionnellement, avec sa famille et ses amis, probablement.

Je me suis creusé la tête pendant une heure. Sans trouver aucune idée. J'ai grogné d'exaspération puis j'ai fermé mon carnet en soufflant avant de me laisser tomber dans mon lit. Détailler le plafond me semblait d'un coup beaucoup plus simple que de trouver une idée pour cet après-midi. Mes méninges tournaient à cent à l'heure, mais pourtant, impossible de savoir quoi faire, j'avais peur d'être ridicule et ça me bloquait. Je n'avais jamais entrepris d'organiser quelque chose comme ça pour quelqu'un. Je ne faisais habituellement pas autant d'efforts pour faire plaisir. Mais avec Zach, c'était différent. J'avais envie qu'il se souvienne un minimum de cette journée, bizarrement, ça comptait vraiment pour moi.

Je me suis levée et me suis passé un coup d'eau froide sur le visage. Je faisais souvent ça, ça me détendait d'une part, et surtout ça me permettait de me calmer lorsque je commençais à stresser pour rien. Ensuite, j'ai pris mon violon, et je me suis assise pour jouer. Mon examen d'entrée en troisième cycle au conservatoire était dans quelques semaines. Je me devais de travailler pour être au meilleur de moi-même. Et par-dessus tout, pour espérer devenir soliste. Je n'avais pas l'intention de laisser ma place à qui que ce soit d'autre, j'avais travaillé dur toute ma vie pour ça. Et si j'étais soliste, mon dossier n'en serait que redoré lorsque je postulerais à Juilliard l'année prochaine. Je rêvais d'intégrer cette école. Même si mes études de musicologie me plaisaient à UCLA, je tendais vers autre chose. Jouer dans un orchestre professionnel serait une véritable consécration pour moi. Encore mieux, si je pouvais chanter à l'Opéra de New York, j'aurais accompli toutes les choses dont je rêvais avec la musique. C'était ce qui me faisait vivre, et surtout, vibrer. Lorsque je jouais une partition, je me sentais exister, prendre forme et avoir enfin ma place quelque part sur cette Terre. Lorsque j'étais sur scène, je me sentais à l'apothéose du bonheur, c'était plus que mon havre de paix, c'était mon havre de vie.

J'ai joué pendant deux heures avant d'être interrompue par quelqu'un qui toquait à ma porte. Interloquée, j'ai posé mon violon et je me suis étirée un instant. J'avais le dos légèrement douloureux d'être restée assise dans la même position pendant tout ce temps. Lorsque j'ai ouvert ma porte, mon sourire s'est dessiné tendrement en voyant la personne qui se tenait devant moi. C'était Louis. Me dire qu'il était ici avec moi me rendait vraiment heureuse. C'était très douloureux de le savoir aussi loin de moi au Canada. Il était comme un grand frère pour moi, et c'est compliqué d'évoluer à l'Université quand votre seul pilier est à des milliers de kilomètres de vous. Il m'a terriblement manqué pendant mes deux premières années ici. Mais désormais, je vais pouvoir partager avec lui tellement de choses et surtout pouvoir profiter un peu de mon meilleur ami que je n'ai vu qu'une fois l'année passée.

— Salut Jay. Il m'a souri chaleureusement avant d'entrer.

Je l'ai enlacé en souriant doucement, il était la personne avec qui j'étais la plus démonstrative et expressive. Parce que j'avais une confiance aveugle en lui et qu'il connaissait chaque parcelle de moi. Parfois même mieux que moi. C'était terrifiant, j'avoue.

— Salut Lou, comment tu vas ? J'ai demandé, toujours en l'enlaçant.

— Moi bien, plutôt toi, comment TU vas ?

— Pourquoi tu dis ça ? J'ai arqué un sourcil en me reculant.

— Ton médecin m'a appelé, je sais que tu as fait une crise. Tu as pris ton traitement ?

Pourquoi mon médecin appelait Louis ? Tout simplement parce que quand j'avais eu 18 ans, j'avais changé la personne de confiance dans mon dossier médical. Avant, c'était mon père, et bien qu'il soit tout de même impliqué dans mon traitement, il n'était pas aussi disponible que j'aurais aimé qu'il le soit vis-à-vis de tout ça. Je ne pouvais pas lui en vouloir, il faisait toujours passer son travail avant tout, j'avais grandi comme ça. Mais j'avais besoin d'une épaule solide. Pas d'un mur en papier mâché prêt à s'écrouler à tout moment. Louis remplissait mieux cette fonction que mon propre père, mais je m'y étais résolue. Il était ma famille.

J'étais un peu nerveuse de savoir qu'il avait échangé avec mon médecin, Louis s'inquiétait énormément, il m'emmenait à la clinique depuis qu'on se connaissait. Il n'avait jamais loupé un seul de mes rendez-vous, sauf depuis que j'étais partie. Je le soupçonnais d'avoir voulu se rapprocher de moi pour cette raison aussi d'ailleurs. Il ne me le disait jamais parce que ça m'exaspérait, mais il était très préoccupé par ma mucoviscidose et comment elle pouvait évoluer.

J'ai raclé ma gorge, soudainement sèche, avant de parler.

— Oh, euh, oui. Je me suis grattée la nuque, embarrassée.

— Tu comptais me prévenir ou quoi ? T'es dingue Jayden. J'étais là, j'aurais pu m'occuper de toi et m'assurer que ça allait. Il a soufflé.

Je me suis passé une main sur le visage. Il ignorait que j'étais avec Zach ce soir-là, il croyait que j'étais restée seule. Voilà pourquoi il était énervé et qu'il m'en voulait. Il fallait que je le lui dise.

— Écoute Louis, je n'étais pas seule ce soir-là. J'ai bafouillé, pas sûre de quelle réaction il allait afficher quand je lui confierais qui était avec moi.

— Comment ça ? Qui était là ? Il était perplexe.

— Zach. J'ai dit doucement.

Il m'a regardée un instant sans parler, clignant des yeux plusieurs fois. Il était en train d'analyser l'information que je venais de lui donner. Puis il s'est détendu et m'a souri doucement en me prenant dans ses bras. Il venait de comprendre que j'avais laissé Zach entrer dans la partie de moi que je détestais au plus haut point. Et il savait que cela m'avait demandé un effort surhumain.

— Excuse-moi, je ne voulais pas m'énerver. Je suis fier de toi, que tu aies réussi à lui en parler.

— Il le fallait, je tiens à lui. J'ai souri doucement.

— ENFIN TU L'AVOUES !!! FIESTAAAA !!

— Rah putain t'es pas croyable toi aussi !!! J'ai soufflé en me détachant avant de lui taper le torse.

— Je suis chiant hein ? Il a souri.

— C'est le rôle d'un grand frère non ? J'ai ri.

Il a souri doucement puis m'a reprise dans ses bras en me soulevant un peu du sol. Il était beaucoup trop grand lui aussi et il en profitait bien trop.

Après avoir inspecté mon bureau en détail, Louis a remarqué la feuille rose que j'avais tenté de dissimuler sous une pile de manuels de solfège. J'ai pincé mes lèvres parce que je n'avais pas envie de lui confier à quel point j'étais stressée pour cet après-midi. Il m'a questionnée du regard, visiblement amusé de me voir dans cet état. Puis il a secoué la tête avec un petit rictus moqueur avant de s'asseoir sur mon lit et de me tirer sur ses genoux.

— Bon, tu m'expliques où tu comptais aller avec ce plan-là ?

J'ai soupiré, déjà exaspérée et surtout perdue, car je ne savais quoi répondre.

— Je ne sais pas Louis, je me suis creusée la tête, je ne sais pas quoi organiser. J'ai soufflé.

— Pourquoi tu aurais forcément besoin d'organiser quelque chose ? Rejoins-le au parc, amène ton violon comme il te l'avait demandé et voilà. Tu as ton plan.

— C'est nul non ?

— Jayden, ce qui compte ce n'est pas le moment, c'est la personne. Il a souri doucement.

— Donc tu penses que ça lui suffira ?

— Tu pourrais lui donner rendez-vous dans un hangar désaffecté qu'il viendrait quand même ! Il veut simplement passer du temps avec toi. Pas besoin de l'emmener à Disneyland.

— Mais ça serait super chouette cela dit. J'ai souri.

— Pas avant que tu sois mariée avec lui tu m'entends ? Il était sévère.

Louis était la personne la plus protectrice que je connaisse. Il incarnait le parfait grand frère que je n'avais jamais eu. Et il en profitait, beaucoup trop. Il ne s'intéressait pas vraiment aux filles ni aux garçons qu'ils fréquentaient en général. Il était joueur et ne voulait pas s'attacher, et je lui reprochais parce que c'était un comportement vraiment pas cool, soyons clairs. Mais avec moi, il était différent. Je sais c'est cliché, mais c'est vrai. Depuis qu'on s'était rencontrés, il y avait une alchimie fraternelle entre nous et ça avait toujours été comme ça, il était devenu une partie de ma famille quelques mois après l'avoir rencontré. Louis était spécial. Un coup de cœur amical comme on en croise presque jamais. Il voulait que j'aille bien, que personne ne me parle mal, que personne ne me regarde mal. Il était une pincée parano parfois, mais je n'hésitais pas à le remettre à sa place quand il en faisait trop. Il voulait me protéger, ok, mais hors de question qu'il fasse des choix à ma place. Je l'adorais, il était la personne avec qui j'avais passé le plus de temps. Il me connaissait par cœur, et moi aussi. Et en ce moment, j'avais envie de lui mettre une claque à cause de ce qu'il venait de dire.

— Arrête de dire des bêtises !! J'ai grogné en pinçant sa joue.

Il a ri doucement puis a passé ses bras autour de ma taille en me serrant un peu contre lui. Il me prenait pour sa peluche ambulante, c'était affolant.

*****

Après avoir insisté pour qu'il me laisse me préparer tranquillement, Louis était reparti. Probablement en train de chercher sa prochaine conquête sur le campus. Inutile de rappeler que je trouvais ça pathétique. Son comportement de play-boy me rendait furieuse, je n'aimais pas cet alter-ego insupportable qui ne ressemblait en rien à mon meilleur ami. Mais Louis n'aimait pas s'attacher, je pouvais le concevoir. Il oubliait souvent de poser des limites. Et c'est ce qui m'exaspérait. Parce que je détestais l'idée qu'il puisse briser le cœur des gens. Malheureusement, c'est ce qui arrivait bien trop souvent.

En tant que grand frère très lourd, il exigeait un compte rendu par téléphone ce soir de mon après-midi, et clairement si j'oubliais, il viendrait toquer à ma porte pour me sermonner longuement. Merci, mais non merci.

J'ai donc entrepris de me préparer, j'avais choisi de relever mes cheveux en un petit chignon, et je me suis habillée simplement. Un pantalon large marron foncé avec un pull beige et mes éternelles Nike Dunk High que j'aimais plus que l'Univers entier. J'agrémentais cela du médaillon que je portais tous les jours, un cadeau de Louis pour mon seizième anniversaire. Je n'avais pas de style particulier, et je ne me maquillais que les soirs d'orchestre ou de concerts à l'Opéra. J'aimais la simplicité. Zach m'avait vue dans tous mes états, je ne portais pas vraiment d'attention à mon image. Parce qu'il me regardait au-delà de mon apparence, et putain, ça se voyait. Il pourrait connaître mon âme tellement il la transperçait avec ses yeux marron brillants.

J'ai pris mon violon et mon sac à dos avant de partir en direction du parc. Je me suis arrêtée en chemin pour acheter des gaufres et une bougie. Qui a dit qu'on devait forcément souffler ses bougies sur un gâteau ? Certainement pas moi. Je détestais les trucs traditionnels, je comptais bien le montrer une énième fois à Zach.

J'ai installé une petite couverture bleue sur le sol et j'y ai posé délicatement l'étui contenant mon violon avant de m'asseoir et de mettre mon casque sur mes oreilles en l'attendant. J'étais venue en avance pour décompresser et me dire que dans tous les cas, aucun retour en arrière n'était possible. Et la musique hurlante dans les basses de mon casque me permettait de m'apaiser. C'était paradoxal étant donné que c'était tout sauf de la musique calme, mais il faut croire que ça me faisait du bien.

Une demi-heure plus tard, mon casque était ôté de ma tête et deux immenses mains se posaient devant mes yeux. À ce moment-là, j'ai souri presque instantanément. C'était Zach. Je reconnaissais désormais son odeur et je ne savais pas si c'était pathétique ou niais au possible.

— Devine qui c'est !

— Zach, mon tocard préféré. J'ai souri, l'admettre à voix haute était nouveau.

Il a enlevé ses mains puis s'est penché pour embrasser mon crâne avant de s'asseoir à côté de moi. Il était beau. Et il venait de couper ses cheveux.

— Oui j'ai coupé mes cheveux. Il a dit en voyant que je faisais une fixette sur ses boucles.

J'ai secoué la tête doucement en retrouvant mes esprits puis j'ai pincé mes lèvres en souriant légèrement.

— Joyeux anniversaire Zachy.

— Merci Grincheux. Il a esquissé un rictus amusé.

Je me suis retenue de ne pas le gratifier une nouvelle fois d'une remarque sarcastique et j'ai commencé à préparer les gaufres d'anniversaire. J'ai posé délicatement la bougie sur l'énorme gaufre de Liège que j'avais acheté pour lui avant de lever doucement les yeux vers Zach. Il me fixait tendrement. Pendant ce temps, je lui ai tendu ma main. Il ne semblait pas comprendre que je voulais son briquet, après tout, il ne m'avait jamais dit qu'il fumait. Mais je le savais, il sentait l'odeur des Camel froides en automne, une odeur âcre et particulière. Ma mère fumait les mêmes cigarettes.

— Je peux avoir ton briquet Zach ? J'ai finalement demandé.

Il a rougi, sûrement mal à l'aise que je sois au courant puis il l'a sorti de sa poche et me l'a tendu. Je l'ai saisi doucement puis j'ai allumé les bougies avant de lui tendre sa gaufre.

— Allez souffle. J'ai souri.

Il a soufflé et j'ai eu pile le temps de le prendre en photo pour me rappeler de ce moment. Et optionnellement parce qu'il était à tomber et que je voulais une photo pour me rappeler que je côtoyais le parfait tocard netflixien pour qui tout le monde craque. Mais c'était *mon* Zach. Et je ne comptais pas partager.

— Je suis vieux ça y est ! Vingt-et-un ans, j'y crois pas. Il a soufflé.

— J'avoue, fais attention, les rides te guettent. J'ai raillé, moqueuse.

— C'est ça, fous-toi de ma gueule Grincheux. Il a secoué la tête, amusé.

Ensuite, il a dévoré sa gaufre et j'étais heureuse de voir que ça lui faisait autant plaisir. Je m'étais un peu lancée à l'aveugle dans tout ça, mais finalement Louis avait raison. C'était la personne qui comptait, pas le moment.

— Alors, tu vas me jouer du violon ? Il avait dit ça en désignant mon étui de la tête.

— Et tu as pris tes feutres ? J'ai arqué un sourcil en le défiant du regard.

— Il se pourrait. Il a pincé ses lèvres avant de me faire un clin d'œil.

C'est pas possible ! Il n'avait pas le droit de faire ça. C'était me faire craquer en quelques secondes. Et bientôt ma résistance arriverait à terme et je serais bien obligée d'admettre qu'il me plaisait !

Et la personne qui était supposée être au dessus de nous savait très bien à quel point ça me faisait chier de dire ça. Quel enfer !

— Alors je vais te jouer du violon. J'ai conclu.

J'ai donc sorti mon violon de son étui, l'ai accordé rapidement avant de le positionner comme il fallait. Je me suis mise à jouer et d'un coup, plus rien autour n'existait. C'était mon violon et moi, au beau milieu d'un parc certes, mais c'était un moment spécial. J'ai fermé les yeux et j'ai laissé mes doigts voguer sur les cordes au rythme de la mélodie de Vivaldi, un de mes morceaux favoris. Les quatre saisons : l'Hiver en Allegro. J'étais transportée dans un autre monde, celui dans lequel je me sentais au meilleur de moi-même. Et j'avais décidé d'emmener Zach avec moi, il était le seul voyageur que j'emmenais dans cet Univers. Et je comptais bien le faire encore et encore.

À la fin du morceau, je relevai doucement les yeux vers lui en souriant légèrement. Il me regardait, les yeux à moitié écarquillés, la bouche entrouverte. Zach était sensible à la musique classique, alors je pense qu'il venait de se prendre une claque musicale. Sans vouloir me vanter, bien sûr. J'ai posé mon violon et l'ai questionné du regard. Il a souri doucement en retrouvant un air normal puis il s'est penché pour coller un baiser sur ma joue. Il était mignon.

— C'était magnifique, et tu es cruellement douée ! Je suis sur le cul.

— Oui c'est le cas de le dire. J'ai esquissé un rictus moqueur.

Il a roulé des yeux puis a passé son bras autour de mes épaules en m'attirant vers lui. Je me suis rapprochée pour avoir ma tête au creux de son épaule et ainsi profiter de l'instant que nous passions ici, tous les deux.

— J'aimerais t'écouter jouer toute la journée ! Tu es sûre de ne pas vouloir faire de l'orchestre plus tard ? Tu es faite pour jouer. Il m'avait dit ça presque en chuchotant et putain, c'était séduisant. Zach Jenkins savait y faire.

— Mh, à vrai dire, je compte postuler à Juilliard l'année prochaine en fin de semestre. J'ai baissé un peu les yeux vers le sol. Il était la première personne à qui je le disais.

— Mais tu ne rentres qu'en deuxième année non ? Il était confus.

— Troisième, j'ai sauté une classe. J'ai souri gracieusement en levant la tête vers lui.

— Madame Savante. Il a souri, amusé.

— Et toi, quatrième année hein ?

— Tout à fait ! La dernière.

— Et que va-t-il advenir de Zach Jenkins après ça ? Je l'ai questionné, soucieuse de savoir où il partirait.

— Comment est-ce que tu peux connaître mon nom de famille d'abord Grincheux ?

— J'ai vu un de tes maillots dans ta chambre espèce de tocard !

— Tu aurais dû le garder, il te serait bien allé.

— Je vais vomir ma gaufre. J'ai secoué la tête, dépassée par tant de niaiseries.

— Attends, je dois d'abord t'apprendre à dessiner !

Il s'était détaché et avait sorti le matériel de son sac à dos. Son carnet, quelques feuilles pour moi et une trousse beaucoup trop remplie pour que ce soit acceptable étaient désormais installés sur la petite couverture bleue.

— Quel est ton Disney préféré ? Il m'a demandé en griffonnant une page de son carnet.

— Ratatouille.

Il a souri en regardant son carnet puis il a commencé à dessiner les personnages de ce film. C'était affreusement mignon et j'avais envie de l'accrocher dans ma chambre pour embellir ma décoration. Mais aussi pour garder un autre souvenir de notre après-midi. Voyant que je le fixais, il a relevé ses grands yeux marron vers moi, un léger sourire toujours collé aux lèvres, puis il m'a tendu le crayon et une feuille. Je l'ai regardé, perplexe et totalement incapable de comprendre ce que je devais faire.

— C'est à ton tour Einstein. Il a ri.

— Je t'ai déjà dit que je ne savais faire que des bonhommes bâtons Zach ! J'ai soupiré.

Il a secoué la tête puis m'a fait une place à côté de lui. Il a saisi doucement ma main dans la sienne et a commencé à dessiner en me guidant. C'était vraiment agréable. Et j'avais la vague impression que lui aussi appréciait ce moment. On a donc dessiné comme ça et j'ai adoré. Je voulais recommencer et apprendre. Il était doux et passionné et j'aurais pu l'écouter des heures me parler de dessin. Parce que c'est ce qui l'animait et ce qui faisait de lui la personne que j'étais encore en train de découvrir. Parce qu'une chose était sûre, Zach était plein de secrets, lui aussi.

Il m'a ramenée sur le campus plus tard, sa voiture était immense, je ne l'avais pas remarqué la première fois que j'étais montée dedans. Mais elle était puissante et super canon. Une Range Rover noire mate, ça pète ! Il s'est garé puis m'a raccompagnée en bas de mon bâtiment. Avant de lui dire au revoir, je lui ai tendu un paquet. J'étais peut-être impossible mais j'avais pensé à un cadeau, et ça me faisait plaisir de lui offrir. Il l'a pris entre ses mains, l'air confus puis il m'a regardée dans les yeux, cherchant à comprendre mon geste.

— C'est pour toi Zachy, c'est ton cadeau. J'ai souri doucement.

— Grincheux fait des cadeaux ? Il a ri en m'attirant contre lui.

— T'es un parfait imbécile !

— Et tu es tout autant netflixienne que moi.

J'ai grogné d'exaspération mais j'ai gardé ma tête contre son torse. Ses bras autour de moi avaient l'effet d'un bouclier apaisant alors je comptais bien en profiter jusqu'au dernier moment.

— On se revoit vite ? J'ai demandé à demi-voix.

— Le plus vite possible. Il a conclu, comme à son habitude.

Puis en se détachant, il a posé ses mains sur mes joues pour embrasser mon front, dans un naturel déconcertant. Je commençais sérieusement à bien l'aimer et bordel, je m'en voulais de ne pas lui résister. Il me faisait quelque chose.

Je l'ai regardé s'éloigner avec sa Range dans l'allée qui menait hors du campus, il rentrait chez lui. J'étais curieuse de savoir ce qu'il allait faire et s'il fêtait son anniversaire. Après tout, je ne lui avais pas posé toutes ces questions. J'en avais un tas dans la tête, et j'aurais voulu pouvoir discuter des heures avec lui. Mais il fallait prendre le temps, rien ne pressait. Et comme on dit, le temps fait bien les choses.

Mais par-dessus tout, une de mes questions restait encore sans réponse : Où irait-il l'année prochaine ?

Je chassai cette pensée hors de ma tête dans un soupir las, puis je pris l'ascenseur jusqu'à ma chambre. À peine rentrée et posée sur mon lit, je prenai mon téléphone pour appeler Louis et lui débriefer mon après-midi, comme convenu. Au moment où j'allais cliquer sur l'icône d'appel, un message apparut en haut de l'écran.

Zach.

Nouveau message de : Z♡

C'était le meilleur anniversaire de ma vie, merci pour ton cadeau. Je n'en reviens pas, je suis extrêmement touché. Il fallait pas.

J'ai souri, il était toujours mignon dans sa façon de m'envoyer des messages et j'étais heureuse que le cadeau lui ait plu.

Puis un deuxième message fit son apparition.

Nouveau message de : Z♡

Merci d'être mon soleil dans mon univers gris.

Bonne nuit grincheux ♡

J'ai relu le message dix fois, et un sourire pathétiquement niais prit place sur mon visage à mesure que je le relisais.

"Mon soleil"

CHAPITRE 8

ZACH

Quasiment deux semaines s'étaient écoulées depuis que j'avais fêté mon anniversaire. Deux semaines que je n'étais pas retourné sur le campus. La fin août était généralement une période difficile pour moi, parce que ça voulait dire que la date où *il* était parti approchait. La date à laquelle Glen était décédé. Rien que d'y penser, je bouillonnais et j'étais fou de rage. Mon anxiété grimpait horriblement vers des sommets. Et en même temps, j'avais envie de pleurer et de me défoncer les yeux avec mes larmes. Le deuil était terrible, dire au revoir à une personne qui était comme un frère, c'est l'enfer. Je ne parlais que très peu de Glen, j'avais encore du mal à accepter qu'il ne soit plus là. Je galérais depuis trois ans avec le poids de son absence. Il me manquait vraiment. Alex, Glen et moi, on était comme des triplés. Toujours collés ensemble. Avec Alex, on se soutenait, on s'aidait, et ça faisait du bien d'avoir une ancre à laquelle se raccrocher lorsque j'avais l'impression de me noyer dans mes sanglots.

J'aurais aimé avoir la force de faire quelque chose pendant ces deux semaines, mais mon anxiété a pris le dessus. Et lorsqu'elle décidait de toquer à ma porte, elle décidait aussi de faire corps avec moi. L'anxiété c'est particulier. Parfois les gens ont du mal à comprendre que ça puisse prendre toute notre énergie et notre joie de vivre. Incapable de donner des nouvelles ou de répondre à des foutus messages. Parce que c'était de l'inquiétude constante, des pensées négatives et des ruminations à n'en plus pouvoir. C'était épuisant. J'avais du mal à faire autre chose qu'aller courir avec la musique à fond dans mes oreilles pour me vider la tête et ne pas m'éclater les poings dans tous les murs que je rencontrais. Moi ? Nerveux ? Enfin ! N'était-ce pas évident ? Et lorsque le trop-plein de colère se faisait sentir et que j'avais littéralement envie de hurler, j'allais au stand de tir. C'était mon endroit à moi, mon jardin secret. Je le partageais avec Alex cela dit, on en avait eu tous les deux grand besoin lorsque la faucheuse s'était abattue sur la personne qui constituait un tiers de qui nous étions. J'avais commencé le tir trois ans auparavant, quand j'avais commencé à m'effrayer moi-même avec la colère que je pouvais avoir en moi. J'avais fait des crises qui m'avaient terrifié, hurlant si fort que je n'avais plus la possibilité de parler le lendemain. J'avais martelé les murs de mes poings à m'en casser les phalanges plusieurs fois. Mais rien ne pouvait combler le bruit de mon cœur qui se brisait à chaque fois que mes pensées étaient tournées vers lui. Je détestais cette part d'ombre, je n'osais pas me regarder dans le miroir quand j'étais dans un état pareil, et tirer sur des cibles était la seule chose qui me faisait relâcher la pression.

Je connaissais quelque chose d'autre, plutôt quelqu'un, qui pouvait désormais me faire relâcher la pression, mais j'avais été incapable d'aller la voir dans cet état-là. Incapable de lui montrer l'aura sombre qui m'entourait à cette période de l'année. C'était comme faire corps avec une cape colérique bizarre qui m'enfermait avec un alter-ego beaucoup trop violent. J'avais peur qu'elle prenne peur. Peur qu'elle s'en aille loin, sans même un dernier regard. Mais je ne pouvais pas rester comme ça, j'avais besoin de la revoir, besoin de lui expliquer. Elle allait m'en vouloir à mort. Mais bon, peut-être que ça me donnerait enfin une occasion de prendre mon courage à deux mains et de lui parler de moi. Elle ne me pardonnerait pas si je ne le faisais pas.

J'avais écouté dramatiquement *"Ain't No Sunshine"* dix fois par jour depuis que je n'avais pas vu Jayden. Parce que lorsque je disais qu'elle était le soleil, c'est la vérité pure et dure.. J'aimais sa façon de me sourire avec sa fossette droite, sa façon de me regarder avec exaspération lorsque je faisais le tocard, sa manière de rire mais aussi de rouler des yeux beaucoup trop facilement. J'aimais son sarcasme, le fait qu'elle soit minuscule et ses cheveux courts noirs. J'avais plongé bien loin dans son monde et je ne voulais pas m'en échapper. Elle m'avait montré que j'étais capable de ressentir quelque chose, et surtout, qu'elle était la seule personne avec qui je voulais le faire. Et lorsque je pensais à ça, je me disais qu'il était temps. Il était temps de lui parler. Parce que je plongeais dans son monde, mais si je voulais qu'elle découvre entièrement le mien, je devais lui ouvrir la porte. Et j'avais enfin mis la main sur les clés.

J'avais gardé précieusement avec moi pendant deux semaines le cadeau qu'elle m'avait fait pour mon anniversaire. J'ai été bouleversé et profondément touché lorsque j'ai découvert une pochette pour mes dessins, gravée à mon nom, au fond du paquet qu'elle m'avait offert. Elle était en cuir noir, parfaitement comme celle dont j'avais toujours rêvé. Pourtant, je ne lui en avais jamais parlé. Preuve supplémentaire que notre lien était particulier. Jayden savait lire les lignes invisibles que je ne lui disais pas, les mots muets qui surplombaient mes silences.

En faisant ma valise, j'ai écouté sa playlist et j'ai souri doucement en y découvrant de nouveaux titres aux paroles assassines. C'était pour moi. J'étais un vrai imbécile. Après ça, j'ai imprimé le premier jet de ma bande dessinée, enfin terminé. Je comptais lui donner, je ne savais pas parler de cette partie de ma vie, mais ma bande dessinée pourrait sûrement lui faire comprendre quelque chose, et je voulais qu'elle sache. Elle allait sûrement découvrir un tas de trucs et peut-être qu'elle lirait en moi comme dans un livre ouvert, mais à vrai dire, je m'en fichais. Je ne voulais plus lui cacher et je voulais par-dessus tout pouvoir en parler avec elle. Elle méritait de savoir. Et je me sentirais libéré quand ça sera enfin le cas.

Avant de retourner sur le campus, je suis allé sur la plage, j'avais besoin de me ressourcer. L'anxiété que j'avais eue ces derniers temps était aussi causée par la rentrée, qui était tout bonnement le lendemain. Je n'aimais pas les rentrées, j'avais toujours du mal à m'y remettre. Surtout, j'en avais marre que tout le monde vienne me parler uniquement parce que je faisais partie de l'équipe de rugby. Ce n'était pas un statut dont je voulais profiter contrairement à la majorité des athlètes universitaires. Il n'y avait rien de pire que les personnes qui venaient me parler par intérêt. Généralement, je ne leur laissais pas le temps d'extrapoler, et je passerais sûrement pour un connard, mais je leur disais tout simplement d'aller travailler avec quelqu'un d'autre. J'avais du mal à tolérer les gens malhonnêtes. Et je pouvais être désagréable une fois énervé. Personne ne voulait connaître ce Zach, même pas moi, je vous assure.

Mon moment sur la plage terminé, je suis rentré chez moi et j'ai partagé un dernier repas avec toute ma famille. Je savais que je leur manquais et qu'ils auraient tout donné pour que je ne reprenne pas ma chambre universitaire sur le campus, mais j'avais besoin d'espace et parfois toutes les stimulations dans cette maison me faisaient tourner la tête. Je savais que lorsque je reviendrais je profiterais plus d'eux, et ils venaient aussi à mes matchs à la fac. Ce n'était pas comme si un océan nous séparait, j'avais de la chance de les avoir aussi près et d'avoir une bonne relation avec eux. La famille comptait beaucoup pour moi, mais parfois, avoir chacun son espace n'en était que bénéfique pour entretenir les liens.

J'ai conduit ensuite jusqu'au campus et j'ai rangé toutes mes affaires pour être fin prêt pour demain. Ranger remettait de l'ordre non seulement dans ma chambre mais aussi dans ma tête. Et à chaque fois que je fermais un tiroir, j'entendais la petite voix dans ma tête me dire : "*va voir Jayden espèce de tocard*". Je me sentais super nul et beaucoup trop stressé mais j'allais y aller. Je ne voulais pas rester comme ça. Et elle ne méritait pas d'être passée sous silence. J'ai soupiré et j'ai allumé une cigarette, les mains tremblantes, en pensant à toutes les choses que je voulais lui dire, à toutes les parties de moi que je voulais lui faire découvrir. J'aimais à croire que j'étais plus intéressant dans mon mystère. Mais je crois que je ne voulais pas avoir de mystères avec Jayden. Je voulais qu'elle me connaisse, vraiment. J'ai soufflé lourdement ma fumée en regardant par la fenêtre. Sois courageux Zach.

Me voilà donc finalement devant sa porte. Plus nerveux qu'avant un partiel, une main passant frénétiquement sur ma nuque, l'autre tremblante en s'approchant de la porte pour toquer. Je paniquais. Et j'avais surtout peur qu'elle n'ouvre pas cette foutue porte. Mais il fallait que je me lance. J'inspirai profondément une dernière fois puis je me trouvai en train d'asséner trois petits coups secs contre le bois bon marché de la porte de la chambre 44.

Une minute plus tard, elle venait ouvrir. Quand elle m’a vu, elle s’est figée, ses yeux brillants devenant soudainement sombres et tristes. Et en la voyant comme ça, une chose s’est brisée en moi. Je lui avais fait mal. Je le savais.

D'un geste vif, je posai ma main contre la porte avant qu'elle ne me la claque au nez avant de la regarder dans les yeux. Mes iris bruns plongeant dans ses grands yeux ronds que j'ai dévorés du regard déjà un nombre incalculable de fois.

— Je suis désolé. J’ai articulé à mi-voix.

— Deux semaines de silence Zach, deux putain de semaines. Elle a soufflé, froide.

J'ai pincé mes lèvres, me sentant coupable. Elle m'avait envoyé des messages et avait même essayé de m'appeler. Et je ne l'avais gratifiée d'aucune réponse en retour, même pas quelques lignes pour la rassurer. Anxiété quand tu nous tiens.

— Je peux entrer ? Laisse-moi t'expliquer. S'il te plaît. Je l'ai presque suppliée.

Elle m'a regardé sans flancher et j'ai cru que c'était fini pour moi, qu'elle allait me laisser sur le palier comme le roi des tocards que j'étais. J'ai été surpris quand elle m'a fait signe d'entrer et de la suivre à l'intérieur pour me laisser parler. Elle s'est adossée contre sa fenêtre en croisant ses bras sur sa poitrine. Elle était enveloppée dans un gros sweat marron et ça me donnait cruellement envie de la serrer dans mes bras, mais je me suis résigné en m'adossant contre la porte d'entrée que je fermai derrière moi.

— Je t'écoute Zach.

J'ai inspiré doucement en regardant le sol. Sa voix me glaçait le cœur. Je l'avais blessée tellement fort que je m'en voulais encore plus d'avoir gardé ce silence. Avant de parler, j'ai passé mes deux mains sur mon visage pour tenter de me calmer pendant que mon anxiété revenait au galop. Ma respiration était saccadée et je perdais pied. J'avais envie de m'enfuir en courant, je ne voulais pas qu'elle me voit comme ça. J'ai repris mon souffle calmement, une larme roulant sur ma joue pour contrer toutes les choses qui cognaient violemment contre toutes les parois de mon corps. En relevant la tête, mes yeux se sont arrêtés sur elle, elle était désormais devant moi, et son air avait changé. Elle était inquiète. Elle m'a cherché du regard sans comprendre et a pincé ses lèvres doucement avant de prendre une de mes mains dans la sienne et de les plaquer contre son cœur.

— Je ne vais pas m'enfuir en courant Zachy, tu peux me parler. Elle avait dit ça doucement en me regardant dans les yeux.

J'ai serré sa main dans la mienne doucement puis j'ai expiré une dernière fois avant de me lancer.

— Je suis profondément désolé, je sais que ça n'excuse pas mon silence et que je suis un parfait tocard pour ne pas avoir répondu à tes messages et tes appels. Mais fin août, c'est la période où mon anxiété est au plus haut. Et j'avais honte que tu me vois dans cet état là, sans énergie, colérique ou triste. J'ai du mal à la gérer et quand l'anxiété m'oppresse, je passe sous silence, y compris toutes les choses et les personnes qui peuvent compter pour moi. Je m'en veux tu sais, je voulais te le dire, mais j'avais peur que tu t'enfuis en sachant que j'étais un pauvre gars anxieux et nerveux. Je m'en veux de t'avoir laissée comme ça, dans un vide silencieux, alors que tu es tout ce dont j'avais besoin pendant ces deux semaines. Je suis désolé Jayden, tellement désolé.

Elle m'a regardé l'air attristé et m'a tiré dans ses petits bras pour m'enlacer. J'ai passé doucement mes bras autour d'elle pour lui rendre son étreinte. J'ai posé mon front sur son épaule dans un soupir de soulagement. C'était ici que je me sentais bien, que je me sentais mieux. Parce qu'elle m'avait manqué comme le soleil en hiver. Elle venait de me redonner mes couleurs.

On est restés comme ça quelques minutes, et sans relâcher son étreinte elle a finalement décidé de me répondre.

— Zach, si tu penses que je vais fuir parce que tu es anxieux c'est vraiment mal me connaître, et même si tu es le roi des tocards je pensais que tu me connaissais quand même mieux que ça. Enfin, je ne peux pas t'en vouloir. Tu n'as pas à t'excuser pour ton anxiété, je comprends à quel point ça peut être compliqué et oppressant. C'est comme un voile noir qui t'enveloppe et ne te lâche pas, je connais ça, crois-moi. Mais sache que je vois au-delà de ça, et même si tu es anxieux, tu seras toujours mon Zach, le mec chiant mais aussi cruellement adorable et gentil. Celui qui m'emmène à l'Opéra et qui connaît mon petit déjeuner. Ton anxiété ne te définit pas, et maintenant que je le sais, je compte bien t'aider. Je ne te lâcherai pas. Mais ne disparais plus jamais deux semaines comme ça !

J'ai souri. Elle devenait une vraie tocarde avec ses tirades proches de comédies romantiques bon marché. Mais je trouvais ça craquant. Et elle venait de panser une partie de mon cœur que je pensais décimée. Elle m'avait terriblement manqué. Par-dessus tout, je souriais parce qu'elle venait de dire "mon Zach" et même si c'était pathétiquement niais, cela prouvait que j'avais une place particulière pour elle, et pour rien au monde je ne voulais y renoncer.

— Ton Zach ? J'ai souri en relevant légèrement ma tête vers elle.

— Parce que tu crois que je partage ? Hors de question. Elle a ri doucement en se détachant.

J'ai secoué la tête avec un petit rictus au coin des lèvres. Elle me surprendrait toujours.

— La prochaine fois, tu sais que tu peux me parler. J'étais triste pendant deux semaines de n'avoir aucune nouvelle, et surtout inquiète lorsque tu ne répondais pas à mes messages. Je suis même allée toquer à la porte d'Alex pour qu'il m'assure que tu allais bien. Elle a soufflé.

J'étais non seulement surpris qu'elle se soit inquiétée de cette façon, mais surtout déconcerté parce qu'elle était allée voir Alex. Ils ne se connaissaient pas encore et j'étais un peu déçu que leur première rencontre se soit faite dans ce contexte. Je pense qu'il me racontera forcément. Mais quand bien même, je me sentais un peu idiot de ne pas l'avoir rassurée par message.

On s'est ensuite installés dans son lit et on a regardé un film. C'était clairement tout ce dont j'avais besoin après tout ce temps à me tourmenter l'esprit. Tout m'apaisait désormais. Sa présence, le film qui défilait tranquillement sur son ordinateur, l'odeur de vanille que la bougie dégageait, sa main dans mes cheveux. J'étais allongé avec ma tête sur les cuisses de Jayden. Bien sûr, je n'ai pas entrepris de le faire sans lui demander et comme si elle était le canapé confortable du coin. Elle m'a simplement invité à le faire car elle a vu que j'étais fatigué. Spoiler alert : j'ai donc accepté. C'était encore un nouveau truc que je n'avais jamais expérimenté. Et bordel, j'avais totalement envie de hurler tellement c'était confortable ? Je commençais à y prendre goût. Mais je commençais surtout à prendre goût à Jayden. Et Dieu merci elle ne lisait pas dans mes pensées car elle m'aurait asséné un "tu es un incroyable tocard" pour avoir dit un truc pareil.

Plus tard, elle a baissé ses grands yeux vers moi avec un petit sourire aux lèvres. Elle était adorable et son regard me faisait toujours plus fondre à chaque seconde qui passait. Elle m'a gratifié d'un rapide baiser sur la joue, le deuxième que j'avais de sa part, puis elle a pincé un peu ses lèvres avant de parler.

— Tu veux aller manger une glace Zachy ?

J'ai souri, elle savait que j'adorais les glaces, et elle était clairement dans la phase "remonter le moral du pauvre Zach". Je dois dire que c'était totalement craquant et mignon de sa part. Et je ne pouvais en aucun cas refuser une glace, soyons clairs !

J'ai hoché la tête puis je me suis relevé, me suis recoiffé et lui ai tendu ma main. Elle l'a attrapée sans hésitation et a entrelacé nos doigts, ses joues légèrement rosées et son sourire au coin des lèvres. Elle était visiblement contente et une vague de lumière s'est répandue à cette vue dans tout mon corps. J'étais content moi aussi.

Après un débat plus que palpitant sur quel était le meilleur parfum de glace, Jayden et moi nous sommes assis au bord de l'eau pour regarder le coucher de soleil. C'était terriblement cliché je vous l'accorde, mais c'était le moment de la journée que je préférais. Surtout que la plage était super calme ce soir. J'appréciais réellement ce moment et ça m'aidait à faire redescendre mon anxiété que je croyais en pleine fusion avec moi encore quelques heures auparavant. Jayden y était aussi sûrement pour quelque chose. En ce moment, elle occupait ma tête non-stop, j'avais envie de la voir tout le temps, de l'avoir partout avec moi. Parce que je regardais le soleil se coucher mais qu'il se tenait là, à côté de moi. J'avais envie de la serrer dans mes bras, lui tenir la main, l'écouter jouer du violon, manger des glaces et l'emmener au cinéma. J'avais envie d'essayer toutes les choses que j'avais toujours repoussées. J'avais envie de tomber amoureux d'elle à n'en plus pouvoir. Alors que je détestais tout ce qui se rapportait à l'amour quelques semaines auparavant. Parce que les sentiments qui grandissaient en moi enflammaient mon cœur d'un amour incendiaire, et le feu ne s'éteignait jamais lorsqu'elle était là, il s'amplifiait. J'étais en train de tomber dans sa tempête sans fin, elle m'avait emmené dans son monde, et je ne voulais pas en ressortir. Je ressentais mille choses à la seconde et ça me faisait tourner la tête, mais je crois que la vie est faite d'expériences. Et qu'il était temps que j'expérimente ce qu'elle avait à m'offrir.

J'ai pris discrètement des photos de Jayden pendant qu'elle regardait le coucher de soleil. Mais visiblement, je n'étais pas assez discret car elle s'est retournée d'un coup sec vers moi, les yeux plissés et les sourcils froncés avant d'essayer de saisir mon téléphone. J'ai ri, elle n'était pas menaçante, elle me faisait juste encore plus penser à Grincheux.

— Zach !! Efface ça tout de suite !

— Pourquoi ? Tu embellis ma galerie je te signale. J'ai souri, fièrement.

— Argh, non c'est trop tocardien de dire ça. Interdit !

— Dit-elle alors qu'elle m'appelle "mon Zach". J'ai ri doucement en la taquinant.

— Oui ! Ce n'est pas cliché je te signale, j'émets un fait.

— Mais oui bien sûr Grincheux, tout à fait.

— Arrête de m'appeler Grincheux ! Elle a grogné.

J'ai souri en secouant la tête parce que j'étais clairement amusé de la situation, et la voir râler pour un rien de cette façon me rappelait à quel point j'aimais l'embêter et la rendre dingue.

Plus tard, elle a regardé l'heure en soupirant doucement puis s'est redressée avec une petite mine désolée.

— Je dois y aller, j'ai une répétition de chant ce soir, au conservatoire.

— Je peux au moins t'accompagner là-bas. J'ai souri doucement en me relevant.

Elle a passé son bras autour de ma taille en marchant et j'ai passé le mien sur ses épaules. Le conservatoire n'était pas loin mais je me forçais à ralentir le rythme pour encore profiter de ce moment. Elle semblait stressée et j'espérais pouvoir la rassurer un peu. En arrivant devant le bâtiment, je l'ai prise dans mes bras en mettant ma tête dans son cou pour qu'elle m'entende lui parler.

— Ça va aller Jayden, c'est ton truc de chanter. Crois en toi.

Je me suis redressé et j'ai embrassé sa tempe avant de me détacher doucement. Elle m'a souri doucement et m'a fait signe de me rapprocher, ce que j'ai fait en me penchant un peu. Elle a plaqué ses lèvres contre ma joue doucement puis m'a sourit plus franchement.

— Merci Zachy.

— Avec plaisir. J'ai esquissé un sourire rassurant.

Avant qu'elle parte, j'ai sorti le premier jet de ma bande dessinée et je lui ai donné. Elle était hyper impatiente de la lire et m'a assuré qu'elle m'enverrait un message une fois qu'elle l'aurait terminé ce soir. Et à ce moment-là, mon cœur a commencé à s'emballer. Parce que cette bande dessinée, ce n'était pas l'histoire sympa du coin. Cette bande dessinée, c'était ma façon à moi de lui dire que j'étais différent. C'était ma façon à moi de lui faire comprendre que j'étais encore un peu nul avec tout ça et que j'expérimentais tout pour la première fois. Et maintenant j'étais en panique à l'idée qu'elle soit dégoûtée de moi. Ce dont je doutais, mais quand même.

J'ai donc patienté toute la soirée dans ma chambre. Je regardais encore une fois Top Gun en mangeant un bol de céréales, et je vérifiais frénétiquement mon téléphone toutes les deux secondes. Moi ? Stressé ? Pas le moins du monde ! C'est faux. J'avais bien entendu envie de hurler.

Vers minuit et demi, le gong retentit, la double sonnerie de mes sms.

Nouveau message de : Grincheux ☼

Zach, si tu pensais que cette partie de toi changerait le regard que j'ai sur ta personne, alors tu te trompes. Tu es passionnant et adorable pour tout ce que tu es, pas qu'une seule partie. Et ce n'est pas parce que tu m'as fait part de ce « secret » que je vais m'enfuir en courant et t'abandonner. Ta valeur est inestimable et il est temps que tu t'en rendes compte. Parce que moi je m'en rends compte, et tu es le garçon le plus incroyable que je n'ai jamais rencontré.

Nouveau message de : Grincheux ☼

Maintenant, va te coucher, c'est la rentrée demain.

PS : café (au lait de noisettes) à 10h ? :)

Bonne nuit Zachy ♡

J'ai souri et un océan de soulagement m'a parcouru l'échine. J'étais tellement heureux et détendu que plus rien ne pouvait m'atteindre. J'allais dormir d'un sommeil le plus paisible possible, un sourire niais scotché aux lèvres et une détente sans pareille.

J'avais toujours eu peur de moi-même et de ce que je voyais dans le miroir. Puis Jayden est arrivée, et elle m'a montré que je n'étais pas le monstre que je croyais être. Et ce soir, elle venait encore une fois de me prouver que j'étais bien plus que ça.

Ce soir je m'endormis paisiblement, et demain le soleil reviendra.

Jayden serait là.

CHAPITRE 9

JAYDEN

J'ai passé ma nuit sur l'ordinateur. Discutable comme veille de rentrée, je vous l'accorde. Mais après avoir lu la bande dessinée de Zach deux fois d'affilée, je me devais de m'informer sur quelques petites choses pour ne pas passer pour une énorme imbécile lorsque je le reverrais. J'imaginais qu'il voudrait qu'on en parle. Ça serait bien mieux si je m'étais éduquée sur le sujet en avance. Parce que oui, la bande dessinée de Zach ne mettait pas en scène des animaux mignons qui discutaient. Loin de là. Elle mettait en scène l'histoire d'un jeune adolescent qui cherchait son identité, qui se posait un tas de questions, et qui finissait par conclure qu'il était asexuel. Sans compter les références à l'ensemble du spectre ACE (j'ai appris avec mes recherches que c'était une abréviation pour le terme asexuel) et le questionnement de l'aromantisme. Je n'ignorais aucune de ces notions. À vrai dire, je m'étais beaucoup renseignée en ce qui concerne la communauté LGBTQA+ et je m'étais moi-même posé ces questions. J'avais toujours besoin de m'informer, je n'aimais pas rester dans l'ignorance. Cette fois-ci, c'était différent. Je n'ai pas peiné à comprendre que Zach parlait de lui dans cette bande dessinée, et que c'était son histoire qu'il partageait avec moi. Tous ces questionnements, toutes ces crises identitaires, toutes ces larmes jamais séchées. Ça m'a touché en plein cœur de savoir qu'il a cru se perdre et ne plus jamais se retrouver. Savoir qu'il s'était considéré comme un monstre parce qu'il n'avait pas ces désirs-là. J'aurais aimé être là pour lui à ce moment-là, lui tenir la main, même s'il déteste ça, et lui dire que ce n'était pas grave, que tout irait bien. Qu'il avait le droit d'être lui. Qu'il serait toujours *mon* Zach.

J'ai été profondément touchée et ça m'est apparu naturellement de me renseigner sur cette partie de lui. Je ne dirai pas que je connaissais tout par coeur désormais, mais disons que je comprenais davantage de choses. D'une part sur l'asexualité, et d'autre part, sur Zach. Ce qu'il expérimentait avec moi était tout nouveau pour lui. Et maintenant que j'en avais conscience, je ne voulais pas le forcer à quoique ce soit avec moi. Une discussion serait bien sûr nécessaire. Mais le fait qu'il m'ait confié cette partie de lui me réchauffait le cœur et enflammait l'armée de papillons qui avait pris racine dans mon estomac.

Il était sept heures trente et j'aurais donné cher pour avoir une perfusion de caféine dans le bras. Je me préparais au ralenti pour la réunion de rentrée que j'avais à huit heures. Une chose était sûre, si je ne passais pas la seconde, je serais en retard. Je m'habillai d'un jean droit noir et de mes Nike Dunk High. Pour compléter ma tenue, je décidais de porter le pull de Zach. Il me l'avait prêté un soir lorsqu'il avait jeté des cailloux sur ma fenêtre et depuis je ne lui avais jamais rendu, et s'il pensait que je le ferais, il se mettait un doigt dans l'œil. Il était trop confortable. Je le garderais.

Avant de partir, je remplissais mon sac d'un carnet, d'une trousse et d'un paquet de biscuits. Je lançais ma playlist avant de poser mon énorme casque sur mes minuscules oreilles. Direction la rentrée.

En traversant le campus, mon regard s'est perdu dans l'immense masse d'élèves qui peuplait les allées. Je marchais en cadence avec la musique, mes yeux ne cherchaient qu'une seule personne. Mais ce n'était pas avec ma taille de lilliputienne que je risquais de trouver cette fameuse personne. J'ai soupiré, un peu déçue de ne pas voir plus clair autour de moi. Quelques secondes plus tard, deux bras m'entouraient la taille, me stoppant dans ma lancée. J'ai souri presque instantanément en m'arrêtant de marcher, puis j'ai pincé mes lèvres doucement pour cacher mon enthousiasme. Faut pas déconner. Il serait trop heureux de voir comme il me fait sourire. Je me suis retournée doucement, puis j'ai détaillé ce visage qui m'était devenu si familier. Zach me regardait avec son rictus habituel et ses yeux brillants. Une casquette à l'envers surplombait ses boucles et son casque était autour de son cou. Je ne m'attardais pas vraiment sur le physique habituellement, mais bordel, Zach Jenkins c'était quelque chose !

J'ai enlevé mon casque puis je me suis détachée doucement de ses bras avant d'attraper sa main dans la mienne pour reprendre la route vers mon bâtiment.

— Salut Zachy.

— Je sais qu'on s'était donné rendez-vous à dix heures mais j'ai vu mon sweat préféré déambuler dans les allées de la fac, j'ai été intrigué, il fallait que je vérifie que c'était bien toi. Il a ri doucement.

— Bingo, c'est moi. J'ai souri en levant les yeux vers lui.

— Bien sûr que c'est toi Grincheux, j'aurais pu te reconnaître entre mille.

— Rah non pas Grincheux dès le matin ! Je suis pas d'humeur, j'ai pas dormi et j'ai pas encore eu mon café je te signale, Zach ! J'ai grogné.

— Tu serais presque mignonne quand tu t'énerves.

Il m'a pincé la joue doucement en souriant, il était tellement adorable que je n'ai pu retenir mon petit sourire. J'étais littéralement foutue, je ne résistais à rien.

— C'est ici que nos routes se séparent. Il s'est tourné vers moi en souriant légèrement.

— On se voit dans deux heures, je t'attendrai devant ton bâtiment. J'ai conclu.

Il a embrassé mon front tendrement avant de rentrer dans son amphithéâtre puis j'ai continué jusqu'au bloc de musicologie. Une fois rentrée, je me suis installée dans la salle, au dernier rang. J'étais peut être major de promo, mais loin de moi l'idée d'être au plus près du professeur et des élèves arrogants et prétentieux qui se croyaient plus forts que les autres car ils étaient assis au premier rang et obtenaient des A dans la quasi totalité des matières. Je sortais mon épingle du jeu en étant la plus discrète mais la plus assidue de la promo. "Travailler en silence, la réussite fera du bruit". C'était mon adage. Et je comptais bien le respecter une année de plus.

J'ai lutté près de deux heures pour ne pas tomber dans un sommeil profond pendant cette réunion plus qu'ennuyante. Je ne savais pas vraiment pourquoi j'étais venue, j'imagine que c'était par formalité. Surtout pour avoir mon emploi du temps au plus vite et ainsi pouvoir caler mes cours au conservatoire. J'étais surprise par le volume de cours, qui était tout sauf exorbitant. Moi qui pensais me prendre une claque en troisième année, apparemment non. Tant mieux, ça me laisserait du temps pour aller embêter Zach et assister à ses affreux entraînements de rugby. Oui vous avez bien compris, je venais vraiment de penser un truc pareil. Misère.

Lorsque j'arrivais devant le bâtiment, essoufflée par toute la marche que je faisais depuis ce matin, Zach était déjà sur les marches, une cigarette à la bouche et un garçon à sa droite en train de rigoler avec lui. Je gardais donc mes distances. D'une part parce que la fumée de cigarette était un véritable poison et encore plus pour moi, et d'autre part parce que je ne voulais pas le déranger. Quelques minutes après, ses yeux se sont posés sur moi, et il m’a souri avant d’écraser instantanément sa cigarette puis de me rejoindre avec l'autre garçon. Il m’a gratifiée d'un léger bisou sur la joue qui m’a arraché un petit rictus au coin des lèvres.

— Jayden, je te présente Torrance. Torrance voici Jayden.

— Enchantée Torrance. J'ai souri légèrement, heureuse de rencontrer officiellement une personne de l'entourage de Zach.

— De même. Zach me bassine tellement avec to…

Il n'eut pas le temps de terminer sa phrase que la main de Zach, rouge comme une pivoine, s'écrasait contre sa bouche. Je ne pus empêcher mon petit rire de sortir, pauvre Torrance.

— Bon Torrance, on se voit demain mec. Zach lui a fait un signe de main pressé avant de passer son bras autour de mes épaules puis de partir dans la direction inverse.

— Je lui ai même pas dit au revoir, il va penser que je suis malpolie ! J'ai ri doucement.

— Tu auras l'occasion de le revoir. Il m'a souri doucement.

— Tu avais l'air pressé de partir cela dit.

— Je voulais te garder pour moi.

J'ai souri doucement, c'était affreusement niais, comme souvent, mais je devais dire que plus le temps passait et plus j'appréciais ce genre de phrases et d'attentions que Zach pouvait avoir. Je sais que la vie n'était pas un film Netflix, ni une romance qu'on lisait dans son canapé le soir, mais j'aimais à croire que je méritais de vivre un truc romantique et mignon pour une fois. Peut-être que Zach serait du même avis et que d'ici quelque temps, on donnerait aux autres envie de vomir à cause de nos niaiseries. J'aimais bien l'idée, même si, pour être sincère, je pense que j'aurais une crise d'urticaire pour avoir avoué un truc pareil.

Nous sommes allés récupérer nos cafés, au lait de noisette bien sûr, puis je l'ai emmené dans un coin tranquille du campus où j'aimais aller pour être en paix. Si Zach m'a confié qu'il était anxieux, il ne savait peut-être pas vraiment que l'anxiété me rattrapait aussi. Je prenais un traitement depuis quelque temps, qui m'aidait bien sûr, mais parfois c'était trop profond pour que deux gélules puissent y remédier. Ça faisait partie de la guérison, rien n'était linéaire. C'était pourquoi, j'avais besoin d'endroits calmes, qui m'apaisaient et me permettaient de ne pas angoisser. Il n'y avait rien de pire que de gamberger dans des pensées répétitives et oppressantes.

— Décidément tu connais un tas d'endroits secrets sur ce campus ! Il a soufflé avant d'avaler une gorgée de café.

J'ai souri, il n'avait pas tort. UCLA était une véritable centrale étudiante, je ne savais combien on était sur ce foutu campus mais une chose que je n'ignorais pas c'était que l'on était beaucoup trop. Trouver des endroits secrets était une des seules solutions pour ne pas se sentir oppressé par l'ensemble des étudiants.

— Alors ton emploi du temps Zachy ?

— Comme je suis en dernière année, mon temps est partagé entre suivre encore quelques cours et le reste du temps bosser sur mon projet de fin d'année. Je suis plutôt content de ne pas me taper des heures interminables en amphi, j'avoue. Puis je pourrai venir t'emmerder comme ça. Il a souri en tournant la tête vers moi.

— Mais quel tocard ! J'ai du travail je te signale. J'ai roulé des yeux.

— Tu es en troisième année, je suis sûr que tu bluffes et que tu n'as pas beaucoup de cours.

— Peut-être, mais je veux être major de promo.

— Et tu le seras, t'es coriace, personne ne te prendra ta place.

— Tu viendras réviser avec moi. J'ai souri.

— Si c'est ce que je dois faire pour passer du temps avec toi, alors j'accepte. Il m'a embrassé la tempe.

Après avoir bu nos cafés, on s'est baladés autour du campus. Je me sentais vraiment bien, passer du temps avec Zach devenait une évidence et j'appréciais les moments que nous partagions. Je n'ai pas osé lui parler de la bande dessinée cela dit, j'appréhendais un peu, j'imaginais que lui aussi. Pour le moment j'avais décidé de laisser un petit peu en suspens, je me disais que le moment viendrait et qu'on en parlerait forcément.

En marchant, j'ai été surprise du nombre de personnes qui saluaient Zach et surtout du nombre de filles qui lui souriaient gracieusement. C'était un véritable fan club, et visiblement lui n'en était pas fan. Il était nerveux et je sentais qu'il était crispé, sa main dans la mienne était tendue. Je l'ai cherché du regard, il a baissé ses yeux sur moi et je lui ai souri doucement avant de désigner de la tête son bâtiment. Il a hoché la tête, puis quelques minutes plus tard on montait les escaliers jusqu'à sa chambre.

Je me suis assise sur son lit, essoufflée encore une fois. J'avais beaucoup marché depuis ce matin et je commençais à fatiguer. Il m'a regardée, inquiet, puis il s'est rapproché de moi pour me faire m'allonger.

— Allonge-toi Jayden, t'en as besoin.

Je me suis allongée sans broncher. Habituellement, je détestais qu'on me dise quoi faire et encore plus lorsqu'il s'agissait de la maladie, mais je n'avais pas envie de lui tenir tête. Il faisait ça dans mon intérêt, et il fallait que j'accepte que des gens pouvaient prendre soin de moi. Après ça, il est venu s'asseoir à côté de moi et m'a caressé la joue doucement. J'ai fermé les yeux, c'était tellement agréable, il était d'une douceur sans nom. Quelques minutes plus tard, je m'endormais.

En rouvrant les yeux, Zach était toujours à côté de moi, il lisait un livre et il ne m'a fallu que quelques secondes pour comprendre que c'était un de mes livres préférés. Je me suis redressée en un éclair et je me suis penchée pour voir où il en était. Il a ri en me voyant faire puis il a fermé le livre en tournant les yeux vers moi.

— Du calme Grincheux !

— Mais ce livre est génial. J'ai souri, enthousiaste.

— Je sais, j'ai pris la référence dans ta bibliothèque la dernière fois.

— Tu marques des points.

— Comme toujours. Il m'a fait un clin d'œil.

J'ai secoué la tête en roulant des yeux puis je me suis étirée avant de remettre mes cheveux en place. Ce n'est que lorsque j'ai vu l'heure que j'ai commencé à paniquer. Je me suis levée à toute allure, laçant mes chaussures à la vitesse de la lumière.

— Merde, merde, merde !!!! Je suis en retard pour le conservatoire !!!

— Je t'emmène. Il s'est levé en prenant ses clés de voiture.

J'ai hoché la tête puis j'ai descendu les escaliers aussi vite que possible avant de grimper dans la Range de Zach. Je tapais nerveusement du pied, stressée d'arriver en retard à mon pré-examen de troisième cycle. Zach conduisait d'une main et me tenait la main de l' autre, ça m'apaisait juste ce qu'il fallait pour ne pas que j'explose en larmes au beau milieu de sa voiture. J'ai soufflé calmement en reprenant mes esprits, puis je suis descendue et j'ai fait le tour de la voiture. Il avait la vitre baissée, j'ai embrassé sa joue deux fois et je lui ai souri doucement avant de me reculer.

— À plus tard Zach !!

Avant même qu'il ne puisse répondre, je m'engouffrais déjà dans le hall du conservatoire et fonçais vers la scène principale. Mon dieu, dans quelle galère j'étais. À peine avais-je poussé les portes que tous les regards se sont braqués sur moi, je détestais ça. Je me suis figée l'espace d'un instant puis j'ai soupiré doucement en continuant d'avancer. Je me suis excusée auprès de mon professeur puis je suis allée récupérer mon violon avant de m'installer sur scène, j'arrivais pile à l'heure pour mon passage. J'ai accordé mon violon rapidement et j'ai soufflé un grand coup avant de jouer. Trois, quatre, j'étais partie. Je jouais le morceau de Vivaldi que j'avais joué à Zach quelques semaines auparavant. Il était spécial. En le jouant je me sentais transportée et par-dessus tout, parfaitement à ma place. J'avais l'impression de me mettre à briller dès que mes doigts glissaient sur les cordes. Pendant tout ce temps, personne n'existait autour de moi, ni mon professeur, ni les autres musiciens, il n'y avait que moi et mon violon. Mon exutoire.

Malgré mon retard et les regards désapprobateurs auxquels j'ai eu droit en arrivant, mon professeur m'a applaudie et a salué ma performance. J'étais rassurée et tellement fière de moi. J'étais en bonne voie, plus que quelques semaines et je saurais si j'étais soliste ou non cette année. Et c'était de loin le plus gros objectif que je souhaitais accomplir. Travailler en silence, la réussite fera du bruit, comme toujours.

J'ai rejoint le campus en début de soirée et avant de rejoindre ma chambre j'ai décidé d'aller embêter mon grand frère par procuration. J'ai nommé : Louis. En toquant à sa porte je priais intérieurement pour qu'il ne soit pas déjà avec une fille ou un garçon dans sa chambre. Parce que c'était super gênant, et je n'avais en aucun cas envie d'assister à ça. Lorsqu'il m'a ouvert, son sourire traversait toute la largeur de son visage avant qu'il ne m'entoure de ses bras en me soulevant un peu du sol, comme d'habitude.

— Jay ! Tu vas bien ?

— Et toi ? J'ai souri puis il m'a reposée par terre en se détachant.

— Oui, j'apprécie déjà la vie ici. Il m'a fait un clin d'œil.

J'ai roulé des yeux en soufflant, je savais très bien ce que ça voulait dire.

— Sinon, mon emploi du temps est cool. Il m'a tendu une feuille.

J'ai hoché la tête en regardant les cours qu'il avait. En effet, tout était très bien organisé et ça coïnciderait parfaitement avec ses entraînements de volley-ball. Louis aussi était sportif et j'étais toujours allée l'encourager, il adorait ce qu'il faisait et le voir jouer était une vraie aubaine, il était super doué.

— Pas de doute, tu vas passer une bonne année. J'ai souri.

— J'y compte bien oui ! Alors, tu as vu ton chéri aujourd'hui ?

J'ai grogné puis j'ai attrapé le coussin à ma droite avant de lui envoyer dans la figure. Il s'amusait sans cesse de ma situation avec Zach et il savait que ça me mettait en rogne. Et même si j'étais parfaitement consciente qu'il faisait ça pour m'emmerder, je tombais sans cesse dans le panneau.

— Oui ! On est allés à la rentrée ensemble, ensuite on a bu un café et plus tard je me suis endormie dans son lit avant qu'il m'emmène au conservatoire. J'ai soufflé doucement.

— Mais regarde-toi, fervente haineuse des comédies bon marché sur Netflix en train de jouer un parfait scénario netflixien ! Soumets-le à ton père, ça part en production direct. Il a ri doucement.

— Arrête !! Je sais, je sais, je suis au beau milieu d'un truc bizarre. Mais j'y prends goût, et au final, c'est pas si terrible. J'ai avoué en rougissant.

— Mais qui êtes-vous et qu'avez-vous fait à ma petite sœur ?

— T'es con ! J'ai soupiré. Les choses changent parce que c'est avec Zach, ne pense pas que je suis une loveuse accomplie.

— Non, ça c'est mon job.

— Sans déconner ?

Il m'a renvoyé le coussin en pleine face puis on a rigolé un moment comme à chaque fois. Il existait une véritable fraternité entre nous, et j'adorais ce lien que nous avions. Parce qu'il ne me jugerait jamais et que moi non plus, même si je n'approuvais que très peu son comportement avec ses conquêtes. Louis était la personne qui avait tout traversé avec moi, et pour longtemps encore j'imagine. Bientôt il faudrait que je lui présente Zach, parce qu'aussi fou que ça puisse paraître, il commençait à avoir une sacrée place dans ma vie, et je voulais que Louis le rencontre. C'était important pour moi.

J'ai rejoint ma chambre une heure plus tard, une boîte de nouilles chaude dans les mains et un paquet de Lucky Charms sous le bras. J'avais tout ce qu'il me fallait pour réussir ma soirée, et surtout pour me détendre un peu. J'avais accumulé énormément de stress ces derniers temps et si je ne regardais pas Stranger Things pour la énième fois ce soir je pense que j'aurais fait un malaise. Oui j'abusais. Et non ça n'allait pas m'empêcher de le faire.

Avant de commencer ma soirée détente, j'ai décidé de téléphoner à mon petit frère. Je savais que mes parents venaient de partir en déplacement et qu'il se trouvait désormais à temps plein avec sa nounou. En d'autres termes, une des mamans de Louis. J'avais parfaitement confiance en elle et Jonah se sentait vraiment bien là-bas, mais j'aimais l'entendre me parler de ses journées et des nouvelles choses qu'il avait apprises à l'école. C'était dur de l'avoir si loin de moi. Je l'aimais de tout mon cœur.

Après avoir entendu la petite voix de Jonah et ses nouvelles aventures, j'ai raccroché en lui souhaitant une bonne nuit. Finalement, j'ai filé sous une douche chaude avant de prendre mon traitement. J'étais bien plus assidue depuis ma dernière crise avec Zach. Puis, je me suis installée confortablement dans mon lit. Jamie posé à côté de moi, la boîte de nouilles entre les mains et l'ordinateur posé sur mes genoux.

Quelques minutes plus tard, je grognais parce que le roi des tocards venait de balancer un caillou sur ma fenêtre. Je me suis donc levée, en prenant soin de ne rien renverser, puis j'ai ouvert ma fenêtre sur un Zach tout sourire. J'allais hurler, comment je pouvais lui résister ?

— Espèce de tocard, je venais tout juste de commencer à regarder ma série ! J'ai soufflé, ma nonchalance habituelle faisant corps avec moi.

— Et tu ne m'as même pas invité ? Je vais pleurer.

— C'est ça, moque-toi de moi Zach Jenkins !

Il a ri, ses yeux se plissant légèrement, c'était mignon.

— Je t'ai ramené des biscuits, je te signale ! Il a sourit doucement en secouant la boîte devant lui.

— Si t'es pas là dans deux minutes, je ferme la porte à clé.

Sur ce, j'ai fermé la fenêtre et je me suis réinstallée dans mon lit avec Jamie et mon ordinateur. La porte s'ouvrait au même moment à la volée et j'ai esquissé un rictus en voyant Zach à bout de souffle car il venait de monter en courant les trois étages de mon bâtiment.

— Bah alors, Usain Bolt ? Je l'ai taquiné.

— Fais-moi plutôt de la place, Grincheux. Il a souri et a retiré son sweat avant de venir s'installer à côté de moi.

Je relançai donc le premier épisode de la série, que je voyais pour la trentième fois mais que Zach n'avait jamais vu. Et en prenant conscience de la situation, je me disais que ça ressemblait, en effet, étrangement à un date. Mais bizarrement, je n'étais pas nerveuse, ou stressée. J'étais d'un naturel déconcertant et ça me plaisait. Qui aurait cru que je pourrais tomber doucement sous le charme d'un inconnu avec qui j'avais parlé par sms pendant trois mois ? Pas moi. J'ai souri doucement en y pensant puis j'ai regardé Zach un instant, ses boucles lui retombaient sur le front dans un désordre atrocement beau, sa mâchoire anguleuse ressortait dans l'obscurité, et quand bien même il faisait presque noir, je pouvais voir son regard toujours aussi lumineux posé sur l'écran.

— Pourquoi tu me fixes comme ça ? Il s'est tourné vers moi, amusé.

J'ai rougi mais Dieu merci il ne pouvait pas le voir avec cette luminosité, puis je me suis redressée en me raclant la gorge.

— Je... Je te fixais pas. J'ai menti.

— Je vais prétendre que je te crois. Il a souri doucement avant d'embrasser mon crâne.

— Concentre-toi sur la série plutôt, tocard. J'ai souri en coin.

Il a secoué la tête en reportant son attention sur l'écran puis il s'est penché et m'a donné les biscuits qu'il m'avait apportés. Les mêmes que j'avais mangé ce matin pendant notre café, décidément, il faisait attention aux détails. Existait-il quelqu'un de plus cliché que Zach ? J'en doutais fortement.

La soirée s'est déroulée merveilleusement bien, on a regardé quatre épisodes de la saison une et Zach était complètement à fond dans la série. Ça me faisait réellement plaisir. Il a décrété que désormais on devait regarder ensemble et j'avoue ne pas avoir contester sa décision, l'idée était plutôt convaincante, à vrai dire.

Je l'ai raccompagné à la porte, même si j'avais affreusement envie qu'il reste avec moi, puis je lui ai souri doucement.

— On se revoit bientôt ?

— Le plus vite possible, madame.

Il a souri puis il a posé ses mains sur mes joues pour embrasser mon front. Après ça il m'a tirée contre lui pour m'enlacer. Je lui ai rendu son étreinte, je me sentais cruellement bien dans ses bras et je voulais y rester pour toujours.

— Bonne nuit Zachy

— Bonne nuit Grincheux

Il m'a fait un clin d'œil avant de partir puis j'ai fermé la porte, un léger rictus collé aux lèvres.

J'ai passé mes deux mains sur mon visage avant de me laisser tomber sur mon lit en soupirant. J'étais en train de succomber. Violemment.

Zach, qu'est-ce que tu me fais ?

CHAPITRE 10

ZACH

Quelques jours étaient passés depuis la rentrée, et je devais dire que j'étais un peu plus serein pour cette dernière année maintenant que j'avais connaissance de mon emploi du temps. J'avais tendance à tout appréhender, ruminer et exploser dans mon coin parce que je n'avais aucune réponse à mes questions sans fin. Alors, lorsque je les avais, c'était une véritable libération, comme si on m'enlevait un poids qui me comprimait la poitrine, si fort que j'étouffais. Je ne commençais les cours que dans trois jours. J'allais profiter de mon temps libre restant jusque-là et prendre le temps de passer des moments avec mes amis que je n'avais pas vus depuis des semaines. Ils me manquaient.

En attendant, aujourd'hui était un jour spécial, c'était l'anniversaire de mon Grincheux personnel, j'ai nommé : Jayden. Et si vous pensiez que je n'avais rien préparé pour ce fameux cinq septembre, vous étiez complètement dingue, parce que j'avais bien entendu prévu quelque chose. Et le plus surprenant dans tout ça, c'était que je ne l'avais pas prévenue. Je comptais bien lui faire croire que j'avais oublié. Oui, la faire râler m'amusait autant que ça me faisait craquer. J'avoue.

Il est midi, je ne lui avais encore envoyé aucun message, je préparais tranquillement mon petit programme. Par dessus tout, je tentais d'emballer de mon mieux le cadeau que je lui avais acheté. Comme j'étais un tocard, j'ai acheté un cadeau des plus basiques, et terriblement niais. Un collier. Rassurez-vous, je n'ai pas acheté un pendentif avec un Z au bout, je ne m'appelle pas Troy Bolton. Mais j'ai choisi un pendentif avec un soleil. C'était tellement symbolique pour moi que je voulais absolument lui offrir. Jayden portait énormément de colliers, tous couleur or. J'ai donc pris la peine d'en acheter un de la même couleur afin qu'elle ne le trouve pas hideux. J'espérais du plus profond de moi que ça lui ferait plaisir. L'appréhension que j'avais de lui donner atteignait ridiculement des sommets.

Une fois terminé, j'ai décidé de me préparer. À vrai dire, je ne faisais pas vraiment d'effort particulier, peu importe la façon dont j'étais habillé et coiffé, Jayden posait toujours le même regard sur moi, celui qui brillait et qui me brûlait le cœur intensément. Mais j'aimais son regard, encore une fois, parce que c'était elle. Je n'avais littéralement envie de ça avec personne d'autre, c'était elle ou rien. Je m'habillai donc d'un large sweat rouge et d'un jean délavé, je posai ma casquette à l'envers sur mes boucles et enfilai mes Air Jordan grises, mes préférées. J'étais prêt, mais surtout beaucoup trop stressé. Je savais que ça faisait partie de moi et que je devais essayer de m'accepter avec toutes ces petites failles. Mais parfois c'était difficile d'affronter ce reflet imparfait, de ne pas être moins complexe à comprendre, de ne pas pouvoir embrasser pleinement la personne que j'étais. Ça viendrait, j'imagine.

Encore une fois, j'étais anxieux à l'idée que ça ne lui plaise pas et d'être complètement à côté de la plaque. J'ai secoué la tête en me regardant dans le miroir, désespéré de voir mes cernes toujours aussi bleus sous mes yeux. Il s'agirait vraiment de dormir un jour ou l'autre. Je soupirai, las, puis j'allumai une cigarette avant de partir. Ça va aller Zach.

Un quart d'heure plus tard, j'étais devant sa porte, prêt à toquer, lorsqu'un autre garçon est arrivé en même temps. Je fronçai les sourcils, dans l'incompréhension, et un éclair de colère me parcourut la colonne vertébrale. J'étais tout d'un coup d'une humeur glaçante, et une folle envie de heurter le mur de mon poing se manifestait au bout de mes doigts. Mais je gardais la tête froide, j'aurais forcément une explication. Le garçon en question s'est tourné vers moi, un léger rictus au coin des lèvres, j'avais vraiment envie de lui faire ravaler son sourire à celui-là. Puis voilà qu'il me dit son prénom, et je me sentis instantanément comme le roi des idiots. C'était Louis. Bien entendu, c'était Louis. Je soupirai légèrement de soulagement avant de taper mon poing dans le sien en souriant timidement.

— Zach. J'ai finalement articulé d'une voix rauque.

— Je sais. Il m'a fait un clin d'œil avant de toquer à la porte.

Deux secondes plus tard, Jayden ouvrait la porte, son regard se posant sur nous. Elle s'est stoppée net en nous voyant tous les deux côte à côte. Louis l'a prise dans ses bras en la soulevant un peu du sol avant de lui souhaiter un joyeux anniversaire. Pendant ce temps, je restais en retrait et enviais littéralement la façon dont il la tenait dans ses bras. J'aimerais pouvoir faire la même chose moi aussi. Une fois au sol, elle s'est tournée vers moi en arquant un sourcil en me détaillant du regard.

— Tu m'as oubliée Zach.

J'ai souri doucement en regardant le sol puis j'ai posé mes yeux sur elle et j'ai secoué la tête légèrement.

— Figure-toi que non, je venais te chercher pour t'emmener quelque part, pour ton anniversaire. J'ai souri.

Elle a pincé ses lèvres en me regardant avant de baisser un peu les yeux, confuse. Elle a nerveusement joué avec ses mains avant de se tourner vers Louis.

— Il peut venir boire le milkshake d'anniversaire avec nous ? Elle a demandé timidement.

Mon sourire s'est agrandi en la voyant si timide et rougissant légèrement. Elle était adorable, encore plus que d'habitude. Des picotements nouveaux traversaient l'ensemble de mon corps, me donnant des pulsions de tendresse que je n'avais jamais connues avant. J'ai fait preuve d'un *self-control* immense pour ne pas l'attraper dans mes bras et la serrer au plus près de moi. Bientôt je n'arriverais plus à contrôler tout ça. Et il semblerait que le temps s'écoulait plus vite que je ne l'aurais imaginé.

Louis a ri légèrement en secouant la tête puis il lui a pincé la joue, arrachant à Jayden un regard noir absolument peu crédible.

— Mais c'est quoi cette question Jayden ? Tu n'es pas ma propriété privée tu sais, bien sûr que Zach peut venir. Ça me donnera l'occasion de le connaître et surtout de le mettre en garde. Il s'est tourné vers moi.

Cette fois, Jayden a grogné en roulant des yeux et lui a tapé l'épaule en murmurant probablement une insulte en polonais. Quant à moi, j'ai dégluti un peu difficilement. Comment ça "me mettre en garde" ? Je n'étais pas le copain de Jayden après tout, il n'y avait pas de quoi être inquiet. Cela dit, j'étais heureux de pouvoir les accompagner et aussi de rencontrer Louis. Plus les jours passaient et plus j'en apprenais sur Jayden. Et réellement, ça me rendait heureux.

Nous voilà donc installés sur la banquette violette du Max's Diner, un restaurant typiquement américain situé à cinq minutes du campus. Tout le monde connaissait cet endroit. J'y venais souvent pour manger des burgers avec mon équipe après les matchs. Nous passions donc la commande, Louis a opté pour un milkshake au chocolat et moi à la vanille. Jayden ne faisait pas faux bond à son éternelle noisette. Je n'ai jamais vu quelqu'un aimer ça autant qu'elle.

— Alors Zach, il paraît que tu es en dernière année ? Louis m'a demandé.

J'opinai du chef en le regardant avant de frotter nerveusement mes mains sur mes cuisses. Je ne sais pas pourquoi mais j'appréhendais ses prochaines questions.

— Tu restes à Los Angeles l'année prochaine ? Il a finalement poursuivi.

Jayden l'a regardé avec des gros yeux et lui a donné un coup de coude loin d'être discret dans les côtes. Louis lui a rendu une œillade en coin, amusé, avant de reporter ses iris bleus sur moi. J'étais pris de cours et cherchais clairement mes mots.

— Mh... J'imagine que je vais postuler dans des écoles... Elles sont éparpillées dans le pays. J'ai conclu.

— Pas à Los Angeles du coup ? Louis a insisté.

— Bon, Louis, lâche-le c'est bon, il a encore un an devant lui. Jayden a soufflé, visiblement irritée par ce sujet de discussion.

J'ai souri faiblement à Louis, ne comprenant pas vraiment où il voulait en venir avec toutes ces questions. Puis nous avons récupéré nos milkshakes. Jayden avait l'air d'une gosse en folie devant une montagne de sucre, ce qui m'a fait sourire malgré moi.

— Ça me fait plaisir de vous avoir avec moi aujourd'hui. Elle a souri en nous regardant, Louis et moi.

— Fêter ton anniversaire est ta pire corvée, ravi qu'on puisse embellir ta journée. Louis a souri en coin, un air moqueur collé aux bords des lèvres.

— Głupi !![1] Jayden a soufflé entre ses dents.

J'étais, encore une fois, interpelé par son usage du polonais, je ne l'avais encore jamais vraiment entendu parler cette langue. Même si je me doutais qu'elle venait encore une fois de l'insulter, je trouvais que c'était mélodieux. Et soudainement, j'avais envie de l'entendre parler polonais pendant des heures. Je ne savais vraiment pas ce qu'il me prenait, plus je passais de temps avec elle et plus j'avais envie de découvrir tout ce qu'elle avait à me raconter, pendant des heures et plus encore.

Le temps défilait, et lorsque nous sommes sortis du Max's Diner il était près de 17h. Il était encore temps pour mon plan, j'espérais que Jayden serait motivée pour me suivre. Pendant ces quelques heures, j'ai appris à connaître Louis, il m'intimidait au début, mais finalement j'ai découvert un mec beaucoup trop amical et sympa, je l'appréciais déjà. Je savais désormais qu'il était étudiant en première année d'Histoire spécialisée en Médiéval, qu'il jouait au volley-ball à bon niveau, qu'il conduisait une moto, qu'il adorait le surf et le snowboard, autant que les filles et aussi les garçons apparemment. Également, il était originaire d'Afrique du Sud et il a été adopté. Pour être sincère, j'admirais sa capacité à parler de lui et à confier son histoire de cette façon, je n'avais pas su lui en dire autant sur moi, mais j'ai fait quelques efforts. Jayden a dû le remarquer car je l'ai surprise plusieurs fois du coin de l'œil en train de me regarder en souriant fièrement. Mon Grincheux devenait adorable on dirait.

— Bon je vous laisse, Kayla m'attend. Louis a souri en nous faisant un clin d'œil.

Jayden l'a toisé du regard en haussant les épaules puis elle l'a enlacé.

— À plus tard Louis ! Merci pour le milkshake. Elle a embrassé sa joue puis s'est détachée.

Louis m'a fait une accolade et un check avant de prendre la route vers, je suppose, son bâtiment. Une fois loin de nous, je me suis approché de Jayden et l'ai prise dans mes bras en plongeant ma tête dans son cou. J'en avais eu envie pendant des heures et étrangement, me retenir avait été compliqué. Je n'ai donc pas attendu une minute de plus. L'avoir près de moi m'apaisait en une nanoseconde, c'était dur à expliquer, elle avait cet effet-là sur moi. Elle a passé ses minuscules bras autour de moi et a caressé ma nuque dans un geste doux et tendre. Bordel, c'était tellement appréciable. Je me suis détaché légèrement pour pouvoir la regarder et elle m'a souri doucement en retour.

— Je peux t'emmener quelque part maintenant ? J'ai demandé.
— Je te suis Zachy. Elle a souri, ses yeux se plissant légèrement, c'était de la pure lumière.

J'ai pris sa main en entrelaçant nos doigts, puis nous avons marché jusqu'à ma voiture. Elle s'est installée du côté passager dans un naturel surprenant et j'ai allumé le contact. J'ai pris la route qui s'éloignait de Los Angeles, loin des lumières et du bruit, loin de tout ce qui pouvait être oppressant autour de nous. Je conduisais souvent pour fuir le surplus de stimulations qu'offrait la ville, comme si je m'échappais d'un monde trop bruyant pour moi. C'était partir loin pour se retrouver soi et par-dessus tout, tenter d'apprécier le silence.

— Tu m'emmènes où ? Elle s'est tournée vers moi, curieuse.

— Tu m'as dit que les spoilers ne faisaient jamais plaisir, tu te rappelles ?

— C'est pas juste ! Elle a froncé les sourcils en soufflant doucement, quelle râleuse !

Son téléphone a sonné au même moment et je pouvais voir son immense sourire se dessiner sur son visage. Elle a répondu sans hésiter et a tendu son téléphone devant elle pour observer la petite tête qui apparaissait sur son écran. J'ai gardé mes yeux sur la route mais je compris aisément qu'il s'agissait de son petit frère, Jonah.

— Joyeux anniversaire Jayjay ! Sa petite voix a percé le combiné.

— Merci mon ange. Tu vas bien ? Qu'est-ce que tu as fait aujourd'hui ? Jayden a articulé d'une voix toute douce.

— Chelsea m'a emmené faire une balade à cheval ! Et toi, tu as fait quoi pour ton anniversaire ? Tu es dans une voiture ?

— Je suis allée boire un milkshake et là, oui, je suis en voiture. Avec Zach.

— Ohhh ! Zach ton amoureux ?????

J'ai tourné vivement la tête vers Jayden alors que nous étions à un feu rouge. Une seconde plus tard, elle prenait la même teinte et n'osait pas croiser mon regard.

— Jonah ! Qui est-ce qui t'a dit ça ? Elle a mordu sa lèvre nerveusement en observant son petit frère qui souriait fièrement.

— Louis !

— Sans blague. Jayden a grogné avant de poursuivre l'appel pendant dix minutes.

Quinze minutes plus tard, on arrivait au sommet d'une falaise. L'un des endroits les plus calmes que je connaissais ici, paisible et silencieux. Le genre d'éden secret dont on ne soupçonnait pas l'existence dans les alentours de Los Angeles.

— Je rêve ! C'est absolument splendide. Jayden a souri en s'approchant vers le bord.

— Tu vois, j'ai bien fait de ne pas te spoiler. J'ai rajouté en réduisant la distance entre elle et moi.

— Merci Zach !

Elle s'est retournée puis a passé ses bras autour de ma taille avant de poser sa tête contre mon torse. J'étais relativement surpris. Ce n'était pas vraiment elle la plus entreprenante de nous deux, mais c'était agréable de voir qu'elle avait besoin d'être proche de moi, elle aussi. J'ai passé un bras autour de ses épaules et j'ai souri doucement, les yeux toujours fixés sur la vue qui se dressait devant nous. On croirait presque que le monde était sur pause.

Quelques minutes plus tard, j'installai une serviette de plage sur le sol rocheux du haut de la falaise pour qu'on puisse s'asseoir et apprécier le gâteau que j'avais apporté. Je n'avais pas fait les choses à moitié, et j'étais moi-même sur le cul de tous les efforts que j'avais fait pour son anniversaire. Faut croire que c'était vraiment un jour spécial pour moi.

— Ça sent beaucoup trop bon Zach ! Tu as ramené quoi ? Jayden a demandé.

— Un brownie. J'ai souri doucement en le sortant de son emballage.

— Oh mon dieu, j'adore ça !

— Me voilà rassuré. J'ai souri plus franchement en allumant une bougie.

Elle m'a regardé, un sourcil arqué et ses yeux un peu plus froids que quelques secondes auparavant. Je l'ai questionnée avec étonnement du regard, ne comprenant pas ce qui lui arrivait tout à coup. Elle a soufflé doucement en passant ses mains sur son visage puis elle a planté son regard dans le mien.

— Je n'ai pas soufflé mes bougies sur un gâteau depuis mon quinzième anniversaire, c'est… Je crois que ça me surprend… Et je sais pas, ça m'a rappelé des moments pas très chouettes à la maison. Elle a gratté nerveusement sa nuque en pinçant ses lèvres.

J'ai souri légèrement en coin, d'un côté peiné par ce qu'elle venait de me dire, et d'un autre côté, heureux de pouvoir redonner un peu d'éclat à son anniversaire. C'est vrai que ça n'avait pas l'air d'être son jour préféré. Cela dit, je comptais bien le rendre un peu plus lumineux.

— Allez souffle Grincheux ! Et pense à faire un vœu. J'ai souri en l'encourageant du regard, mon téléphone en main pour prendre une photo.

Elle a soufflé, j'ai pris une photo. J'étais le mec le plus heureux du monde parce que j'agrandissais ma collection de photos d'elle. C'était un peu terrifiant dit comme ça, mais rien de bizarre je vous assure, c'était vraiment du bonheur pur.

— Merci Zachy. Elle a souri puis s'est servi une part du gâteau.

— Tout le plaisir est pour moi. J'ai pris du gâteau à mon tour.

— Est-ce que, comme c'est mon anniversaire, j'ai le droit de te poser toutes les questions du monde ? Elle a demandé, doucement.

— Je ne savais pas qu'on pouvait faire ça aux anniversaires, mais d'accord, je t'écoute. Je me suis tourné vers elle.

Elle a pincé ses lèvres en regardant brièvement le sol, elle semblait chercher ses mots et appréhender quelque chose. Elle a avalé le dernier morceau de son brownie puis elle a planté ses grands yeux marron dans les miens, et pris au dépourvu, je n'ai pu décrocher mon regard du sien.

— Tu me parles de ta bande dessinée ?

Elle m'avait demandé ça avec la moue la plus mignonne du monde et mon mètre quatre-vingt-dix a clairement fondu en un éclair. J'étais faible et aussi doux qu'un golden retriever quand j'étais avec elle, mais la façon dont elle pouvait s'intéresser à moi valait plus que le monde entier. Bien sûr, j'ai hoché la tête en réponse, un léger rictus aux coins des lèvres. Je me suis rapproché d'elle avant de passer une mèche de ses cheveux derrière son oreille et d'embrasser sa tempe.

— Avec plaisir. J'ai souri doucement.

— Tu parlais bien de toi ? C'est ton histoire Zach ?

— C'est mon histoire Jayden.

— Tu me la racontes ?

Sa moue absolument craquante venait de revenir sur son visage et j'ai lutté une nouvelle fois pour ne pas la serrer très fort dans mes bras. J'ai soupiré doucement en cherchant par où commencer, puis j'ai mordu nerveusement ma lèvre inférieure avant de me lancer dans mes explications.

— J'ai commencé à comprendre qui j'étais lorsque j'étais au lycée. Tu sais, c'est un peu la période critique pour un mec, les hormones sont excessivement actives et on s'imagine qu'ils veulent absolument sortir avec une fille, ou un garçon. Et c'est clairement ce que j'observais chez mes amis. Moi, j'étais tout le contraire.

J'ai soupiré doucement en jouant nerveusement avec la manche de ma veste. Les grands yeux marron de Jayden me scrutaient en silence pendant que je cherchais mes mots.

— Je... Je n'ai jamais eu aucun désir sexuel ni même romantique pour aucune fille qui pouvait me montrer de l'intérêt et avec qui je discutais, jamais. J'ai d'abord pensé que c'était peut-être parce que j'aimais les garçons, donc j'ai essayé aussi avec les garçons. Mais rien n'a changé, j'étais clairement repoussé par tout ça. J'ai pensé que j'étais cassé, qu'il y avait un truc qui clochait et honnêtement c'était un peu une crise existentielle pour moi pendant mes trois années de lycée.

Je me suis raclé la gorge, sèche de ma nervosité et des mots qui transperçaient doucement mes cordes vocales. C'était dur de le verbaliser. J'avais toujours l'impression que le fait que je n'ai jamais eu de relations de couple ou de relations sexuelles était un motif de rejet.

— Je me suis mis à faire des tas de recherches, et au final, j'ai découvert l'asexualité, et tout ce qui composait le spectre ACE. Alors, j'ai compris que j'étais probablement asexuel et aromantique, aussi. Avec les années qui ont passé depuis que je suis à la fac, je peux confirmer que c'est bien le cas. C'est ce que je suis. Je n'ai jamais été en couple, je ne suis pas vierge mais je n'ai jamais pris plaisir dans mes relations sexuelles. J'imagine que c'était par expérience et pour poursuivre ma recherche de moi-même. Je sais simplement que ce n'est pas du tout une priorité pour moi et que je ne ressens pas vraiment ce désir-là. Je remets en questions mon aromantisme en ce moment, parce que comme tu l'as sûrement remarqué, je suis proche de toi, physiquement. J'ai des attentions particulières avec toi que je n'avais jamais eu avant, c'est un peu la découverte d'ailleurs, faut pas m'en vouloir. Mais voilà, c'est mon histoire Jayden.

J'ai repris mon souffle doucement, une bouffée d'anxiété me remontant la trachée, des sueurs froides me parcourant le dos. C'était plus compliqué que ce que j'avais imaginé. Ma vision s'est brouillée le temps d'un instant, j'étais nerveux, angoissé. Et le pire dans tout ça, c'est que je ne savais même pas pourquoi. Je n'avais pas de raison d'être angoissé à l'idée de parler de qui j'étais vraiment. Mes mains frottaient frénétiquement mes cuisses, comme pour me rassurer. Je peinais à retrouver une respiration normale. Quelques secondes plus tard, Jayden s'asseyait derrière moi en passant ses bras autour de ma taille et m'attirait contre elle en plaçant un baiser sur mon crâne. Je m'apaisais doucement, je sentais mes muscles se relâcher, ma respiration retrouver son calme. Les larmes perlant aux coins de mes yeux s'évaporaient tranquillement, j'étais paisible.

— Merci de m'en avoir parlé. Et tu sais Zach, peu importe qui tu es, à quoi tu t'identifies, je serai toujours là pour toi. Jamais je ne te jugerai, et jamais je pourrai t'en vouloir d'être qui tu es, d'accord ? Elle parlait doucement, comme pour me réconforter.

J'ai hoché la tête en guise de réponse et je suis resté contre elle de longues minutes. Je me sentais parfaitement à ma place. Ses petits bras autour de moi m'offraient une tendresse que je n'avais jamais connue, et par-dessus tout, qui était largement suffisante pour panser mon corps s'embrasant de nervosité et d'anxiété.

Un moment plus tard, j'ai décidé de me redresser et de reprendre ma place initiale, à côté d'elle. J'avais un cadeau à lui donner, l'anxiété fourmillait une nouvelle fois au bout de mes doigts et j'étais épuisé de lutter contre mes pensées obsessionnelles négatives, mais je voulais lui donner ce cadeau et j'allais prendre mon courage à deux mains pour le faire.

— J'ai un cadeau pour toi. J'ai tourné la tête vers elle.
— Oh non Zach ! Il fallait pas ! Elle a rougi légèrement en jouant avec ses mains, nerveuse.

J'ai souri légèrement, on était deux gros anxieux de première mais l'un avec l'autre on s'apportait un apaisement curieux. J'ai sorti la petite boîte de la poche de mon sweat et je lui ai tendue, un éclair d'appréhension traversant probablement mes iris bruns. Après avoir ouvert la boîte, les deux grands yeux de Jayden se posaient sur moi avec un air ébahi et confus. Je ne savais pas vraiment comment j'étais censé réagir à ça, donc j'espérais profondément qu'elle allait articuler une phrase. Parce que j'étais à deux doigts de tomber dans les pommes là.

— Je... C'est magnifique Zach. Ses yeux se sont mis à briller.

J'ai soupiré de soulagement, je me sentais enfin détendu. Elle aimait le cadeau, c'était tout ce qui comptait. Je me suis emparé délicatement du collier, puis je l'ai passé autour de son cou pour lui accrocher, un léger sourire plaqué sur mon visage.

— Un soleil pour mon soleil. J'ai chuchoté.

Elle a souri en se tournant vers moi et s'est redressée pour m'embrasser la joue.

— Si je suis le soleil, toi tu es quoi Zach ? Elle a chuchoté en passant sa main sur ma mâchoire.

— Si tu es le soleil, je suis la lune et ensemble on forme l'Univers. J'ai haussé une épaule en souriant en coin, c'était si niais.

— Tu es en train de me convaincre que j'aime bien les speech tocardien finalement. Elle a ri.

— Parce que je suis ton tocard préféré, c'est tout.

— Inévitablement. Elle a conclu.

La nuit tombait sur la ville et l'air se rafraîchissait cruellement, le temps était passé plus rapidement que je ne l'aurais imaginé. Dans un mouvement commun, Jayden et moi avons entrepris de ranger nos affaires et de remonter en voiture. Il y avait un peu de route et je mentirais si je disais que j'étais à cent pour cent rassuré de conduire la nuit. Pas depuis ce qui était arrivé à Glen en tout cas, j'appréhendais encore.

Nous avons rejoint le campus et je me suis garé devant le bâtiment de Jayden pour la rapprocher au plus près de sa chambre. La journée l'avait sans aucun doute fatiguée. Je le voyais même si elle ne disait rien, sa respiration était plus saccadée, elle frissonnait, elle bâillait à répétition et surtout elle semblait à bout de forces. J'imagine qu'elle avait besoin de sa canule et de son traitement pour reprendre des forces. C'est pourquoi j'allais gentiment rester dehors et la laisser profiter de sa soirée pour se recharger. Elle en avait vraiment besoin. Et je refusais d'être la raison pour laquelle elle resterait éveillée au lieu de dormir dix heures d'affilée.

— Merci pour tout Zach, j'ai passé un des meilleurs anniversaires de ma vie. Elle a passé un bras autour de ma taille en me regardant.

— Je suis heureux de l'entendre, content que ça t'ait plu. J'ai souri, sincèrement touché par ses mots.

— Tu reviens pas jeter des cailloux sur ma fenêtre à minuit hein ? Promis ?

— Promis Jayden. J'ai embrassé son front.

Elle a hoché la tête puis s'est reculée en me faisant un signe de main auquel j'ai répondu avec un clin d'œil. Je trouvais ça super ringard qu'on soit clairs, mais mon corps prenait visiblement des libertés ringardes ces temps-ci.

J'ai rejoint ma chambre, la journée avait été mouvementée, rythmée par des découvertes et des nouvelles connaissances. C'était comme redessiner une partie de moi à mesure que le temps passait. Je faisais une nouvelle esquisse du Zach que je croyais connaître sur le bout des doigts. Dans un soupir, je me suis laissé tomber sur mon lit, un tas de nouvelles choses s'ancrant doucement en moi. La tendresse, l'amitié, le partage, les silences doux, les souvenirs et les sourires. C'était une toile passionnante et j'avais hâte de continuer à la peindre.

Sur ces pensées, j'ai attrapé mon carnet et mes crayons. Mes essentiels, tout ce dont j'avais besoin pour me sentir respirer et à ma place. Le dessin était mon anxiolytique favori, il n'y avait rien de mieux pour me faire retrouver mon calme.

Et dans ce clair de lune paisible, mon crayon glissant sur le papier épais, j'ai repensé à mon après-midi, et à ce que j'avais dit.

« *On forme l'Univers.* »

Un putain d'Univers entier, sans aucun doute.

[1] : « imbécile » en Polonais.

CHAPITRE 11

JAYDEN

Avez-vous déjà eu l'impression que le monde s'écroulait sur vos épaules en seulement trois semaines ? Non ? Moi non plus. Je n'avais jamais connu ce sentiment. Jusqu'à maintenant. Trois semaines que je me battais avec un silence omniprésent. J'avais l'impression de chasser un fantôme. C'était comme chercher un trésor mais ne jamais pouvoir mettre la main dessus. C'était comme s'écrouler et exploser en pièces au beau milieu de sa propre chambre. S'étouffer dans ses larmes et se demander ce qu'on avait encore fait de mal.

La raison de ce silence omniprésent ? Zachary Jenkins. En chair et en os. Le même qui m'avait offert un putain de pendentif trois semaines auparavant et qui avait délibérément décidé de me passer sous silence les jours suivants. Ce tocard en qui je croyais pouvoir avoir confiance. Cet imbécile qui était parti et m'avait arraché le cœur en partant. Celui qui ne répondait plus à mes messages, qui ne m'a jamais rappelée, et que j'ai cherché mille fois sur ce putain de campus de UCLA. Je courais derrière le vent, invisible et étouffant. Zach s'était envolé soudainement, sans même que je puisse le prédire, et je ne savais pas où il s'était caché. Probablement auprès de mon cœur brisé.

J'ai été obnubilée par ce retournement de situation soudain pendant une semaine. Je ne comprenais pas et ça m'agaçait, fortement. Je me suis creusée les méninges pour comprendre, savoir ce qui avait bien pu se passer. Je me suis demandée si je l'avais blessé, ce qui avait bien pu changer si rapidement. J'ai cherché en vain à comprendre pourquoi le monde m'en voulait de cette façon. J'ai fouillé mes pensées, sans jamais trouver d'explications. Mais dans ce combat, j'étais seule sur le ring, pas l'ombre de mon adversaire pour répondre à mes questions.

Je me suis résignée, j'ai fini par accepter. Puis j'ai replongé la tête dans mes cours, enfermé mes oreilles dans mon casque toutes les autres heures de la journée. J'ai répété des après-midi entières au conservatoire, chanté à en perdre ma voix, pleuré à en avoir mal aux yeux. Je m'étais renfermée dans ma bulle, celle qu'il avait réussi à percer au fil des mois. Il fallait que j'accepte. Zach ne voulait plus de moi. Il avait sûrement trouvé quelqu'un d'autre. Fin de l'histoire.

J'allais en cours en me traînant, je portais mon pyjama un jour sur deux. Il m'avait enlevé toutes mes couleurs, il avait pris la lumière de mon ciel. Il m'avait dit qu'on était l'Univers, mais il m'avait menti. Un soleil sans sa lune ne veut plus rien dire. Une chose était sûre, Zach me manquait. Bien plus que je ne l'aurais voulu. Et bon sang, ça me brisait en deux d'admettre une chose pareille. Surtout maintenant qu'il avait décidé de m'ignorer royalement.

Me plonger dans mes cours et mes répétitions était la seule chose qui me faisait garder le cap. Je gardais mes objectifs en tête, me répétant que j'en étais capable, qu'il fallait que je m'accroche à ça. J'ai étudié à en faire des nuits blanches, répété à m'en faire saigner les doigts. Je me noyais dans une mélancolie incomparable, tenue hors de l'eau par les études et mon pauvre violon. La maladie n'arrangeait rien, j'étais faible. Je me battais en simultané avec mes démons, mon corps et mes pensées. J'étais face à moi-même dans un miroir brisé. C'était comme être la bête de foire au milieu d'une arène. Je me sentais faillir sous les coups que la vie m'infligeait. Et bon sang, c’était une sacrée garce celle-là.

Le jour de mon examen de troisième cycle au conservatoire, je n'avais même pas voulu me lever. J'avais attendu ce jour des semaines entières, et j’étais là, à sangloter dans mon oreiller parce que j’étais terrifiée à l'idée de ne pas y arriver et de me ridiculiser. Il m'a fallu une force surhumaine pour me tirer hors de ma couette et me préparer. C'était un jour spécial. Les jours d'examens, je me maquillais et portais ma longue robe noire. Celle avec laquelle je faisais chacun de mes examens, chacun de mes concerts. Mais aujourd'hui, en appliquant mon eyeliner, je ne voyais plus rien au fond de mon regard. Éteinte.

J'aurais voulu qu'*il* soit là. J'aurais donné le monde entier pour qu'il soit près de moi. J'avais besoin de Zach.

Louis m'attendait en bas de mon bâtiment, il avait promis de m'accompagner. Il était habillé élégamment d'un smoking noir et d'une jolie chemise vert d'eau faisant ressortir son teint mat. Le voir m'a redonné de l'air pour respirer, c'était comme reprendre mon souffle. Je lui ai souri timidement en le prenant dans mes bras. Je ne lui avais pas beaucoup parlé ces dernières semaines, il ne m'en voulait pas pour autant, il savait que j'étais bien trop triste pour pouvoir verbaliser cette souffrance au fond de ma cage thoracique. Cependant, il demeurait mon réconfort dans tout mon chaos ambulant. Il a passé un bras autour de mes épaules, m'a gratifiée d'un baiser sur la tempe puis nous avons pris l'allée pour sortir du campus.

Au même moment, la Range noire mate de Zach avançait sur le chemin. Je l'ai aperçu, à travers la vitre côté conducteur, des cernes plus grands que la Terre sous ses yeux, le regard vide et les mains crispées sur son volant. Ce n'était pas mon Zach. C'était un Zach en colère et brisé. La même version que j'étais de moi-même en ce moment. En colère et brisée. J'avais envie d'éclater mon poing dans la vitre et de lui hurler au visage qu'il m'avait cassé le cœur en deux. J'avais envie d'arracher ce stupide collier autour de mon cou et de lui balancer dessus de toutes mes forces. J'avais envie de lui cracher des horreurs que je ne pensais même pas. Parce qu'il m'avait blessée, plus que personne ne l'avait jamais fait. Mais en le voyant comme ça, fuyant mon regard, j'ai compris une chose, et c'était la plus importante de toute.

Ce n'était pas mon Zach. Ce n'était pas le Zach que je connaissais.

J'ai marché dans l'allée, m'éloignant de lui, mes yeux menaçant d'éclater en un torrent de larmes. J'essayais de garder la tête froide et d'oublier les aiguilles qui me transperçaient le cœur. J'étais triste, et le voir m'avait enfouie dans des profondeurs douloureuses. Tout mon corps n'était que souffrance, j'avais mal. Beaucoup trop mal. Et à ce moment-là, je remerciais Louis d'avoir son bras autour de moi, parce que j'avais envie de m'effondrer, mais il était encore ce pilier sur lequel je pouvais m'appuyer. La seule chose qu'il me restait.

En arrivant au conservatoire, je me suis isolée, j'avais besoin de respirer, de chasser les larmes et garder la tête froide. J'ai soufflé du mieux que je pouvais, me concentrant sur les notes que je m'apprêtais à jouer et sur la partition que je connaissais sur le bout des doigts. C'était l'objectif que je m'étais fixé depuis des mois. Mais mon téléphone a vibré, et en posant mes yeux sur l'écran, une rage brûlante a parcouru chaque cellule de mon corps. Prise d'une violente colère, j'ai envoyé mon portable contre le mur en face de moi, l'explosant en mille morceaux sur les finitions dorées du papier peint. Le sang battait dans mes tempes furieusement. J'avais envie de hurler et d'exploser en larmes en même temps. Il n'avait pas le droit. Il n'avait pas le droit de m'envoyer un message maintenant. Pas après trois semaines sans un mot. Pas avant mon putain d'examen de troisième cycle. Il n'avait pas le droit. Zachary Jenkins me rendait dingue.

J'ai repris mes esprits, bouillonnante de colère, et j'ai ramassé ce qu'il restait de l'écran de mon téléphone. J'ai passé nerveusement mes mains dans mes cheveux en tirant légèrement dessus. J'avais envie de me les arracher. Un énième long soupir s'est échappé de mes lèvres et je me suis mise une claque mentale. "*Réveille-toi Jayden, c'est ton moment, tu n'auras pas de deuxième chance.*" Et sur ces pensées, j'ai réajusté ma robe, pris mon violon et je me suis dirigée vers la scène. C'était mon putain de moment.

Lorsque je me suis assise pour jouer, tout s'est éteint autour de moi, il n'y avait plus rien qui existait. Ma tête s'est instantanément vidée. Plus de Zach, ni de cœur brisé. Juste des cordes et un archer, prêts à exploser en un million de notes. Prêts à jouer la symphonie de ma tristesse, prêts à transmettre toutes les choses que je ne dirai jamais. C'était le moment. J'ai inspiré longuement avant de clore mes yeux, j'ai pensé à tout le travail accompli, puis je me suis mise à jouer. Et c'est à ce moment-là que je me suis sentie revivre. La musique était mon essence de vie. Ce qui m'empêchait encore de couler dans les abysses noirs de mon cœur en peine.

Je ne me souviens pas des applaudissements, ni des félicitations de mes professeurs. Je me souviens encore moins du moment où l'on m'a annoncé que je serai soliste cette année. La chose dont j'avais toujours rêvé ne me faisait rien. J'étais hermétique à chaque émotion, noyée dans une tristesse sans nom. Enveloppée dans un voile morose et misérable. Je ne me souviens pas m'être levée pour aller saluer le public, ni d'avoir enlacé Louis avant de récupérer mon diplôme de fin de deuxième cycle. Mes neurones étaient connectés à tout autre chose, rejouant en boucle l'arrivée de Zach dans sa Range en début d'après-midi. Rejouant ce sombre bordel que j'avais pu voir à travers ses yeux fuyants et ses phalanges gonflées. Je voulais courir, courir plus vite que tout, toquer à sa putain de porte et lui gueuler dessus. Voilà ce que je voulais faire. Voilà ce dont j'avais besoin. Lui hurler dessus une bonne fois pour toute.

Alors je n'ai pas cherché à comprendre, j'ai écouté cette petite voix qui me criait d'aller toquer à sa foutue porte et de le confronter pour savoir ce qui pouvait bien lui arriver soudainement. Je n'étais pas du genre à être si courageuse, mais ce soir, mon intuition me disait qu'il fallait que j'y aille, qu'il fallait que je le rejoigne. La voix dans ma tête me criait "il a besoin de toi", pourtant je la chassais à chaque fois, me répétant qu'elle me mentait et que Zach avait déjà sûrement trouvé quelqu'un d'autre pour lui tenir la main, ce n'était pas le choix qui manquait. J'ai grogné de frustration, tiraillée entre y aller et rester plantée comme une idiote dans ma chambre. Puis finalement, j'ai enfilé mon pull, j'ai attrapé mon casque et je suis partie toquer à sa chambre.

Mais en me pointant devant sa porte, c'est un véritable vacarme qui m'a accueillie. J'entendais des coups contre le mur et quelqu'un qui pleurait, très fort. Pas de doutes, il se passait quelque chose de glaçant. Tout à coup, je me sentais aussi minuscule qu'une poussière et j'étais terrifiée à l'idée d'ouvrir cette foutue porte. Terrifiée de découvrir à quel point Zach était en train de souffrir derrière cette cloison. J'ai soufflé longuement. Je devais entrer, je devais le voir. J'étais convaincue qu'il avait besoin de moi. Et mon cœur battait si fort pour lui que je ne pouvais faire demi-tour. Je serais peut-être écrasée par sa douleur, mais si je pouvais lui retirer une infime partie de ce qui le rendait si triste alors je le ferais. Zach méritait que je l'aide.

Lorsque je suis entrée, j'étais face au chaos le plus total. Stoppée par les images qui défilaient devant moi. Je perdais mon souffle, les larmes perlant urgemment dans chacun de mes yeux. J'étais impuissante face à ce que j'avais devant moi, et bordel, il fallait que je me remue rapidement si je voulais limiter les dégâts. Chassant l'océan de larmes au bord de mes yeux, j'ai repris mon souffle, j'ai essayé de faire redescendre le sang qui était logé au creux de mes tempes, j'ai essayé de garder la tête froide. Je devais agir. Maintenant.

Zach enfonçait violemment ses poings dans le mur, pleurant à en perdre haleine. Il était hors de lui, dans une colère dont je n'avais jamais été témoin avant. J'ai eu peur. Puis je me suis rappelée de l'énorme golden retriever qu'il était et d'à quel point j'étais broyée de le voir souffrir comme ça. Avec précaution, je me suis approchée, il ne m'avait sûrement pas entendue. Il continuait de frapper, cherchant son souffle et se noyant dans ses larmes. J'ai entouré sa taille de mes bras doucement en plaquant ma joue contre son dos, mes yeux se fermant fortement pour tenter de le serrer au plus près de moi. Il a baissé les poings en quelques secondes. Je le sentais toujours sangloter contre moi, il était détruit.

— Zach, je suis là, je suis là. J'ai chuchoté.

Ses larmes ont été sa seule réponse. Quelques minutes plus tard, il se calmait et je me détachais de lui. Lorsqu'il s'est retourné pour me regarder, mes larmes sont revenues au galop. Ses yeux étaient meurtris, éteints, rouges et par-dessus tout, tristes. Il avait des cernes jusqu'au milieu du visage, les traits tirés et le teint pâle. Il fuyait encore une fois mon regard, honteux que je l'ai vu dans cet état, probablement. Mais mes yeux ne le quittaient pas, je ne pouvais m'en empêcher. Ce visage qui m'a tant manqué, qui m'a fait souffrir et sur lequel j'avais envie de hurler vingt minutes auparavant. Ce visage que je connaissais par cœur et que je voulais voir tous les jours. Je le regardais comme si je ne l'avais jamais vu. Il m'avait tellement manqué.

Sans dire un mot, je l'ai fait asseoir sur son lit, puis je suis allée chercher de quoi désinfecter ses mains ensanglantées. Il venait de se détruire les doigts tout entiers, et je pourrais parier qu'il s'était cassé quelques métacarpes en route. Je l'ai soigné, dans un silence immaculé, il me regardait faire, les yeux encore gonflés et humides. Quant à moi, je restais concentrée sur ses mains, mes yeux menaçant d'éclater en larmes eux aussi. Je m'en voulais de ne pas avoir été là avant. Je lui en voulais de ne pas m'en avoir parlé avant. Double faute.

Lorsque j'eus fini de le désinfecter, j'ai entrepris de partir en récupérant mes affaires, toujours en silence. Je voulais rester, mais en même temps je ne savais pas si c'était la bonne idée, s'il en avait envie. J'étais encore une fois tiraillée, la gorge sèche et les yeux brillants de larmes. Je voulais lui dire un tas de choses et en même temps rester dans mon silence. C'était difficile. Pourtant, être dans cette chambre me rappelait à quel point ma place était ici, avec lui. Mon intuition me rappelait encore à l'ordre, me disant que je devais rester. Du coin de l'œil, je pouvais voir Zach bouger nerveusement, jouant avec ses mains endolories, ses yeux naviguant entre ce que j'étais en train de faire et la porte d'entrée. Je me suis figée en entendant sa voix, comme si je l'entendais pour la toute première fois..

— Reste, s'il te plaît. Il a chuchoté.

— Tu me parles maintenant ? Je n'ai pu m'en empêcher.

— Jayden, je t'en prie. Sa voix s'est brisée, et mon cœur aussi.

J'ai hoché la tête dans un mouvement las et j'ai reposé mes affaires. Je me suis rapprochée du lit, là où il était encore assis, et j'ai été étonnée de me retrouver assise sur ses genoux quelques secondes après. Il avait ses bras autour de ma taille, son torse contre mon dos, bougeant dans un rythme saccadé et stressé. Il a posé son menton sur mon épaule et en le regardant de biais, je pouvais voir qu'il était profondément différent. Profondément en colère et brisé. J'avais toujours envie de lui hurler dessus parce qu'il n'avait pas le droit de m'abandonner de cette façon. Mais en le regardant, mon cœur me jouait des tours, je ne savais plus si je devais lui crier dessus ou lui dire à quel point il m'avait manqué.

— Parle-moi Zach. S'il te plaît. J'ai caressé son bras doucement.

Il s'est redressé en se raclant la gorge, je sentais son souffle au sommet de mon crâne. Notre différence de taille était véritablement grande. Les quelques minutes silencieuses qui se sont écoulées ont semblé être des heures. Puis finalement, il s'est mis à parler.

— Tu connais déjà Alex, mon meilleur ami. Mh… Au début, on était trois. Il y avait aussi Glen. Le troisième mousquetaire. C'était toujours nous trois, toujours ensemble. Tu as dû remarquer que j'aimais rouler, c'était notre truc à tous les trois, on se barrait loin en voiture et on conduisait. Jour et nuit.

Il a repris son souffle pendant un instant. Je pouvais deviner que ses larmes coulaient encore et qu'il tentait de les contrôler pour poursuivre son récit.

— Mh... Il y a trois ans, alors qu'on était en train de rouler comme à notre habitude, Glen s'est fait percuté par un camion. Latéralement. Il a été dans le coma pendant six semaines. Mais il n'a pas survécu. Il nous a quittés. Brutalement.

Zach a étouffé un sanglot alors que je sentais ma cage thoracique se comprimer doucement. Il avait perdu une partie de lui. Il lui manquait une pièce de son puzzle et bordel, toutes mes cellules criaient de douleur pour lui.

— Et aujourd'hui, c'est la date de l'accident. Je suis encore fou de rage, je n'ai pas réussi à faire mon deuil, j'ai du mal à voir ma vie sans lui, il m'apportait tant lorsque je n'avais plus rien. Glen a été l'une des personnes que j'ai le plus aimé dans ma vie, l'ancre à laquelle j'étais attaché pendant des années, la main que je tenais fortement pour ne pas tomber. L'épaule sur laquelle je m'appuyais. Un frère jumeau que la vie ne m'avait pas donné. Glen était une partie de moi. Lorsqu'il est parti, une part de moi est morte avec lui. Chaque année, à l'approche de la date de son décès, je deviens enragé, j'ai envie de tout casser. Je viens de passer trois semaines à tirer sur des cibles au stand de tir, cinq heures par jour. J'ai couru dix bornes chaque matin, fumé beaucoup trop de cigarettes, j'ai dormi un nombre dérisoire d'heures. Mais par-dessus tout, j'ai été tellement consumé par cette colère ardente que je n'ai pas su te demander de m'aider. J'avais honte. Et je sais que le silence ne résout rien Jayden, j'en suis désolé. Mais regarde-moi, je suis un putain de monstre colérique. Je ne voulais pas que tu sois confrontée à ça. Je ne voulais pas que tu sois confrontée à la haine que j'éprouve envers moi.

Sa voix était brisée, ses bras autour de moi étaient crispés, je comprenais facilement qu'il souffrait terriblement, et parallèlement, je ne pouvais supporter de le voir comme ça. Je sentais qu'il avait recommencé à pleurer. Silencieusement, cette fois. Pendant ce temps, mon cœur s'était écroulé en mille et une pièces. Mes yeux s'étaient embués de larmes et de tristesse. J'étais faible et impuissante. Il ne méritait pas de souffrir comme ça, il ne méritait pas d'avoir son cœur brisé en quatre et de s'éclater les mains dans le mur. Il ne méritait rien de ce qu'il lui était arrivé et j'en étais tellement désolée que j'en avais perdu mes mots, moi aussi.

Il a resserré son étreinte autour de moi, je n'avais toujours rien répondu, je me contentais de chasser les larmes de mes yeux et de caresser les bras massifs de Zach autour de ma taille. J'étais perdue, entre mes pensées, mes sentiments et ce que Zach venait de me confier. J'étais en train de me noyer dans un océan de confusion. Mais Dieu merci, j'avais ma bouée de sauvetage. Zach était là.

Plus tard, j'ai enfin retrouvé ma capacité à parler. Je ne savais pas comment commencer, j'avais peur d'être à côté de la plaque, ou de dire un truc inapproprié. Mais je me suis lancée. Il le fallait.

— Zach, je ne peux pas te dire que je comprends ta douleur, ni à quel point tu peux encore souffrir de cette perte. Je suis tellement désolée, désolée que tu doives porter cette peine en toi et que tu sois autant en colère jusqu'à t'en détruire les phalanges. Je suis tellement désolée de ne pas avoir été là lorsque tu en avais besoin. Mais tu dois savoir que je ne peux pas supporter que tu t'en ailles comme ça, sans me dire où tu vas, en me lâchant la main et en prenant mon cœur avec toi. Tu dois savoir que tu ne peux pas t'enfuir sans me prévenir. Parce que je tiens à toi plus qu'à n'importe qui, et que j'aurais tout donné pour avoir un sms tocardien pendant trois semaines. Zach, tu ne peux pas fuir le monde lorsque ça ne va pas. Tu m'as dit que je devais accepter de me faire aider. Alors maintenant je veux que toi aussi tu acceptes mon aide. Parce que si tu es en plein combat contre toi-même, je veux pouvoir t'épauler. Tu n'es pas seul sur ce putain de ring Zach, tu m'entends ?

Mes larmes ont coulé doucement, en silence mais continuellement. J'ai osé lever les yeux vers lui. Il pleurait aussi. Le tableau était macabre et misérable. Une vraie scène de peine. Mais ce soir, c'était lui et moi. En colère et brisés. Tentant encore une fois de se réparer.

— Zach, tu m'entends ? J'ai insisté.

— Je t'entends. Il a murmuré.

— Je suis là, maintenant.

— Promis ?

— Je te le promets espèce d'immense tocard. J'ai ri doucement en essuyant mes larmes.

Il a souri timidement, ses yeux se rallumant légèrement. Cette vue m'avait manqué et je rêvais de retrouver l'étincelle de ses yeux. Je croyais en lui, il y arriverait.

Il était minuit trente lorsque je me suis levée des genoux de Zach. J'aurais voulu y rester encore des heures, mais j'avais besoin de boire, et si je ne le faisais pas je mourrais probablement déshydratée. Zach s'est levé pour fumer une cigarette, il a fait attention pour que la fumée ne puisse pas me venir dessus. Je le regardais discrètement de loin. Me dire qu'il se tenait à nouveau devant moi était presque inimaginable. Je croyais l'avoir perdu. Pourtant, le voilà, dans son sweat noir et son short vert, ses boucles en bataille sur son front et son imposant mètre quatre-vingt-dix. Il était là. Et à ce moment-là, je me sentais respirer à nouveau.

J'ai entrepris une nouvelle fois de récupérer mes affaires pour rentrer dormir. Mais une nouvelle fois, la voix de Zach me coupa dans mon élan.

— Reste, s'il te plaît. Il s'est approché de moi.

J'étais confuse et surprise. Il voulait que je reste. Ce qui signifiait qu'il voulait que je dorme ici. C'était surprenant. Mais peut-être l'avais-je espéré secrètement aussi ?

— Tu veux que je dorme ici ?

— Oui, ici. Il a désigné sa chambre d'un bref mouvement de tête.

J'ai souri légèrement, jouant nerveusement avec mes mains, puis j'ai pincé mes lèvres en hochant brièvement la tête.

— D'accord. Je reste.

Je l'ai vu sourire, l'obscurité cachait les détails de son visage mais je reconnaîtrais son sourire entre mille. J'ai secoué la tête, amusée de voir que ça le mettait autant en joie. Puis avant qu'il m'ait invitée à le faire, je suis allée fouiller dans son armoire. Il me fallait un pyjama. Quelle question !

Je me suis donc emparée d'un tee-shirt immense de Zach, il était vraiment stylé et encore une fois, j'avais bien prévu de lui voler en partant. Il m'a regardée avec des grands yeux, étonné sûrement de me voir me servir de cette façon dans son armoire. Mais il devait se racheter et je ne comptais pas lui rendre la tâche facile.

— Tu fais quoi là ?

— Mon shopping ! J'ai esquissé un sourire.

— Tu as déjà mon pull préféré, tu vas pas me taxer mon tee-shirt préféré en prime ?

— Tu veux te faire pardonner ou pas Zachary Jenkins ?

— Ok, vendu. Il a pincé ses lèvres en regardant le sol, puis il m'a souri doucement.

Je suis allée me changer dans la salle de bain, le tee-shirt m'allait comme une robe. J'ai eu envie de rire lorsque j'ai une nouvelle fois pris conscience de notre différence de taille. C'était affolant. Puis j'ai rejoint Zach, qui prenait déjà la moitié de la place dans son immense lit.

— Tu veux que je dorme où en fait ? Sur le palier ? J'ai raillé, moqueuse.

— Dans mes bras, espèce d'imbécile.

Il avait dit ça dans un naturel impressionnant et je me suis sentie rougir jusqu'aux os. Il m'avait coupé le souffle et la voix au passage. D'un coup, je me sentais vraiment comme une imbécile et je ne savais pas comment réagir. J'avais envie de sourire, rire et pleurer en même temps. Qu'est-ce qu'il m'arrivait ? C'était un bordel sans nom.

Voyant que je ne bougeais pas, Zach m'a tendu la main. Sans réfléchir, je l'ai attrapée et doucement, il m'a tirée contre lui. Son torse était contre mon dos, son gigantesque bras autour de mon ventre et sa tête au-dessus de la mienne. Je me sentais étrangement à l'aise, comme si on avait toujours été destinés à être comme ça. Comme si on venait de retrouver notre cocon. Je me sentais légère, particulièrement joyeuse et bizarre. Les papillons dans mon ventre venaient de renaître. Bordel de merde.

— Ne crois pas que je te pardonne aussi vite Zach tocard Jenkins.

— J'ai prévu de ramer, qu’est-ce que tu en penses ?

— J'aurais plutôt dit ramper.

— Je le ferai. Il a ri doucement puis a embrassé mon crâne avant d'éteindre la lumière.

J'étais dans les bras de Zach, dans sa chambre, pour dormir. Je ne comprenais rien, j'avais envie de hurler de joie et de trembler de panique. Qu’est-ce que c'était que cette histoire bordel ? Je n'arrivais plus à suivre.

Zachary Jenkins me rendait dingue.

CHAPITRE 12

ZACH

Lorsque j'ouvrais les yeux, la place à côté de la mienne était vide. Jayden n'était plus là. Ma tête pesait encore de ma nervosité de la veille, mes yeux brûlaient d'avoir pleuré pendant des heures et par-dessus tout, j'avais les mains qui me lançaient si fort que j'avais envie de hurler de douleur. J'avais pété les plombs, littéralement. Le décès de Glen me faisait toujours cet effet-là. Rien n'avait jamais réussi à me calmer. Mais visiblement, c'était avant de connaître Jayden. Elle était arrivée hier soir, probablement terrifiée par mon état, et pourtant, elle avait pris soin de moi, minutieusement, comme si j'étais en porcelaine, sur le point de me briser. Elle avait recollé chaque petit morceau de moi, ceux que j'avais envoyés valser en explosant mes phalanges contre les murs beiges de ma chambre. L'avoir avec moi pendant un moment comme celui-ci m'a rappelé instantanément à quel point j'étais chanceux de l'avoir. Mais surtout, à quel point j'étais un idiot de l'avoir ENCORE une fois ignorée pendant des semaines. J'ai eu peur qu'elle me voit dans cet état, pourtant lorsqu'elle a posé ses yeux sur moi, je savais qu'elle n'était pas effrayée, je savais que j'étais toujours le même Zach pour elle. J'ai réalisé qu'elle n'avait pas peur de moi et le poids qui comprimait ma cage thoracique s'est évaporé subitement, laissant place à tout autre chose. Un soulagement probablement ? Je n’en savais rien. Simplement, elle a fait taire mes doutes et mes questionnements sans fin, ceux qui me répétaient que je ferais indéfiniment fuir les autres à cause de cette colère bouillonnante. Elle m'a prouvé le contraire. Elle était toujours là.

Ce matin, elle n'était plus là. J’étais dans un brouillard, perdu entre mon anxiété et mon cœur qui cognait dans ma poitrine dès que je pensais à elle. Bordel de merde. Jayden Walsh me rendait dingue.

Je me suis extirpé difficilement de mon lit, passant délicatement ma main sur mon visage en soupirant. J'étais un véritable désastre ambulant, du sang séché résidait encore sur mes jointures abîmées, je pouvais sentir une migraine tapant violemment contre mes tempes et mes yeux si gonflés que j'ai eu du mal à les ouvrir en grand. Je m'étais épuisé, mes nerfs avaient eu raison de moi. Si fort que j'en avais presque des courbatures dans la totalité du corps. Je m'étais infligé une tension hors normes, celle qui me faisait perdre pied et qui me faisait voir rouge. Je m'en voulais tellement. J'aurais aimé être capable de contrôler cette rage qu'il y avait en moi depuis trois ans.

En rejoignant ma salle de bain, j'ai trouvé un post-it collé sur le miroir. C'était l'écriture de Jayden. Lorsque je me suis approché pour le lire, j'ai souri doucement, le nœud dans ma gorge se déliant petit à petit. Je venais de recevoir un nouveau mot du Soleil.

"Zach,

Ne crois pas que je suis partie comme une voleuse, j'avais cours à 8h. D'ailleurs, je porte ton tee-shirt, il va parfaitement avec mes Nike. Tu peux courir pour que je te le rende un jour :)

Tu as intérêt à aller voir le médecin pour tes mains aujourd'hui, et si tu n'y vas pas, compte sur moi pour te hurler dessus ! Tu as tes sélections dans deux semaines je te signale.

PS : ne crois pas que je te pardonne aussi vite.

PS 2 : je suis soliste cette année :)

PS 3 : j'espère que tu rampes bien, tu as un immense chemin à parcourir.

Si tu veux me voir, viens me chercher,

-J."

J'ai secoué la tête, amusé par son sarcasme habituel, et fier parce qu'elle avait réalisé son objectif ultime, devenir soliste. Et d'un autre côté, la culpabilité se pointait furtivement au creux de mon estomac, formant une boule douloureuse. Je n'avais pas été là pour la soutenir et l'encourager lors de son examen au conservatoire. Pendant ce temps, elle se souvenait de la date de mes sélections alors que je ne lui avais jamais dit. Quel tocard je faisais.

En me regardant dans le miroir, j'ai décidé que c'en était assez. Je ne pouvais pas me laisser engloutir par ma colère et mes angoisses plus longtemps. Il était temps que je redevienne moi. Le rugbyman, tocard, souriant et chiant. Celui qui aimait emmerder Jayden et passer du temps avec Alex et ses autres amis. Pas le fantôme maussade et gris que j'étais en ce moment. J'en avais marre de traîner ce poids en moi, il fallait que j'accepte que je devais guérir. Je ne pouvais plus me battre contre moi-même indéfiniment. C'était une guerre vaine. Il était temps de baisser les armes.

J'ai passé délicatement mes doigts dans mes boucles en soupirant longuement. Toutes les mains autour de moi étaient tendues pour m'aider, il suffisait juste que je les saisisse. Il était temps d'aller mieux. Il était temps de redevenir moi.

Ça va aller Zach, tu vas y arriver.

*****

J'ai passé les trois semaines suivantes à renouer doucement mon lien avec Jayden. Elle m'avait dit qu'elle ne me rendrait pas la tâche facile et en effet, je rampais, littéralement. Je ne comptais plus le nombre de fois où elle ne m'avait pas ouvert sa porte, ni les moments où elle ne répondait pas à mes messages. Je l'avais totalement mérité. Pourtant, ça me pinçait toujours le cœur lorsque je ne pouvais pas la voir. J'aimais nos moments ensemble, et j'aimais aussi ceux que je passais de mon côté. Mais sa compagnie m'offrait toujours une paix que je n'avais jamais soupçonnée auparavant. Quelque chose de doux et de tendre. C'était comme retrouver son souffle après une apnée.

Pendant ces trois semaines, j'ai eu le temps d'enfin présenter Jayden correctement à mes amis. Je n'ai pas été surpris lorsqu'ils l'ont intégrée presque instantanément. J'étais sûr qu'ils allaient l'adorer. À vrai dire, qui n'apprécierait pas Jayden ? Non seulement ils l'appréciaient, mais elle aussi les adorait, et ça ne pouvait que me faire sourire. On passait donc de nombreux après-midi tous ensemble et je peux confirmer que je n'avais jamais été aussi heureux depuis un moment. Jayden avait même intégré Louis à notre groupe. D'ailleurs, il passait des heures avec Alex, qui lui, en profitait pour le draguer à longueur de journée, quel enfer. Au-delà de ça, j'appréciais chaque souvenir que nous pouvions écrire, chaque endroit où l'on se baladait tous ensemble. Les sorties à la plage, les nuits à discuter tous entassés dans une chambre, et les photos que Jayden ne pouvait s'empêcher de prendre avec son argentique. Ça n'avait pas de prix.

Après une dizaine de jours à véritablement galérer pour pouvoir passer du temps avec Jayden, elle s'est doucement débridée, me redonnant vraiment accès à la Jayden que je connaissais par cœur. Pour mon plus grand bonheur bien sûr. J'ai donc passé des journées entières avec elle. La grande nouveauté aussi, c'était qu'elle avait enfin accepté que je l'accompagne à la clinique, alors je la suivais à ses rendez-vous pour la soutenir et lui rappeler que j'étais là pour elle. Par-dessus tout, pour lui assurer que plus jamais je ne m'aviserais de partir comme je l'avais fait, sans la prévenir ni lui donner de nouvelles, la laissant dans un flou lourd et triste. Pouvoir l'accompagner ici, ça me prouvait encore une fois que je comptais énormément pour elle. Parce que c'était sa part d'ombre, ce qu'elle ne voulait jamais me montrer. C'était accéder à ses faiblesses et connaître ses failles. Pouvoir l'accompagner ici, c'était un privilège qu'elle ne réservait qu'à Louis et moi, et en prenant conscience de ça, mon cœur cognait encore plus fort contre ma cage thoracique. J'aurais presque pu l'entendre résonner contre mes tempes. Il battait si fort pour elle.

Jayden venait aussi à mes entraînements de rugby, et même si elle aimait encore me traiter de tocard rugbyman, elle n'en loupait aucun et je pouvais la voir sourire discrètement au bord du terrain lorsque je jouais. Et bordel, ça ne me laissait pas indifférent. Je n'avais jamais aussi bien joué de ma vie. Mes coéquipiers et le coach me l'ont d'ailleurs fait remarquer et je n'ai pu retenir mon rictus. J'aimais la voir ici tous les soirs. Mais j'aimais moins les regards appuyés de certains de mes coéquipiers dès qu'elle arrivait. Pour être sincère, ça m'énervait, vraiment. Mais nous n'étions pas en couple. Je ne pouvais pas leur dire d'aller voir ailleurs. Alors, même si ça me faisait chier au possible, je la fermais. Et j'utilisais cette colère pour jouer encore mieux sur le terrain.

Alex avait compris tout de suite que Jayden y était pour quelque chose, à vrai dire c'est lui le génie entre nous tous, alors forcément, il avait deviné. Il s'amusait d'ailleurs à me charrier avec elle, me répétant à longueur de temps que j'étais fou amoureux de Jayden et que ça crevait les yeux. Borné comme j'étais, je le contredisais en boucle, chassant ses paroles hors de ma tête. Mais j'étais surtout effrayé par la vague de sentiments que je retenais dans mon cœur. Un tsunami immense qui me donnait le tournis et me donnait envie de disparaître, parce que je ne savais pas comment m'y prendre, parce que je ne voulais pas tout gâcher. Je n'y connaissais rien en relations amoureuses, mais j'étais presque sûr que c'était bien ce qui était en train de m'arriver. J'étais tombé. Inlassablement.

J'ai passé ces semaines à rattraper mes cours et à mettre en place mon projet de fin d'étude. J'avais passé plus d'heures à la bibliothèque en trois semaines qu'en trois années de scolarité. La raison était plutôt simple. Certes, c'était important que je réussisse et que j'aie un dossier en béton pour espérer poursuivre mes études dans certaines écoles. Mais c'était surtout parce que Miss Walsh passait ses après-midi au fin fond de l'immense bibliothèque universitaire pour étudier. Et bien évidemment, je ne loupais aucune occasion pour aller l'embêter et lui rappeler à quel point j'étais le roi des tocards. La faire râler était vraiment mon plaisir coupable. Ça la rendait encore plus craquante. J'avais quand même réussi à la faire sourire quelques fois et je dois dire que je n'étais pas peu fier. Parce que ce sourire-là, il n'y avait que moi qui le connaissait. C'était mon préféré.

******

Un matin, alors que j'allais chercher mon café au Starbucks littéralement collé au campus, j'ai été stoppé net dans mon élan par quelqu'un qui me faisait un câlin par derrière. Étant donné que je pouvais sentir une joue dans le milieu de mon dos, j'en ai conclu que c'était Jayden. Il n'y a qu'elle qui soit si petite. J'ai souri largement, amusé, parce que c'était un vrai minimoys, et content parce que ça faisait presque un mois que nous n'avions pas partagé de véritable contact physique. Et pour quelqu'un qui détestait ça il y a quelques semaines, j'avoue que ça m'avait profondément manqué. Parce que j'aimais la serrer dans mes bras et l'avoir contre moi, c'était mon réconfort et ma douceur à moi, ce que j'aimais et ce dont j'avais besoin pour être apaisé au plus haut point. C'était elle. Et savoir qu'elle venait de me faire un câlin de son plein gré, alors que ce n'était pas la plus entreprenante de nous deux et que je me retenais depuis trois semaines de l'enlacer, ça me faisait vraiment sourire comme un imbécile.

— Salut Grincheux. J'ai souri de plus belle en me retournant, passant un bras autour de ses épaules.

Elle a levé sa tête vers moi, un bonnet beige enfoncé sur le crâne, les yeux brillants et un léger rictus aux lèvres.

— Salut Zachy, t'étais en route pour aller chercher mon café au lait de noisettes je parie ?

J'ai ri, elle n'était pas croyable. Elle et son café au lait de noisettes c'était toute une histoire je vous jure ! Je me suis détaché doucement en prenant sa main, puis on a continué de marcher jusqu'au Starbucks. Sentir ses doigts entre les miens me provoquait des picotements presque électriques. Retrouver son contact, c'était comme retrouver ma force de guérir. Je n'avais jamais eu besoin de la proximité de quelqu'un. Ce n'était pas dans mes habitudes. Mais avec Jayden, c'était différent. J'avais besoin de la tenir près de moi, d'avoir sa main dans la mienne, de poser mes lèvres contre son front. C'était spécial et différent. Mais j'adorais ça.

Une fois nos commandes récupérées elle m'a tiré dehors, dans un entrain soudain, je ne savais vraiment pas ce qu'il lui prenait. J'hésitais entre rire parce que ça n'avait aucun sens, et m'inquiéter parce qu'elle était hyper joviale pour un vendredi matin à 7h30. Elle n'était pas si matinale d'habitude.

— Jayden, qu'est-ce que tu fabriques ?

— Je t'emmène quelque part, tocard.

Je me suis résigné en haussant les épaules et j'ai continué de la suivre en buvant mon café comme je pouvais en marchant. Je commençais à reconnaître le chemin et comprendre qu'elle m'emmenait au Conservatoire. Et j'étais toujours autant perdu parce qu'il était beaucoup trop tôt pour qu'elle puisse avoir une répétition.

Nous avons passé les portes du Conservatoire, puis Jayden m'a emmené dans des couloirs étroits. Des endroits que je ne connaissais pas ici, une partie en retrait, loin des grandes salles et des halls de représentations. C'était plutôt fascinant. Je la suivais sans rien dire, elle semblait vraiment déterminée et je ne voulais pas la couper dans son entrain curieusement inhabituel. Elle a poussé une petite porte rouge. En la suivant, j'ai vite compris que l'on se trouvait sur le toit du Conservatoire et que cela offrait une vue imprenable sur Los Angeles en plein éveil. J'ai souri en coin, elle passait sa vie à explorer des toits, ce n'était pas super commun comme activité, mais c'était très Jayden de faire ça.

— On y est ! Elle s'est retournée vers moi, m'adressant un large sourire.

— Tu veux m'emmener sur tous les toits de la ville Jayden ? J'ai lâché, moqueur.

— Plutôt tous les toits du monde Zach, voyons grand. Elle m'a fait un clin d'œil.

J'ai été parcouru par un étrange frisson, mes joues picotaient et j'avais dû tourner au rouge pivoine presque en une nanoseconde. Mon cœur tambourinait à tout rompre dans ma poitrine et il m'a fallu quelques secondes pour reprendre mes esprits. Elle venait de me lâcher une réplique purement tocardienne, et l'espace d'un instant, j'ai eu l'impression qu'elle me draguait. Soyons sérieux deux minutes, ce n'était pas elle qui faisait ça d'habitude. C'était moi. Raison de plus pour que je sois secoué comme une feuille morte en Automne. Je ressentais une satisfaction bizarre, comme si j'étais rassuré, comme si cette phrase avait pu répondre à mille questions.

— Je suis partant. J'ai souri doucement en la détaillant un instant des yeux, puis je me suis assis.

Elle m'a rejoint avant de poser sa tête contre mon bras.

— Tu n'es pas trop stressé pour ce soir Zachy ? Elle a levé ses grands yeux vers moi.

J'ai esquissé un léger rictus, elle commençait à me connaître, elle devait se douter que j'appréhendais ce soir depuis des semaines déjà. J'étais agréablement surpris par le fait qu'elle ait décidé de passer un peu de temps avec moi aujourd'hui. Parce que oui, ce soir-là, c'était les sélections pour entrer dans l'équipe universitaire de rugby, ou alors récupérer sa place de l'année passée. Ce que je comptais bien faire, du moins, j'espérais. Même si j'étais convaincu que le rugby me passionnait et que j'appréciais énormément passer du temps sur le terrain, j'arrivais encore très peu à me convaincre que j'avais réellement le niveau pour être dans une équipe universitaire. Quand bien même j'y sois déjà depuis trois ans. C'était dur d'admettre que j'étais bon dans quelque chose alors que ma tête me faisait croire sans cesse que j'étais un bon à rien, trop stressé pour réussir quoi que ce soit. Mais j'y travaillais. En attendant, je me posais encore cent questions pour ce soir, alors j'étais bien content d'avoir ma Jayden avec moi pour me changer les idées et passer un bon moment.

— Stressé c'est un euphémisme Jayden à ce stade. J'ai soupiré avant de boire une gorgée de mon café.

— Moi je crois en toi, tu vas y arriver. Elle s'est redressée puis a collé un baiser sur ma joue.

Décidément, j'étais chanceux ce matin. J'avais soudainement envie de sourire comme un con. Elle m'apportait toute la lumière dont j'avais besoin, et bordel, j'avais envie de hurler du haut de ce toit que c'était la chose la plus précieuse que j'avais dans ma vie. Mais je n'étais pas si démonstratif, ça attendrait. J'allais me la jouer calme, et surtout détendu, ce que je n'étais en aucun cas.

— Tu vas venir m'encourager ? J'ai demandé à demi-voix, presque timidement.
— Si tu penses que j'ai pas prévu de m'installer dans la première rangée des gradins, c'est vraiment mal me connaître Zachary. Elle a roulé des yeux.

J'ai souri en pinçant doucement sa joue. Elle s'amusait à utiliser mon prénom complet ces derniers temps, et je dois dire que c'était plutôt séduisant. Elle se croyait un minimum menaçante en m'appelant Zachary, mais personnellement, ça me donnait juste envie de lui faire un câlin. Comme d'habitude.

— Tu devrais récupérer un de mes maillots, histoire de m'encourager jusqu'au bout. J'ai ajouté, pour la taquiner.
— Alex m'en a déjà donné un.

J'ai failli m'étouffer avec mon café et j'ai écarquillé les yeux en la regardant. Clairement, elle était démonstrative ce matin, et je peux vous dire que ça me déstabilisait plus qu'il ne l'aurait fallu.

— Pardon ?
— Non Zach tu as très bien entendu, ne me fais pas répéter. Elle a pincé ses lèvres avant de terminer son café glacé.

Pendant ce temps, j'étais littéralement dans le multivers en train de me demander si je n'étais pas en plein rêve et si j'avais véritablement Jayden à côté de moi. C'était un réel niveau d'inattendu depuis deux heures, mon cœur allait exploser.

— Je vais être en retard pour ma répet' ! Je vais redescendre. Elle s'est levée avant de plaquer un baiser sur mon crâne.
— J'ignorais que tu répétais le matin maintenant, je peux venir ? Je me suis tourné vers elle en me relevant.
— C'est exceptionnel, c'était pour me libérer pour les sélections. Elle a pincé ses lèvres puis m'a tendu sa main.

Je l'ai saisie, un rictus aux coins des lèvres, puis nous sommes descendus jusque dans un petit studio de répétition. Nous étions seuls. J'imagine que Jayden avait des privilèges du fait qu'elle soit soliste.

Elle s'est installée et a accordé délicatement son violon comme si c'était la huitième merveille du monde. C'était ici qu'elle se sentait à sa place et ça pouvait se lire comme dans un livre ouvert. Pendant ce temps, je me suis assis dans un des grands fauteuils au milieu de la salle, j'étais prêt à profiter du *showcase* privé qu'elle s'apprêtait à me faire. Ça faisait un moment que je ne l'avais pas entendue jouer. Pourtant j'adorais l'écouter, c'était captivant. J'étais plus impatient que tout, si bien que je ne faisais que remuer dans mon siège, alertant Jayden en pleine relecture de partitions. Elle allait m'incendier.

— Zach Jenkins, t'as fini de bouger dans tous les sens ! Putain, t'es chiant.

— Je vais rougir Grincheux !

— La ferme, j'essaie de me concentrer. Elle a soufflé et j'ai souri.

Je l'ai écoutée jouer pendant une heure et à ma grande surprise elle a même chanté ensuite, pendant une demi-heure. Et comme en témoignaient les frissons sur mes avant-bras, je pouvais vous assurer qu'elle était sacrément douée. C'était la première fois que je l'entendais chanter du lyrique, c'était presque féérique et putain, j'aurais tout donné pour qu'elle continue encore et encore. J'étais passionné par sa façon d'aborder et de pratiquer la musique, c'était différent de tous les autres musiciens que je pouvais connaître. Jayden approchait la musique d'une façon particulière, c'était beau.

Un peu plus tard, une fois arrivés sur le campus, j'ai ramené Jayden jusqu'à son bâtiment, elle devait se dépêcher car elle avait des cours à suivre. J'avais aussi des cours à suivre mais clairement j'étais bien moins préoccupé qu'elle sur ce point. Avant qu'elle remonte à sa chambre, elle s'est approchée et m'a enlacé.

— À ce soir Zach.

— À ce soir Jayden.

J'ai souri doucement en me détachant puis j'ai posé mes mains sur ses joues pour embrasser son front. Ça faisait des semaines que je n'avais pas fait ça, le refaire m'est apparu presque comme une habitude naturelle, et je crois que je commençais à apprécier cette idée. C'était *notre* habitude.

J'ai passé l'après-midi avec Alex et Torrance, c'était notre rituel de pré-sélections, on mangeait une glace et on se matait un bon film pour décompresser. À vrai dire, je crois que c'était la meilleure idée. J'avais besoin de mes meilleurs amis dans des moments de stress pareil ! Alex et Torrance savaient toujours comment m'aider à garder la tête froide.

Une fois le film terminé, on a entrepris de se préparer pour de vrai car il fallait bien se rendre sur le terrain un jour ou l'autre finalement. Torrance nous a quittés pour se rendre à la patinoire et s'échauffer. C'était un hockeyeur et patineur confirmé, cela dit il aimait bien s'échauffer longtemps. J'imagine que c'était comme un rituel pour lui. Nous les sportifs, on a des habitudes spéciales, je vous le fais pas dire !

J'étais anxieux, si fort que j'avais l'impression que c'était écrit en énorme sur mon front. Alex me scrutait du coin de l'œil, voyant bien que j'étais totalement au bord de la crise existentielle pour la centième fois en trois semaines.

— Bon Zach, souffle un coup, tu vas exploser mon pote ! Il s'est approché en posant ses mains sur mes épaules.
— Imagine si je me loupe, si je tombe, si j'y arrive pas Alex ! C'est un enfer !!
— Écoute-moi bien Zach, arrête de t'enfermer avec des « si ». Tu vas y arriver, je te l'assure, souffle doucement mec, ça va aller.

J'ai planté mon regard dans ses iris bleus et j'ai repris mon souffle doucement, il avait raison. Il fallait absolument que je me calme, tout allait bien se passer. Mon porte-bonheur serait au bord du terrain, mon meilleur ami avec moi pour jouer, le reste de mes amis dans les tribunes. Tout irait bien ! On se détend.

Arrivé dans les vestiaires, je me suis changé en prenant soin de garder mes écouteurs enfoncés dans mes oreilles. Si je devais garder mon calme, la musique se devait d'être là. Ça me procurait une sécurité particulière et j'étais rassuré en écoutant les basses résonner contre mes tempes. C'était mon moment. J'allais tout donner.

J'ai foulé la pelouse en trottinant, vigilant à mon échauffement, car il était hors de question que je me blesse, encore moins en début de saison. Ça serait un pur désastre. La musique tambourinait encore contre mon crâne pendant que je m'étirais. J'étais dans ma bulle. En relevant la tête, mes yeux ont croisé le regard brun et brillant de Jayden. Elle était au premier rang, comme elle me l'avait dit. J'ai souri doucement, puis mes yeux se sont attardés sur ce qu'elle portait.

Elle.Portait.Mon.Putain.De.Maillot.

J'ai baissé les yeux immédiatement pour ne pas exploser d'euphorie sur le terrain devant tout le monde mais je ne pouvais pas contenir mon sourire. C'était la plus belle chose que je n'aie jamais vue. Et ça m'a clairement donné le coup de boost nécessaire pour tout défoncer à ces sélections. C'était mon putain de moment. Maintenant ou jamais.

*****

Verdict ? Je n'ai jamais aussi bien joué de ma vie. J'étais à l'aise, serein, conscient de chacun de mes gestes sans aucune question parasite pour venir contrer mon intuition et mes actions dans le jeu. J'avais joué comme j'avais toujours rêvé de jouer, j'avais envie de hurler. Pour une fois, j'étais fier de moi !

Lorsque le coach a annoncé les sélectionnés et que j'avais été désigné capitaine pour l'année à venir, j'avais littéralement cru que j'allais tomber dans les pommes. Je vivais un rêve éveillé, avec mon meilleur ami, mes amis dans les tribunes et Jayden en train de gesticuler dans tous les sens sur son siège. Je n'ai pas pu m'empêcher de rire, elle n'était pas croyable.

Quelques minutes plus tard, Jayden me courait dessus. Le problème, c'est que Jayden n'était pas supposée courir. Bordel mais qu'est-ce qu'elle foutait ? Elle était complètement dingue. J'étais à deux doigts de faire une syncope au beau milieu de la pelouse. Mais je n'ai pas eu le temps d'y penser bien longtemps car une seconde plus tard elle me sautait véridiquement dessus pour me faire un câlin. Instantanément, mes bras étaient autour d'elle et je la soulevais du sol pour la serrer au plus fort contre moi. Ce câlin valait le monde entier. J'étais le gars le plus heureux de la Terre.

— T'es le meilleur Zach !! Je suis trop fière de toi.

J'ai souri, elle était adorable, et je me demandais encore comment je pouvais mériter une telle personne.

— Merci Grincheux. Mais la prochaine fois, évite de faire un sprint sur le terrain, j'ai failli faire une crise cardiaque.

— Je suis encore essoufflée, t'as intérêt à me porter Zachary.

— Viens sur mon dos alors. J'ai ri doucement en la reposant au sol.

Une fois qu'elle était installée, je me suis redressé et je l'ai portée sur mon dos pour rejoindre le reste de nos amis. On avait quelque chose à célébrer et je crois qu'ils étaient bien motivés à ce que ça dure toute une partie de la nuit.

****

Vers trois heures du matin, on a finalement décidé de tous rejoindre une chambre. Celle d'Alex était la première sur la route alors on a fini entassés dans sa chambre soigneusement rangée. Les places étant vite prises, je me suis empressé de m'asseoir sur le fauteuil avant de finir assis sur le carrelage. Torrance était assis sur la fenêtre, Alex et Louis étaient affalés sur le lit, Mia s'était installée à la chaise du bureau d'Alex, et pendant ce temps Jayden se retrouvait avec le carrelage comme seule option. Elle a balayé la pièce des yeux, puis a haussé brièvement les épaules. Quelques secondes plus tard, elle était assise sur mes genoux. J'ai écarquillé les yeux pour au moins la cinquantième fois de la journée et j'ai passé mon bras autour de sa taille. Alex me regardait avec ses yeux moqueurs, il se retenait de me charrier, tellement fort que j'aurais presque pu l'entendre se moquer dans ma tête. Louis m'a fait un clin d'œil et honnêtement je ne savais pas quoi en penser. Pour lui qui était si protecteur avec Jayden habituellement, c'était surprenant. Mais en fait, si, je savais parfaitement quoi en penser. Je n'avais juste pas encore eu le courage de le formuler proprement à voix haute.

On a discuté tous ensemble jusqu'à ce que le soleil se lève. Enfin, tous, c'est un bien grand mot. Seulement Alex, Torrance et moi étions encore éveillés. Nos discussions à tous les trois étaient toujours celles que je préférais, ils étaient comme mes frères et ça faisait du bien de pouvoir parler de tout avec eux. Parfois, j'étais triste en me disant que je quitterais l'Université l'année prochaine alors qu'eux seraient toujours là. Ils me manqueraient, c'était sûr. Mais comme on dit, loin des yeux, près du cœur non ?

Pendant ce temps, Louis dormait paisiblement, sa tête contre Alex, Mia était rentrée dans sa chambre avant de piquer du nez et Jayden s'était endormie contre moi. Depuis deux heures déjà. Et pour rien au monde je n’aurais voulu bouger. Mon cœur cognait tellement fort contre mon torse que je pouvais l'entendre résonner dans ma nuque et mes poignets. Les picotements dans mon ventre grandissaient à chaque inspiration. C'était comme avoir un élevage de papillons dans l'abdomen. Bordel de merde.

En regardant le soleil se lever, toutes mes pensées se sont clarifiées, dans un rythme fluide et appliqué. C'était comme soulever un voile sur des points d'interrogations. Comme avoir la réponse à mes mille et une questions. J'en étais certain.

Je regardais le soleil se lever, puis j'ai regardé le Soleil qui dormait dans mes bras. Et à ce moment-là, j’ai su.

J'étais amoureux de Jayden Walsh.

CHAPITRE 13

JAYDEN

Le soleil tapait lourdement sur la vitre lorsque j'émergeai de mon sommeil profond. Je sentais les rayons brûler contre mes yeux encore endormis, si bien que je restais dans un état demi-conscient en m'étirant dans tous les sens. Lorsque mon bras a cogné contre quelque chose qui ne devrait fondamentalement pas être là, j'ouvris brusquement les yeux. En me retournant, j'ai trouvé un Zach profondément endormi à côté de moi, les cheveux en pagaille et le souffle régulier. J'ai souri doucement à cette vue avant de détailler la chambre dans laquelle je me trouvais et de remarquer que ce n'était pas la mienne. Je ne me souvenais pas m'être endormie hier soir mais apparemment Zach avait drôlement envie de me garder avec lui pour ne pas m'avoir réveillée et m'avoir installée confortablement dans son immense lit à la place. Il était tellement adorable. Une étrange sensation m'a parcouru le corps entier, des picotements agréables, comme s'il y avait désormais une électricité palpable entre nous. Je décidai donc de refouler ma nature distante en me blottissant doucement contre lui, passant mon bras autour de sa taille et calant ma tête au creux de son épaule. Le seul endroit que je pouvais atteindre avec ma minuscule taille.

Un frisson a parcouru sa peau à mon contact et j'ai réfréné un sourire en voyant l'effet que ma proximité pouvait avoir sur lui. Il a bougé lentement, s'extirpant de sa nuit sûrement trop courte pour être reposante. Je le connaissais, il dormait très mal. Alors j'aurais pu parier qu'il s'était endormi après que le soleil se soit levé. Soit il y a seulement trois heures. Il a baillé trois fois avant de s'éclaircir la voix et j'avoue être un peu triste de l'avoir réveillé, je donnerais tout pour qu'il passe une bonne nuit de sommeil.

— Salut Grincheux. Il a chuchoté.

— Salut Zachy. J'ai souri doucement en levant les yeux vers lui.

Ses paupières se sont ouvertes lentement avant que son regard s'abaisse sur moi, un rictus se formant aux coins de ses lèvres. Bordel, ça ne devrait pas être permis d'être si beau au réveil ! J'étais clairement en train de fondre et je ferais mieux de me reprendre si je ne voulais pas tourner au rouge écarlate dans les prochaines minutes.

— Tu m'en veux pas ? Je voulais dormir avec mon doudou hier soir.

— C'est moi ? J'ai demandé, amusée.

— Qui d'autre ? Il a plaqué ses lèvres contre mon crâne.

— Je t'en veux pas non. Ton lit est beaucoup trop confortable pour être en colère.

— J'aurais pu parier que tu répondrais ça !

Il a ri puis il a caressé ma joue de son pouce. Un sourire a pris instantanément place sur mon visage. J'étais d'une part reposée par la nuit que je venais de passer, mais surtout, apaisée par sa simple présence. Par le simple fait de savoir qu'il était là. Par le simple fait d'être consciente de l'effet qu'il me faisait. Brûlant et réconfortant en même temps. Des colonies de papillons entières ont pris place dans ma cage thoracique à cette pensée, j'étais foutue. Depuis bien longtemps. Je le savais parfaitement.

Des matins comme ceux-là, je voulais en vivre à répétition. J'aimais me réveiller à ses côtés, être près de lui, alors que je n'étais pas très familière avec la proximité habituellement. J'aimais discuter à demi-voix avec lui, réveillée mais pas tout à fait sortie du confort du sommeil et de mes rêves. J'aimais entendre sa voix rauque et cassée, celle qu'il avait après avoir dormi. La valeur de ces moments était inestimable. De l'or à portée de main.

Plus tard, je me suis redressée, mon estomac criant famine, et mon cerveau réclamant une dose de caféine pour continuer cette journée de manière acceptable. J'ai baillé et je me suis étirée une énième fois avant de sortir du lit de Zach. Lui arrachant un grognement par la même occasion. Visiblement, c'était lui le Grincheux aujourd'hui. J'ai entrepris de faire du café puis j'ai fouillé dans son armoire pour un sweat. Oui, encore un.

— Tu te rends compte que bientôt je n'aurais plus de fringues ? Il a soupiré.

— Mais j'ai froid. J'ai haussé les épaules malicieusement.

— Voilà pourquoi il fallait rester dans mon lit. Il m'a regardée en pinçant ses lèvres.

J'ai secoué la tête en roulant des yeux, puis j'ai enfilé un pull, ou devrais-je dire une robe. J'ai ensuite servi les deux tasses de café avant de lui en apporter une. Il s'était assis au bord du lit, et avant même que je ne puisse prendre place ailleurs, il me tirait d'un geste ferme mais contrôlé sur ses genoux. J'ai écarquillé les yeux, d'une part parce que je ne m'y attendais pas, d'une autre parce que le café menaçait de se renverser hors de ma tasse, et ce n'était clairement pas envisageable. On ne gaspille pas la caféine ici.

— Quelqu'un ne veut pas se passer de moi, on dirait. J'ai lancé, moqueuse.

— La ferme Grincheux, c'est moi qui suis supposé être le cliché ambulant.

— Tu l'es toujours, encore plus depuis que t'es capitaine de l'équipe de rugby. J'ai souri, c'était clairement craquant.

— Mais ça te plaît. Il a posé son menton sur mon épaule, son regard plaqué en biais sur mon visage.

— Coupable.

J'ai pincé mes lèvres, le rouge me montant aux joues. Puis j'ai baissé les yeux vers ma tasse, le café me paraissant soudainement super intéressant.

— Tu essaies de lire une prophétie au fond de ta tasse ? Il s'est moqué.

— Totalement. Ça y est d'ailleurs, je peux la lire là.

— Alors, qu'est-ce qu'elle dit ?

— Zachary Jenkins est le roi des tocards. J'ai ri franchement en posant une main sur son bras autour de ma taille.

— Mais quelle imbécile. Il a soufflé en secouant sa tête puis a collé un baiser sur ma joue.

On est restés comme ça pendant presque deux heures, on a parlé de tout et de rien. Depuis son incident il y a quelques semaines, on avait renoué doucement notre lien. Je ne voulais pas prendre le risque de me rattacher trop vite, j'avais eu peur qu'il m'échappe pour de bon, et je ne pouvais pas imaginer le fait de le perdre. Je n'arrivais plus à imaginer un jour sans qu'il soit à mes côtés. Alors, j'ai pris mon temps, et en un peu plus d'un mois, je pouvais affirmer que nous avions retrouvé ce que nous avions créé. Je dirais même que c'était encore plus beau, plus profond, plus sincère. Parce qu'il connaissait mes failles et que je connaissais les siennes. Parce qu'on s'était tous les deux vus dans des états minables, au plus haut point de nos faiblesses, calcinés par nos traumatismes et déchirés par nos peurs respectives. Parce que je l'avais rencontré au beau milieu de ma tempête, et qu'il m'avait rencontrée au beau milieu de son conflit avec le reste de la planète. Parce qu'on s'était rencontrés dans une mer instable et qu'on essayait de naviguer ensemble vers une eau plus calme.

Je savais profondément que Zach n'était plus simplement mon ami. C'était évident, depuis des jours déjà. Peut-être même des semaines en fait. Et ma tête tournait en boucle, mes sentiments grandissaient à chaque fois que je voyais son sourire et ses yeux se poser sur moi. Il était l'évidence que j'avais eu le plus de mal à trouver. Il était la personne que j'avais toujours attendue.

Lorsque mon téléphone a indiqué quatorze heures, je me suis levée à contre-coeur, rassemblant mes affaires. Une répétition m'attendait, le récital d'automne était ce soir et je ne pouvais sous aucun prétexte m'absenter à la répétition générale qui avait lieu cet après-midi.

J'avais hâte et en même temps j'étais nerveuse, c'était la première fois que d'autres personnes que Louis me verraient jouer sur scène, dans une représentation officielle. Zach m'avait vu jouer une fois au Conservatoire, mais c'était avant qu'il ne sache à quoi je ressemblais. Maintenant rien n'était plus pareil et j'étais stressée de me dire que ce soir, il serait dans le public. J'ai soufflé doucement pour tenter de calmer les légers tremblements que me causaient mon stress, évitant le regard de Zach à tout prix. Je le connaissais par cœur, il allait s'inquiéter, et anxieux comme il est, je préférais qu'il garde son énergie pour s'occuper de son stress à lui.

— Tu me prends pour un débutant, hein ?

J'ai arqué un sourcil en levant la tête vers lui, ne comprenant pas où il venait en venir. Je l'ai questionné du regard, l'invitant à poursuivre.

— Tu penses que je n'ai pas remarqué que tu es stressée ? Jayden, je commence à te connaître par cœur, et là, je sais pertinemment que tu angoisses. Il s'est levé et m'a surplombée de toute sa grandeur.

J'ai levé les yeux vers lui, cherchant mes mots, le souffle court. Il avait profondément raison et je manquais de mots pour le contredire. Foutu stress.

Il a soupiré, puis s'est penché pour m'enlacer, sa tête plongée dans mon cou et ses bras se serrant autour de mes hanches doucement. J'ai expiré de soulagement, je venais de retrouver ma place. C'était ici, dans ses bras. Nulle part ailleurs.

— Merci Zach.

— Toujours là pour toi.

Il s'est finalement redressé, m'a embrassé le front et a passé sa main dans mes cheveux délicatement.

— Tu vas y arriver, c'est ton endroit, la scène, ta place, ta maison. Tu vas y arriver et j'ai hâte de pouvoir te voir briller sur scène. Tu m'entends ?

J'ai hoché la tête en souriant doucement. Certes, il était niais à en crever, mais je pourrais l'écouter me parler tendrement comme ça pendant des heures. Qui n'en rêverait pas ?

— Allez file ! Il m'a souri grandement avant de me tendre mon sac à dos.

— À ce soir Zachy. J'ai attrapé mon sac puis je suis partie, prête à retrouver la scène.

*****

Lorsque je retrouvai ma chambre en fin d'après midi pour me préparer, j'étais plus confiante. Et pour une fois, je croyais en moi. Je n'étais pas soliste pour rien. J'avais travaillé pour, et il était temps que j'accepte que le violon était une discipline dans laquelle j'excellais. Il était temps que je prenne conscience que j'étais douée dans certaines choses. Comme la musique, ou même la photographie.

Ce qui n'était absolument pas le cas lorsqu'il s'agissait d'exprimer mes sentiments par exemple. J'aimerais exceller là-dedans aussi, être capable de déballer toutes les choses qui cognaient lourdement contre les parois de mon cœur. Toutes les choses qui me consumaient et qui ne demandaient qu'à être extériorisées. Parce que bordel, j'avais un océan hurlant de sentiments dans la cage thoracique et je rêvais de le laisser s'échapper, de le laisser couler autour de moi. J'essayais toujours de véhiculer ma souffrance, ma douleur et même mes joies à travers ma musique. Mais lorsqu'il s'agissait de le faire pour une personne en particulier, je devenais tout de suite moins douée. Comme si je ne savais plus manier les cordes, ni les notes. Comme si je jouais une partition un octave trop bas. Pourtant, il allait falloir que je rassemble mon courage, parce que l'océan menaçait de m'emporter au large et je ne pensais pas vouloir le retenir plus longtemps. Plus maintenant.

En me préparant, j'ai souri doucement en voyant mon reflet. Louis m'avait offert une nouvelle robe pour ce récital et elle était tout ce que j'aimais. Un robe mi-longue, verte foncée avec des broderies dorées pour la rendre encore plus précieuse. C'était le plus beau cadeau qu'il ne m'ait jamais fait et j'ai été tellement touchée lorsqu'il me l'a offerte que j'en ai presque pleuré de joie. Cette robe était un rêve et je ne pouvais imaginer mieux pour ce premier récital en tant que soliste. Une date dont je me souviendrais pour le restant de mes jours. C'était le point de départ de la carrière de nombreux musiciens, et j'espérais fortement qu'il en serait de même pour moi. Ça serait le coup de boost rêvé pour tenter d'intégrer Juilliard l'année prochaine.

Je terminai mon maquillage, toujours léger et discret. Un trait de liner pour agrandir mon regard brun et du blush pour accentuer mes joues rondes que je chérissais tant. Peu de gens apprécieraient avoir des joues dignes d'un petit hamster, mais je crois que c'est ce qui faisait mon charme et je ne voulais pas y renoncer. Surtout pas maintenant que je savais que c'était une obsession pour Zach. Il me l'avait avoué lors d'une conversation récemment. C'était mignon, et ça me faisait du bien d'entendre des compliments un peu différents. Il me complimentait avec finesse, sans jamais en faire trop. Il savait que je n'aimais pas ça. Pourtant, je me sentais rayonner un peu plus lorsque ses mots glissaient sur moi. Il avait cette curieuse façon de me redonner ma lumière. Il était convaincu que j'étais le soleil, pourtant, c'était toujours lui qui brillait le plus partout où j'allais.

Je lissai méticuleusement mes cheveux avant de me regarder une nouvelle fois dans la glace. Un triste sourire se dessinait sur mes lèvres. J'aurais voulu que ma famille soit là. Juste une fois. Juste ce soir. Mais ça n'arriverait pas. Je secouai la tête, chassant ces pensées dignes d'un film dramatique hors de ma tête. Puis je passai doucement mon pouce sous mes yeux avant que les larmes perlant aux coins de mes pupilles ne viennent ruiner le liner que j'avais mis une demi-heure à faire.

En descendant, Louis m'attendait, habillé soigneusement d'une chemise lilas et d'un chino noir. Il était resplendissant et mon sourire en attestait largement. Il m'a serrée dans ses bras et a embrassé ma tempe avant de se détacher doucement et de me regarder de haut en bas avant de secouer la tête, comme un grand frère super fier de ce qu'il avait devant lui.

— Mais quelle merveille bordel. J'en reviens pas.

J'ai rougi en baissant la tête et je l'ai tapé du poing dans l'épaule. Il était affreusement mignon et ça ne lui ressemblait pas. Je soupçonnais Alex de le rendre aussi tendre que du beurre. Ils traînaient beaucoup ensemble ces deux-là depuis quelques semaines.

— En route Lou ! Je me suis exclamée.

Lorsque nous sommes arrivés, j'ai pris la route vers les coulisses directement pendant que Louis allait prendre place dans la salle en attendant le reste de nos amis. Il y avait toujours un tas de choses à revoir avant un récital. Nous relisions les partitions tous ensemble, on accordait nos instruments et on faisait des exercices de mémorisation. Connaître tous les mouvements d'une partition était un vrai travail d'orfèvre et par-dessus tout de discipline. Il fallait connaître les nuances, le tempo, la profondeur et la rondeur des notes. Pour leur donner leur identité, pour jouer la véritable histoire que le compositeur voulait raconter. C'était lire au travers des lignes tout en jouant à la perfection chacun des accords. Aucune erreur n'était tolérable. Pas lors d'un récital. Pas lorsqu'on voulait espérer toucher le public avec notre musique. Les rituels d'avant-récital étaient tous les mêmes mais c'est ce qui faisait que ça fonctionnait si bien. Je prenais toujours le temps de m'isoler, de réécouter le morceau une fois dans mon casque. J'avais cet inévitable besoin de m'imprégner de la musique une dernière fois. Faire corps avec elle, lui donner accès à chacune des parties de moi, l'utiliser comme élixir, le liquide salvateur de mes plaies internes.

En m'installant sur scène, j'avais le regard baissé, en pleine immersion dans ma bulle. J'étais en communion avec l'endroit que je considérais comme ma maison. La scène. Pourtant, une impatience courait le long de ma nuque et de mes vertèbres, laissant des frissons derrière elle. J'avais cette envie immédiate de regarder le public. Ou plutôt, de regarder Zach. J'avais la mâchoire crispée en tentant profondément de ne pas relever les yeux de mon archer. Mais une seconde plus tard, c'était comme si mon instinct avait pris le dessus sur ma volonté. Et d'un coup, mes yeux parcouraient la salle. Ils ne leur fallut que quelques secondes pour trouver le regard noisette qui était déjà fixé sur moi. Des étoiles au creu des pupilles et un rictus adorable collé sur son visage. J'avais clairement envie de descendre de scène et d'aller l'enlacer du plus fort que je pouvais. Il ne me fallait que son regard pour me sentir rassurée, pour savoir que j'étais capable d'accomplir ce que je voulais. Il me donnait une force surhumaine et je ne le remercierais jamais assez de me faire croire en moi. En guise de réponse, je lui ai souri, un sourire vrai et sincère. Le sourire que seul lui connaissait. Le sourire qui voulait dire *"Je suis amoureuse de Zach Jenkins."*

Le récital s'est merveilleusement bien passé. Aucune erreur, aucun accrochage, seulement des frissons et des émotions immenses. Tout ce que ces morceaux voulaient transmettre. Tout ce que nous voulions provoquer en tant que musiciens. Parce que jouer de la musique, c'était la vivre, mais c'était surtout la partager et essayer de toucher ceux qui écoutaient. J'étais fière de moi ce soir, j'étais fière de mon premier récital en tant que soliste. Mon dur travail payait et j'étais heureuse que mes amis puissent être témoins de ça. Puissent être témoins de ma victoire. Parce que pour une fois, je ne subissais pas, je gagnais.

Lorsque je les ai rejoints, j'ai clairement été accueillie par une standing ovation personnelle et je mentirais si je disais que je n'ai pas trouvé ça super ringard. Mais après tout, je ne pouvais pas leur en vouloir de me montrer leur soutien de cette façon. Je les ai remerciés, peut-être une centaine de fois. Ils étaient clairement en admiration de ce que nous avions produit sur scène et je me suis sentie rougir face à cette vague de compliments que j'avais du mal à accepter totalement. Zach était silencieux, et j'ai eu un pincement au cœur de ne pas pouvoir l'enlacer et lui dire à quel point il m'avait donné la force de donner le meilleur de moi-même sur scène ce soir. Il me poussait toujours à évoluer, à être plus appliquée encore. J'étais perfectionniste, mais Zach me donnait le courage en plus pour accomplir des choses immenses. J'étais invincible lorsqu'il était là.

Comme si Louis lisait dans mes pensées, il a entraîné le reste de nos amis dehors, et il m'a laissée seule. Enfin, seule, pas vraiment. Seule avec Zach.

Zach s'est approché, ses yeux brillaient encore plus, j'avais l'impression de voir les étoiles dans ses iris et c'était presque envoûtant. Il m'a regardée de la tête aux pieds, sans rien dire, les lèvres pincées. J'essayais tant bien que mal de lire au travers des lignes, de comprendre ce qu'il essayait de me dire, mais je n'y arrivais pas. Tout était bien trop mélangé, biaisé, entre ce que je ressentais pour lui et ma peur que ce ne soit pas réciproque. Les yeux ne mentaient jamais pourtant. Mais y voyais-je vraiment de l'amour ? Je ne savais pas. Je ne savais pas quoi penser de tout ce qui traversait son regard à cet instant.

— Jayden, je... C'était magnifique. Tu es magnifique. J'ai pas de mots.
Il a mis sa tête dans ses mains, complètement déboussolé.

Mes pensées se sont éclaircies l'espace d'un instant, je me suis approchée et j'ai passé mes bras autour de sa taille en levant la tête vers lui, un sourire absolument niais plaqué sur mes lèvres.

— Merci Zach.

Il m'a regardée, et a passé un bras autour de mes épaules avant d'embrasser mon crâne.

— Tu étais parfaitement à ta place sur scène, je suis heureux d'avoir pu voir ça. Il a murmuré en caressant ma nuque de son pouce.
— Ici aussi je suis parfaitement à ma place. J'ai chuchoté en l'enlaçant complètement.

Je l'ai senti se tendre le temps d'un instant, comme si je venais de lui avouer un truc complètement hors du commun. La vérité c'est que j'essayais de semer des indices depuis des jours, espérant une réponse en retour. Et pourtant j'avais juste peur de finir avec le cœur en miettes s'il ne ressentait pas la même chose que moi. Il m'a serrée dans ses bras et je n'avais besoin de rien de plus. J'étais rentrée à la maison..

*****

Nous avons mangé à la pizzeria tous ensemble et je ne me souviens pas avoir autant ri en une seule soirée avant aujourd'hui. Alex et Louis nous offraient des scènes de ménage à mourir de rire. C'était comme observer un vieux couple se chamailler et ça valait clairement de l'or. La relation qu'ils entretenaient était néanmoins assez curieuse, mais personne n'a réussi à percer le secret de ce qu'il se passait vraiment. Ils s'obstinaient à changer de sujet lorsqu'il venait sur le tapis. Seulement j'étais une vraie tête de mule donc je comptais bien percer le secret à jour dans les prochaines semaines !

— Je pense qu'on devrait sortir faire la fête ! On a plein de choses à fêter. Louis a lancé.

J'ai grimacé, je détestais les fêtes et encore plus sortir en boîte. Je savais parfaitement que c'était ce que Louis avait en tête, il adorait aller dans des clubs. Cependant, c'était une vraie abomination pour moi, vraiment pas mon truc. Je dirais même : un enfer.

— Je suis bien trop d'accord avec cette idée !! Alex a ajouté avant que Torrance et Mia se joignent à leur enthousiasme commun.

J'ai mordu ma lèvre nerveusement, je détestais être celle qui disait toujours "non" mais je ne voulais pas me forcer. Je n'étais pas comme ça. Je ne faisais généralement pas plaisir aux gens. Pas pour qu'ils décident de me piétiner quelques semaines plus tard. J'étais indépendante, tout le monde le savait, pourtant ça me pinçait le cœur de me dire que j'allais louper cette soirée avec eux.

— Je ne vais pas vous suivre, je suis désolée. J'ai esquissé un léger sourire.

— Mais tiens, suis-je vraiment surpris sœurette ? Louis a répondu, amusé.

J'ai roulé des yeux et lui ai offert mon doigt d'honneur. Il n'était pas croyable.

— Je vais pleurer si tu viens pas Jay. Alex m'a fait ses yeux de chien battu.

— Tu penses pouvoir m'avoir avec ça Alex ?

— Laisse tomber mec, c'est peine perdu. Zach a ajouté.

— Je vais encore plus pleurer parce que tu vas la suivre.

— Coupable. Zach a soufflé.

— On va donc aller enflammer la piste de danse sans vous. Dommage, vous allez louper le meilleur spectacle.

— Tu es le pire danseur Louis ! J'ai ri.

Cette fois-ci, c'est moi qui gagnai un magnifique doigt d'honneur de sa part. Sacré grand frère qu'il faisait. J'avais de la chance de l'avoir.

Après avoir payé nos pizzas, nos chemins se sont donc séparés. Ils me laissaient seule avec Zach et mon intuition me disait que ce n'était pas pour rien qu'ils avaient eu cette soudaine idée. D'habitude, on faisait toujours des soirées calmes, alors le fait qu'ils proposent d'aller en boîte était vraiment louche. Mais j'investiguerais plus tard. Je comptais bien profiter du reste de ma soirée avec Zach. Ce n'était pas souvent qu'on ne se retrouvait que tous les deux ces derniers temps.

— Tu ne m'emmènes pas sur un toit ce soir ? Il m'a souri en attrapant ma main.

— C'est un défi ? J'ai arqué un sourcil.

— Peut-être. Il a humecté ses lèvres en haussant les épaules.

— Regarde-moi bien alors Zachary Jenkins.

Ni une ni deux, je pris la route vers un endroit où je ne l'avais encore jamais emmené. Explorer les toits de la ville était un de mes passe-temps secrets mais apparemment il m'avait aussi percée à jour sur ce point-là. Rien ne lui échappait et pourtant je restais abasourdie par le fait qu'il n'ait toujours pas remarqué que je l'aimais. Il fallait vraiment être aveugle pour ne pas le remarquer. Mais apparemment, Zachary Jenkins avait une vision pourrie.

En arrivant à l'escalier de service du planétarium, son regard inquiet s'est posé sur moi. Comme si j'étais en train de l'embarquer dans le casse du siècle. J'ai lâché un petit rire moqueur, puis j'ai secoué la tête avant de continuer à le tirer derrière moi en montant les marches.

— Du calme tocard, je suis autorisée à monter !

— Comment c'est possible ?

— J'ai des contacts.

Il a ri et a resserré un peu ma main dans la sienne, un frisson parcourant instantanément mon corps à cette pression. L'électricité encore une fois, complètement palpable.

En arrivant en haut, je me suis approchée du bord du toit et j'ai inspiré profondément. C'était ici que je trouvais le calme et la sérénité. Ce toit inoccupé, donnant vue sur les lumières animées de la ville. Si proche et si loin du monde en même temps. Entre la Terre et l'Univers.

Je me suis assise, et Zach a suivi. Il était obnubilé par la vue, ses yeux parcouraient les lumières sans limite. Il était complètement transporté par ce spectacle que lui offrait Los Angeles. Un éclair de satisfaction m'a transpercé la poitrine, heureuse de lui offrir cette vue imprenable et ce moment quelque peu spécial.

— Je crois que c'est mon toit préféré celui-là.

— C'est le mien aussi. J'ai souri.

— Décidément, tu es vraiment surprenante. Il a souri doucement en regardant la vue.

— Dis-moi quelque chose que je ne sais pas, Zach. Je l'ai défié du regard.

Il a mis du temps à répondre, comme s'il était hésitant. Il m'a regardée avec une lueur particulière, comme si le feu traversait son regard d'un coup. Je découvrais pour la première fois cette nouvelle façon qu'il avait de me regarder. Puis il s'est rapproché de moi en soupirant doucement, consumé entre feu et glace, je pouvais lire son dilemme au beau milieu de son regard. Avant de parler, il a remis une mèche de mes cheveux derrière mon oreille comme il faisait souvent. Les frissons reprirent place le long de ma colonne vertébrale. Sa proximité me faisait désormais bien plus d'effet.

— Je veux t'embrasser, tous les jours, tous les mois, toutes les saisons. C'est toi que je veux, Jayden, personne d'autre.

Il avait dit ça dans un souffle, presque inaudible. Ses yeux alternant entre mes lèvres et mes yeux. Il me cherchait du regard. Je l'ai observé, complètement abasourdie par ce qu'il venait de dire. Puis j'ai secoué doucement la tête en retenant le sourire qui essayait de se former aux coins de mes lèvres. Ce n'était pas dans les habitudes de Zach. J'étais habituée à ses baisers sur le front et parfois sur la joue. Mais là, tout prenait un autre tournant et j'étais une nouvelle fois transportée dans un univers parallèle. Je n'arrivais pas à en croire mes oreilles. Je n'arrivais pas à croire que ça puisse m'arriver. Apparemment, j'avais aussi une vision pourrie pour ne pas avoir remarqué que mon attirance était bel et bien réciproque. Et pourtant, j'arrivais tout de même à déceler sa sincérité et sa tendresse dans ses iris bruns au beau milieu de l'obscurité. Il était prêt. Et je l'étais aussi.

— Tu es sûr que tu veux que je sois ta première expérience amoureuse ? J'ai demandé timidement, mes yeux plongés dans les siens.

— Jayden, non seulement je veux que tu sois ma première mais je veux aussi que tu sois ma dernière. Il n'y aura plus personne après toi. Il a chuchoté.

Bordel.De.Merde.

Mon sourire s'est étendu doucement et j'ai posé ma main sur sa joue en glissant mon pouce contre sa pommette. Peu après, il réduisait l'espace entre nous, plaquait ses lèvres contre les miennes et il m'embrassait tendrement. Et instantanément, ça devenait mon goût préféré. Ce dont je ne voulais plus me passer. Le baiser était tendre, doux et en même temps plus merveilleux que tout. Il s'est détaché doucement, posant son front contre le mien tout en passant son pouce sur ma joue à son tour.

— Tu m'excuseras, je ne suis pas très doué.

J'ai ri doucement en mettant ma tête dans son cou. Il était si maladroit et adorable à la fois.

— C'était parfait Zach.

— Donc tu me laisses recommencer ? Il a demandé, impatient.

Mais je vous jure, il est impossible celui-là !

— Autant que tu voudras. J'ai souri doucement, ma tête toujours enfouie dans son cou.

Il a pris délicatement mes joues qu'il aimait tant entre ses grandes mains, dégageant doucement ma tête de sa nuque avant de poser ses lèvres sur les miennes une nouvelle fois, avec plus d'assurance, plus d'envie. Comme si on venait de lui enlever un poids sur ses épaules. Comme s'il était rassuré et apaisé. Comme s'il était lui aussi parfaitement à sa place.

J'avais l'impression de parcourir un univers, d'être loin d'ici. C'était comme voyager au bout de la Terre tout en restant au même endroit. J'étais transportée par la sensation qui se répandait de mon abdomen à ma cage thoracique, des picotements agréables et brûlants. Il avait fait renaître mon cœur, et m'avait redonné mon sourire. Je ne savais comment décrire tout ça. C'était au-delà des mots, au-delà de tout. C'était donc ça, être heureuse ?

Plus tard dans la soirée, c'est moi qui ai entrepris de l'embrasser, et en posant ma main sur sa nuque, je savais. Je savais tout ce que j'avais besoin de savoir.

Zach était la réponse à toutes mes questions.

CHAPITRE 14

ZACH

Un mois venait de s'écouler depuis la première fois que j'avais posé mes lèvres sur celles de Jayden sur le haut du toit du planétarium. Un souvenir qui serait à jamais ancré en moi. L'un des plus beaux, l'un de ceux auxquels je voulais penser pour le restant de mes jours.

Je mentirais si je disais que tout était très naturel pour moi dans cette histoire. Je dirais que je m'adaptais doucement, et le fait que je ne reçoive aucune pression de la part de Jayden pour ça, m'aidait beaucoup. À vrai dire, elle était absolument adorable et ne me forçait jamais à rien. Mais elle savait que je me découvrais encore, que je n'avais pas fini d'apprendre qui j'étais et ce que je recherchais vraiment finalement. De mon côté, je savais profondément qu'elle découvrait tout ça elle aussi. Elle ne laissait que très peu de personnes entrer dans son cercle proche, et j'étais la première personne qu'elle laissait entrer de cette façon dans son quotidien. Et une chose était sûre, c'est que je savais par-dessus tout que je voulais être avec elle, que c'était elle ma personne. Mais on prenait notre temps pour savoir avec quoi nous étions à l'aise et avec quoi nous ne l'étions pas. On prenait notre temps tous les deux. Finalement, c'est ce qui rendait notre lien encore plus fort. Nous ne nous étions jamais pressés.

Il était clair que nous étions plus que des amis, nous avions déjà eu cette conversation tous les deux. Ça a été très naturel de se dire que finalement, on en avait tous les deux marre de prétendre que nous n'étions rien de plus que des amis. Ça crevait les yeux. Mais parfois, faire l'aveugle sur ses propres sentiments, c'était aussi se protéger d'une éventuelle déception. Et j'avais peur de lui avouer, peur de tout gâcher, peur de la perdre et de ne plus jamais pouvoir revenir en arrière. Ce n'était pas envisageable. Je ne pouvais pas imaginer qu'elle ne soit plus là. Plus jamais là.

Jayden égayait mon quotidien, depuis des mois déjà, mais cette nouvelle facette de notre lien m'apportait un bonheur en plus. Je gérais mieux mes angoisses et l'anxiété omniprésente. Je faisais aussi mon deuil doucement, elle me soutenait beaucoup et me rassurait lorsque j'avais l'impression de perdre pied et de m'effondrer sous le poids de mes pensées. Elle était le soutien dont j'avais besoin. Elle disait toujours que je lui donnais de la force dans sa maladie et pour ses visites à la clinique. Mais elle ignorait qu'elle était aussi ma force à moi. Ce qui me donnait envie de me battre et de guérir doucement. Une raison en plus de m'accrocher.

Dans tout ça, on démarrait la période coriace des révisions des premiers examens de l'année. Si vous pensez que j'étais totalement détendu face à ça, vous avez bien entendu tort. J'avais littéralement la trouille. À ça, s'ajoutait la grosse panique d'être le capitaine de l'équipe de rugby cette année et vous aviez le parfait cocktail molotov de l'enfer d'un anxieux. Parfois, j'avais envie de disparaître sous mon oreiller et de ne plus sortir de mon lit. Parfois, j'avais envie de hurler parce que tout pesait trop lourd sur mes épaules et que j'avais envie de dire à tout le monde d'aller se faire foutre. Charmant, n'est-ce pas ?

Réussir mon année était un de mes principaux objectifs, avoir des bonnes notes m'était primordial. Il fallait que mon dossier soit en béton pour accéder aux meilleures écoles spécialisées. Et particulièrement celle de New-York. Je n'avais aucun doute sur la réussite de Jayden quant à son entrée à Juilliard, c'est pour ça que je voulais me donner tous les moyens possibles pour réussir à entrer à l'école de New-York. Je rêvais que nous soyons dans la même ville l'année prochaine, je crois que ça me rassurait un peu vis-à-vis de mon futur qui m'oppressait et m'angoissait constamment. Je me disais que si on arrivait tous les deux à se retrouver là-bas, ça serait un énorme soulagement. Mais je ne lui ai pas dit que je me préparais pour le concours de cette école. À vrai dire, je préférais le garder pour moi. Je refusais de lui faire un faux espoir si jamais je n'y entrais pas. Et si je réussissais, alors ça serait la plus belle surprise que je pourrais lui offrir. Du moins, je l'imaginais.

*****

La saison de rugby ayant redémarré, les entraînements avaient lieu tous les soirs. Je dois dire que c'était un bon moyen pour moi d'extérioriser mes tensions et de me vider la tête. J'essayais d'apprendre à connaître mes nouveaux coéquipiers, certains étaient moins commodes que d'autres, mais j'imagine que je m'y ferais. Il n'y avait qu'avec Mitch et Will que l'ambiance restait tendue. Mitch passait son temps à aborder Jayden sous mes yeux alors que je le défonçais du regard. Et Will s'amusait à faire des remarques déplacées quant à l'homosexualité d'Alex et je ne supportais pas ça. On avait déjà failli se battre plusieurs fois, mais j'essayais de ne pas m'abaisser à leur niveau. Ils ne méritaient pas ma colère. Le plus important pour moi, c'était de jouer et de prendre du plaisir dans ma pratique. J'essayais de garder ça en tête lorsque j'avais l'impression de crouler sous la pression d'être capitaine. Courir sur le terrain était un véritable exutoire. J'avais hâte de voir où la saison nous mènerait cette année, nous avions un titre à conserver !

En rejoignant Alex aujourd'hui avant l'entraînement, j'ai remarqué qu'il était dans un état bizarre et je savais qu'il me cachait quelque chose. Je pouvais le lire comme un livre ouvert. Et s'il pensait pouvoir me berner, c'était vraiment très mal me connaître.

— Tu vas me dire ce qu'il se passe ? J'ai demandé, plissant mes yeux pour le regarder.

— Bonjour Zach, oui je vais bien, merci. Il a souri, crispé.

— Crache le morceau Alex !

— Ok, mais tu me promets de ne pas t'énerver ?

Ma mâchoire s'est contractée instantanément. Qu'est-ce qu'il avait à me dire qui puisse m'énerver ? J'ai agrippé la manche de mon sweat pour calmer mes nerfs et mon angoisse montante.

— Il se pourrait que... qu'un joueur de l'équipe ait invité Jayden au gala sportif. Il a avoué, à demi-voix.

J'ai plissé les yeux une nouvelle fois en le regardant, mon souffle était court et brutal et je sentais les muscles de ma nuque se contracter violemment. J'avais forcément mal entendu, il se foutait de moi c'est sûr. Ça ne pouvait pas arriver. Pas maintenant que les gars étaient évidemment au courant que je sortais avec elle. Ce n'était pas comme si je ne l'embrassais pas au bord du terrain ou que je ne l'avais pas présentée officiellement en tant que ma petite-amie il y a deux semaines alors qu'elle était assise sur le banc au bord de la pelouse. C'était une vaste blague. Ou juste mon pire cauchemar.

— Qui ? Mon ton était glacial.

— Mitch.

Mon sang n'a fait qu'un tour. Cet enfoiré n'arrêtait pas avec Jayden bordel. Je l'avais remarqué dès le début, mais je n'avais rien dit, refusant d'attirer l'attention sur moi pour quelque chose d'aussi puéril. Mais désormais, il savait qu'on sortait ensemble, alors lui demander quand même de l'accompagner au gala, c'était un bel acte de connard de première. La parfaite définition de Mitch, le nouveau de l'équipe que je détestais plus que tout et qui me vouait une haine réciproque immense. Des parfaits tocards. Mais je ne pouvais contenir ma rage et encore moins maintenant qu'il avait vraiment osé approcher Jayden.

— Je vais lui éclater la gueule, j'en ai absolument rien à foutre. J'ai soufflé, la mâchoire serrée, les yeux noirs.

Sans même qu'Alex puisse répondre, j'ai pris le chemin vers le terrain. Les pensées brouillées par ma colère, les muscles tendus de rage et les tempes battantes. Mitch voulait jouer avec mes nerfs et me pousser à bout. Il avait trouvé le parfait moyen de me faire vriller. Pour autant, je refusais d'exploser et d'être violent, il ne méritait pas ma colère. Il méritait simplement que je le remette à sa place correctement.

Lorsque je suis arrivé, une scène d'horreur s'offrait à moi. Mes yeux se sont écarquillés et mon sang est remonté jusqu'à mes temps en quelques millisecondes. J'ai cru me casser une nouvelle fois les phalanges tellement mes poings étaient serrés. J'étais proche des pulsions meurtrières.

Mitch bloquait Jayden contre le mur proche des vestiaires, ses mains de part et d'autre d'elle. Il était proche. Trop proche. Sa bouche cherchant toujours plus à se rapprocher d'elle. La regardant d'une façon absolument dégueulasse. J'allais vraiment le tuer. Les yeux de Jayden d'habitude si brillants étaient couverts d'un voile de terreur, il lui faisait peur. J'allais défigurer ce connard, bordel.

Je me suis approché et je l'ai attrapé par le col en le tirant violemment en arrière. Il était hors de question qu'il reste une seconde de plus proche de Jayden.

— Tu dégages ! J'ai hurlé, rouge de rage.

— Quoi Zach, tu as peur que je te vole ta petite chérie ? Je lui faisais rien de mal, regarde-la, elle n'a rien. Il a soufflé, arrogant.

Dans mon dos, Jayden sanglotait, et en l'entendant j'avais envie d'enterrer Mitch six pieds sous Terre. Il n'avait pas le droit. Pas le droit de lui faire mal. Pas le droit de l'approcher. J'avais envie de lui refaire le portrait putain.

— Tu vas me faire le plaisir de fermer ta grande gueule et de dégager du terrain, et si je te revois une fois proche d'elle, ne serait-ce qu'une seule fois, je t'assure que tu n'auras plus ta putain de mâchoire pour articuler des horreurs pareilles. Tu ne l'approches pas. Plus. Jamais. C'est clair ?

Je l'ai poussé brutalement, son dos claquant dans un bruit sourd contre le mur.

— C'est clair ? J'ai répété, mon regard glacial fixé sur son rictus arrogant.

— Limpide chef. Il a acquiescé, la mâchoire tendue.

J'ai expiré fortement, m'éloignant avant de lui briser la mâchoire et je me suis tourné vers Jayden. Instantanément, une deuxième scène d'horreur s'offrit à moi.

Elle était toujours contre le mur, la tête baissée vers ses pieds, les larmes noyant ses joues. Elle était paralysée par ses sanglots et la voir dans cet état m'a donné envie d'aller coller trois grandes droites à cet imbécile de Mitch. Il n'avait pas le droit.

Je me suis approché, prenant doucement ses joues en coupe entre mes mains, plantant mes iris bruns dans son regard éteint.

— Je suis là Jayden, je suis là. J'ai chuchoté pour ne pas la brusquer.

Elle n'a pas répondu, mais elle a passé ses bras autour de moi en enfonçant sa tête contre mon torse. Ses larmes noyaient mon tee-shirt doucement. L'écouter pleurer me procurait une douleur sans nom. Mes bras se sont refermés autour d'elle dans un geste naturel, la serrant au plus près de moi pour la rassurer et lui offrir la sécurité qu'elle semblait avoir perdue quelques secondes plus tôt. La voir souffrir me donnait des élans de colère immenses. Personne n'avait le droit de lui faire du mal. Je détestais l'idée de la voir dans cet état. Mitch allait définitivement me le payer. On ne touche pas à la personne que j'aime. Jamais.

Alex, qui m'avait suivi au pas de course, s'occupait de tenir Mitch à distance avant que j'explose véritablement de nerfs. Il avait vu toute la scène et j'étais presque persuadé qu'il avait autant envie que moi de lui refaire le portrait. Alex protégeait Jayden comme sa petite sœur, et parfois c'était presque affolant de voir à quel point ça le préoccupait. Il a prévenu le coach que je ne m'entraînerai pas ce soir. J'avais autre chose de plus important à faire, prendre soin de ma petite-amie, et m'assurer qu'elle aille bien.

Je l'ai portée sur mon dos jusqu'à sa chambre, les états de stress ou de peur intense pouvaient extrêmement la fatiguer. Et après ce qu'elle venait de vivre, il était hors de question qu'elle marche ne serait-ce qu'un mètre. En arrivant dans sa chambre, je l'ai couchée délicatement sur son lit en prenant soin de lui enlever ses chaussures et de lui sortir son sweat préféré, c'est-à-dire le mien. Elle a tiré sur la manche de ma veste pour que je la rejoigne et ça m'a arraché un petit sourire. Finalement, j'ai embrassé son front avant de me redresser et de poser mes yeux sur elle.

— J'arrive, laisse-moi cinq minutes.

J'ai enlevé ma veste et je suis allé dans la salle de bain pour récupérer son traitement du soir, elle oublierait probablement de le prendre si je ne lui amenais pas. Je ne pouvais pas lui en vouloir, chamboulée comme elle l'était, ce n'était pas forcément sa priorité. Mais j'étais là pour veiller à ce qu'elle aille bien donc ce soir, je m'en occupais. Comme la chose la plus précieuse sur cette planète. Avec ça, je lui ai fait un bol de ses éternelles céréales favorites, les Lucky Charms. J'étais à deux doigts de lui faire son café au lait de noisettes mais si elle buvait de la caféine maintenant, elle ne fermerait probablement pas l'œil de la nuit et ce n'était pas ce que je voulais.

— Voilà pour toi Grincheux. J'ai souri doucement en posant le tout sur sa table de chevet.

Elle m'a esquissé le plus mignon des sourires, puis elle m'a supplié des yeux pour que je la rejoigne. Je la connaissais par cœur et je savais qu'elle attendait désespérément un câlin, c'était ce qu'elle préférait. Je me suis donc installé à côté d'elle en m'appuyant contre la tête de lit et en attrapant Jamie au passage. Puis j'ai écarté mes jambes, lui laissant assez de place pour qu'elle vienne s'asseoir contre moi.

— Viens-là.

Elle s'est empressée de venir s'installer et de plaquer son dos contre mon torse dans un geste doux. J'ai passé mes bras autour de son ventre en la collant au plus proche de moi et j'ai posé mon menton sur son crâne. Elle était minuscule et je crois que je serais éternellement attendri par sa petite taille, je trouvais ça beaucoup trop craquant.

J'entendais sa respiration se calmer doucement, elle était enfin apaisée et ça ne pouvait que m'apporter satisfaction. L'avoir contre moi était aussi un moyen pour moi de ne pas succomber à mes nerfs et mon cerveau encore en ébullition d'il y a quelques heures. Les images se rejouaient en boucle dans mon crâne et je peux jurer que j'avais clairement envie d'éclater la gueule de ce connard de première.

Une chose était sûre, il n'allait pas s'en tirer comme ça. Mais je préférais me calmer avant de faire un truc que je regretterais et qui serait absolument inutile.

— J'ai... Je... Je suis désolée Zach.

Sa voix tremblait, je pouvais sentir qu'elle était une nouvelle fois au bord des larmes et j'avais encore plus envie d'aller casser la gueule de Mitch mais je me suis résigné. J'étais là pour prendre soin de Jayden. Pas pour penser à ce connard qui l'avait terrifiée.

— Jayden, ce n'est pas ta faute. Sois pas désolée, je t'assure. Tout va bien, je suis là maintenant, je vais prendre soin de toi. J'ai embrassé son crâne.

Elle a relevé la tête vers moi, un léger sourire collé sur ses lèvres, ses yeux retrouvant doucement l'éclat que j'aimais tant. Je l'ai embrassée délicatement en posant une main sur sa joue. J'aimais le goût de ses lèvres par-dessus tout, légèrement vanillées et sucrées. Et maintenant que c'était devenu une habitude quotidienne pour moi, je devais avouer un truc complètement scandaleux sortant de ma bouche, c'est que j'aimais plutôt bien embrasser. C'est dingue n'est-ce pas ? Mais bon, seulement Jayden en fait. Toujours elle.

Plus tard, nos amis nous ont rejoints, je les avais appelés en renfort pour remonter le moral de mon petit Grincheux tout triste. Ça me brisait littéralement le cœur de la savoir si mal, elle méritait tellement toutes les merveilles du monde. Je haïssais profondément l'idée que la vie puisse être encore si dure avec elle. Ce n'était pas juste.

Louis était remonté et faisait les cent pas en essayant de se calmer. Je pense que c'était la personne qui protégeait le plus Jayden sur cette planète et en apprenant ce qu'il s'est passé il s'était véritablement transformé. Ses yeux si malicieux habituellement étaient devenus noirs de colère, chaque muscle de son visage se contractant uniformément. Il était sur les nerfs et prêt à exploser à tout moment. Même si j'adhérais profondément à l'idée qu'il aille lui casser la gueule, on le retenait autant que possible de le faire. Ça pourrait lui coûter sa place dans l'équipe de volley. Clairement, ce n'était pas envisageable, ni pour lui, ni pour le coach qui comptait sur lui pour le reste de la saison. Il a décidé d'aller prendre l'air pour remettre ses idées au clair, et Alex l'a suivi, m'assurant qu'il surveillait seulement qu'il n'aille pas voir Mitch, mais je savais que c'était pour autre chose. Alex allait calmer Louis. Parce qu'il y avait quelque chose de spécial entre eux. Et même s'ils ne mettaient pas de mots dessus, je l'avais deviné. En attendant, je n'ai pas posé de questions et je les ai laissé sortir un petit moment.

Le reste de la soirée était plus calme, comme on le faisait habituellement. On a parlé pendant des heures. Jayden était toujours posée contre moi dans son lit, je pense qu'elle s'y sentait bien et en sécurité. C'était une satisfaction immense pour moi de voir que je pouvais constituer un endroit si sûr et sain pour elle. C'était absolument tout ce que je souhaitais. Elle prenait difficilement part aux échanges ce soir mais je pense que personne ne pouvait lui en vouloir, il lui faudrait sûrement du temps, mais on serait toujours là pour la soutenir. Lui tenir compagnie c'était déjà un moyen de lui dire qu'on était là pour elle. Et croyez-moi, elle en avait besoin.

Il se faisait tard lorsque Louis et Alex ont quitté la chambre en dernier, Torrance et Mia étaient rentrés plus tôt, ils étaient épuisés de leur semaine de recherche pour leur projet d'étude semestriel. Ils étaient étudiants au département de médecine. Torrance souhaitait se spécialiser en imagerie médicale, et Mia voulait entrer en pédiatrie. Pas de doute, leurs études leur prenaient du temps, on les croisait difficilement pendant les journées. Alors c'était toujours de bons moments lorsqu'on arrivait à les avoir pour passer des soirées avec eux. Et Jayden appréciait profondément Mia, alors ça m'a fait plaisir qu'elle puisse être là avec nous ce soir malgré tout.

— Qu'est-ce que tu dirais d'essayer de dormir un peu ? J'ai remis une mèche de ses cheveux derrière son oreille en la regardant.

— Mh... Tu peux rester ici ?

— Si tu pensais que j'allais te laisser me virer et en plus te laisser dormir seule, c'est vraiment ne pas savoir que je suis un tocard inquiet et protecteur. J'ai embrassé son front, amusé.

Elle a ri, et instantanément ça a réchauffé mon cœur. Savoir que j'arrivais à lui donner un peu de bonne humeur dans cette soirée chaotique me faisait littéralement fondre. Savoir qu'elle se sentait si bien avec moi me donnait mille raisons de plus de l'aimer comme un dingue. Parce que c'était le cas, et que j'avais hâte de pouvoir trouver le courage de lui avouer ce que je ressentais vraiment pour elle. Sans rien inhiber, sans avoir peur que ce soit trop, ou pas assez. Juste en étant moi, le profond demi-romantique que j'ai essayé de refouler toute ma vie. Mais que j'apprenais à accepter doucement avec cette relation. Avec Jayden. Et avec l'amour qui fleurissait pour elle au fil des jours.

— Dire que je sors avec un tocard, qui l'aurait cru. Elle a secoué la tête.
— Une comédie netflixienne, tu te rends compte ? C'est une honte Jayden !

Elle a ri, encore, puis elle a attrapé l'oreiller à côté d'elle et m'a frappé avec.

— Tais-toi Zachary Jenkins.

— J'aime trop t'embêter, tu devrais le savoir. J'ai souri.

— Et si tu m'embrassais plutôt ?

J'ai souri un peu plus puis j'ai pincé mes lèvres en la regardant, elle était adorable. À sa demande, je me suis penché et j'ai plaqué mes lèvres contre les siennes, avec assurance et envie. C'était nos moments à nous, et chaque jour qui passait les rendaient encore plus spéciaux. Avec encore plus de saveur et de douceur. Et bordel, j'adorais ça.

Elle a posé sa main derrière ma nuque en approfondissant le baiser et j'ai souri contre ses lèvres à son geste. Elle ne m'embrassait comme ça que très rarement, et à chaque fois ça me faisait le même effet. Électrique et brûlant. J'ai passé mon bras autour de sa taille pour la rapprocher de moi en poursuivant le baiser puis je me suis détaché doucement en posant mon front contre le sien.

— Décidément t'as toujours de bonnes idées. J'ai souri doucement en regardant ses lèvres.

— T'en doutais encore ? Elle m'a volé un dernier baiser rapide avant de se reculer et de me sourire sincèrement.

Les étoiles se rallumaient doucement dans ses yeux, et même si un connard lui avait volé son éclat quelques heures auparavant, elle brillait toujours autant. C'était toujours mon soleil.

Elle s'est installée sous la couette en attrapant Jamie. Pendant ce temps, je m'étais levé pour fumer une cigarette sur sa fenêtre et j'en profitais pour vider mes pensées de ma colère ardente. La scène de cet après-midi repassait encore en boucle dans ma tête et j'avais profondément envie d'enterrer Mitch et de le voir brûler en Enfer, mais il fallait que je redescende. Ça me passerait. Il paierait.

J'ai rejoint Jayden plus tard, elle était déjà endormie, probablement épuisée du stress de cette journée. J'ai passé mon bras autour de son ventre en la tirant contre mon torse. Je dormais toujours mieux avec elle. Moins d'insomnies, moins de cauchemars, moins d'anxiété. J'étais apaisé et serein à l'idée de m'endormir, et Dieu sait que c'était rare. J'ai éteint la lumière et j'ai embrassé sa joue avant de plonger profondément dans les bras de Morphée.

Quelques heures plus tard, j'ai émergé violemment de ma nuit lorsque Jayden s'est mise à trembler et à exploser en larmes dans son sommeil. Elle faisait un cauchemar, j'en étais certain. Ça lui arrivait régulièrement et j'avais souvent été là pour la réconforter, mais jamais en vrai, toujours en sms. Mon cœur s'est serré en la voyant en détresse même dans son sommeil, ça me faisait si mal. J'ai resserré mon étreinte autour d'elle pour essayer de la calmer et qu'elle se réveille doucement.

Il n'était rien de pire que de réveiller quelqu'un brutalement de son cauchemar. Aussi dur que ça puisse être de la voir souffrir ainsi, il était hors de question que je la secoue et que je la chamboule encore plus pour la sortir de sa vision cauchemardesque. Elle allait se réveiller, et je serais là.

Une minute plus tard, elle émergeait de son cauchemar en expirant lourdement. Elle s'est redressée instantanément et a allumé la lumière presque aussitôt, causant à mes yeux de se fermer brusquement. En rouvrant les paupières, elle était assise en tailleur, les larmes roulant sur ses joues, et son souffle irrégulier. Pas de doute, son cauchemar l'avait terrorisée.

Je me suis redressé à mon tour et je l'ai prise dans mes bras en caressant doucement l'arrière de sa tête.

— Je suis là, tout va bien.

Elle m'a enlacé en retour, reprenant doucement son souffle, sa joue posée contre mon torse, ses larmes coulant une nouvelle fois sur mon tee-shirt. Elle se calmait, et j'étais rassuré. Je ne lui demanderais pas ce qu'elle a vu dans son cauchemar. C'était relativement intrusif d'une part, et d'une autre, je n'avais pas envie qu'elle revive verbalement les images horribles qu'elle avait dû voir quelques minutes plus tôt. C'était hors de question.

Une heure et un bol de céréales plus tard, on se recouchait. Elle allait mieux. J'étais rassuré et déterminé à profiter de nos quelques heures de sommeil. Je me levais tôt le lendemain, et elle comme moi avions besoin de repos.

En me réveillant plus tard, j'ai pris soin de ne pas faire de bruit pour laisser Jayden dormir tranquillement. J'avais cours à huit heures pétantes et elle ne commençait qu'à treize heures, alors si je pouvais lui laisser l'opportunité de dormir un peu plus, je comptais bien tout faire pour qu'elle puisse avoir le repos qu'elle méritait. Je me suis rhabillé en silence, et j'ai rassemblé mes quelques affaires. Avant de partir, je lui ai écrit un petit mot sur un post-it et je l'ai laissé sur sa table de nuit. Je l'ai regardée un instant, elle était si craquante bordel. Un rictus soudain est apparu sur mon visage rien qu'en posant mes yeux sur elle puis j'ai embrassé son front avant de me redresser. Je devais littéralement me bouger pour ne pas arriver en retard à mon examen de design. Et même si ça me déchirait en deux de devoir la laisser seule, je n'avais pas le choix. Je reviendrai ici le plus vite possible.

Mon casque était enfoncé lourdement sur mes oreilles, j'avais une cigarette entre les lèvres et la musique tambourinait dans mes tympans. Les examens me stressaient et j'avais besoin de quelque chose pour m'évader. Et ma bonne vieille playlist n'y manquait jamais. Je déambulais entre les étudiants d'un pas pressé, ne prêtant pas attention à toutes les personnes qui me souriaient et me mataient du coin de l'œil, filles comme garçons. Être capitaine de l'équipe, c'était cool, mais ça craignait aussi, beaucoup. Parce que vraiment, me faire mater de tous les côtés et draguer à n'en plus pouvoir, très peu pour moi. Je détestais attirer l'attention. Et juste lorsque cette pensée me traversait l'esprit, je fonçais dans quelqu'un sans même le vouloir.

— Pardon, je…

Je me suis stoppé net lorsque mes yeux ont rencontré les iris bleus de Mitch. Je n'étais absolument pas désolé de lui avoir rentré dedans en fait, si j'avais pu je lui aurais même foncé dessus avec un putain de camion six tonnes.

— Attention chef, tu pourrais te faire mal. Il me regardait d'un air glacial, la mâchoire serrée.

— Pour ça, il faudrait que tu sois vraiment baraqué, et jusqu'à preuve du contraire, c'est pas le cas. Maintenant dégage de mon chemin, j'ai un examen à passer. J'ai soufflé, les dents serrées.

— Pas sûr que Jayden en dise autant, tu vois elle avait l'air de plutôt apprécier que je sois si proche d'elle hier. Il a souri, ce rictus arrogant qui me donnait envie de lui éclater le crâne contre le sol.

— Prononce encore une seule fois son prénom, et je te défonce.

— Bouh, j'ai peur. Il a ri.

— Un conseil, sois prudent, il paraît que la vengeance est un plat qui se mange froid, mais chez moi il se mange de façon glaciale. Je l'ai poussé violemment, l'écartant de mon chemin pour continuer ma route vers mon bâtiment.

— Passe le bonjour à Jayden de ma part. Je l'ai entendu crier dans mon dos.

Je me suis tourné et je lui ai adressé mes deux majeurs avant de monter le volume à fond dans mon casque. Il fallait que je redescende, sinon il allait y passer. J'allais le tabasser et ça ne serait pas beau à voir. Personne n'avait envie de voir ça, pas même moi. Je ne pouvais pas risquer ma place dans l'équipe pour une bagarre avec un connard pareil.

Cette journée allait être longue et abominable. Il me tardait de retrouver Alex et Torrance pour ma pause café et de retrouver Jayden en début d'après-midi. Je n'en pouvais plus. J'étais à deux doigts d'exploser.

*****

Mon examen a été un véritable désastre, j'étais trop énervé pour pouvoir me concentrer correctement. Et la tension qui parcourait l'ensemble de mon corps m'a littéralement plongé dans un brouillard acide. J'étais submergé par des images et des paroles qui tournaient en boucle, et petit à petit je sentais que l'anxiété se rajoutait à tout ça. L'appréhension de ne pas réussir, l'appréhension d'encore échouer, l'appréhension de ne pas avoir d'assez bonnes notes, l'appréhension de ne pas aller à New-York, l'appréhension d'avoir tout foutu en l'air, l'appréhension de tout perdre. Bordel de merde. J'avais envie de hurler.

Pour me calmer, j'ai rejoint mon atelier et je me suis mis à dessiner, dessiner et encore dessiner. Le casque toujours sur mes oreilles et la musique hurlant dans mes basses. J'extériorisais tout sur ce foutu papier et j'espérais secrètement que je serai plus détendu après. Sinon j'allais être contraint d'aller casser une mâchoire et j'en avais très peu envie. J'essayais de penser à autre chose. Le week-end qui arrivait par exemple. Je rentrais voir mes parents. Mais cette fois-ci, je ne rentrais pas seul, j'emmenais Jayden avec moi. Et je crois qu'en me concentrant sur ça, je me suis détendu un peu plus. J'avais hâte et j'étais impatient de lui montrer l'endroit où j'avais grandi, et qu'elle rencontre ma famille, qui comptait tellement pour moi. J'espérais sincèrement qu'elle passerait un bon week-end et que ça lui apporterait du réconfort dans tout ce bordel qu'ont été les derniers jours.

J'ai failli faire un arrêt cardiaque lorsqu'en me retournant, je vis qu'une minuscule personne dissimulée sous mon immense pull se baladait dans mon atelier. Jayden était là, depuis quand, je ne savais pas. Évidemment, avec mon casque je n'avais rien entendu et j'étais trop plongé dans mes pensées pour prêter attention à ce qui m'entourait. Visiblement, ça n'avait pas l'air de la déranger, elle observait mes toiles et les maquettes de mon projet de fin d'études sans broncher, son propre casque positionné sur ses oreilles, un léger rictus collé aux lèvres. Mon œuvre d'art préférée dans mon propre atelier. Que demander de plus ?

Je me suis levé et j'ai enlevé mon casque avant d'aller lui retirer doucement le sien. Puis j'ai passé mes bras autour de sa taille et je me suis penché pour embrasser sa joue.

— Tu m'as fait peur Grincheux.

— T'avais l'air énervé Zachy, je voulais pas te déranger.

J'ai soupiré, elle me lisait parfaitement bien et pouvait traduire mes émotions en quelques secondes. Si bien qu'elle m'avait laissé probablement dans mes pensées pour ne pas m'accabler de questions et j'étais encore une fois, profondément touché par sa volonté de tout faire pour que j'aille au mieux.

— Mh... J'ai recroisé l'autre idiot ce matin, et après j'étais trop énervé. J'ai planté mon examen. J'ai soufflé, honteux.

— Merde Zach, je suis trop désolée !

Elle s'est retournée et m'a regardé, ses grands yeux marron me fixant, elle était sincèrement désolée. Jayden savait à quel point je faisais attention à mon dossier cette année, elle m'aidait même à réviser efficacement pour que je réussisse au mieux mes examens. Mais ce matin j'avais merdé, sévèrement, et j'espérais pouvoir me rattraper à l'examen final pour ne pas tout foutre en l'air.

— Ce week-end, on va faire en sorte que tu te détendes, on va faire en sorte d'oublier ce qu'il s'est passé hier et cet abruti. Je ne le laisserai pas interférer autant dans notre quotidien, il peut aller se faire foutre. On est plus forts que ça Zach, tu le sais ça, hein ?

J'ai souri, elle était adorable et beaucoup trop douée pour me redonner de l'éclat. J'étais heureux de voir qu'elle se sentait mieux aujourd'hui et qu'elle ne se laissait pas abattre. Mais je n'étais pas surpris. Jayden se relevait toujours. C'était une battante. Elle l'avait toujours été.

— Je le sais. J'ai posé mes lèvres chastement sur les siennes avant de me reculer légèrement.

— On part quand ? Elle m'a demandé malicieusement.

Jayden avait complètement flippé quand je lui avais dit que je voulais la ramener chez moi pour un week-end. Puis après quelques jours de négociations, j'avais réussi à la convaincre que ce ne serait pas si terrible que ça et qu'elle n'avait aucun souci à se faire. J'étais convaincu que ma famille l'accueillerait à bras ouverts. Et depuis, elle était encore plus impatiente que moi. Je soupçonnais mon chien d'être responsable de cet engouement, Jayden adorait les animaux. Et c'était véridiquement super vendeur.

— Dans deux heures, tu es prête ?

— Plus que prête. Elle m'a souri.

Je pense que je n'ai jamais autant attendu un week-end que celui-là. D'une part, j'allais enfin pouvoir présenter Jayden à mes proches, et d'une autre j'allais pouvoir décompresser de toutes les choses qui me rendaient complètement dingue ici. J'avais hâte d'aller tirer sur quelques cibles pour me délester de cette putain de tension qui m'épuisait. J'avais besoin de tout relâcher.

J'ai entrelacé mes doigts à ceux de Jayden puis nous avons rejoint nos amis pour manger.

Deux heures avant de partir,

Deux heures avant d'emmener mon Soleil en week-end,

Deux heures avant de pouvoir respirer à nouveau.

CHAPITRE 15

JAYDEN

Zach venait d'allumer le contact pour sortir du campus et la musique retentissait calmement dans la voiture lorsqu'un frisson d'angoisse m'a parcouru l'échine. Procurant une sensation acide au plus profond de mon estomac, me brouillant la vue de larmes non désirées. J'étais terrifiée. J'étais profondément terrifiée à l'idée de rencontrer sa famille. De découvrir sa maison, de voir s'il ressemblait plus à sa mère ou bien à son père, de savoir si ses frères étaient aussi chiants et impatients que lui. J'étais terrifiée de me dire qu'il me donnait accès à sa famille alors que j'ignorais si je serais un jour capable de lui donner accès à la mienne. Et à cette pensée, mon cœur s'est brisé. Il m'accueillait dans l'endroit qu'il appelait sa maison. Et le seul endroit que je pouvais appeler comme ça, c'était lui.

Zach était ma maison.

Il s'est tourné vers moi lentement, sentant probablement que quelque chose n'allait pas. Il a posé tendrement sa main sur ma cuisse en me regardant, inquiet. Quant à moi, je ne pouvais le regarder, j'allais exploser en larmes juste devant lui. Je refusais l'idée qu'il se sente coupable pour ça. C'est moi qui avais accepté de venir, il ne m'avait pas forcée. Et maintenant que j'étais au beau milieu de cette situation, j'étais accablée par mon anxiété qui ne daignait pas me quitter une seule seconde. En voyant que je ne réagissais pas, il s'est garé à nouveau et a coupé le contact.

— Jayden, parle-moi. Il a chuchoté, passant doucement son pouce sur mon genou.

Un sanglot m'a échappé avant qu'une larme ne coule froidement sur ma joue. J'étais pétrifiée et je n'arrivais même pas à articuler ce qui n'allait pas tellement il y avait mille choses dans ma minuscule tête. C'était profondément compliqué, et il le savait probablement. Mais depuis qu'on était ensemble, je veux dire vraiment ensemble, on s'était promis de communiquer, de parler et de verbaliser chacune de nos émotions. Parce que c'est ce qui protégeait un lien, mais par-dessus tout c'est ce qui l'entretenait. Alors, je me devais de lui parler, de lui expliquer. Plus jamais de silence, on se l'était promis.

Je pensais être prête, et maintenant que l'heure était venue, je me sentais totalement à côté de la plaque. Comme si je ne devais pas y aller et que j'étais mieux isolée. J'étais persuadée que la famille de Zach n'avait rien à voir avec la mienne. Pourtant, je n'arrivais pas à m'ôter cette voix de mon crâne qui me répétait que je ne méritais pas un foyer chaleureux. J'étais dans un inconfort palpable et j'espérais profondément en sortir rapidement.

— J'ai... J'ai peur Zach. J'ai essuyé mes yeux en me tournant finalement vers lui.

Il a posé sa main sur ma joue en essuyant les larmes qui coulaient sur mes pommettes, puis il m'a fait un signe de tête pour que je vienne le rejoindre de son côté. J'ai fait le tour de la voiture avant d'ouvrir sa portière. Quelques secondes plus tard, il reculait son siège et me faisait de la place pour que je m'installe sur ses genoux. C'était ma place habituelle depuis quelques semaines, ce qui n'était pas pour me déplaire je dois dire. Je m'y suis donc assise et il a passé son bras autour de ma taille en posant son menton sur mon crâne. C'était un bouclier personnel je vous l'accorde, mais c'était réconfortant.

— J'ai peur de ne pas être assez, imagine s'ils ne m'apprécient pas, j'ai peur d'être de trop. J'ai finalement avoué à demi-voix.

Il a resserré son étreinte en grognant légèrement, apparemment ma confession n'avait pas dû lui plaire. J'en étais presque certaine. Zach faisait très attention au discours que j'avais envers moi-même, il ne me laissait jamais me rabaisser, et il prenait toujours soin de me complimenter ou de me rappeler ma valeur. Un copain en or n'est-ce pas ? Il était spécial.

— Jayden, tu es assez, tu es une personne incroyable et si je dois te le répéter tous les jours pour que tu finisses par l'accepter, alors je le ferai, je ne plaisante pas. Ensuite, je suis certain que ma famille va t'adorer, ma mère est impatiente de te voir depuis des semaines déjà, je lui casse tellement les oreilles avec toi qu'elle doit sûrement te connaître autant que moi. Ce que je veux dire, c'est que même si l'idée d'un foyer chaleureux est quelque chose de très lointain pour toi, ma maison est là pour t'accueillir et par-dessus tout, pour te faire sentir à ta place. Je sais à quel point la famille est un sujet compliqué pour toi, mais ce n'est pas une finalité, tu as le droit de te sentir acceptée et accueillie quelque part. Et je compte bien te donner ce sentiment que tu mérites par-dessus tout.

Il m'a parlé doucement, en se penchant vers mon oreille, et instantanément les papillons dans mon ventre s'affolaient. Il avait toujours les bons mots. Pas seulement ceux que je voulais entendre, mais ceux qui étaient parfaitement justes pour la situation. Les mots qui me permettaient de garder la tête froide et de ne pas me laisser consumer par mon anxiété destructrice. Il communiquait vraiment bien et parfois c'en était déroutant. Zach mettait un point d'honneur à ce qu'on partage ce qui allait et ce qui n'allait pas, personnellement et relationnellement parlant. Et je crois que je n'avais jamais été si apaisée que depuis que je passais des heures à discuter avec lui. Je craquais chaque jour un peu plus pour ce rugbyman maladroit d'un mètre quatre-vingt-dix et si on m'avait dit ça il y a un an auparavant, je n'y aurais pas cru. Zach était tout ce dont j'aurais pu rêvé.

— Zachary Jenkins, qu'ai-je fait pour mériter quelqu'un comme toi ?

— Tu mérites le monde Jayden, crois-moi. Il a embrassé mon crâne.

J'ai souri doucement en essuyant mes joues puis j'ai levé la tête vers lui, un rictus aux coins des lèvres. Il avait encore une fois réussi à faire taire mes doutes et à me rassurer dans un moment où je me sentais littéralement comme le fantôme de moi-même, incapable d'accepter ma valeur et d'avoir confiance en moi.

Il a posé ses lèvres sur les miennes dans un baiser chaste puis il a souri, de son magnifique sourire qui faisait craquer la moitié d'UCLA et moi avec. Sacré Zachary Jenkins.

—- Allez Grincheux, je t'emmène à la maison. Il s'est finalement exclamé.

Il a embrassé mon front avant que je ne retrouve ma place initiale. Il conduisait, le volant dans une main, l'autre sur ma cuisse, c'était sa façon de me montrer qu'il était protecteur et qu'il voulait encore une fois bien me le prouver. Je vous jure celui-là, alors ! Cela dit, j'étais désormais rassurée et plus confiante à l'idée de mettre un pied chez lui. Tout se passerait bien. Il n'y avait pas de raison.

À peine s'était-il garé dans l'allée que ses deux frères sortaient en courant dans le jardin. Pas de doute, ils étaient bien aussi impatients que Zach. J'ai souri doucement en constatant à quel point ils se ressemblaient tous les trois, puis Zach est sorti et les a gratifiés d'une accolade chaleureuse. Une minute après, son chien, un gros labrador du nom de Loki, se joignait au câlin et j'ai cru exploser tellement c'était adorable. Je devenais super tendre depuis que je sortais avec Zach mais bordel, qui pouvait résister à une scène pareille ? Il était profondément heureux de rentrer voir sa famille et ça me faisait chaud au cœur de pouvoir en témoigner. J'ai soupiré un grand coup avant de me décider à descendre à mon tour. J'ai rougi presque instantanément. Je n'étais pas familière avec les nouvelles rencontres, surtout des rencontres de ce genre, et je ne savais où me mettre. En voyant mon inconfort presque palpable, Zach a passé son bras autour de mes épaules en me tirant contre lui.

— Lukas et Gabe, je vous présente Jayden, ma petite amie ! Jayden, voilà les deux idiots qui me servent de frères. Il m'a fait un clin d'œil malicieux.

J'ai ri doucement en roulant des yeux puis je me suis tournée vers ses frères qui me regardaient avec un émerveillement particulier. C'était assez inattendu mais j'imagine que c'est parce que Zach n'avait jamais ramené de fille ni de garçon à la maison avant.

— Salut les garçons. Je leur ai souri, sincèrement, ça me faisait plaisir de rencontrer les copies miniatures de Zach.

Enfin miniatures, c'était un bien grand mot, ils faisaient deux têtes de plus que moi, facilement.

— Enchanté Jayden ! Gabe m'a souri.
— Maman a tellement hâte de te rencontrer, fais attention elle risque de te sauter dessus. Lukas a plaisanté.
— Ta première fan, clairement. Zach a secoué la tête, amusé.

J'ai rougi encore une fois puis j'ai récupéré mon sac à dos dans le coffre de Zach avant qu'il ne me l'arrache presque des mains.

— Tu sais que je peux le porter hein ? J'ai raillé, amusée.

— Laisse-moi faire, j'essaie d'être gentleman sinon mon père va me tirer les oreilles lorsque je vais passer le pas de la porte. Il m'a fait un clin d'œil avant d'embrasser ma joue.

J'ai roulé des yeux, amusée, puis j'ai entrelacé ses doigts aux miens avant de monter l'allée jusqu'à la porte d'entrée. Ça y est, c'était le moment. Un souffle saccadé m'a échappé avant d'entrer finalement. Puis mon angoisse s'est dilatée pour laisser place à un confort nouveau. La maison de Zach avait une odeur particulière, douce et réconfortante en même temps, ça sentait parfaitement comme les maisons idéales dont j'avais rêvé à travers les films et les livres. La décoration était épurée et moderne. J'avais rarement vu des meubles aller si bien ensemble et une décoration si soignée. Tout était absolument magnifique. Mes yeux se sont attardés sur les photos de famille et ça m'a arraché un sourire grand comme le monde. Les photos respiraient la joie et l'harmonie, si bien que j'ai senti mon cœur brûler et fleurir à nouveau. Cette famille était l'une des plus belles que je n'ai jamais connue, rien qu'à travers des photos, j'en étais consciente. Et me dire qu'ils m'accueillaient tous ici, c'était quelque chose pour laquelle j'étais infiniment reconnaissante.

— Salut vous deux. Sa mère, je présume, nous a accueillis, souriante au possible.

Elle était splendide, ses longs cheveux bruns descendaient en cascade sur ses épaules et ses yeux verts étaient perçants et lumineux. Ses fossettes se sont formées plus largement lorsqu'elle a posé ses yeux sur nos mains entrelacées et je suis presque certaine que j'ai rougi à nouveau. J'étais tout de même intimidée. C'était la première fois que je rencontrais la famille de quelqu'un d'autre que Louis. C'était un grand pas pour moi. Je sortais vraiment de ma zone de confort. Cela expliquait donc les nœuds dans mon estomac et ma gorge plus sèche que le Sahara. Je ne savais pas où me mettre clairement. Et j'avais aussi peur de dire quelque chose de travers. Courage Jayden, ça va aller !

— Salut maman ! Zach a souri puis a lâché ma main avant de l'enlacer dans ses immenses bras.

J'ai souri comme une dingue en les voyant, puis le véritable portrait craché de Zach entra dans la pièce, son père. La ressemblance était incroyable, je n'en croyais pas mes yeux.

— Bonjour Jayden. Il m'a souri.

— Mh... Bonjour monsieur.

Monsieur ? Sérieusement ? Je crains. Je crains profondément.

— Non je t'en prie, appelle-moi Thomas ! Comment tu vas ? Il s'est rapproché en posant sa main dans le haut de mon dos dans un geste chaleureux.

— Bien, merci. J'ai souri timidement.

— Je suis tellement contente de te rencontrer ! Sa mère a renchéri.

J'étais probablement rouge pivoine à ce moment-là. J'avais du mal à croire que des personnes puissent être vraiment impatientes à l'idée de me rencontrer. Mais elle était sincère et ça se voyait facilement. Zach est revenu passer son bras autour de mes épaules pour me réconforter dans mon malaise palpable. Il fallait que je me détende.

Lukas et Gabe nous ont rejoints et quelques minutes plus tard nous étions tous réunis dans le salon pour discuter. J'étais assise une nouvelle fois sur les genoux de Zach. Visiblement, il ne voulait pas que je me pose ailleurs, ce qui m'a arraché un sourire amusé. Loki était juste devant ses pieds et mes yeux se baissaient régulièrement pour observer cette grosse peluche qu'était son chien. Il était vraiment adorable.

Je ne savais pas que c'était possible de réunir tous les membres d'une famille comme ça, sans que personne ne râle ou ne se crie dessus. C'était très différent de tout ce que j'avais pu connaître avant. C'était drôlement paisible et harmonieux. Et je me suis surprise à me sentir très rapidement à ma place ici, parmi eux, comme si cette maison m'avait toujours attendue. J'ai pris part aux conversations sans me soucier de ce que j'allais dire, sans appréhender leurs réactions. Ils étaient sincèrement heureux de me voir et je me sentais, pour une fois, véritablement accueillie dans une maison. Cette maison était merveilleuse et j'étais vraiment contente d'avoir accepté d'accompagner Zach pour ce week-end, c'était tout ce dont j'avais besoin. Mon sourire n'avait pas quitté mon visage depuis une demi-heure.

Plus tard, les garçons sont partis à l'entraînement, Lukas et Gabe faisaient, contrairement à leur frère, du basket-ball. Mais Zach voulait assister à leur entraînement alors il les y a conduits. Pendant ce temps, j'avais besoin de me reposer, alors j'étais dans la cuisine en train de boire un chocolat chaud en discutant avec Helen, sa maman. La plus adorable des mères. Un vrai sucre. Je savais d'où Zach tenait toute sa douceur. Je discutais naturellement avec elle, et une sensation bizarre m'a parcouru la colonne vertébrale en me rappelant que je n'avais jamais connu les sourires chaleureux d'une maman auparavant. La mienne n'avait jamais daigné me donner l'heure ou venir me voir jouer à l'Opéra. Jamais.

— Je suis heureuse de te rencontrer tu sais, Zach m'a tellement parlé de toi, et je sais que tu l'aides beaucoup. Elle m'a souri gracieusement.

— Il m'aide aussi beaucoup, on se soutient mutuellement, j'imagine. J'ai esquissé un sourire en baissant les yeux vers ma tasse fumante.

— C'est plus que du soutien, je peux le voir à la façon dont il te regarde, tu sais.

J'ai relevé les yeux vers elle, interloquée. Les yeux d'une maman ne mentaient jamais, surtout quand Helen s'avérait être la meilleure amie de Zach.

— Et comment il me regarde ? J'ai demandé dans un souffle, presque inaudible.

— Comme si tu étais son Univers tout entier.

Elle avait les yeux qui brillaient et son sourire a pris place doucement sur son visage. J'ai rougi encore une fois et j'ai souri malgré moi, c'était poétique et j'espérais profondément qu'elle ait raison. Parce que j'aimais Zach avec chaque partie de moi, et j'appréciais secrètement l'idée d'être devenue son Univers comme elle disait si bien. En attendant, il était le mien. Ne vous méprenez pas, je restais toujours aussi indépendante, j'aimais infiniment mes heures passées avec Zach, mais j'aimais ma solitude et mes moments à moi. Il le comprenait et l'acceptait parfaitement, me laissant mon espace dès que j'en avais besoin. Notre ultime secret pour fonctionner si bien ? La communication et l'intelligence émotionnelle de Zach. Sa capacité à lire entre les lignes que je ne lui disais pas. Sa capacité à traduire mes micro-expressions en mots quand j'étais muette et incapable de verbaliser. Notre ultime secret pour fonctionner si bien ? Le fait de donner à chacun une raison de plus de s'accrocher.

Plus tard, les garçons sont rentrés, et Zach s'est empressé de me prendre dans ses bras. J'ai probablement dû lui manquer et j'étais encore une fois amusée de voir à quel point il arrivait de moins en moins à me résister. Plus l'attachement grandissait et plus il aimait avoir des petites attentions envers moi. C'était un golden retriever et quand bien même ça le ferait râler, je savais qu'il adorait les câlins. Et aussi me tenir la main. Mais ne lui dites pas, il piquerait une crise.

— Salut Zachy.

— Comment va mon Grincheux ?

J'ai pincé doucement son biceps en guise de réponse, c'était devenu son surnom préféré et même si j'avoue qu'il m'allait plutôt bien au teint, je râlais toujours lorsqu'il l'utilisait.

— Je conclus que tu vas bien. Il a souri, amusé, puis il a pris ma main avant de me tirer vers sa chambre au sous-sol.

En arrivant dans sa chambre, que je n'avais toujours pas vue, j'ai ouvert grand les yeux. Cette chambre était d'une part géante, mais surtout incroyable. J'adorais comment elle était agencée et à quel point elle pouvait ressembler à Zach. C'était son monde à lui, et le fait qu'il l'ait si bien transcrit me faisait sourire à nouveau. J'allais avoir des crampes à la mâchoire à force de sourire comme ça ! C'était terrifiant.

— C'est la plus belle chambre que j'ai jamais vue. J'ai soufflé en m'approchant un peu plus de ses photos sur les murs.

Il m'a suivie du regard, son léger rictus collé aux coins des lèvres, puis il est venu derrière moi en passant ses bras autour de ma taille avant de pointer une photo du doigt devant moi.

— C'est... C'est lui... Sa voix s'est brisée au beau milieu de sa phrase et j'ai compris.

— C'est Glen. J'ai pincé mes lèvres en posant doucement mes mains sur ses bras.

Il s'est raclé la gorge, retenant probablement ses larmes. Je le connaissais, il n'aimait pas pleurer devant moi. Même si ça lui était déjà arrivé, plusieurs fois, il n'aimait pas que je le vois comme ça. Alors je n'ai pas insisté, et j'ai regardé la photo avec un sourire triste sur mes lèvres. Zach avait l'air plus heureux que tout dessus, et ça me brisait le cœur de savoir qu'il ne pouvait plus voir la personne qu'il considérait comme sa moitié il y a encore trois ans. C'était injuste, et j'étais tellement en colère, tellement en colère qu'il doive souffrir de cette façon. Mon Zach méritait d'être enfin en paix, et je comptais bien tout faire pour qu'il retrouve sa lumière.

Le mur était constitué de photos de lui, d'Alex et de Glen. Lorsqu'il me disait qu'ils étaient comme des triplés, il ne plaisantait pas. On pouvait les voir à tout âge, toujours collés tous les trois, heureux et rieurs. Les photos me donnaient à la fois envie de sourire et envie de pleurer. J'aurais aimé le connaître, j'aurais aimé voir à quel point il était complice avec Zach. J'aurais aimé voir Alex rire comme sur ces photos, les yeux brillants et l'éclat dans son sourire. Mais je ne le connaîtrais jamais, et aussi dur que ça puisse être de constater à quel point Zach et Alex souffraient de son départ, j'allais tout faire pour les aider à finir doucement mais sûrement leur deuil. Les aider à comprendre qu'ils n'étaient pas coupables. Car même s'ils ne le disaient jamais, je savais qu'ils traînaient avec eux une culpabilité immense. Ils auraient pu être à sa place. Et rien que d'y penser, j'avais le cœur serré et les yeux plein de larmes. L'idée de perdre Zach, ou Alex, me terrifiait, alors je n'imaginais pas à quel point ça devait être dur pour eux depuis ce jour-là.

Un instant plus tard, Zach m'a tirée par la main vers le lit puis je me suis allongée. Je ne savais pas que j'en avais autant besoin jusqu'à maintenant. Ensuite, il est allé me chercher ma canule, toujours connectée à mon boîtier d'oxygène portatif, puis il me l'a mise délicatement autour de mes oreilles. Il était très impliqué dans tout mon parcours médical. Je devais avouer qu'avoir une épaule sur laquelle s'appuyer dans tout ça constituait un véritable soulagement. C'était rassurant de me dire que je pouvais désormais lui en parler, sans appréhender et en étant parfaitement transparente avec ce qu'il se passait. En ce moment, j'étais stable, tout allait relativement bien, mais j'étais prudente et continuais d'appliquer mon traitement à la lettre. Et si je ne le faisais pas, je vous assure que le tocard qui me servait de copain se chargeait de me rappeler à l'ordre. Mais j'avais de la chance. Il m'épaulait, mais par-dessus tout, il n'est jamais parti. Et en faisant ça, il a fait taire tous mes doutes sur le fait que je finirais toujours seule. Sur le fait que chaque personne à laquelle je m'attachais s'en irait forcément. Zach était toujours là. Et il ne partirait pas.

Il s'est assis contre la tête de lit et a passé doucement sa main dans mes cheveux en me regardant. Il était à tomber, et plus je le regardais, plus je me rendais compte à quel point j'étais chanceuse.

C'était super ringard, je vous l'accorde, mais parfois prendre conscience de sa chance permettait de s'accrocher un peu plus, d'y croire un peu plus. Et c'était le sentiment que me procurait Zach.

— Parle-moi Zachy.

J'ai chuchoté en le regardant, je savais qu'il était en plein monologue intérieur et qu'il voulait m'épargner encore une fois tout son flot de pensées. Mais j'avais besoin qu'il extériorise avant que son anxiété le consume entièrement.

— Je... Je me demandais si tu accepterais de m'accompagner au cimetière demain ? Il a pincé ses lèvres.

De tout ce qu'il aurait pu me dire, je ne m'attendais pas à ça. Mais j'ai hoché la tête doucement en plaquant un sourire rassurant sur mes lèvres. Je l'accompagnerais partout où il voudrait à vrai dire, si je pouvais l'épauler un peu moi aussi alors je le ferais.

— C'est l'anniversaire de Glen demain, et... On a l'habitude de fleurir sa tombe et de s'y recueillir un peu avec Alex. Il arrive demain matin. Mais j'aimerais que tu sois là aussi, j'ai besoin de toi. Il a baissé la tête en mordant nerveusement sa lèvre inférieure, une larme roulant doucement le long de sa joue.

Je me suis redressée en essuyant sa joue de mon pouce puis je me suis glissée entre ses jambes avant de l'enlacer et de le serrer fort contre moi. Il avait besoin d'être rassuré et en sentant son front tomber sur mon épaule dans un écho de sanglots et ses bras se serrer autour de ma taille, je savais à quel point tout ça était encore trop douloureux pour lui. Ses larmes mouillaient mon tee-shirt et ses pleurs résonnaient dans toute la pièce, faisant monter les larmes au creux de mes pupilles. J'ai caressé sa nuque tendrement pour lui rappeler qu'il pouvait pleurer autant qu'il le voulait, et que je serais toujours là. Il est resté comme ça un moment, dans un silence presque immaculé, puis il s'est redressé en posant ses mains sur mes joues et en plaquant son front contre le mien. Mes yeux se sont perdus dans les siens et j'ai esquissé un sourire

.

— Merci Jayden. Il a chuchoté avant de m'embrasser.

Je l'ai embrassé en retour en posant une main sur son torse pour me stabiliser, il a prolongé le baiser tendrement, provoquant un tsunami de picotements dans l'ensemble de mon corps. Zach embrassait particulièrement bien pour quelqu'un qui n'avait jamais vraiment expérimenté ça jusqu'à il y a encore un mois et j'y prenais doucement goût, moi aussi. Cela dit, je me suis détachée, j'étais à bout de souffle.

J'ai baissé un peu la tête en rougissant puis il a embrassé mon front avant de me tirer dans ses bras, ma tête s'enfonçant doucement contre son torse massif.

Plus tard, nous avons dîné avec l'ensemble de sa famille. J'ai rarement passé un repas en famille dans une convivialité comme celle-là, c'était une joie pure et douce. Tout le monde se laissait parler et s'écoutait attentivement, profondément intéressé par ce que chaque membre disait. Je souriais malgré moi face à cette ambiance si particulière mais réconfortante. La famille de Zach me prouvait que j'avais le droit de me sentir accueillie quelque part, que j'avais le droit de faire partie d'une famille et que j'étais légitime de ressentir tout ça. Je pense que le dîner a duré presque trois heures, et c'était dingue de me dire que j'avais passé autant de temps autour d'une table à manger. Chez moi, le repas du soir était quasiment le seul moment où je me réunissais avec mon père et ma mère lorsqu'ils n'étaient pas à l'autre bout du globe pour leur travail. J'avais une relation particulière avec mon père, il comprenait ma souffrance, mais une pudeur existait entre nous qui faisait que nous ne creusions jamais jusqu'à la source de cette souffrance. Je m'entendais très bien avec mon petit frère, mais les repas n'étaient jamais aussi chaleureux et conviviaux qu'ici. Mon père se levait de table toutes les cinq minutes pour répondre à un appel pour le travail, ma maman était obnubilée par ses défilés à venir, et mon petit frère et moi étions silencieux comme deux êtres invisibles. Je me demandais encore pourquoi mes parents avaient eu des enfants. Je n'avais jamais connu le foyer idéal des films et des séries, j'avais toujours vécu un peu dans mon coin, mais j'espérais profondément pouvoir donner autre chose à mon petit frère, j'essayais de lui montrer qu'il était important à chaque fois que je le voyais, j'essayais de lui apporter l'amour qui pouvait certainement lui manquer en grandissant. Et maintenant que j'avais été témoin d'un magnifique repas, je comptais bien y remédier chez moi. Mon frère avait le droit de connaître ça lui aussi. Et une part de moi était soulagée de me dire qu'il pouvait vivre au sein d'une famille aimante avec Chelsea et Jude, les mamans de Louis.

— Jayden, il paraît que tu es soliste cette année. Le père de Zach m'a souri.

— Oui, avec l'orchestre du troisième cycle. J'ai souri franchement, parler de musique me faisait toujours un bien fou.

— Lukas joue du piano, vous pourriez peut-être nous jouer un petit quelque chose ? Helen a proposé.

J'ai hoché la tête, mon immense sourire toujours collé aux lèvres, puis je suis allée chercher mon violon dans le coffre de Zach. Je l'emmenais partout avec moi. Des fois je ne m'en servais pas, mais j'aimais savoir que je l'avais toujours avec moi. C'était mon exutoire, et parfois lorsque je me sentais en pleine implosion, poser mes doigts sur les cordes était la seule guérison que je trouvais.

J'ai rejoint Lukas dans le salon, déjà installé devant le magnifique piano à queue blanc puis je me suis assise sur le siège à côté de lui. J'ai accordé mon violon et il m'a proposé plusieurs partitions. Mes yeux se sont écarquillés en voyant un de mes morceaux favoris et je n'ai pas pu m'empêcher de lui dire que c'était celle-ci que je voulais jouer. Il m'a donné la mesure, puis trois temps plus tard nous étions partis.

Les notes résonnaient harmonieusement dans le salon, l'acoustique avait été étudiée parfaitement. Le son qui sortait de nos instruments était merveilleux et clair, parfaitement comme le compositeur aurait voulu qu'on joue ce morceau. Je prenais un plaisir incroyable. Prenant une nouvelle fois conscience que rien ne m'apportait autant de plaisir et de bonheur que de jouer du violon. Prenant une nouvelle fois conscience que c'était ce que je voulais faire de mon futur. Jouer de la musique, et la partager avec les autres. Faire vibrer un public entier, émouvoir des centaines de personnes, faire perdurer la puissance de la musique classique. C'était ma voie. Je le savais.

Le regard de Zach sur moi aurait pu me faire brûler la peau, il ne m'a pas lâchée des yeux pendant toutes les partitions que nous avons joué. Il était passionné par ma façon de faire de la musique, il me l'avait avoué il y a quelques jours de cela et j'avais été émue de savoir à quel point il me soutenait dans ce que je faisais. Pouvoir parler de musique classique avec Zach était spécial, parce que c'était parler de ma chose préférée avec ma personne préférée, et bordel, ça m'apportait une plénitude sans nom. Quelque chose que je n'avais jamais connu. Et savoir qu'il me soutenait dans mes passions et que je le soutenais dans les siennes me faisait crier intérieurement de joie. Parce qu'on ne cherchait pas à changer l'autre, on s'acceptait dans une entièreté brute et imparfaite. On s'acceptait pour tout ce que nous étions, défauts et qualités.

Nous avons été félicités par des applaudissements et des sourires sincères. J'ai enlacé Lukas en le félicitant lui aussi, il jouait merveilleusement bien, et j'avais adoré pouvoir produire tout ça avec lui.

— Tu es vraiment douée Jayden. Helen m'a souri.

— Merci Helen. J'ai pincé mes lèvres, les yeux probablement brillants de reconnaissance.

— Tu nous prendras des places pour ton prochain récital hein ? Thomas a ajouté.

— C'est déjà fait, on est au premier rang. Zach m'a fait un clin d'œil.

J'ai écarquillé les yeux, il était complètement dingue. Les places au premier rang étaient souvent occupées par des habitués, elles étaient excessivement chères, et j'avais envie de lui hurler dessus pour avoir dépensé autant d'argent pour venir me voir jouer alors que je pouvais littéralement lui faire des concerts gratuits tous les jours. Sacré Zachary Jenkins.

— Mais quel fils génial. Son père a souri en lui pressant doucement l'épaule.

— On a hâte de venir te voir jouer Jayden. Gabe a rajouté.

Je leur ai souri, ne sachant pas vraiment où me mettre. Ça me touchait beaucoup qu'ils veuillent tous assister à mon récital. Ma propre famille n'ayant jamais daigné venir voir un seul de mes concerts depuis mon entrée au Conservatoire de Los Angeles, c'était tout nouveau de me dire qu'il y aurait des personnes pour moi dans le public la prochaine fois. Paradoxalement, je me sentais de plus en plus à ma place ici, ce qui m'apportait un confort curieux.

Après avoir parlé encore deux longues heures dans le salon avec tout le monde, Zach et moi étions redescendus dans sa chambre. J'avais enlevé ma canule et j'étais surprise de n'avoir eu aucune question dessus de toute la soirée. Je ne savais pas si Zach leur en avait parlé, ou s'ils faisaient tout simplement preuve de bon sens et d'empathie, mais j'appréciais le fait qu'ils me voyaient au-delà de ça. C'était agréable d'être considérée comme simplement "Jayden" et pas comme "la fille qui a la mucoviscidose".

J'ai enfilé un nouveau sweat de Zach avant de me glisser sous son épaisse couette. Son lit était trop confortable et je me demandais comment il faisait pour choisir aussi bien. C'était un vrai cocon et je savais déjà que j'aurais du mal à en sortir lorsque le matin viendrait.

Il m'a rejointe après sa douche. Il ne portait qu'un jogging noir et il était torse nu. A cette vue, ma mâchoire s'est probablement décrochée. C'était la première fois que je le voyais sans tee-shirt, et bordel de merde, Zachary Jenkins était taillé comme un vrai Dieu Grec, j'ai failli tomber dans les pommes.

— Respire Jayden. Il s'est moqué.

— Mets un tee-shirt, ça ira mieux. J'ai raillé en cachant ma tête dans mes mains, j'étais rouge de honte.

— Tu veux même pas profiter de la vue ? Je vais pleurer Grincheux.

— Espèce de tocard. J'ai attrapé l'oreiller et l'ai tapé avec, comme souvent d'ailleurs.

— Je sais, mais t'adores toujours ça.

— Ok, touché. J'ai soupiré en haussant les épaules.

Il s'est glissé sous la couette à son tour, son sourire habituel collé aux lèvres, puis il m'a embrassé la joue deux fois avant de coller son torse à mon dos et de passer son bras autour de ma taille. Le cocon était finalement au complet.

— Dors bien Zachy.

— Toi aussi Grincheux.

Il a éteint la lumière, puis j'ai souri doucement en repensant à la journée que je venais de passer. Je venais de connaître une harmonie et une sérénité avec laquelle je n'avais jamais été familière avant. Et je crois que ça m'a réparé un peu plus le cœur. Je me sentais légère. Enfin sur la voie pour accepter que j'avais de la valeur et qu'on pouvait m'apprécier pour la personne que j'étais, entièrement. Enfin sur la voie de l'estime de moi-même. Que j'avais longtemps réduit à néant. Mais que Zach prenait soin de rehausser un peu plus chaque jour.

J'ai passé doucement ma main sur le bras de Zach, le sourire toujours collé aux lèvres.

Il était la dernière pièce de mon puzzle.

CHAPITRE 16

ZACH

Lorsque je me réveillai, un poids me comprima la poitrine en prenant conscience de la date d'aujourd'hui. Le 5 novembre serait toujours un jour particulier pour moi. Des années pourraient passer, je me souviendrais toujours de ce jour. Et je pleurerais sûrement chaque année aussi. Son départ m'affecterait toujours d'une certaine façon. Perdre son meilleur ami n'était pas la plus facile des épreuves, surtout pas lorsqu'on venait tout juste d'avoir dix-huit ans et qu'il lui restait un million de choses à vivre. Ma gorge s'est nouée en pensant à toutes les choses que j'aurais aimé lui montrer et à toutes les choses qu'il aurait accomplies avec son ambition hors du commun. J'ai laissé une larme silencieuse couler sur ma joue puis j'ai essuyé mes yeux en reprenant doucement mon souffle. Jayden dormait toujours à côté de moi et je ne voulais en aucun cas la réveiller.

Sa joue était lourdement enfoncée dans l'énorme oreiller noir, et une de ses mains était posée sur mon bras comme si elle avait eu peur que je m'en aille en pleine nuit. J'ai souri doucement en voyant à quel point elle dormait bien, puis je me suis rapproché d'elle, enveloppant son tout petit corps contre le mien qui était, soyons honnêtes, bien plus imposant. J'espérais pouvoir lui tenir chaud car je savais à quel point elle avait froid en se réveillant le matin, elle me l'avait dit un jour où j'avais dormi avec elle et que je l'avais retrouvée en train de frissonner juste à côté de moi. J'ai finalement mis ma tête dans son cou, j'adorais faire ça. Et j'ai fermé les yeux en retrouvant mon calme tout en laissant passer la crise d'angoisse qui avait menacé de m'éclater dessus il y a quelques minutes.

— Zachary Jenkins, espèce de tocard, je dormais profondément bien.

Elle a bafouillé d'une voix demi-éveillée et j'ai souri, amusé de voir à quel point elle n'aimait pas qu'on la réveille. Un vrai petit Grincheux.

— Et moi j'avais envie de te faire un énorme câlin.

J'ai embrassé sa joue en me redressant légèrement pour pouvoir la regarder. Elle a ouvert doucement ses paupières puis elle a frotté ses yeux dans un geste tellement adorable que j'aurais pu fondre sur place. J'étais incapable de résister à quoi que ce soit la concernant. J'étais clairement ensorcelé par tout ce qu'elle faisait et c'était à la fois affolant mais en même temps pas du tout. J'étais amoureux d'elle et je crois que je me rendais compte doucement de ce que faisait vraiment l'amour. Ça me changeait et ça me faisait évoluer. Par-dessus tout, ça m'aidait à guérir et à aller mieux. Je ne savais pas à quel point j'avais besoin d'elle avant de la rencontrer. Jayden était l'étoile qu'il me manquait pour me guider.

— Mais tu sais bien que je déteste être réveillée, en plus c'est impossible de sortir de cet immense lit beaucoup trop confortable. Elle a tiré la couette en se cachant littéralement dessous.
— Et tu sais bien que j'adore t'embêter ! J'ai baissé la couette en dessous de son menton avant qu'elle ne finisse asphyxiée.

Elle s'est finalement tournée vers moi, et a haussé un sourcil en me détaillant du regard. Elle essayait de jouer les dures à cuire et honnêtement j'avais envie d'éclater de rire, je ne pouvais pas la prendre au sérieux, elle était trop mignonne pour ça.

— Tu me pardonnes si je te dis qu'il y a des Lucky Charms qui t'attendent en haut ? J'ai souri en coin, sachant parfaitement que c'était une façon de la faire craquer.

Un sourire a fendu ses lèvres presque instantanément. Il ne lui fallait pas plus qu'un bol de céréales pour être la plus heureuse et c'est ce que j'aimais par-dessus tout chez elle. Jayden aimait les choses simples et authentiques. Elle n'avait pas besoin de cadeaux, ni d'artifices ou de dates extravagants. Un bol de céréales ou un dessin sur un post-it la rendait profondément contente. Une perle rare vous avez dit ? Absolument.

Je suis sorti du lit et j'ai attendu devant la porte de la chambre. Elle n'a pas daigné bouger d'un poil, elle ne plaisantait pas quand elle disait qu'elle n'arriverait jamais à sortir de ce foutu lit. J'ai soupiré puis je me suis rapproché avant de me pencher et de l'attraper d'un bras autour de la taille. Quelques secondes plus tard, elle était sur mon épaule, et elle gesticulait dans tous les sens pour que je la repose. Elle me haïssait profondément lorsque je faisais ça.

— Je te reposerai une fois dans la cuisine quand tu auras vu les céréales et que tu ne voudras plus m'assassiner parce que je t'ai sortie du lit. J'ai plaisanté en montant l’escalier.

Je l'ai reposée une fois arrivés dans la cuisine puis elle m'a regardé avec ses sourcils froncés et un regard noir avant de taper comme elle pouvait contre mon torse dans un signe d'exaspération. Vous me connaissez, vous devez savoir que la voir râler était mon péché mignon et que j'étais actuellement vraiment heureux de mes conneries.

— *Zach, naprawdę jesteś najgorszym idiotą, jakiego znam*[1] *!!!!* Elle a articulé en ce que je présumais être du polonais.

J'ai souri malgré moi parce que j'adorais l'écouter parler sa deuxième langue et que ça lui était arrivé quelques fois ces dernières semaines. La plupart du temps, ce n'était pas pour me faire un éloge vous vous en doutez, mais ça m'amusait plus qu'autre chose. J'avais une fâcheuse habitude de me satisfaire de son agacement. Dans la limite de la taquinerie bien sûr, je ne m'amusais pas à la mettre sur les nerfs méchamment. J'aimais l'embêter. Et quoi qu'elle en dise, je sais qu'elle adorait que je le fasse.

— J'ai rien compris mais j'imagine que tu m'as traité de tocard ? J'ai haussé les épaules, jouant comme un enfant avec sa patience.
— D'immense tocard même ! Elle a soufflé en passant sa main sur son visage en secouant la tête.

J'ai ri puis j'ai embrassé son crâne avant d'entreprendre de lui préparer son petit déjeuner. Grincheux avait besoin de son café. Et j'avais besoin de la mettre en veilleuse si je ne voulais pas qu'elle me hurle dessus pendant trois heures. Parce que lorsque Jayden était vraiment énervée, je peux vous dire que ce n'était pas toujours marrant, surtout pour moi.

Nous étions seuls dans la cuisine ce matin, mes parents allaient toujours courir le samedi matin, c'était un peu leur rituel à tous les deux. Depuis que j'étais gosse je les voyais faire ça le week-end. En grandissant, je trouvais ça de plus en plus symbolique. Je trouvais ça génial qu'ils aient des habitudes rien qu'à tous les deux. Mes frères dormaient encore profondément, il n'était que neuf heures après tout. Il faudrait attendre encore au moins deux bonnes heures pour que ces marmottes daignent sortir de leurs grottes au deuxième étage.

Alex ne devrait pas tarder à arriver, et en imaginant la mine pâle qu'il aurait en passant la porte d'entrée, ma gorge se noua de nouveau. Si fort que j'étais incapable d'avaler mon petit déjeuner depuis dix minutes. Je fixais mon assiette d'un regard vide espérant chasser toutes les pensées oppressantes qui tournaient en boucle dans ma tête depuis que j'étais réveillé. Ce jour me hantait continuellement, et j'avais l'impression que la brutalité de l'absence de Glen me torturait bien plus que je ne le croyais. C'est la voix de Jayden qui m'a fait sortir soudainement de ma pseudo-transe déprimante.

— Eh, Zach, t'étais passé où ?

Elle a fait le tour de la table et s'est plantée debout à côté de ma chaise, un air inquiet dans le regard. J'ai plaqué mes deux paumes de main sur mes yeux en soupirant lourdement et j'ai tenté de calmer mon rythme cardiaque qui grimpait en flèche. Angoisse quand tu nous tiens. J'ai senti mes avant-bras qui commençaient à trembler doucement, j'étais près d'exploser en larmes. Et je crois que je n'étais plus capable de les retenir, incapable de contrer ce chagrin qui me bouffait de l'intérieur. Instinctivement, j'ai passé mes bras autour de la taille de Jayden et je l'ai attirée vers moi en enfonçant doucement ma tête contre son ventre. Elle a passé un bras autour de ma nuque puis elle a laissé son autre main jouer avec mes boucles dans un geste réconfortant.

Quelques secondes plus tard, j'explosais en larmes.

Mes sanglots résonnaient dans toute la pièce, il n'y avait rien pour couvrir le bruit de ma souffrance qui faisait écho dans toute la maison. Jayden m'a serré un peu plus fort contre elle, me laissant déverser mes larmes sur son tee-shirt de pyjama, elle caressait toujours mes cheveux, probablement dans l'espoir de me calmer. J'étais incapable de faire face à ce poids, de faire face à cette douleur qu'était l'absence de Glen. Encore moins aujourd'hui. J'étais au fin fond du tunnel et la lumière n'était pas au bout. Elle ne l'était plus depuis trois ans déjà. Il aurait eu vingt-et-un ans. Et aujourd'hui, le cinq novembre, je me désintégrai en pièces une nouvelle fois. Il ne serait plus jamais là.

— Reste avec moi Zachy, je suis là. Elle a chuchoté en caressant mes boucles.

Sa voix a cogné contre mon cœur brutalement. Elle me tenait hors de l'eau à bout de bras. J'ai calmé ma respiration, le flot de larmes diminuant cruellement. J'ai repris conscience du moment présent, celui dans lequel j'étais avec Jayden, dans ma cuisine, du fait qu'elle était là pour me rassurer et que j'avais le droit d'accepter son aide. Jayden était mon ancrage. Ce qui m'aidait à rester dans le moment présent.

— Zach, dis-moi trois choses que tu vois. Jayden m'a demandé doucement en caressant ma nuque.

Lorsqu'on fait des attaques de panique, l'une des choses qui aide à garder son sang froid, c'est de se concentrer sur le moment présent, de citer des choses que l'on peut voir, que l'on peut entendre, que l'on peut toucher, que l'on peut sentir. On essaye de se concentrer sur ses sens au-delà du stress omniprésent qui envahit notre cerveau. Et Jayden essayait de faire passer ma crise d'angoisse naissante. J'en souffrais énormément, mais depuis que j'étais avec elle, elles se faisaient moins violentes, et par-dessus tout, elle m'aidait toujours à les faire passer. Je lui en serais à jamais reconnaissant pour ça.

J'ai inspiré difficilement et je me suis raclé la gorge pour essayer de parler entre les sanglots qui me brûlaient désormais la trachée.

— Une tasse de café, ton tee-shirt vert et la montre de mon père sur le comptoir. J'ai fermé les yeux pour tenter de reprendre mon souffle.

— Dis-moi trois choses que tu entends.

— Ta voix, mon chien qui aboie dehors et la Pontiac d'Alex qui vient de se garer dans l'allée.

— Et maintenant, dis-moi trois choses que tu peux toucher. Elle a embrassé mon crâne.

— Mon téléphone, tes joues et le paquet de céréales. J'ai soupiré doucement, ma respiration avait finalement reprit son rythme normal.

J'ai levé la tête vers elle, osant désormais la regarder après avoir pleuré pendant un quart d'heure. Elle m'a souri tendrement en passant ses pouces sur mes joues et en embrassant mon front. C'était tout ce dont j'avais besoin.

Elle est tout ce dont j'ai besoin.

— Merci mon cœur. J'ai chuchoté.

Elle a ouvert la bouche pour répondre mais n'a pas eu le temps de dire quoique ce soit car Alex entrait dans la cuisine au même moment.

— J'aurais jamais cru dire ça un jour de toi mec, mais putain t'es super niais et romantique en fait. Il a plaisanté, ayant probablement entendu l'usage du surnom juste avant.

Jayden s'est détachée de moi et je me suis levé en passant ma main sur mon visage avant de lui donner une tape derrière la tête.

— Tais-toi gros malin !
— Moi aussi je suis content de te revoir chéri. Il a plaisanté, son sourire moqueur collé aux lèvres.

Alex affichait toujours la même façade confiante lorsqu'il traversait des moments difficiles. Je savais pertinemment que ce jour ne le laissait pas de marbre, pourtant il ne brisait jamais son masque. Ses lèvres s'étiraient toujours dans le même rictus que je connaissais par cœur. Paradoxalement, je ne lui en voulais pas de cacher sa douleur, il fonctionnait comme ça. Alex était le genre de personne à réconforter les autres, mais lorsqu'il s'agissait de lui, il attendait toujours de revoir son thérapeute pour déverser tout ce qu'il avait en lui. Je le connaissais sur le bout des doigts, et aucune de ses larmes ne coulerait devant moi ni devant Jayden. Il était de pierre et très peu de choses pouvaient espérer le faire craquer.

Il m'a pris dans ses bras en frottant légèrement le haut de mon dos pour me réconforter après avoir vu mes yeux gonflés et mes joues humides de larmes. Ensuite, il est allé enlacer Jayden qui était apparemment devenue sa nouvelle sœur par procuration, je vous jure que c'était flippant, ils s'entendaient tellement bien ces deux-là.

Alex s'est ensuite fait son petit déjeuner pendant que Jayden et moi étions descendus nous préparer. Je ne pouvais pas éviter ce moment éternellement. Il faudrait bien se rendre au cimetière à un moment ou à un autre. C'était glaçant, presque paralysant à vrai dire, mais j'avais besoin de *lui* parler, j'avais besoin de me confier. J'allais y arriver.

Je terminais de boutonner ma chemise noire en me regardant dans le miroir quand mes yeux ont croisé ceux de Jayden qui me regardaient déjà. Elle a rougi légèrement en pinçant ses lèvres puis je me suis tournée vers elle, lui souriant aussi sincèrement que je pouvais.

— Ça te va bien les chemises. Elle m'a souri.

— Je rêve ou tu m'as fait un compliment Grincheux ? J'ai raillé, moqueur.

— Je préfère quand tu m'appelles "mon coeur". Elle a secoué la tête, un rictus amusé collé aux lèvres.

— Ah bon, ça te plaît ? J'ai haussé un sourcil en m'approchant et j'ai passé mon bras autour de sa taille pour la rapprocher de moi.

— C'est très tocard, mais je plaide coupable, ça me plaît. Elle a mordu sa lèvre inférieure en passant sa main dans mes boucles.

— Noté alors. J'ai embrassé son front puis sa joue et ses lèvres avant de me détacher en prenant sa main.

Quelques minutes après, nous étions de retour à l'étage et Alex nous attendait pour partir. Ni une ni deux, nous voilà tous installés dans sa splendide voiture pour aller au cimetière. Alex s'est arrêté en chemin pour acheter des tulipes blanches et des roses rouges, c'était symbolique pour nous. Nous avions toujours fleuri la tombe de Glen de cette façon, les tulipes pour Alex, les roses pour moi. De cette façon, on essayait de lui montrer que même si le temps passait, les souvenirs restaient, et qu'on conserverait sa mémoire pour toujours à l'intérieur de nous.

Nous sommes arrivés au cimetière dix minutes plus tard, je me suis tendu instantanément à la vision du grand portail noir, celui que je redoutais à chaque fois. J'étais crispé dans tous les muscles de mon corps, luttant une nouvelle fois contre ma pesante tristesse. J'ai entrelacé mes doigts à ceux de Jayden une fois sorti de la voiture, j'avais besoin d'elle. Elle m'a serré doucement la paume de la main puis elle a commencé à dessiner des petits cercles avec son pouce dessus, elle me rassurait.

Alex s'est avancé le premier dans les allées sombres qui menaient à la tombe de Glen. Je connaissais le chemin par cœur, mais à chaque fois que je retraçais cette route, mon organe vital se réduisait en miettes. Le silence planait autour de nous, il n'y avait pas besoin de mots pour dire à quel point c'était compliqué, à quel point nous étions détruits. Alex avait tendance à bâtir un mur autour de lui, il dissimulait ses émotions comme personne, ne laissant rien paraître. Mais comme je le connaissais mieux que personne, je discernais facilement la tristesse dans son regard et la tension naissante dans ses trapèzes à chaque pas de plus vers la tombe. Ce jour le hantait continuellement, même s'il n'en parlait pas, et je savais qu'il souffrait autant que moi.

Nous avons déposé les fleurs sur la tombe, mes yeux étaient déjà humides et gonflés. Ma gorge me brûlait et j'avais envie de hurler une nouvelle fois, de crier à quel point tout ça était injuste. Jayden et moi nous sommes reculés peu après, laissant Alex parler à Glen. Je préférais qu'ils ne soient que tous les deux. Alex était très pudique lorsqu'il s'agissait de ses sentiments, et je n'avais pas envie qu'il se sente envahit par ma présence.

Il s'est ensuite reculé, la tête baissée, et les yeux ruisselant de larmes. Il venait probablement de lui confier toutes les choses qu'il avait enfoui profondément dans son cœur en espérant faire son deuil plus facilement. Mais Alex souffrait de sa disparition. C'était son meilleur ami depuis qu'ils étaient enfants, il avait grandi à ses côtés. Voir la personne qu'on a connue toute sa vie disparaître brutalement, ça brise en deux. Littéralement.

Je l'ai gratifié d'un léger sourire triste et j'ai pressé son épaule doucement, Alex n'aimait pas être réconforté ni pleurer dans les bras de quelqu'un, il aimait jouer les gros durs, bâtir un mur entre lui et sa souffrance, je ne pouvais pas lui en vouloir, je respectais ces choix. Je me suis donc avancé à mon tour. Je me suis retourné instinctivement lorsque Jayden a lâché ma main pour rester en retrait.

— Viens avec moi, s'il te plaît. Je l'ai presque suppliée.

Elle a hoché la tête doucement en reprenant ma main dans la sienne, la serrant un peu plus fort, puis elle m'a suivi jusqu'à la tombe. Je sentais son souffle saccadé à côté du mien, je savais à quel point elle était triste. Parce que Jayden était une véritable éponge et qu'elle décelait absolument chaque émotion chez les autres. Particulièrement les miennes. Et en ce moment, elle devait parfaitement savoir que j'étais au fond du trou et que je n'imaginais même pas pouvoir en sortir.

Je me suis raclé la gorge plusieurs fois avant d'essayer de parler, j'étais au bord des larmes et je savais pertinemment qu'elles se mettraient à ruisseler aussitôt lorsque je commencerais à déballer ce que j'avais à lui dire. J'ai inspiré profondément et j'ai pincé mes lèvres nerveusement avant de me lancer. Il fallait que je lui parle.

— Glen, mon pote, je ne sais pas vraiment par où commencer… Tu sais ça fait longtemps que je ne suis pas venu te parler, je crois que mon cœur saignait encore trop pour pouvoir affronter l'image de cette putain de pierre tombale. J'ai encore du mal à croire que tu es parti et que tu ne partageras jamais plus de souvenirs avec nous. J'ai encore du mal à croire que tu ne seras plus jamais là.

J'ai repris mon souffle avant de me racler la gorge et de sécher les larmes qui naviguaient déjà sur mes pommettes.

— Tu sais Glen, je pleure encore des litres d'eau parce que je n'ai plus la chance de serrer mon meilleur ami dans mes bras, que je n'ai plus la chance de te raconter toutes mes histoires. Tu étais la partie de moi que j'ai toujours le plus aimée. Celle qui brillait et me rappelait à quel point j'avais ma place ici. À quel point j'étais aimé et apprécié. À quel point j'étais accepté. Glen, tu me manques et j'ai le cœur qui se déchire à chaque fois que je regarde nos photos ou que j'écoute les derniers messages vocaux que tu m'as laissés. Je n'ai jamais pu te dire au revoir, et je crois que je n'arriverais jamais à le faire. Lorsque tu es parti, une partie de mon cœur a brûlé, te rejoignant certainement.

Un sanglot a transpercé ma trachée alors que j'essayais tant bien que mal d'articuler entre mes chaudes larmes.

— Je ne sais pas quand j'aurais la chance de te revoir, mais j'entretiens l'idée qu'on se rencontrera dans tous les univers, dans toutes les vies. Et peu importe ce que les autres vies mettront sur notre chemin, on se retrouvera. Parce que tu étais la moitié de moi et que je te vois chaque soir lorsque le soleil se couche. Je te vois dans tous les cieux et dans tous les putain d'endroits du monde. Mec, tu me manques. Je m'en veux tellement. J'aurais aimé pouvoir partager un tas de trucs avec toi. J'aurais aimé qu'on roule jusqu'au bout du monde. J'aurais aimé venir à ton mariage. Et j'aurais aimé que tu rencontres Jayden. La minuscule brunette qui se tient à côté de moi et qui me tient la main si fort que c'est ma seule façon de ne pas m'écrouler à nouveau en pensant à toi. La fille qui m'aide à me reconstruire et qui éclaire un peu plus chaque jour mon quotidien que je trouve si misérable depuis que tu n'es plus là. Parce que si je te vois tous les soirs lorsque le soleil se couche, le soleil se tient toujours près de moi lorsque Jayden est là. J'aurais aimé que tu la rencontres. J'aurais aimé voir à quel point vous étiez faits pour vous entendre. Tu me manques et ton absence frappera toujours aussi fort contre moi. Mais je te promets de m'accrocher. Alex et Jayden ne me laisseront pas tomber. Je serais fort pour toi, et un jour je viendrais ici avec un sourire grand comme le monde et je te dirais à quel point je suis redevenu le Zach que tu connaissais par cœur. J'espère que tu voles sereinement là-haut, et que tu veilles sur nous. Je t'aime plus que l'Univers Glen. Pour toujours.

Mes joues étaient inondées de larmes tièdes et ma trachée brûlait si fort que je ne pensais plus pouvoir articuler un mot dans les prochaines minutes. Jayden s'est tournée vers moi, les yeux rougis par ses propres larmes, puis elle m'a attiré contre elle. Je lui ai rendu son étreinte avant de fondre en larmes une nouvelle fois dans ses bras. J'ai tout lâché. J'étais vulnérable et probablement faible, mais ce n'était pas grave. J'acceptais mes émotions comme elles venaient, j'acceptais qu'elles puissent me tirailler et me déchirer en deux. Parce que guérir, c'est aussi accepter qu'on puisse souffrir. Parce que faire son deuil, c'est aussi accepter les larmes et le chagrin qui perdureront. Parce qu'aller mieux prend plus de temps qu'on ne peut l'imaginer.

J'ai relevé la tête vers Alex qui se trouvait à quelques mètres de moi. Ses yeux bleus m'ont véhiculé cet amour fraternel que je connaissais si bien depuis toutes ces années. J'ai esquissé un sourire en coin avant de me détacher de Jayden et de me diriger vers lui. Une minute plus tard, je le prenais dans mes bras, si fort que j'aurais pu fusionner avec lui. J'ai senti ses larmes mouiller légèrement la manche de ma chemise, puis il s'est détaché et il a collé son front contre le mien. Comme toujours.

— Je t'aime mon frère. Il a chuchoté et j'ai fermé les yeux en soupirant doucement.

— Et je t'aime tout autant, Alex. J'ai répondu avant de me reculer et d'ébouriffer ses cheveux blonds.

*****

Lorsque nous sommes rentrés, je suis descendu immédiatement pour me changer, je ne pouvais pas tolérer cette tenue plus longtemps. Je la portais uniquement lorsque j'allais voir Glen. Je l'ai rangée soigneusement, et j'ai enfilé un sweat de l'équipe de rugby avec un jogging noir. Bien plus moi. Bien plus confortable. J'étais nerveux et angoissé, je faisais littéralement les cent pas dans ma chambre et un lourd soupir m'a échappé avant de sursauter parce que Jayden se trouvait en fait derrière moi.

— Pardon, je ne voulais pas te faire peur. Elle s'est gratté la nuque en me regardant.

— T'en fais pas. J'ai souri faiblement, essayant de la rassurer.

— Alex dit qu'il veut t'emmener tirer, et je pense que tu en as besoin Zachy. Elle s'est rapprochée.

J'ai hoché la tête en passant nerveusement une main dans mes boucles, m'attardant un peu sur celles derrière mon oreille. J'avais besoin de tirer. Je voulais écouler cette angoisse hors de moi. Je voulais extérioriser les choses qui me consumaient lentement aujourd'hui. Alex et moi, on tirait souvent tous les deux. Lui comme moi étions des boules de nerfs, des vrais colériques, et lui l'était encore plus que moi, sa tendance à tout intérioriser l'avait fait exploser plus d'une fois.

— Est-ce que je peux venir ? Jayden a pincé ses lèvres en regardant ses mains.

J'étais surpris, je ne pensais pas qu'elle voudrait nous accompagner et encore moins qu'elle était intéressée par le tir. Mais je devais avouer que j'étais touché. Elle me surprendrait toujours.

— Bien sûr que oui. J'ai souri en coin avant d'embrasser son crâne deux fois.

Dix minutes plus tard, nous voilà tous les trois au stand de tir à quelques rues de chez moi. Jayden regardait partout autour d'elle, fascinée par ce nouvel environnement qu'elle découvrait. J'ai eu un rictus amusé en la voyant comme une enfant dans un parc d'attraction, puis je suis allé récupérer le matériel qu'il nous fallait. La laissant discuter avec Alex qui avait besoin du réconfort de Jayden. Elle était l'une des rares personnes qu'il laissait pénétrer dans son grand cœur de pierre. Je voulais donc lui laisser ce moment tranquille. Lorsque je suis revenu, il m'offrait son large sourire que je connais par cœur, et je savais. Je savais que c'était mon soleil qui venait de l'éclairer.

Quelques minutes après, j'ai rejoint ma zone de tir pour l'heure à venir. J'ai placé le casque anti-bruit sur mes oreilles avant de repositionner mes lunettes de protection, puis j'ai chargé minutieusement le pistolet avant de me placer devant mes cibles. J'ai soufflé un grand coup en détendant mes épaules et ma nuque puis j'étais parti. Une cible. Deux cibles. Trois cibles. Toutes touchées en plein milieu. À chaque pression sur la gâchette, je me sentais un peu plus libéré de la tension omniprésente dans mes muscles depuis ce matin. J'étais dans ma bulle, en train de me décharger du poids immense que je portais partout avec moi, en d'autres termes, mon anxiété. J'étais en train de m'apaiser doucement, à mesure que les chargeurs tombaient et que je détruisais chaque cible en plein centre. Une demi-heure plus tard, j'enlevais le casque et les lunettes et je me rapprochais de Jayden qui ne m'avait pas lâché des yeux pendant tout ce temps.

— À ton tour mon cœur. J'ai souri doucement en lui tendant un casque.

— Tu vas m'apprendre hein ? Elle a attrapé le casque avant de relever les yeux vers moi.

— Oui, je vais tirer avec toi. Je lui ai mis les lunettes de protection avant de la tirer par la main vers une cible.

Elle a positionné le casque sur ses oreilles et a chargé son pistolet avant de tendre les bras devant elle. Je me suis mis derrière elle, mon torse contre son dos et j'ai tendu mes bras en posant mes mains sur les siennes pour la guider. Tirer n'a rien de facile au début alors pouvoir la guider de cette façon était la meilleure chose que je puisse faire pour lui apprendre. D'autant plus que j'étais très bien comme ça, on ne va pas se mentir. J'ai pressé doucement la gâchette avec elle. La première cible venait d'être touchée, et j'ai senti Jayden se réjouir contre moi. Je savais que ça ne pouvait que lui faire relâcher son anxiété à elle aussi. J'ai donc passé la demi-heure suivante à lui apprendre. Et tout à coup, mon sourire était revenu.

*****

Nous avons passé le reste de la journée chez moi en compagnie de ma famille. Alex était bien entendu resté avec nous, ma mère disait souvent que c'était son quatrième fils et j'adorais le fait qu'il fasse autant partie de ma famille, il était comme mon frère. On ne partageait peut-être pas les liens du sang mais c'était mon frère de cœur, celui qui serait toujours là, je le savais.

Jayden regardait les albums photos avec mes parents dans le salon pendant qu'Alex, mes petits frères et moi faisions un match de basket sur le terrain improvisé derrière le garage. On faisait un vacarme incroyable, mais je me sentais débarrassé de toute la tension que j'avais intériorisée ces derniers jours. Il faut dire qu'entre l'incident avec Mitch, mon examen loupé, l'anniversaire de Glen et la visite au cimetière, c'était dur de ne pas être tendu. D'ailleurs, il me restait encore quelques trucs à régler une fois que nous serions retournés sur le campus et je comptais bien les régler au plus vite pour laisser à mes pensées l'occasion de respirer un peu. Ça serait tout de même bien sympa de me laisser de l'espace pour penser à autre chose que vouloir casser la gueule de Mitch. À chaque fois que j'y repensais, ma mâchoire se crispait et mes poings se fermaient instinctivement. Je détestais profondément l'idée qu'il se soit tenu si proche de Jayden et en plus de ça, qu'il l'ait fait pleurer. Je n'étais pas de nature jalouse, ni trop possessive je dirais, mais par contre, j'étais protecteur, et particulièrement envers Jayden. Parce que je l'aimais avec chaque cellule de mon putain de corps et que je haïssais littéralement l'idée qu'elle puisse souffrir et pleurer pour un imbécile pareil. Il ne méritait pas ses larmes. Je comptais bien lui faire comprendre une bonne fois pour toutes.

Personne ne touchait à Jayden. Personne.

Une fois notre match terminé, je suis rentré pour boire un immense verre d'eau parce que je crevais de chaud des deux heures que nous venions de passer à courir derrière le ballon. Ma maman buvait un thé en regardant par la fenêtre mon père qui arrosait le jardin. J'étais admiratif de l'amour qu'ils se portaient l'un envers l'autre, c'était très pur, et j'avais toujours vu mes parents s'aimer très fort. J'imagine que j'ai grandi avec une belle représentation de l'amour sain, peut-être que c'est ce qui m'aidait à l'appliquer dans ma relation actuelle. J'imagine en tout cas.

— Où est Jayden ? J'ai demandé, incapable de me passer d'elle plus de deux heures visiblement.

Ma mère a souri en se retournant vers moi, son regard brillait à la lueur du soleil descendant de début d'hiver.

— Elle est descendue avec Loki, elle avait besoin de se reposer.

J'ai hoché la tête doucement, me sentant légèrement coupable de ne pas avoir pu prendre soin d'elle alors qu'elle avait probablement dû peiner à descendre cet escalier pour aller chercher son inhalateur et prendre son traitement.

— Tu l'aimes hein ? Ma mère a chuchoté en posant ses mains sur mes joues comme elle faisait souvent.

J'ai fermé les yeux doucement au contact de ses paumes sur ma mâchoire crispée et j'ai soupiré lourdement. Je ne l'avais jamais mis en mots avant. Pourtant, c'était absolument ce que je ressentais. Et ma mère l'avait facilement compris, elle me lisait comme un livre ouvert.

J'aimais Jayden. Plus que tout.

— Plus que tout maman.

J'ai chuchoté à mon tour en hochant doucement la tête, me sentant délivré d'une certaine tension en l'ayant enfin formulé à voix haute. C'était tout nouveau et je découvrais encore ce qu'était l'amour. Mais je savais que c'était ce que je ressentais pour la toute petite femme brune qui est en bas dans ma chambre. De l'amour. Pur et doux.

Ma maman m'a serré dans ses bras et j'ai posé mon menton sur son crâne en lui rendant son étreinte. Elle me rassurait et me donnait envie de croire en moi depuis que j'étais tout jeune. Je n'aurais jamais pu demander mieux comme mère, elle était merveilleuse et tellement aimante. J'avais de la chance.

Elle m'a libéré de ses bras quelques minutes après et m'a adressé un timide sourire en désignant de la tête la porte qui menait au sous-sol et donc à ma chambre. Signe que je devais rejoindre mon petit grincheux endormi. Je me suis donc exécuté après avoir pris une douche rapide et avoir fumé une cigarette avec Alex avant qu'il ne reparte chez lui.

En arrivant devant ma chambre, je pouvais entendre que Jayden était au téléphone et j'en ai conclu que c'était son petit frère. Jonah et elle se téléphonaient très souvent. Je suis entré sans faire de bruit et elle m'a gratifié d'un grand sourire. Je me suis assis près d'elle et je pus observer la petite tête brune de son frère à travers l'écran.

— Salut Zach ! Jonah a déclaré avec enthousiasme. Ce n'était pas la première fois que je l'appelais avec Jayden.
— Salut mon pote. J'ai souri puis j'ai attrapé le téléphone alors que Jayden baillait à répétition.

Je savais qu'elle avait envie de s'endormir mais qu'elle ne voulait pas raccrocher. Alors j'ai poursuivi l'appel avec son petit frère et je l'ai blottie dans mes bras pour qu'elle trouve le sommeil.

À la fin de l'appel, j'ai veillé à ne pas faire de bruit. Si je réveillais Jayden deux fois dans la même journée, je pense que je signerais mon certificat de décès directement qu'on soit clairs. Puis je me suis installé à côté d'elle avant de me tourner pour coller mon torse à son dos. Jayden n'avait pas besoin d'être protégée, elle était forte et savait comment se battre pour elle-même, mais j'aimais l'idée que je puisse être son bouclier personnel, et m'installer dans cette position me rappelait à quel point j'étais un tocard protecteur. Mais j'adorais ça.

Je ne me suis pas endormi mais j'ai réfléchi, perdu inlassablement dans un flot de mots. J'avais encore un tas de choses à lui dire, des phrases super romantiques qui lui donneraient probablement envie de vomir. Mais parmi toutes ces choses, une seule ressortait, comme une luciole dans le ciel d'été.

Je l'aimais.

[1] : « Zach tu es le plus gros idiot que je connaisse » en Polonais.

CHAPITRE 17

ZACH

Cela faisait quelques jours que Jayden et moi étions rentrés du week-end passé chez mes parents. En toute honnêteté, j'étais vraiment heureux d'avoir pu passer un peu de temps à la maison, j'en avais besoin. J'étais rechargé. Parce que ma maman m'apaisait, que mon père m'apportait un amour incomparable, parce que mes frères étaient une partie de moi dont j'étais fier et que j'adorais les voir grandir. Mais aussi parce que Jayden était là. Et que désormais je n'en doutais plus. Désormais, elle était elle aussi ma famille.

En retrouvant mon emploi du temps et ma routine quotidienne sur le campus, j'ai grincé des dents plusieurs fois en croisant Mitch sur le terrain ou encore à la salle de musculation. J'essayais de l'éviter à tout prix, évitant de rallumer le brasier qui me consumait encore inconsciemment. Tant qu'il n'aurait pas payé, je ne serais pas tranquille. J'avais du mal à être pleinement serein en sachant qu'il pouvait à tout moment s'en prendre une nouvelle fois à Jayden. Mais je ne le supporterais pas, il prendrait bien trop cher avant de pouvoir l'approcher à nouveau. Concrètement, je ne pouvais pas être sûr qu'il ne l'approcherait pas, je ne surveillais pas Jayden toute la journée, à vrai dire, ça n'a jamais été dans mes intentions. Et soyons clairs, elle me gueulerait dessus si je faisais un truc pareil. Mais je haïssais profondément l'idée que ce connard errait sur le même campus qu'elle. Il l'avait à l'œil. Et s'il cherchait à flatter son ego dans cette petite guerre puérile alors il était tombé sur le mauvais adversaire. Je connaissais ma valeur, et il était hors de question que je me rabaisse à son niveau pour booster sa confiance en lui à l'aide de quelques joutes verbales inutiles.

Mais il paierait, j'en étais profondément convaincu.

En parlant de Grincheux, je ne l'avais pas vue de la journée, et en déambulant dans les allées du campus pour rejoindre le terrain, j'étais d'une humeur glaçante. Je venais de passer une journée absolument abominable, plongé dans les révisions pour mes concours, apprenant par cœur des pages et des pages. J'étais très nerveux à l'idée de passer ces examens, je voulais vraiment y arriver mais il était dur de faire taire la voix dans ma tête qui me répétait que je n'y arriverais pas. Jayden m'aidait en ce sens, elle croyait vraiment en moi. Elle avait toujours les bons mots pour me motiver ou me prouver que j'en étais capable. Alors avoir supporté cette dure et longue journée sans avoir passé un minimum de temps avec elle me rendait dingue. Parce que j'avais envie de la voir, de pouvoir la serrer dans mes bras et de l'embrasser devant tout le monde. Pas pour me la péter, juste pour montrer que c'était ma copine désormais et que j'en étais fier. J'étais fier de sortir avec une fille aussi géniale et tout le monde méritait de le savoir. Tout le monde méritait de savoir que mon cœur lui appartenait pleinement.

Sur le trajet vers l'entraînement, la musique tambourinait fortement contre mes tempes, m'enfermant dans mon monde le temps d'un instant. J'ai réussi à faire abstraction de la tension qui se propageait dans mes épaules à mesure que j'approchais du terrain et que je devrais à nouveau voir le visage de Mitch et son rictus arrogant qui me donnait envie de lui péter les dents. J'étais concentré sur la chanson qui passait, la préférée de Jayden, et j'ai focalisé mes pensées sur ce qui nous attendait ce soir. Je l'emmenais en date. Concrètement, ça ne nous était pas vraiment arrivé depuis qu'on était ensemble. Je crois qu'on se satisfaisait de la simplicité des moments du quotidien. De la facilité à trouver les moments ensemble spéciaux alors qu'ils étaient banals. Lorsque nous étions ensemble, rien d'autre ne comptait. Pas besoin de restaurant ou encore de soirées extravagantes. Juste elle et moi, il n'y avait besoin de rien de plus. Seulement, ce soir, j'avais envie de l'emmener quelque part. Un truc bien cliché, mais qui me faisait secrètement sourire parce que j'étais sûr que Jayden adorait cet endroit sans même me l'avoir dit. Alors ce soir, je l'emmenais à la fête foraine et on aurait beau me crier que c'est bien un date de tocard, je n'en avais absolument rien à faire. En y pensant, un large sourire prit place sur mon visage sans même que je ne le remarque.

En poussant la porte du vestiaire, j'enlevai finalement mon casque en voyant Alex en train de se changer devant son casier. Encore une fois, il avait l'air tendu et je savais pertinemment que voir Mitch tous les jours l'agaçait autant que moi. Il détestait que Mitch traîne dans les pattes de Jayden.

Je l’ai tchecké rapidement avant de commencer à me changer à ses côtés en soupirant doucement. Aujourd’hui l'entraînement allait être long, mais j'avais besoin de courir pour me vider la tête une bonne fois pour toutes. Je ne pouvais pas me laisser envahir par la colère. Pas ici, pas maintenant.

Lorsque j’ai rejoint le terrain, j’ai froncé les sourcils en voyant une sorte de cercle formé par l'ensemble des autres gars de l'équipe. Visiblement, deux personnes étaient en train d'avoir une discussion électrique au milieu, je pouvais entendre des paroles violentes étouffées de là où j’étais. Pris de curiosité, je m'approchai et me fis une place au milieu de mes coéquipiers. Et là, je me suis figé.

Jayden se tenait devant moi, en train de tenir tête à Mitch, devant toute l'équipe. J'ai croisé les bras, mon regard brûlant fixé sur ma petite amie, un mélange entre fierté et crainte présent dans mes iris. Soudain, elle a soufflé puis a commencé à incendier Mitch lourdement, bien comme il le méritait.

— Que les choses soient claires, je ne veux plus que tu m'approches. Jamais. Plus jamais. Je veux que tu arrêtes de m'attendre devant mon amphi comme un gros taré, je veux que tu arrêtes de m'envoyer des messages dégueulasses alors que je ne t'ai rien demandé. Je veux que tu arrêtes de me prendre pour un objet que tu pourrais posséder alors que ce n'est et ça ne sera jamais le cas. Je ne suis pas un putain de pantin. Et d'ailleurs, pour ton information, j'ai un copain, et je déteste l'idée que tu puisses interférer de cette façon dans notre relation alors que tu n'es qu'un imbécile de première cherchant à gonfler son ego de mâle alpha frustré. Mais mets-toi bien dans la tête que tu n'es rien à mes yeux, et que jamais, au grand jamais, je ne te donnerai de l'importance. Tu ne mérites pas mon attention. En fait, c'est la dernière fois que je te la donne Mitch.

Elle a serré sa mâchoire vivement et a croisé ses bras en le toisant d'un regard noir. Elle était remontée, il n'arrêtait pas de l'emmerder ces derniers jours. J'ai souvent voulu aller lui régler son compte, mais elle m'a toujours retenue. Je ne lui tenais pas tête, elle avait raison de calmer mes ardeurs. C'était mieux comme ça. Je ne pouvais pas risquer de me faire virer de l'équipe et encore moins d'avoir un blâme sur mon dossier parce que j'avais frappé un de mes coéquipiers. Cela dit, je savais à quel point ça la mettait hors d'elle. Qui aurait cru qu'elle exploserait avant moi ? Apparemment, il ne fallait pas chercher Jayden. J'en avais la preuve. Mais j'étais fier d'elle. Elle m'a littéralement coupé le souffle. Ce tout petit bout de jeune femme tenant tête à ce gros colosse idiot. Elle était mille fois plus forte que lui.

Mitch a eu un rire arrogant, comme à son habitude. Puis il a haussé les épaules avant de cracher une nouvelle fois son venin de grande vipère.

— Il paraît que Zach Jenkins ne baise pas, c'est pour ça que tu es autant remontée ? Si jamais tu as besoin de te détendre, tu peux m'appeler chérie, je m'en occuperais avec plaisir.

Mon sang n'a fait qu'un tour. Est-ce que j'avais bien entendu ? Non seulement, il venait de s'exclamer devant tout le monde sur ma propre vie sexuelle. Et en plus de ça, il affirmait qu'il voulait se taper ma copine ? Ce mec ne payait rien pour attendre. Je pense vraiment qu'il cherchait à se faire enterrer. Mes phalanges fourmillaient d'envie de lui coller une droite. J'avais le sang qui bouillonnait dans mes tempes et dans la base de ma nuque. Je détestais l'idée qu'il puisse me mettre dans un tel état. Il ne méritait pas ma colère. Quel connard bordel. J'avais envie de lui éclater le crâne.

Mais je n'aurais pas besoin de le faire, car deux secondes après, la main de Jayden s'éclatait violemment contre sa joue dans une gifle magistrale.

Elle venait de lui remettre les idées en place, j'en étais certain. Le bruit a résonné si fort que tout le monde a arrêté de parler autour. L'équipe était choquée de voir quelqu'un enfin lui tenir tête. Encore plus quand ce quelqu'un s'avérait être une petite jeune femme d'1m54.

— Tu vas la fermer maintenant, c'est clair ? Tu n'as aucun droit de parler de Zach comme ça, c'est sa vie privée, ça ne te regarde pas bordel. Et de toute façon qu'est-ce que ça peut te foutre ? Tu es un idiot fini Mitch. Tu n'es même pas capable de comprendre à quel point Zach est la personne la plus merveilleuse que je connaisse et que pour rien au monde je ne renoncerais à lui. Ça s'appelle l'amour, tu connais ? Non parce que toi à part vouloir passer sur toutes les copines de tes coéquipiers, tes intérêts sont très restreints. Tu mérites que je te crache dessus, mais comme j'ai décidé de ne pas m'abaisser à ton niveau de connerie, je vais m'abstenir. Maintenant, va bien te faire foutre. Je te déteste.

Ça, c'est ma putain de copine.

Elle lui a adressé ses deux majeurs en dernier salut puis elle a fait volte-face pour sortir du cercle. Je me suis reculé pour pouvoir la voir quand elle passerait à côté de moi, j'avais besoin de la serrer dans mes bras.

Lorsqu'elle m'a vu, elle m'a couru dessus et je l'ai rattrapée en vol. Elle a enroulé ses jambes autour de ma taille en cachant timidement sa tête dans mon cou. Pendant ce temps, je passais mon bras autour d'elle et la maintenait tout en marchant pour avoir un semblant d'intimité.

— Tu as tout entendu ? Elle a chuchoté en reprenant son souffle.
— Oui, j'ai tout entendu Jayden.
— Je suis désolée, je voulais pas exploser comme ça, mais depuis qu'on est rentrés, il n'arrête pas de me rendre dingue. J'avais besoin de le remettre à sa place.
— T'excuse pas, tu as été incroyable, tu ne peux pas savoir à quel point je suis fier d'avoir une copine pareille. J'en reviens pas. La gifle était magnifique cela dit. J'ai souri, amusé, en passant ma main dans sa nuque.

Elle s'est redressée et m'a regardé, un rictus moqueur au coin des lèvres.

— Merci espèce de tocard. J'ai préféré le gifler moi, je sais que tu lui aurais probablement cassé la mâchoire et toutes les dents avec si j'avais laissé traîner plus longtemps.

— Alors là, absolument. Il le mérite d'ailleurs. J'ai soufflé.

— Attends, tu n'as pas encore vu le dernier acte.

— Le dernier acte ? J'ai demandé, perplexe en haussant un sourcil.

Elle m'a fait un signe de tête pour que je regarde à ma gauche. Et là, un immense sourire de satisfaction prit place sur mon visage. Le coach était en train de hurler à Mitch de dégager de l'équipe et qu'il ne voulait plus jamais le revoir. J'étais drôlement content et surtout soulagé. Je n'aurais plus à le supporter, et il avait enfin ce qu'il méritait.

Je l'avais prévenu, chez moi, la vengeance est un plat qui se mange glacial.

Il avait tout perdu.

*****

J'ai rejoint le vestiaire après l'entraînement, qui s'est agréablement bien passé maintenant que Mitch ne faisait plus partie de l'équipe. Tout le monde avait l'air soulagé cela dit, il paraît que c'était sa tendance préférée, aller draguer les copines de ses propre coéquipiers.

Quel idiot, c'est grave. J'ai soupiré en m'asseyant sur le banc dans un geste las, je m'étais beaucoup dépensé et j'avais un contrecoup de l'espace qui était en train de me taper contre le crâne. Alex a fait son apparition quelques minutes plus tard et a entrepris d'enlever son maillot avant de s'asseoir à côté de moi, un sourire mesquin collé sur le visage.

— Alors mon grand, on emmène son amoureuse en rendez-vous galant ? Il s'est moqué.
— C'est ça, fous-toi de ma gueule Alex. J'ai soufflé en lui pinçant l'oreille.
— Je savais pas que c'était votre genre à tous les deux, vous êtes les pires casaniers que je connaisse. Il a ri.

Il n'avait pas tort, on avait vraiment une tendance à rester dans notre bulle. Mais j'appréciais ce confort-là et je ne pense profondément pas que ce soit un frein dans notre relation avec Jayden.

— Je suis pas sûr que ça devienne notre truc, en fait. J'avais juste envie de l'emmener quelque part ce soir. Ça me fait plaisir, et même si elle ne l'a pas avoué, je sais qu'elle est super impatiente. J'ai souri en coin malgré moi.

— Je l'ai même aidée à choisir sa tenue. Il m'a fait un clin d'œil, quel gros malin celui-là putain.
— J'en reviens pas, tu as réussi à passer du temps avec ma propre copine aujourd'hui alors que moi, Zachary Jenkins, son tocard préféré, je n'ai même pas pu la voir ? C'est une honte.
— Je suis son styliste, confident, frère numéro deux, compagnon de révisions, partenaire de lecture attitré. Tu crois que tu rivalises ? Il me cherchait.
— Ferme-la, tu devrais pas être en train d'attendre Louis devant son vestiaire pour le faire chier toi, d'abord ?

Voilà qui lui avait cloué le bec, clairement. Alex refusait de statuer sur ce qu'il se passait entre Louis et lui, mais je savais pertinemment que c'était ambigu. Du moins, il aimait réellement le draguer et le voir. Alex était charmeur, alors je ne m'étais pas plus alarmé que ça au début. Mais il m'est arrivé de les croiser tous les deux à la bibliothèque, ou encore au Starbucks et ils avaient l'air complices, un peu trop pour que je ne soupçonne rien. Pourtant, cette grosse tête de mule refusait de m'avouer quoique ce soit. Pareil pour Louis, il n'a lâché aucun mot à Jayden de cette histoire. Est-ce que ça nous rendait fous ? Évidemment.

— Lâche ma manche Jenkins, je te dirai rien. Il a haussé les épaules avant de disparaître dans la douche.

J'ai roulé des yeux en récupérant mon sac puis j'ai pris la route hors du vestiaire. Jayden avait assisté à l'entraînement et je ne voulais pas la faire attendre plus longtemps sur le terrain.

Je l'ai gratifiée d'un large sourire en m'approchant d'elle, ma casquette surplombait ses cheveux courts noirs et elle portait le collier que je lui avais offert pour son anniversaire. Ses joues étaient rosées, sûrement parce qu'elle devait avoir froid, comme à son habitude, mais elle restait toujours aussi mignonne. J'ai posé mes mains sur ses joues avant de l'embrasser avec un sentiment particulier, plein d'assurance et de fierté. Elle a passé un bras autour de moi en m'embrassant également, je pouvais sentir son sourire contre mes lèvres. Doucement, elle s'est détachée et m'a souri en laissant apparaître sa fossette droite pour laquelle je craquais.

— Je t'ai manqué on dirait. Elle a pincé ses lèvres malicieusement.
— Comme toujours madame. J'ai attrapé sa main pour repartir vers nos bâtiments.

Sur le chemin pour rentrer jusqu'à sa chambre, Jayden m'a raconté sa journée. Elle était d'une organisation sans nom et parfois j'avais du mal à croire qu'elle puisse faire autant de choses en seulement vingt-quatre heures mais il faut croire qu'elle n'était vraiment pas comme tout le monde. J'ai appris qu'elle avait répété, qu'elle avait eu trois cours dont deux beaucoup trop chiants pour ce que soit acceptable comme enseignement à l'université. Mais aussi qu'elle avait appelé son petit frère. Pour couronner le tout, elle avait eu le temps d'aller boire un café avec Louis et de passer du temps avec Alex, puis de venir voir mon entraînement. À ce stade, ma copine était une super-héroïne qu'on soit clairs.

Je lui ai ensuite raconté la mienne qui était beaucoup moins palpitante, voire vraiment ennuyante, mais elle était toujours sincèrement intéressée par ce que je lui disais alors ça me faisait plaisir. C'était un petit rituel entre nous, celui de nous raconter nos journées lorsqu'on ne se voyait pas ou très peu. Dit comme ça, ça paraît futile, mais je crois que la communication et les discussions banales étaient quelque chose de beaucoup trop oublié dans une relation de couple. Pourtant, c'est comme ça que se forgeait la force d'un lien. Comprendre l'autre, l'écouter, le conseiller, écouter ses peines et ses plaintes, mais aussi se réjouir, apprécier ses réussites, célébrer, savourer les petits instants. C'est ce qui rendait une relation spéciale, hors du quotidien, une dont on ne pouvait jamais se lasser.

J'ai rejoint ma chambre peu de temps après avant de filer en vitesse sous la douche. J'avais prévu de récupérer Jayden d'ici quarante-cinq minutes, pile ce qu'il me fallait pour me préparer juste comme je le voulais. J'ai coiffé rapidement mes cheveux encore humides, j'ai attrapé de quoi m'habiller dans mon placard, bien mais pas trop non plus, puis j'ai choisi la paire de Air Jordan qui allait m'accompagner ce soir. Bien entendu, ce serait les grises. Le point final de ma tenue était une casquette, posée à l'envers sur mes boucles. Pourquoi ? Tout simplement parce que Jayden m'avait avoué il y a une semaine qu'elle me trouvait super craquant avec et je comptais bien lui montrer que j'étais super craquant ce soir. J'aimais la rendre dingue.

J'ai fumé une cigarette sur le chemin pour aller récupérer ma voiture, je l'ai écrasée d'un coup sec avant de la jeter dans la poubelle à côté du parking puis je me suis installé dans ma Range. J'ai pris soin d'allumer le chauffage pour que Jayden n'ait pas froid en arrivant. Je faisais toujours attention à ce qu'elle ne soit pas gelée, si bien que j'avais pris un sweat supplémentaire avec moi. Juste au cas où elle en aurait besoin.

Lorsque je l'ai vu marcher jusqu'à ma voiture, j'ai littéralement eu le souffle coupé. Jayden était splendide. Elle portait un jean brodé à fleurs avec ses Doc Martens et un pull vert foncé qui lui allait à merveille. Ses cheveux étaient bouclés contrairement à leur habitude et je pouvais même déceler du blush et du gloss sur ses lèvres. Elle était incroyablement craquante, en témoigne mon sourire qui n'avait pas quitté mon visage depuis que j'avais posé mon regard sur elle.

La portière s'est ouverte puis son regard s'est attardé sur moi un instant avant qu'elle n'entreprenne de bouger pour s'installer.

— La casquette, ma grande faiblesse. Elle a chuchoté.
— Toi, ma grande faiblesse. J'ai renchéri en pinçant mes lèvres et en la détaillant davantage.

Elle a secoué la tête en roulant des yeux l'air de dire "quel tocard", puis elle s'est assise sur le siège passager avant de coller un baiser sur ma joue.

— J'ai hâte de voir où tu m'emmènes.

J'ai passé la première avant de poser ma main sur sa cuisse en conduisant. J'avais pris la fâcheuse habitude de faire ça, si bien que lorsque je conduisais sans elle à côté de moi, je me sentais incomplet. J'étais ridicule me direz vous, je pense juste que j'étais amoureux.

— Merci d'avoir pensé au chauffage. Elle a tourné sa tête vers moi en souriant en coin.

— Je savais que tu aurais froid, surtout en fin de journée. J'ai rajouté, l'esquisse d'un sourire au bord des lèvres, le regard fixé sur la route.

En guise de réponse, elle a pressé gentiment ma main dans la sienne avant d'entrelacer nos doigts.

En arrivant à la fête foraine, les innombrables lumières nous ont accueillis, c'était magnifique, j'adorais ce genre d'ambiance. J'espérais vraiment que Jayden apprécierait elle aussi, sinon j'aurais absolument foiré mon *date*. Tel le véritable débutant que j'étais.

Lorsque je l'ai vu écarquiller les yeux et commencer à gesticuler sur son siège, j'ai compris que je ne m'étais pas trompé. Elle avait hâte de sortir de la voiture. À peine ai-je eu le temps de me garer qu'elle ouvrait la portière vivement pour se diriger vers l'entrée.

Dieu merci je fais un demi-mètre de plus qu'elle alors il ne m'a fallu que deux secondes pour la rattraper et saisir doucement sa main dans la mienne.

— Tu pensais pouvoir m'échapper Grincheux ? J'ai chuchoté en me penchant vers son oreille.

Elle s'est retournée et m'a adressé un sourire malicieux en haussant les épaules. Elle était vraiment pas croyable.

— Comment tu as su que j'aimais les fêtes foraines ? Elle m'a demandé, curieuse.

— Mon intuition, j'imagine. Ou alors peut-être que tu es mon sujet préféré et que je te connais bien plus que tu ne le crois.

— Ça y est, ton alter-ego tocardien revient au galop à ce que je vois. Elle a plaisanté.

— Je suis content que ça te plaise, j'avais peur de me planter.

— Zachy, tu sais bien que peu importe où tu m'emmènes, je serais heureuse, ce qui m'importe c'est pas l'endroit, c'est le fait d'être avec toi.

Mon cœur a fondu instantanément. Jayden devenait de plus en plus expressive quant à ce qu'elle pouvait ressentir lorsqu'elle était avec moi, c'était surprenant au début, mais maintenant ça me remplissait d'un bonheur incontesté. Et par-dessus tout, mon cœur s'allumait instantanément, reflétant l'amour que je lui portais. Je pense que ça dégoulinait par tous les pores de ma peau d'ailleurs, ça ne devrait pas être permis d'aimer quelqu'un comme ça.

Nous avons donc passé la soirée à faire des attractions. J'aimais les sensations fortes, l'adrénaline et ce que ça produisait me rendant clairement euphorique. Mais apparemment ma copine était absolument la même que moi sur ce point-là. On a enchaîné les attractions à n'en plus pouvoir pendant une heure et demi. On était inépuisables, mais le moment était absolument génial et pour rien au monde je n'aurais voulu que ce soit autrement.

Une fois le tour du parc terminé, on a décidé de se rabattre sur quelque chose d'un peu plus calme et reposant. Autrement dit, manger une glace pour moi, et manger une gaufre pour Jayden.

— Je ne savais pas que c'était possible pour une personne aussi petite de manger une gaufre aussi grosse. Je l'ai taquinée.

Elle a froncé les sourcils en me fixant, j'étais à deux doigts d'exploser de rire. D'une part parce que je ne la trouvais jamais crédible avec cette tête, d'une autre parce qu'elle s'était mis du chocolat sur le bout du nez. Je me suis penché pour passer doucement mon pouce dessus, quelques secondes après je le portais à ma bouche pour manger ce qu'il y avait dessus.

— Délicieux. J'ai hoché la tête de satisfaction.

Jayden était rouge écarlate et je ne savais pas ce qui la rendait nerveuse tout à coup. J'étais interloqué.

— Tout va bien ?

— Non, ça devrait être interdit d'être séduisant comme ça. Elle a grogné en baissant les yeux vers sa gaufre.

— Un compliment ? Est-ce que je dois m'attendre à ce qu'il neige ?

— La ferme Zachary, accepte-le et dis merci !

— Ton alter-ego autoritaire fait son grand retour apparemment. J'ai pincé sa joue doucement.

Elle s'est tourné vers moi sur le banc où nous étions assis avant de lever les yeux au ciel. Je me suis penché pour lui voler un baiser. Au moment où j'allais me redresser, elle a attrapé ma mâchoire dans sa petite main pour m'embrasser à nouveau. Cette fois-ci, pour de vrai. Je pouvais désormais goûter réellement son gloss, ce qui rendait ses lèvres encore plus sucrées que d'habitude. Et c'était curieusement appréciable. J'ai posé ma main derrière sa tête en me détachant doucement puis j'ai collé mon front au sien un instant.

Une minute après, elle se réfugiait dans mes bras que je fermais automatiquement autour d'elle. Rapidement, j'ai conclu qu'elle avait froid, l'adrénaline des attractions étant redescendue et le vent léger du soir n'aidant pas. J'ai juré dans un souffle parce que j'avais oublié le sweat dans mon coffre et je n'aimais pas savoir qu'elle se gelait.

— On va rentrer Grincheux.

— Je te suis.

J'ai passé mon bras autour de ses épaules pour la tirer contre moi et tenter de la réchauffer un minimum sur le trajet pour rejoindre le parking. En arrivant à la voiture, j'ai attrapé le sweat sur la banquette arrière et lui ai enfilé doucement avant de poser mes mains sur ses joues et de lui embrasser le front. Une fois installés, j'ai allumé le contact et augmenté le chauffage.

— Merci Zachy.

J'ai posé ma main sur sa cuisse en lui souriant doucement. J'ai ensuite roulé jusqu'au campus, la musique tournait en fond et les lumières de la ville s'érigeaient au loin à travers mon pare-brise. Cela faisait longtemps que je n'avais pas été si serein à l'idée de conduire la nuit. C'était une victoire, et subitement, j'étais fier de moi. Fier de voir que je faisais des progrès alors que je pensais couler continuellement. C'était rassurant.

Je me suis garé en bas de chez moi puis je me suis tourné vers Jayden, elle semblait enfin réchauffée et ça m'a rassuré. Ça peut paraître futile, mais parfois le fait qu'elle ait froid pouvait traduire le début d'une crise chez elle alors quand je constatais que c'était simplement un souci de température et non pas un souci au niveau de ses bronches, j'étais rassuré.

— Tu dors avec moi ?

— Absolument. Elle m'a souri doucement avant de descendre de la voiture.

Nous avons rejoint ma chambre puis j'ai entrepris de me déshabiller. Jayden s'était éclipsée dans la salle de bain avec de quoi se changer. Elle avait une fâcheuse tendance à laisser traîner son pyjama ici, depuis deux semaines. Mais bon, c'était plus facile pour moi de négocier pour dormir avec elle comme ça. Je me suis installé dans mon lit en l'attendant, je faisais défiler mes notifications. J'ai écrit quelques brefs sms à Alex et Torrance pour leur raconter la soirée puis j'ai froncé les sourcils en remarquant que Jayden n'était pas sortie de la salle de bain depuis vingt minutes.

J'ai toqué doucement à la porte avant de m'éclaircir la voix.

— Tout va bien?

— Je... J'arrive pas à mettre ma canule, elle s'est emmêlée. Elle a étouffé un sanglot.

J'ai pincé mes lèvres avant d'entrer dans la pièce puis d'attraper la canule dans ses mains tremblantes. Elle refusait de croiser mon regard, mais je ne lui en voulais pas. Elle avait le droit de se sentir mal. Je voulais simplement l'aider.

— Laisse-moi faire mon coeur. J'ai chuchoté.

Elle a essuyé ses joues, probablement humides de larmes, avant de hocher la tête, puis elle s'est redressée et a attaché ses cheveux. J'ai passé délicatement les tubes autour de ses oreilles après les avoir démêlés puis je les ai reliés au boîtier portatif d'oxygène avant de l'accrocher sur le côté de son pantalon de pyjama et de planter un long baiser sur sa tempe.

J'avais fait en sorte que tout l'équipement médical de Jayden soit désormais en double pour avoir tout ce qu'il fallait dans ma chambre. Elle pouvait en avoir besoin à tout moment, alors je préférais ne pas prendre de risques. J'étais impliqué dans sa guérison et ça nécessitait de tout prendre au sérieux. Y compris avoir son traitement et sa canule rangés dans un placard de ma salle de bain pour quand elle venait passer du temps avec moi.

On s'est installés dans mon lit et je l'ai tirée contre moi comme toujours. J'étais littéralement la géante cuillère et elle la micro cuillère mais c'était parfait comme ça. Elle était faite pour être dans mes bras. Juste là, contre moi.

Je l'ai sentie se détendre doucement puis elle a caressé mon bras tranquillement.

— Tu vas au gala sportif Zach ?

Le gala sportif était un évènement qui se déroulait en décembre sur le campus pour présenter toutes les équipes qui représenteraient l'université au cours de la saison à venir. Je n'aimais pas particulièrement ça, c'était de grande ampleur pour pas grand-chose, mais notre présence était obligatoire. Encore plus la mienne, maintenant que j'étais capitaine.

— À ce propos, je voulais te demander quelque chose.

— Dis-moi Zachy.

— Tu acceptes de m'accompagner ? J'ai demandé dans un souffle.

— Je déteste ce genre de choses tu dois bien le savoir, mais ok. Je serai là.

Je me suis redressé pour embrasser sa joue, ça me faisait plaisir qu'elle accepte. Je ne l'aurais jamais forcée à venir sous prétexte que c'est ce que doit faire une petite copine, je ne lui imposais rien. Le fait qu'elle ait accepté de son plein gré me faisait fondre encore une fois. Parce que ça me prouvait à quel point son soutien était incomparable et à quel point c'était sincère de sa part. Jayden ne se forçait jamais à rien, ce dernier mois j'avais essuyé plusieurs refus quand je lui avais demandé de m'accompagner à des soirées après les matchs. Alors savoir que cette fois-ci, elle acceptait, ça m'a fait sourire à m'en décrocher la mâchoire.

— Ça sera sûrement plus supportable si tu es là. J'ai caressé sa joue.

— On sera tous ensemble dans un sens, Alex est là, Louis aussi, il y aura même Torrance maintenant qu'il a passé ses sélections et probablement Mia pour l'accompagner vu qu'ils sont inséparables.

Torrance venait d'être sélectionné dans l'équipe de hockey. Tout le monde serait donc là. Et vu comme ça, je me dis que la soirée ne pourrait être que bonne. J'avoue que ça calmait un peu les appréhensions que j'avais à ce sujet depuis quelques jours. Le gala se rapprochait à grands pas alors j'essayais de ne pas succomber à mon anxiété en continuant à apprécier le moment présent. J'avançais beaucoup ces derniers temps alors j'essayais de me rappeler que j'en étais capable.

—Grincheux dis-moi que tu n'as pas cours à 8h demain.

— Non, je prends à midi pourquoi ? Elle a levé les yeux vers moi.

— Parce que je veux te garder que pour moi le plus longtemps possible. J'ai rajouté en me réinstallant contre elle.

— Je savais pas que tu étais possessif comme ça, Zachary Jenkins.

— Moi non plus, mais faut croire qu'avec toi, tout est différent.

— J'aurais pas dit mieux. Elle a conclu en pressant doucement mon bras.

J'ai éteint la lumière peu après et j'ai pris soin de bien tirer la couette pour que Jayden soit au chaud pour toute la nuit. Je prenais super soin d'elle, peut-être trop, pas qu'elle ne puisse pas le faire elle-même, mais juste parce que ça me tenait à cœur et que je le faisais naturellement. J'aimais prendre soin de la personne que j'aimais.

Et en m'endormant, j'entretenais l'espoir d'avoir enfin le courage de lui dire ces fameux mots à haute voix bientôt.

CHAPITRE 18

JAYDEN

Lorsque je quittai mon amphithéâtre, une vague d'apaisement me parcourut la colonne vertébrale agréablement. Je venais de terminer les examens du premier semestre et dire que j'étais soulagée était un euphémisme. J'ai attendu ce jour impatiemment. Cela faisait trois semaines que j'avais la tête dans mes manuels ou que je rédigeais des dissertations jusqu'à trois heures du matin. J'avais un immense besoin de me reposer. Je me poussais souvent à bout lorsqu'il s'agissait de réussir académiquement ou de rendre mes devoirs parfaits. La musique m'a apporté ce perfectionnisme parfois un peu trop prenant, et surtout épuisant. Et en sortant de mon dernier partiel, je sentais toute la tension se relâcher si rapidement que j'avais peur de faire un malaise instantané. J'aurais dû prendre du repos plus tôt et ne pas tirer sur cette corde si fragile qu'était mon organisme. Mais qu'importe, j'avais désormais le temps, un mois m'attendait pour prendre soin de moi, reprendre des forces, et penser à autre chose. Et aussi, passer du temps avec mon Zach préféré que je n'avais pas vu plus de quinze minutes depuis deux semaines. Lui aussi avait des examens, alors coordonner nos emplois du temps avait été compliqué. Et j'avoue, il me manquait.

À peine avais-je mis un pied à l'extérieur du bâtiment que deux imposants bras m'attiraient doucement dans une étreinte. Je n'avais même pas besoin de relever les yeux pour savoir que Zachary Jenkins était trop impatient pour m'attendre dans sa chambre comme on avait convenu au début de la journée. Un sourire immense prenait doucement ses marques sur mon visage avant que je n'enroule mes bras autour de lui à mon tour. Je retrouvais enfin ma sérénité. Ma maison.

— Enfin libre !! Il s'est exclamé.

— Quel enthousiasme. J'ai ri en relevant finalement la tête vers lui.

— Tu m'as manqué espèce d'imbécile. Il m'a embrassé chastement.

— À moi aussi.

J'ai attrapé doucement sa mâchoire entre mes mains pour le rapprocher de moi et l'embrasser bien plus amoureusement. Je ne pensais pas que ça me manquerait de cette façon, mais il faut croire que l'amour rendait complètement dingue. Et Zach avait cet effet-là sur moi.

Il m'a rendu mon baiser en posant une de ses mains derrière ma nuque avant de se détacher pour embrasser ma joue à peu près une centaine de fois. Pas de doute, je lui avais manqué. Il ne pouvait pas s'empêcher toutes ces petites attentions lorsqu'il ne m'avait pas vue depuis trois ou quatre jours. Ce n'était pas pour me déplaire cela dit. J'avais appris à être affective avec lui mais par-dessus tout à recevoir de l'affection en retour. Je ne m'en étais jamais sentie légitime, je n'avais jamais pensé que je pouvais le mériter. Mais Zach m'a prouvé le contraire, il me comblait tellement fort que je n'avais pas de mots pour pouvoir décrire tout cela. Il était la personne la plus étrangère à l'amour il y a encore quelques temps, pourtant il m'a montré en deux mois ce que c'était d'être amoureuse, ce que c'était d'avoir un sourire aux lèvres rien qu'à la mention de son prénom, ce que c'était d'avoir des papillons dans le ventre et des picotements au bout des doigts lorsque mes mains jouaient dans ses cheveux. J'aimais sans retenue avec lui, pleinement, fortement. Inconsciemment, je lui donnais une partie de mon cœur. Secrètement, j'espérais qu'il ne me la rende jamais.

Finalement, nous avons rejoint ma chambre et je me suis empressée de m'allonger, j'étais littéralement épuisée et je ne pouvais risquer de mettre ma santé en danger une minute de plus. Sous les yeux inquiets de Zach, j'ai installé ma canule sur mes oreilles et j'ai pris mes cachets. Il me regardait avec une lueur d'anxiété dans ses iris bruns, et j'avais le dur sentiment qu'il voulait me poser dix mille questions ou bien me hurler dessus pour ne pas m'être reposée comme il me l'avait répété sans cesse ces dernières semaines alors que je lui tenais tête pour continuer mes révisions. Pourtant, il est resté là, en silence, avant d'aller s'asseoir sur ma fenêtre pour fumer sa cigarette. Il n'aimait pas me confronter à tout ça. Je n'aimais pas qu'on s'étale sur le sujet. Double silence.

— À quelle heure on a rendez-vous avec tous les autres ? J'ai finalement demandé.

Il s'est tourné vers moi après avoir craché sa fumée, puis il a écrasé sa clope avant de fermer la fenêtre et de s'asseoir sur le lit en posant une main sur mes tibias. Je vous jure, il ne pouvait pas s'empêcher d'avoir une main sur moi, c'était affolant.

— Vers dix-huit heures, tu peux te reposer un peu avant comme ça.

Il m'a souri en coin avant de se lever pour piquer dans mes céréales. Décidément, je l'avais rendu accro.

Je me suis donc enroulée dans ma couette et j'ai soupiré longuement, je ne savais pas depuis combien de temps je n'avais pas pris le temps de véritablement souffler, mais apparemment ça faisait bien trop longtemps. Toute ma trachée me brûlait et mes bronches étaient engorgées. Je pouvais sentir à quel point je m'étais négligée et à quel point mon corps était en train de me le rendre. Et d'un coup, j'ai senti mes joues tiédir. Je pleurais. Je pleurais silencieusement mais les larmes étaient là. C'était le contrecoup des examens, de l'anxiété que j'avais enfermée à l'intérieur de moi, des heures de sommeil que je n'ai pas prises, des dissertations qui m'avaient volé mes après-midi à la plage avec Zach, de la solitude que je m'étais imposée, du rythme acharné que j'avais adopté pour réussir et être la première. Le contrecoup de m'être oubliée pendant trois semaines. Je n'ai pas cherché à comprendre, j'ai laissé les larmes couler hors de moi, ça me soulageait et j'en avais besoin. Par contre, le géant à côté de moi a bien entendu cherché à comprendre ce qu'il pouvait m'arriver.

Il s'est accroupi pour avoir son visage à hauteur du mien puis il a posé ses mains sur mes joues doucement en essuyant mes larmes tièdes de ses pouces.

— Mon cœur, qu'est-ce qu'il se passe ? Il me balayait du regard pour savoir ce qui n'allait pas et si c'était en rapport avec ma canule ou les cachets que je venais de prendre.

J'ai posé une de mes mains sur la sienne et j'ai inspiré doucement en plongeant mon regard dans le sien. Je reprenais mon souffle, il me donnait l'air qu'il me manquait. Je m'ancrais doucement, laissant mes sanglots et mes larmes s'estomper.

— Je... Je suis fatiguée.

— Dis-moi ce dont tu as besoin. Il a caressé ma joue tendrement.

— Toi.

— Moi ?

— J'ai besoin de toi Zach. J'ai chuchoté.

Il m'a souri légèrement avant de se redresser puis de prendre place derrière moi dans le lit. Quelques secondes plus tard, il me tirait contre son torse dans un geste réconfortant. J'avais besoin de ses bras, j'avais besoin de m'appuyer sur lui. Et pour la première fois de ma vie, j'acceptais d'avoir quelqu'un pour me consoler, pour sécher mes larmes, panser mes plaies et me réconforter. J'acceptais de ne pas avoir à enfermer ma douleur. J'acceptais d'être vulnérable.

J'ai inspiré calmement à nouveau, fermant mes paupières encore endolories d'avoir pleuré avant de caresser gentiment le bras de Zach qui était autour de ma taille. Entre nous, il y avait un lien spécial qui nous permettait de communiquer dans les silences. Parce que lui et moi, ça a toujours été différent, on pouvait lire à travers l'autre sans effort. Zach était mon livre préféré. Et il savait parfaitement, que même si je ne disais rien à ce moment précis, mon cœur lui criait "merci".

Une heure plus tard, je me réveillais probablement de la sieste la plus réparatrice que je n'aie jamais faite. Zach était toujours là et en sentant sa respiration si calme sur le haut de mon crâne, je pouvais parier qu'il était endormi lui aussi. Je me suis dégagée de son bras doucement pour aller me doucher, lui arrachant un léger grognement au passage. Puis j'ai filé dans la salle de bain. J'avais besoin d'une douche chaude, ça me ferait du bien.

Lorsque je suis ressortie, douchée et prête pour ce soir, Zach était réveillé. Il était appuyé contre la tête du lit, regardant son téléphone. En entendant la porte se fermer derrière moi, il a relevé ses pupilles brillantes dans ma direction, entrouvrant sa bouche légèrement.

— Bordel de merde. Il a chuchoté.

J'ai rougi en baissant les yeux sur ma tenue. J'avais mis une jupe et je m'étais maquillée plus que certaines fois, ça changeait. Mais c'était le gala ce soir et j'avais envie de m'apprêter davantage, pas forcément pour m'accorder à la beauté sans nom de Zach, mais juste parce que ça me faisait plaisir. Et je dois avouer que je me sentais plutôt jolie dans cette tenue.

Zach s'est levé et m'a rejointe avant de poser ses mains sur mes joues pour que je lève le menton vers lui, mon regard croisant le sien.

— On va n'avoir d'yeux que pour toi ce soir. Il m'a souri sincèrement.

— Je t'en prie, n'abuse pas Zachy ! C'est toi qu'on va regarder surtout.

— Je t'assure que non.

— On verra bien.

— Jayden, tu es la plus belle chose que je n'ai jamais vue. Crois-moi, tout le monde va te regarder.

— Je m'en fiche tu sais. J'ai haussé les épaules.

— Je sais. Il m'a embrassé le front.

— Tant que toi tu me regardes, je suis comblée. J'ai chuchoté.

— Je ne te quitterai pas des yeux mon cœur.

Il s'est penché puis il m'a embrassée tendrement. J'aimais la façon dont ses lèvres allaient parfaitement avec les miennes. La façon dont nos baisers étaient toujours timidement passionnés mais profondément amoureux. La façon dont on se connectait l'un à l'autre juste en s'embrassant.

J'aimais ses baisers. Mais par-dessus tout, je l'aimais lui.

Il s'est finalement détaché en grognant légèrement, probablement frustré de ne pas avoir plus de temps pour nous. Je le connaissais, il n'avait aucune envie d'aller à un évènement pareil. Mais son statut de capitaine de l'équipe ne lui donnait pas le choix. Il traînait tellement qu'il n'était toujours pas prêt et ça m'a fait sourire en coin malgré moi. Il serait prêt à tout pour échapper à ce gala.

— Zach, il serait temps que tu te prépares. J'ai joué avec les boucles derrière son oreille en souriant doucement. Mes yeux balayaient ses traits et chaque détail de son visage que j'appréciais tant.

— Je sais pas quelle chemise mettre. Tu penses que je peux quand même mettre ma casquette ? Et les chaussures ? Bordel, j'ai pas envie Jayden.

J'ai ri, il était tellement nerveux mais à la fois si mignon, que je ne pouvais m'empêcher de le regarder avec probablement huit tonnes d'étoiles dans les yeux. C'était terrible cette façon qu'il avait de me faire fondre.

— Pour la chemise, tu devrais mettre la noire. Je pense concrètement que tu peux mettre une casquette et tes Jordan, Zach. Il n'y a pas de dress-code, le tout c'est que tu sois là. Détends-toi, ça va aller hein ?

Il a hoché brièvement la tête avant de se détacher de moi en soupirant doucement. Quelques secondes après, il s'enfermait dans la salle de bain pour se préparer et je patientais en regardant le soleil se coucher par la fenêtre. Je ne m'étais jamais imaginée aller au gala sportif un jour. Pourtant, on dirait que ma vie avait pris un sacré tournant en presque huit mois. Quand j'y repense, notre rencontre avec Zach n'avait rien de conventionnel. Cela dit, je savais au fond de moi que nous étions faits pour nous rencontrer, et qu'il était ma personne. C'était lui, ça serait toujours lui.

— En route Grincheux ? Il m'a questionnée après être sorti, un quart d'heure après, de la salle de bain.

Je me suis tournée pour acquiescer et je me suis stoppée le temps d'un instant, paralysée par le fait qu'il soit absolument à tomber. Zachary Jenkins, c'était quelque chose.

— T'es sacrément beau Zach. J'ai soufflé, ne contrôlant pas mes paroles.

Il a haussé les sourcils, probablement surpris, parce que je ne disais jamais des trucs pareils. J'étais timide sur les compliments et je le savais, mais c'était impossible pour moi de retenir ça dans ma tête. Il fallait qu'il le sache. Et bordel, la casquette à l'envers était vraiment ma plus grosse faiblesse.

Il a passé sa langue sur ses lèvres doucement avant de me sourire gracieusement puis il m'a pris par la main pour sortir et rejoindre le reste de nos amis qui nous attendaient déjà en bas.

******

En arrivant au gala, ma main serra instinctivement plus fort celle de Zach. Il y avait du monde, beaucoup de monde. Et je dois dire que je ne m'attendais pas à tout ça. Mais avec toutes les équipes de sport de l'Université réunies ici, en effet, ça faisait beaucoup. Tout allait bien se passer, il n'y avait pas de raison. Tous mes amis étaient là après tout. Je me sentais en sécurité avec eux. Ils étaient comme ma famille. Du moins, je les aimais comme tels.

Finalement, nous avons trouvé une table pour nous six et je fus libérée d'un poids lorsque j'ai remarqué que nous étions un peu excentrés. Dans un coin calme et sans trop de passage. Je n'aimais pas trop les gens, si vous ne l'aviez pas encore compris. J'essayais tant bien que mal de prendre sur moi mais j'avoue que les grands rassemblements de ce genre ne m'enchantaient que très peu. Zach s'attendait à ce que je refuse, et je ne lui en voulais pas. Mais pour une fois, je voulais faire un effort pour lui. C'est vrai, il en faisait beaucoup pour moi. Et j'estimais que dans un couple c'était cinquante cinquante, alors moi aussi je pouvais prendre sur moi. Ce n'était qu'une soirée. Ses pupilles brunes collées à moi me rassuraient, même lorsque je ne le regardais pas, je savais que lui ne me quittait pas des yeux, et ça m'apportait une sécurité supplémentaire. Un sentiment d'apaisement. Une bulle qui m'empêchait de succomber à l'anxiété qui bouillonnait au fond de mon estomac.

Alex était assis à côté de Louis et j'ai eu un moment de réalisation lorsque je l'ai vu le dévorer littéralement du regard pendant qu'il avait la tête tournée sur le côté. Alex était attiré par Louis. Et ça pouvait se lire en lettres capitales sur son front. Il n'avait pas l'air de s'en cacher. Mais je ne pouvais m'empêcher de me poser des questions. Qu'est-ce qui se tramait entre ces deux-là ?

J'ai posé ma main discrètement sur celle d'Alex qui était sur la table pour qu'il se tourne vers moi. Je lui ai adressé un mince sourire avant de me pencher vers son oreille pour lui parler par-dessus le bruit ambiant.

— Tu feras attention tu baves. Je lui ai fait un clin d'œil malicieux en me redressant.

Il a pincé ses lèvres en retenant son sourire habituel puis il m'a pincé la joue doucement.

— Toi alors, rien ne t'échappe. Il a soufflé.
— Jamais rien. J'ai conclu avant de me tourner vers l'estrade où le doyen de l'Université s'apprêtait à prononcer un discours affreusement ennuyant et redondant.

Après le discours inintéressant et beaucoup trop long pour être acceptable du doyen, s'en suivit la présentation de chaque équipe de sport. Autant vous dire que je risquais d'être assise sur cette foutue chaise pour un long moment encore. J'avais envie de grogner de frustration, mais Dieu merci, Mia me tenait compagnie pendant que les quatre colosses attendaient pour défiler sur l'estrade tels des rois de beauté.

— Au fait, quand est-ce que tu rentres chez toi ? Elle m'a demandé.

— Je prends l'avion demain après-midi avec Louis. Je reviens début janvier. J'ai pincé légèrement mes lèvres, les vacances de Noël n'étant pas mes préférées.

— La prochaine fois, tu viendras chez moi si tu veux. Elle m'a souri en se rapprochant pour me tirer dans ses bras.

Je n'avais jamais eu d'amie avant Mia, je n'avais jamais eu cette copine à qui on raconte tout, même les détails banals et les anecdotes ennuyantes. Elle et moi, on s'est entendues très vite, on partageait beaucoup de centres d'intérêt alors nos conversations étaient infinies. J'aimais sa présence et sa compagnie. J'aimais le fait que je puisse me confier et qu'elle ne me jugerait jamais. J'aimais travailler avec elle à la bibliothèque mais j'aimais aussi aller dans un salon de thé pour me détendre en discutant. Elle m'a montré ce qu'était une amitié vraie, profonde et sincère. Louis a été mon premier vrai ami, mais il était désormais comme un frère. Mia était la meilleure amie que je n'aurais jamais espéré connaître un jour. Et je serai à jamais reconnaissante de l'avoir rencontrée cette année. De les avoir tous rencontrés.

Ces cinq personnes qui m'ont rattrapée à pleines mains quand je ne voulais que me laisser tomber.

Les garçons nous ont finalement rejointes, Zach m'a tendu sa main que j'ai saisi et Torrance a attrapé Mia par la taille pour la tirer dans une courte étreinte. Ils étaient adorables ces deux-là.

— On se tire d'ici ! Louis s'est finalement exclamé.

— Avec joie. J'ai pressé le pas en tirant Zach derrière moi pour sortir de cet Enfer estudiantin lamentable.

— Les vacances peuvent commencer. Alex a presque crié de joie en mettant le pied dehors.

Zach a grogné dans mon dos. Je savais à quel point ça l'agaçait qu'on soit séparés pendant toutes les vacances. Mais malheureusement, c'était comme ça, je ne rentrais pas souvent chez moi et ma famille me manquait quand bien même on ne soit pas si fusionnels que ça, eux et moi. Il n'a pas râlé, ni cherché à me faire changer d'avis. Il m'a simplement avoué que je lui manquerais sûrement beaucoup plus que prévu et que ça lui faisait mal au cœur. Concrètement, j'ai fondu de douceur face à cette confession. J'aimais sa transparence et désormais, sa façon de parler de ses émotions sans retenue avec moi. C'était nouveau et c'était lié au travail qu'il faisait sur lui-même ces derniers temps. Mais j'appréciais ce côté-là de Zach.

Nous avons tous pris la direction de la plage où nous avions décidé de passer la soirée. La Californie offrant une température douce et agréable pour un mois de décembre, ce n'était pas un problème de rester dehors tardivement.

Zach s'est assis à même le sable et il m'a fait signe de venir près de lui. J'ai souri discrètement puis je suis venue m'asseoir entre ses jambes en plaquant délicatement mon dos contre son torse. Un instant après, il passait ses bras autour de ma taille en prenant soin de me tenir au plus proche de lui. Il espérait me tenir chaud, il détestait savoir que j'avais froid. Je trouvais ça adorable.

Tout le monde s'était finalement installé dans le sable. Torrance était avec Mia, comme à son habitude. Quant à Alex, il s'était allongé confortablement, sa tête reposant sur les cuisses étendues de Louis. Un sourire narquois m'a échappé. Je ne savais pas s'ils comptaient me berner encore longtemps mais je commençais à bien comprendre leur petit jeu à ces deux-là.

— Vous allez faire quoi pour les vacances ? J'ai demandé, ma main dessinant des cercles sur la cuisse de Zach.

— Je vais aider mon père au garage, et j'accompagne ma sœur sur un Grand Prix ! J'ai hâte. Alex a commencé.

— Je vais en Europe voir ma famille, on prend le même avion avec Mia, on sera pas là pendant deux semaines. Torrance a rajouté.

Mia a acquiescé en m'expliquant qu'elle retournait voir sa famille paternelle en Espagne et qu'elle avait hâte de retrouver sa maison là-bas. Elle m'apprenait beaucoup au sujet de sa culture et je dois dire que c'était passionnant.

— On sait tous que Zach va pleurer pendant deux semaines.

— Je t'emmerde Louis !! Mon copain a rajouté en riant légèrement.

J'ai secoué la tête, amusée. Louis et Zach se cherchaient à longueur de temps. Ils s'aimaient beaucoup et je le savais mais ils aimaient jouer sur leur fausse rivalité quant à moi. Le grand frère contre le petit copain. Ridicule hein ? Ils adoraient ça. J'aurais dû les inscrire au théâtre ces deux-là.

La soirée s'est ensuite passée tranquillement, on a parlé pendant des heures. C'était toujours comme ça, les conversations s'enchaînaient, entrecoupées par des rires ou des fausses tirades entre Louis et Alex qui nous faisaient pleurer de rire. J'aimais le confort qui s'était installé au sein de notre groupe et à quel point les heures passaient vite à leurs côtés. C'était dur de l'admettre, mais ils allaient me manquer. J'en étais certaine.

Aux alentours de minuit, nous avons décidé de tous rentrer sur le campus. Louis devait encore faire sa valise, Mia et Torrance partaient tôt pour l'Europe demain, quant à moi, un tocard d'un mètre quatre-vingt dix avait apparemment envie de pouvoir profiter au maximum de ma compagnie, si bien qu'il me tirait urgemment par la main pour retrouver notre petite bulle.

Une fois arrivés dans ma chambre, je le regardais, un rictus amusé au coin des lèvres. Il devenait de plus en plus possessif et attaché, je ne pensais pas pouvoir avoir cet effet-là sur quelqu'un. Mais apparemment, Zachary Jenkins cassait toutes les règles que je m'étais imaginées dans ma tête. Tout était spécial à propos de lui.

— Tu ne comptes pas m'enfermer dans ma chambre pendant deux semaines pour éviter que je m'en aille hein ? J'ai plaisanté.

Il a roulé des yeux dans une nonchalance qui me ressemblait bien trop, puis il a longuement soupiré.

— Bien sûr que non, mais parfois je suis triste de me dire que je pourrai pas te tenir compagnie à Noël alors que tu détestes ça. Il a pincé ses lèvres.

Tout de suite, mon sourire moqueur disparut de mon visage et une mine rembrunie s'installa au creux de mes joues. Je n'aimais pas cette période, si festive et joviale pour certaines personnes, mais si maussade et froide chez moi. Il n'y avait pas de sapin, pas de repas ni de chocolats. Ma mère ne serait pas là, trop occupée à célébrer des évènements avec des marques de mode luxueuses. Mon père était sur un tournage à l'étranger et n'avait sûrement pas convenu de rentrer pour les fêtes. Je serais seule, en compagnie de mon petit frère à qui je devrais encore expliquer que nos parents préféraient s'absenter plutôt que de partager un repas tous ensemble. Ça me brisait le cœur d'avance. J'espérais pouvoir lui apporter un réconfort et l'emmener faire quelques activités avec moi. Certes, j'aurais aimé que Zach puisse être à mes côtés mais c'était une fête très importante pour lui et sa famille. C'était l'un des rares moments où ils se retrouvaient tous, alors je ne pouvais lui enlever ça. Il y aurait d'autres années. On le partagerait ensemble plus tard. J'en étais persuadée.

— Viens-là.

Il m'a tirée dans ses grands bras et je me suis laissée faire en posant gentiment ma tête à la base de son sternum. Les câlins de Zach étaient comme un plaid tout doux. Il était fait pour ça. Du moins, je savais qu'il était fait pour me faire des câlins à moi. Rien qu'à moi.

Ma possessivité commençait à naître au creux de mon estomac et je pouvais sentir à quel point c'était nouveau pour moi. Je ne savais pas si c'est ce qui arrivait lorsqu'on tombait amoureux. Mais je crois que j'acceptais petit à petit le fait que je puisse être possessive. Et surtout que tomber amoureuse me faisait me redécouvrir un peu plus chaque jour.

Après quelques minutes contre lui, mon cœur un peu plus réparé et ma mine plus lumineuse, je me suis détachée et j'ai levé mes yeux ronds vers lui, une pincée de malice dans le regard.

— J'ai un cadeau pour toi Zachy ! J'ai réfréné mon sourire amusé.

Il a grogné, encore une fois, c'est un ours ou quoi ?

— Jayden Walsh, on avait dit quoi ? Pas de cadeaux !

— Je suis une tête de mule tu devrais le savoir.

J'ai haussé les épaules puis je suis allée chercher une petite boîte dans le tiroir de mon bureau avant de lui tendre.

Il l'a ouverte, puis un large sourire a pris place sur son visage, plissant ses yeux légèrement comme j'aimais tant. Je lui avais offert une gourmette en argent, relativement discrète mais assez large pour qu'elle puisse comporter des coordonnées géographiques dessus.

— Laisse-moi deviner, le toit du planétarium ?

J'ai hoché la tête doucement en réprimant l'immense sourire de satisfaction que je voulais afficher. Je lui ai prise délicatement des mains pour l'attacher autour de son poignet avant de passer mon pouce dessus.

Les coordonnées géographiques du toit du planétarium, l'endroit de notre premier baiser.

L'endroit où tout a commencé.

Il m'a une nouvelle fois prise dans ses bras en nichant sa tête dans mon cou comme il faisait souvent. J'ai passé ma main dans ses boucles, enfin libres de la casquette qu'il avait portée toute la soirée. J'ai fermé doucement mes yeux, m'imprégnant de son odeur et de la douceur qui émanait de lui lorsqu'il me tenait aussi fort contre lui.

Doucement, il s'est redressé un petit peu pour avoir ses lèvres au creux de mon oreille. Puis il m'a murmuré quelques mots qui ont fait exploser mon cœur divinement.

— Je t'aime Jayden.

Je me suis reculée pour le regarder, mes yeux remplis de larmes de joie. J'étais émue. Émue d'entendre ces mots si symboliques, si profonds, si touchants. Des mots que je n'avais jamais prononcés de ma vie entière. Des mots que je n'avais jamais entendus avant. Des mots que je ne croyais pas mériter un jour. Mais encore une fois, Zach faisait taire chacune de mes questions parasites, chacune de mes pensées anxiogènes et destructrices. Zach pansait mon cœur, le couvait d'une chaleur immense, réparant chacune des failles qui s'étaient immiscées en moi. Il m'aimait, et l'entendre prononcer ces mots rien que pour moi, me prouvait à quel point je l'aimais profondément moi aussi. Je ne voulais pas me retenir. Je ne voulais plus inhiber ces sentiments.

J'ai soufflé un instant, posant mes mains sur ses joues, attirant son visage doucement vers le mien. Collant nos fronts ensemble, j'ai passé mon pouce sur sa pommette avant de chuchoter à mon tour.

— Je t'aime aussi Zach.

Il m'a embrassée dans la seconde qui a suivi. C'était un baiser comme aucun autre. Symbolique et précieux. C'était un baiser qui en valait mille. Je pouvais sentir à quel point c'était spécial et lui aussi. Parce qu'il ne m'avait jamais embrassée comme ça avant. C'était au-delà de tout. Ses lèvres et les miennes partageant une danse furieusement amoureuse.

Finalement, on s'est détachés doucement d'un commun mouvement, il a niché à nouveau sa tête dans mon cou, y laissant quelques baisers supplémentaires. Mon tocard préféré.

— Zach ?

— Oui ?

— Tu es le plus beau des cadeaux. J'ai dit dans un souffle.

— Mais quelle tocarde. Il a ri en se redressant pour me regarder.

— C'est la vérité espèce d'idiot.

— Tu es si douce mon cœur. Il a raillé sarcastiquement.

— T'es pas croyable putain ! J'ai tapé rageusement de mon petit poing contre son torse imposant.

— Je sais, mais t'adores toujours ça. Il m'a fait un clin d'œil avant de me basculer sur son épaule et de me trimballer tel un sac dans ma chambre.

Je détestais quand il faisait ça bordel, il était insupportable.

— Zachary Jenkins repose-moi tout de suite espèce d'immense tocard !

— Voilà, je te retrouve. Il a ri avant de me reposer et d'embrasser mon crâne.

Cette fois-ci, c'est moi qui grognais. Pas de doute, il avait un alter-ego très mignon mais surtout un alter-ego de mec super lourd. Et il ne manquait aucune occasion pour me faire râler.

— Arrête de râler Grincheux.

— La faute à qui ?

— Moi ? C'est une honte de m'accuser ! Il a souri, se moquant une nouvelle fois de moi.

— La ferme Zach.

— Allez ça suffit, on va dormir !

— Tu mérites de dormir sur le palier qu'on soit clairs.

— Peut-être, mais dormir dans mes bras est ta façon préférée de dormir.

— Ta confiance en toi monumentale fait son grand retour ?

— Ton sarcasme aussi on dirait. Il m'a fait un clin d'œil avant d'entreprendre de se changer.

J'ai secoué la tête en cachant mon petit sourire amusé. Rien n'avait changé entre nous. On s'aimait. Mais on aimait aussi s'emmerder, se disputer pour rien et grogner beaucoup trop facilement. C'était une relation qui me faisait du bien. Qui m'apportait une plénitude. Et même si j'aimais râler comme personne, je ne renoncerais pour rien au monde à ce que nous avions.

J'ai rejoint Zach qui avait déjà pris ses aises dans mon lit et je me suis installée de sorte à l'écraser complètement. Ce n'était pas ma petite taille qui allait lui faire peur vu son gabarit mais j'aimais l'idée que je l'écrasais. Mentalement ça me faisait plaisir de me le dire en tout cas.

— Il y a pas assez de place dans ton lit du coup tu te sens obligée de dormir sur moi c'est ça ? Il m'a demandé, amusé.

— Ah mais tu es là ? Je t'avais pas vu ! C'est dingue !

— C'est ça, fous-toi de ma gueule Jayden. Il a ri en secouant la tête.

J'ai fermé les yeux, faisant mine de dormir puis j'ai passé mon bras autour de lui en m'installant confortablement.

— Je t'entends pas je dors. J'ai baillé pour accentuer mes propos.

— Tu es vraiment la personne la plus chiante que je connaisse.

— Tu es vraiment le plus gros tocard que je connaisse.

— C'est ça, bonne nuit mon cœur. Il a finalement embrassé mon crâne avant d'éteindre la lumière.

Un sourire naissait sur mon visage. Ces huit mois m'auront sans doute appris plusieurs choses. Mais celle que je retenais par-dessus toutes les autres, c'est que les façons de tomber amoureuse étaient infiniment grandes. Et j'avais choisi de tomber amoureuse de Zachary Jenkins de plein de façons différentes. Chaque jour, je tombais une nouvelle fois, plus fort encore. Chaque jour, je tombais d'une nouvelle façon.

Pourtant, je ne cherchais jamais à me relever.

Je voulais tomber, encore et encore.

Pour lui.

Pour toujours.

CHAPITRE 19

ZACH

Les vacances de Noël arrivaient à leur terme, les trois semaines que je venais de passer s'étaient écoulées à la vitesse de l'éclair et j'étais clairement abasourdi par le fait que je doive déjà retourner sur le campus. J'avais passé de merveilleuses vacances, ponctuées de moments familiaux qui m'ont fait beaucoup de bien au cœur. J'ai pu profiter de mes parents, de mes frères mais aussi de tous les autres membres de ma famille qui s'étaient déplacés pour les fêtes. J'appréciais particulièrement cette période, alors autant vous dire que j'ai tout fait pour profiter de chaque seconde de chaque journée. Cela dit, vous devez vous douter qu'une pièce du puzzle était toujours manquante. Je crevais d'envie de voir Jayden. On était bien sûr sans cesse en train de se parler par messages, on a l'habitude direz-vous, mais j'avais besoin de l'avoir près de moi. J'aimais sa proximité et son amour inconditionnel. Jayden m'aimait tout entier, défauts et qualités, et je ne me sentais jamais aussi vivant que lorsqu'elle posait ses yeux sur moi. Et en ce moment, elle me manquait bien plus qu'il ne l'aurait fallu.

Pour le nouvel an, j'étais resté chez moi avec Alex, on aimait se retrouver tous les deux et passer une soirée à discuter. C'était plus que banal je vous l'accorde mais on était comme ça, il était fêtard et je ne l'étais pas. Alors lorsqu'il s'agissait de fêter la nouvelle année, il préférait me tenir compagnie et regarder nos films préférés jusqu'à s'endormir en regardant le soleil se lever. Cette année, on a passé une partie de notre soirée en *Facetime* avec Jayden et Louis qui étaient au Canada. Eux aussi aimaient fêter le nouvel an tous les deux, mais cette année c'était différent, pour nous quatre. Même s'il ne l'avouait pas, Alex était grandement content de voir la tête de Louis sur l'écran. En attestait son sourire et ses pupilles étincelantes. Il était sous le charme et j'aurais pu le voir à cent kilomètres. J'étais heureux d'avoir pu passer cette soirée avec lui, j'étais aussi heureux d'avoir pu voir ma copine le temps d'un instant. Même si nous étions loin et que c'était virtuel, ça m'avait pansé le cœur et fait sourire pendant des heures.

C'était déjà l'heure de partir lorsque je claquais fermement le coffre de ma Range après y avoir déposé ma valise et mes affaires de rugby. Je n'avais pas eu entraînement à l'Université certes, mais le championnat continuait, et nous avions un programme d'entraînement à suivre durant les vacances. Je m'étais entraîné dur avec Alex et je pense sincèrement qu'on n'avait jamais été autant en forme après les vacances de Noël ! J'espérais que ça nous porterait chance pour les prochains matchs à venir. Pour le moment, on se débrouillait plutôt bien, l'équipe fonctionnait comme il fallait. Je prenais mon rôle de capitaine au sérieux et j'essayais de veiller à ce que tout se passe au mieux pour chacun de mes coéquipiers. Depuis le départ de Mitch, ça allait mieux. C'était important de s'entendre sur le terrain, mais c'était aussi important de prendre en compte le bien-être de chacun pour favoriser l'épanouissement de tout le monde au sein de cette équipe. On passait presque trois heures par jour ensemble après les cours pour courir sur un terrain alors croyez-moi, il valait mieux que l'on s'entende bien !

Après avoir rangé toutes mes affaires, je me suis attaqué aux aurevoirs. La partie que j'aimais le moins, surtout après une période de vacances. Mes parents savaient que c'était probablement les derniers longs moments que je passais à la maison avant de poursuivre mes études dans une autre ville. Ils étaient sensibles sur ce point, je savais que ça les rendait tristes. Pour autant, je savais aussi qu'ils m'encourageaient à poursuivre mes ambitions. Et je ne les remercierais jamais assez pour ça.

J'ai serré fort ma maman dans mes bras, puis mes frères. J'ai câliné mon chien pendant cinq grosses minutes avant de terminer par enlacer mon père. On était fusionnels lui et moi, très complices, et je lui parlais sans aucun mal. Mon père était si attentif que c'en était parfois déroutant. Il m'écoutait toujours lorsque j'en avais besoin. Et pendant trois semaines, je peux vous dire que je lui en avais raconté des histoires. Surtout mes histoires de cœur. Il savait que c'était tout nouveau pour moi, il savait que je n'étais pas habitué à ce genre de sentiments. Et j'ai aimé la façon qu'il a eu de voir les choses et de me dire que je devais toujours penser à mon bien-être avant tout, penser à communiquer, penser à prendre soin de la personne que j'aimais, penser à garder du temps pour moi. J'ai aimé la façon qu'il a eu de me démontrer que l'amour parfait est celui qui est équilibré. Pas trop, ni pas assez. Beaucoup de communication, beaucoup de partage, mais aussi de l'indépendance, du temps pour soi et inévitablement quelques désaccords. J'ai reçu un véritable cours d'amour, mais j'en ressortais grandi. Mon père m'a apporté mille clés pour rendre ma relation toujours plus saine et passionnée, j'en étais plus que satisfait. Parce que cette relation, ce n'était pas l'histoire de quelques mois je pouvais vous l'assurer, c'était l'histoire du reste de ma vie. Jayden ne se débarrasserait pas de moi comme ça. Parole de tocard.

J'ai finalement grimpé dans ma Range et j'ai activé le contact avant de baisser la vitre et de leur adresser à tous un dernier signe de main en prenant la route pour UCLA. Je n'habitais pas loin, mais ça me pinçait toujours le cœur de quitter cette maison dans laquelle j'avais grandi et qui abritait tous mes souvenirs.

Une fois arrivé dans ma chambre, un long soupir m'a échappé. J'ai entrepris de ranger directement mes affaires car je reprenais la route pour l'aéroport dans une petite heure. Jayden revenait du Canada aujourd'hui et j'étais bien trop impatient de la revoir pour ne pas aller la chercher. J'avais clairement supplié Louis d'y aller à sa place alors qu'il était supposé s'en charger. Il était revenu plus tôt qu'elle car ses entraînements avaient repris avant la rentrée. J'imaginais que Jayden n'était pas du tout à l'aise dans un avion bondé de monde, donc je me ferais un plaisir d'être là pour l'accueillir lorsqu'elle serait super grincheuse d'avoir vu autant d'humains en si peu de temps et d'espace. En plus de cela, elle n'avait pas eu une fin de vacances facile, ses bronches s'étaient engorgées et elle avait passé quelques jours à la clinique la semaine dernière. J'étais clairement à deux doigts de sauter dans un avion ce jour-là, mais Louis m'avait assuré qu'il s'occupait d'elle et qu'il valait mieux que je reste à Los Angeles. Jayden ne voulait pas que je la vois dans cet état. J'aurais pu crever d'anxiété ce jour-là, j'aurais tout donné pour la rejoindre. Mais je me suis résigné et j'ai patienté pour avoir de ses nouvelles. Cela dit, vous devez savoir que j'étais actuellement super inquiet et que je mourais d'envie de pouvoir être près d'elle pour la réconforter un peu dans tout ça. Une petite heure et je la retrouvais. Enfin.

*****

Lorsque je passais les portes de l'aéroport, mes yeux cherchèrent instantanément l'écran avec les arrivées. Une fois que j'ai trouvé le vol, je me suis dirigé à grandes enjambées vers son *gate*. Avec mon mètre quatre-vingt-dix, je ne peinais pas à traverser l'aéroport mais j'avais ce besoin viscéral d'y arriver le plus vite possible, je ne pouvais m'en empêcher. Lorsque j'arrivai, les voyageurs étaient déjà en train de débarquer et mes yeux balayaient la foule du regard à la recherche d'une minuscule brunette probablement en train de grogner parce qu'il y a trop d'individus autour d'elle.

Finalement, je l'ai vue, emmitouflée dans un ensemble de jogging beige et ma grosse veste pour lui tenir chaud. Son casque était encore enfoncé sur sa tête et ses yeux fuyaient toutes les personnes qui l'entouraient. D'ici, je pouvais presque palper son inconfort. Aussi nonchalante et froide qu'elle avait l'air, je ne pouvais m'empêcher de sourire, de ces sourires qui fendaient le visage en deux. Elle m'avait terriblement manqué.

Elle a relevé la tête vers moi avant de presser le pas et de finir par étinceler d'un sourire immense qui laissait apparaître sa fossette droite. Je tendis instantanément mes bras pour qu'elle vienne s'y réfugier et un instant plus tard je la soulevais du sol pour lui donner le plus gros des câlins, celui dont j'avais rêvé depuis des jours. J'ai resserré mon étreinte autour de sa taille pendant qu'elle nichait sa tête au creux de mon cou.

— Salut Zachy.

— Salut Grincheux. J'ai souri une nouvelle fois avant de passer délicatement ma main dans ses cheveux courts.

— Je pensais que Louis viendrait me chercher. Elle s'est reculée pour me détailler du regard.

— Je voulais m'en charger, tu me manquais.

Après ça, elle a posé ses petites mains sur mes joues avant de m'embrasser avec amour. La sensation de ses lèvres sur les miennes m'électrisait complètement. Un frisson de bonheur a parcouru ma colonne vertébrale alors que je lui rendais son baiser tout aussi amoureusement. Bordel, ce que j'aimais l'embrasser !

Elle s'est détachée lentement, me volant un dernier baiser chaste, puis elle m'a offert un de ses grands sourires lumineux.

— Tu m'as manqué aussi espèce de tocard.

J'ai souri malgré moi, ça me faisait tellement de bien de la retrouver. C'est fou ce que pouvait induire l'amour émotionnellement et physiologiquement parlant. Sa simple présence m'apportait une paix d'esprit immense et un apaisement musculaire presque indécent, c'était franchement fascinant.

Finalement, je l'ai reposée au sol et j'ai attrapé sa grosse valise d'un bras avant de prendre sa main de l'autre. Sa valise pesait clairement une tonne et je me demandais comment elle avait fait pour transporter tout ça avec elle. Elle me tirait légèrement de la main, j'avais donc vue sur son petit violon accroché dans son dos et un rictus m'a échappé une nouvelle fois, c'était clairement beaucoup trop mignon pour que je ne fonde pas instantanément. J'ai eu l'impression d'être une montagne de beurre en voyant à quel point j'étais tendre à cet instant, mais à vrai dire je m'en fichais un peu. L'euphorie des retrouvailles ne me quittait pas. La sensation était curieusement agréable. J'étais bien plus amoureux que ce que je ne pensais.

Sur la route vers le campus, Jayden m'a raconté quelques anecdotes de ses vacances. Notamment le Noël qu'elle avait finalement passé chez Louis avec son petit frère. Chelsea et Jude, les mamans de Louis, les avaient accueillis à bras ouverts. À vrai dire, je n'étais pas surpris, je savais à quel point Louis et Jayden partageaient un lien fraternel, mais j'étais intérieurement satisfait qu'elle ait pu passer un repas un peu plus chaleureux avec sa famille de cœur. Je savais à quel point ça l'avait rendue triste de savoir que ses parents ne seraient encore pas là cette année. J'avais fait de mon mieux pour lui tenir compagnie par messages, mais le fait qu'elle ait pu avoir de la véritable compagnie me réchauffait le cœur. Ensuite, elle m'a raconté ses sorties au planétarium et au cinéma, elle m'a parlé des nouvelles partitions qu'elle avait apprises, des livres qu'elle avait lus et des gâteaux qu'elle avait cuisinés. Je pourrais l'écouter parler des heures, elle avait tellement changé avec moi ces derniers mois. Je me rappelle encore à quel point elle détestait faire la conversation avant, et comment j'avais dû m'accrocher pour lui tirer quelques informations par sms au début de notre relation. J'ai souri en regardant le ciel se pâmer de rose en cette fin de journée, fier de voir à quel point on a évolués et à quel point j'ai bien fait de m'accrocher. Mon intuition ne m'avait pas fait défaut. Ce n'était pas pour rien que j'étais tombé sur son numéro.

C'était ma personne.

Après m'être garé, nous avons rejoint sa chambre. J'ai posé sa valise dans un coin pendant qu'elle se débarrassait de son violon et de son tote bag. Ensuite, elle est partie se changer dans la salle de bain et pendant ce temps je me suis installé dans son lit. J'étais bien déterminé à passer le reste de ma journée à câliner Jayden et regarder des films avec elle. Elle m'a trop manqué pour que je veuille faire autre chose ! Elle est ressortie quelques minutes après, elle portait sa canule et s'était changée pour porter un de mes sweats avec son pantalon de pyjama vert que je trouvais adorable.

— Viens-là Grincheux. J'ai ouvert mes bras, ne pouvant clairement plus patienter.

Elle a secoué la tête, amusée de voir mon impatience, puis elle a grimpé sur son lit et m'a rejoint en se logeant dans mes bras. Je les ai refermés autour d'elle et j'ai embrassé son crâne en prenant le temps de humer légèrement son odeur qui m'avait tant manqué. Nos retrouvailles m'apportaient un vrai confort. Jayden était devenue une partie essentielle de moi. C'était toujours mon soleil, mais elle était désormais bien plus que tout ça. Elle était la partie de moi dont j'étais le plus fier. La partie la plus lumineuse. Celle qui brillait à en aveugler les autres. Jayden m'avait rendu mon éclat.

Comme prévu, nous avons passé le reste de la journée devant des films. C'était le genre d'activité qu'on appréciait vraiment tous les deux. J'aimais débattre avec elle sur les films qu'on regardait. C'était drôlement intéressant. Le père de Jayden travaillant dans le métier, elle connaissait souvent des anecdotes qui rendaient les films encore plus incroyables. Nos conversations pouvaient être sans fin, surtout lorsque nous avions tous les deux apprécié le film. Mais j'aimais ça, j'aimais notre capacité à discuter pendant des heures sans jamais être distraits par autre chose que ce qu'il se passait entre nous. Au-delà de notre attirance et de notre incontestable alchimie, Jayden et moi étions faits pour être ensemble. Je ne savais comment l'expliquer, mais je le savais. Viscéralement. Profondément. Et lorsque j'en prenais conscience, j'étais traversé par une électricité palpable et des picotements agréables dans l'ensemble de mon corps.

Ce soir, c'était une autre sorte d'appréhension qui me parcourait l'échine. Il était temps que je dise à Jayden que je m'en allais d'ici quelques jours pour aller passer des concours dans l'ensemble du pays. Je n'avais eu les confirmations qu'il y a quelques jours et je préférais attendre de l'avoir en face de moi pour avoir ce genre de discussion. Je n'aimais pas l'idée de devoir me séparer encore une fois d'elle pour plusieurs semaines. Mais c'était comme ça. Je la connaissais, elle me pousserait à accomplir mes objectifs et à donner le meilleur de moi-même. Jayden n'était pas du genre à me freiner dans mes rêves ni à me dire que c'était inatteignable. Au contraire, elle me poussait à en vouloir toujours plus, à croire en moi et à penser que j'en étais véritablement capable. Elle me poussait à prendre conscience que moi aussi j'avais le droit de vivre mon rêve et d'y arriver. Ce n'était pas réservé qu'aux autres.

— Je peux te parler de quelque chose ? Je me suis finalement lancé.

Elle s'est redressée pour s'asseoir en tailleur en face de moi puis elle m'a regardé en penchant légèrement sa tête sur le côté. Si je ne la connaissais pas, j'aurais dit qu'elle était bizarre. Cela dit, je la connaissais et à ce moment-là, elle était en train de lire à l'intérieur de moi comme son bouquin préféré et je n'arrivais pas à lui en vouloir.

— C'est très solennel comme demande Zachary, qu'est-ce qu'il t'arrive ? Elle m'a questionné en plissant les yeux.

— Je pars dans quatre jours pour mes concours, je reviens d'ici trois semaines. J'ai finalement avoué d'une traite.

Elle a haussé les sourcils probablement surprise de ma soudaine confession puis un timide rictus a fendu ses lèvres alors qu'elle s'approchait de moi pour me faire un câlin.

— J'ai hâte de te voir réussir tous ces concours haut la main alors, Zachy.
— J'espère y arriver oui. J'ai soufflé.
— Si je dois me passer de toi pendant trois semaines alors tu as intérêt à être premier partout sinon je te règle ton compte espèce de tocard. Elle a plaisanté et j'ai souri, soulagé.
— Si tu penses qu'avec ta petite taille tu me fais peur alors tu as tort. Je me suis reculé pour la regarder dans les yeux, un amusement certain dans mes pupilles.

En guise de réponse, elle a frappé son poing contre mon torse comme elle faisait souvent lorsque je l'agaçais. Ne vous méprenez pas, je n'appelais pas ça de la violence, il faudrait déjà qu'elle ait de la force pour ça. Et mon Grincheux miniature n'était en aucun cas une montagne de muscles comme moi. Je trouvais ça mignon de la voir faire ça pour être honnête. Elle savait parfaitement que ça ne me faisait rien, pour autant elle aimait toujours extérioriser son agacement de cette façon.

— Quand est-ce que tu pars Zachy ?

— Dimanche soir. J'ai soufflé en pinçant mes lèvres.

Autrement dit, il nous restait trois jours avant que je prenne mon premier vol pour New-York. Parce que, oui, j'avais mis un point d'honneur à absolument tenter les concours de toutes les écoles de cette ville. Plus ma relation avançait avec Jayden et moins je ne pouvais me faire à l'idée qu'on pourrait potentiellement se retrouver aux quatre coins du pays l'année prochaine. Je devais aller à New-York. Je ne voulais pas être loin. Ça me ferait bien trop de mal. Et rien que l'idée de savoir Jayden à New-York et moi ailleurs me serrait le cœur brusquement. Néanmoins, j'ai gardé les dates et les lieux des concours pour moi, je ne voulais pas me mettre la pression en lui faisant des faux espoirs. Je lui dirais lorsque tout serait confirmé. En espérant que ce soit le cas.

— Il est temps de profiter de nos moments tous les deux alors Zachary !

— Absolument mon cœur. J'ai conclu en souriant avant de me pencher pour l'embrasser amoureusement en prenant ses joues en coupe.

*****

Quelques jours plus tard, j'entrais dans la salle d'examen, le souffle douloureux et la trachée brûlante d'angoisse. Je n'avais jamais aimé les examens ni compris l'utilité qu'il y avait à nous évaluer autant de la sorte. Je calmais mes pensées difficilement en passant frénétiquement mon pouce sur la gourmette que Jayden m'avait offerte pour Noël. C'était comme si elle était là pour me tenir la main et m'assurer que tout irait bien. J'avais beaucoup de mal à croire en moi, mais Jayden m'aidait tellement dans ce sens que parfois je regrettais qu'elle ne puisse pas être là avec moi pendant les trois semaines de concours que je m'apprêtais à subir.

Lorsque le professeur a posé le sujet devant moi, j'ai été pris d'un violent frisson d'anxiété. Celui qui remontait le long de ma colonne vertébrale et qui se glissait dans mon oreille pour hurler : "tu ne vas pas y arriver Zach". Je serrai ma mâchoire et fermai lourdement mes paupières pour rester dans le moment présent. Hors de question que je laisse mon anxiété gagner aujourd'hui. Je restai comme ça de longues minutes avant de regagner mon calme et de souffler un bon coup. J'en étais capable. Et il était temps que je prouve à mes angoisses et à mon manque de confiance de quel bois je me chauffais.

En sortant de la salle d'examen, j'étais soulagé et profondément fier de moi. J'avais réussi. J'avais donné le meilleur de moi-même et je savais que je ne pouvais pas être déçu de ce que j'avais rendu. Je connaissais le sujet sur le bout des doigts. Si bien que je fus rassuré quant à l'issue de ce concours. L'admission aux oraux était sélective, j'espérais arriver jusque là pour tenter ma chance dans cette école dont j'avais tant rêvé ces derniers mois. Une école de dessin d'animation. Je m'étais toujours destiné à devenir architecte, mais je crois que ma véritable passion restait le dessin et par-dessus tout, la bande dessinée et les cartoons. J'avais envie de tenter ma chance. Lorsque j'en avais parlé à mes parents, je n'étais pas stressé, ils me soutenaient coûte que coûte, mais j'avoue avoir été soulagé lorsqu'ils m'ont dit que j'avais totalement raison de suivre ma passion. Et si jamais j'arrivais à avoir ma place ici, alors j'aurais accompli mon plus bel objectif. Il n'y avait pas de raison que j'échoue. J'avais les cartes en mains, il ne me restait plus qu'à jouer brillamment.

J'ai passé les semaines suivantes à parcourir le pays pour passer des concours et des examens dans une trentaine d'écoles différentes. Dire que j'étais crevé était un euphémisme mais je m'accrochais. Je savais que tout ça n'aurait pas été vain et que j'aurais forcément un résultat qui me ferait plaisir. Être éloigné de tout le monde pendant ces trois semaines m'a montré à quel point j'adorais mon groupe d'amis et à quel point ils me manquaient tous énormément. L'entraînement aussi me manquait et j'avais hâte de pouvoir fouler le terrain à nouveau et poursuivre le championnat avec mon équipe. Il nous restait quelques matchs pour pouvoir espérer accéder aux phases finales et défendre notre titre. J'étais impatient de retrouver cette émulation et cette adrénaline sur le terrain. Ça me faisait du bien et ça me vidait la tête.

Vous vous doutez bien que la personne qui m'avait le plus manqué était une petite brunette d'un mètre cinquante-quatre. Tout me manquait. Certes, nos marques de tendresse me manquaient mais par-dessus tout, sa personne. Elle toute entière. Son sourire et sa fossette droite. Son odeur florale et ses lèvres sucrées à la vanille. Son sarcasme et sa nonchalance à tout va. Sa petite main dans la mienne. Son regard qui s'allumait lorsqu'elle posait ses yeux sur moi. Tout, absolument tout. Jayden me manquait bien plus que de raison. Je l'aimais plus fort que tout. Et en ce moment, je mourais d'envie que mon avion vole beaucoup plus vite pour la retrouver instantanément.

Lorsque je traversais finalement le parking de l'aéroport, la Pontiac de mon meilleur ami m'attira l'œil en quelques secondes. Comment ne pas remarquer sa caisse absolument incroyable ? Il m'a klaxonné comme un taré et j'ai ri en secouant la tête de voir à quel point il était enthousiaste que je sois rentré.

— Calme-toi mon pote, ils vont te prendre pour un fou. J'ai souri en le prenant dans mes bras après qu'il soit sorti de sa voiture.

— Je suis trop content de te revoir mec ! Il m'a serré fort contre lui. On ne se séparait que très peu.

— Et moi donc ! J'ai conclu avant de poser mes affaires dans son coffre et de m'installer sur le siège passager.

Pendant le trajet retour, j'ai pris soin de lui raconter les semaines que je venais de passer et à quel point ça m'avait épuisé. Il m'a parlé des entraînements, de ses cours, de nos amis. Il m'a avoué avoir passé pas mal de temps avec Jayden. Alex m'a dit qu'elle avait été triste quelques soirs de ne pas pouvoir passer du temps avec moi, alors il l'avait réconforté en compagnie de Louis, Torrance et Mia. Mon cœur s'est serré en sachant qu'elle avait été triste et que mon absence lui avait créé de la souffrance. De mon côté, ça m'était aussi arrivé bien trop de fois, alors je l'avais appelé en *Facetime* bien plus que permis. Elle n'aimait pas ça d'habitude, mais j'imagine qu'on pouvait pallier au manque de cette façon pour une fois. Après toutes ces confessions, j'avais encore plus hâte de la retrouver. Cela dit, je devrais encore attendre parce qu'elle était actuellement en pleine répétition avec l'orchestre de l'Université pour leur prochain concert.

Je suis rentré dans ma chambre avec Alex et il m'a aidé à ranger mes affaires avant de finir affalé avec moi sur mon lit. J'étais fatigué de mon vol et lui, il avait juste la flemme de redescendre trois étages pour aller dans sa propre chambre. Mais ça ne me gênait pas, il m'avait vraiment manqué et j'étais content de pouvoir passer du temps avec lui. On a déblatéré pendant une bonne heure, nos conversations étaient véritablement sans fin. Finalement, ce sont des coups sur la porte et une petite voix que je ne connaissais que trop bien qui nous ont sortis de notre échange.

— Zachary Jenkins, ouvre cette foutue porte je t'ai ramené une pizza ! Jayden s'est écriée derrière le battant.

Alex a rigolé en l'entendant, elle était pas croyable. Je me suis donc levé pour aller lui ouvrir et j'ai souri largement en voyant qu'elle portait mon sweat rouge que je lui avais laissé en partant.

— Salut Grincheux.
— Salut Zachy.

Elle m'a souri brièvement avant de se pencher pour voir la tête blonde qui se tenait derrière moi et elle a plissé légèrement ses yeux avant de se faufiler dans ma chambre sans même daigner m'embrasser. Sérieusement là ?

— Alexander tu essaies de me voler mon amoureux ? Elle l'a questionné.

— C'était mon amoureux avant que ce soit le tien.

J'ai haussé les sourcils de stupéfaction, leur échange était clairement inattendu et je me mordais la lèvre pour ne pas exploser de rire. C'était quoi ces conneries encore ?

— Non c'est pas vrai ! Ton amoureux t'attend dans sa chambre si tu veux tout savoir. Apparemment il s'est acheté des sushis en sortant de l'entraînement et il y en a assez pour deux. Elle lui a fait un clin d'œil et je savais parfaitement qu'elle parlait de Louis.

Alex a grogné de frustration en roulant des yeux au ciel, il savait très bien qu'il ne pourrait pas résister à aller toquer à la porte de Louis. Habituellement, il charmait tout le campus, mais depuis quelques semaines, tout ce qui l'intéressait c'était de courir derrière le meilleur ami de Jayden.

— Tu m'énerves Jayden Walsh. Il s'est finalement levé en lui ébouriffant les cheveux avant d'embrasser son crâne.

— Bonne soirée Alex !!! Elle a rajouté, un sourire satisfait aux lèvres.

Il m'a fait une accolade en me glissant un "profite bien de ta chérie" à l'oreille qui m'a fait rouler des yeux, puis j'ai fermé la porte derrière lui avant de me retourner vers ma copine.

— C'était quoi cette comédie Jayden ? J'ai souri, amusé.
— Quoi ? Je voulais te garder pour moi. Elle a haussé les épaules innocemment, une moue adorable sur le visage.

J'ai secoué la tête, mon sourire toujours collé aux lèvres puis j'ai ouvert mes bras pour l'avoir au plus près de moi.

— Viens-là espèce d'imbécile.

Elle m'a tiré la langue puis elle s'est réfugiée dans mes bras en soupirant doucement de soulagement. Jayden adorait mes câlins, elle disait toujours qu'elle se sentait en sécurité et que j'étais tout doux. Depuis, j'en profitais et toute occasion était bonne pour la serrer dans mes bras.

— Tu m'as manqué Zach. Elle a avoué en se reculant pour me regarder.
— Toi aussi mon cœur. Je me suis penché pour l'embrasser tendrement avant de me détacher et d'embrasser le bout de son nez rougi par la température plus fraîche de février.

— Pizza et films ? Elle m'a questionné en penchant sa tête sur le côté, son sourire timide aux lèvres qui me faisait craquer.

— Absolument. J'ai attrapé les pizzas avant de rejoindre mon lit et de m'y asseoir en faisant une place à Jayden.

En l'espace de deux mois, j'aurais vu Jayden seulement trois jours. Pourtant, en la retrouvant ce soir, c'est comme si nous ne nous étions jamais séparés. La distance n'a pas altéré notre lien, au contraire. Elle a renforcé cette connexion intense qui existait entre nous et qui me donnait l'impression d'être dans une galaxie annexe. Partir loin m'a fait me rendre compte que même si nous n'étions pas physiquement ensemble, une part d'elle vivait toujours en moi. Dans mon cœur, elle était là. Et en la regardant du coin de l'œil alors qu'elle avait ses yeux fixés sur moi, j'étais sûr d'une chose, c'est que moi aussi je ne la quittais pas. Plus jamais.

J'ai englouti ma pizza et la moitié de celle de Jayden, les quarante centimètres qu'il y avait entre nous expliquaient en partie la différence d'appétit. Si bien que je terminais toujours ses plats, mais j'y étais habitué depuis le temps. Elle m'a regardé faire avec un petit sourire de satisfaction collé aux lèvres, puis une fois mon repas terminé elle s'est installée contre moi pour profiter du reste de la soirée.

Jayden lançait le deuxième film de la soirée lorsque je me suis levé pour aller lui chercher son traitement dans ma salle de bain.

J'ai pris soin de m'assurer qu'elle avait continué à le prendre tous les jours où je n'étais pas là, si bien qu'elle m'avait asséné de vulgaires "tu es chiant" tous les trois jours parce que j'étais trop inquiet selon elle. Mais c'était plus fort que moi. Je ne réduisais pas Jayden à sa maladie, bien loin de là. Forcément, savoir que la personne qu'on aimait le plus au monde était loin et souffrante, ça rendait inquiet. Le froid ne l'aidait pas en ce moment, je m'assurais donc que tout aille au mieux. Jayden méritait d'aller bien et je comptais bien y contribuer au maximum.

Après avoir avalé ses gélules, un long bâillement lui a échappé. Je me suis approché du lit avant de mettre le film en pause et d'éteindre l'ordinateur, il était temps de dormir. Nous avions tendance à sacrifier nos heures de sommeil pour profiter de nos moments à deux mais ce soir, elle comme moi avions besoin d'une longue nuit de sommeil. Elle a capitulé presque instantanément, ce qui était très rare. J'en ai conclu qu'elle était vraiment fatiguée et qu'elle n'avait pas osé me le dire.

— Tu peux pas savoir à quel point j'ai rêvé de dormir dans tes bras. Elle a avoué en s'installant sous la couette.

J'ai souri à m'en briser la mâchoire. Mon cœur a gonflé si fort dans ma poitrine, je pense qu'elle aurait presque pu l'entendre battre et résonner contre les murs de ma chambre.

J'ai enlevé mon tee-shirt avant de me glisser sous la couette en plaquant mon torse contre son dos. Elle et moi, on a jamais dormi autrement que comme ça et croyez-moi, je ne voulais en aucun cas que ça change. C'était beaucoup trop appréciable.

Alors que je m'apprêtais à éteindre la lumière, la petite voix de Jayden m'a sorti de notre calme palpable.

— Quand est-ce que tu as les résultats des concours Zach ? Elle a avoué, à demi-voix.

— Je ne sais pas encore, probablement dans un mois. Pourquoi ? J'ai froncé légèrement les sourcils, je sentais que quelque chose n'allait pas.

— Il faut que je te parle d'un truc, mais demain, s'il te plaît. Elle a finalement murmuré.

En guise de réponse, j'ai embrassé sa tempe longuement et j'ai caressé sa joue délicatement.

— Pas de problème mon cœur, quand tu voudras.

— Bonne nuit Zachy.

— Bonne nuit Grincheux.

J'ai finalement éteint la lumière dans un silence immaculé et j'ai refermé mon bras autour d'elle pour l'avoir au plus près de moi.

Mon cœur battait la chamade, d'une part parce que Jayden était là, d'une autre parce que je ne savais pas à quoi m'attendre lorsqu'elle me parlerait demain.

La petite voix qui glissait dans mon crâne et mes oreilles s'obstinait à me hurler du négatif.

Mon intuition et mes tripes me criaient que tout irait bien.

Et ce soir, en fermant les yeux, j'étais certain que tout irait bien.

Parce que Jayden et moi, nous étions plus forts que tout.

CHAPITRE 20

JAYDEN

Je n'ai pas dormi de la nuit. Impossible de fermer l'œil après avoir avoué à Zach que je devais lui parler aujourd'hui. Je redoutais cette conversation depuis quelques jours déjà. Je ne voulais pas qu'on en discute alors qu'il était loin de moi. Ça aurait été trop dur et il m'en aurait voulu de ne pas avoir attendu de le revoir pour lui dire. J'angoissais depuis des jours, je n'avais presque rien avalé, j'avais peiné à dormir, j'avais pleuré des cascades de larmes et passé la plupart de mes journées enfermée dans ma chambre. Je redoutais cette conversation. Intrinsèquement, ça me broyait l'estomac d'un stress brûlant. Jamais je n'aurais pensé qu'une telle chose puisse me mettre dans un état pareil. Et pourtant. Je n'avais pas été capable de passer au dessus, de me dire que tout irait bien. Profondément, je savais que discuter avec Zach apaiserait les choses, mais je n'arrivais jamais à faire taire l'anxiété qui me répétait qu'il m'abandonnerait instantanément lorsque je lui aurais dit la nouvelle. Ce matin, je détaillais le plafond et une vague d'angoisse me submergeait, faisant perler des larmes aux coins de mes yeux. J'étais terrifiée. Je n'avais pas peur de Zach, mais j'avais peur de la situation. En fermant mes yeux, je soupirais et je me répétais que ça irait. Zach était là, il me retiendrait avant que je n'ose penser à la chute.

La raison de cette angoisse perpétuelle depuis des jours ? Une lettre que j'avais reçue de Juilliard. Pas une lettre de refus, non, loin de là. Une lettre m'annonçant que mon dossier était éligible pour intégrer l'académie préparatoire de l'école avant de prétendre au concours. En d'autres termes, une formation poussée pour être à 98% sûre de réussir le concours d'entrée. Cette académie n'était réservée qu'à une petite quinzaine de musiciens de tout le pays, souvent des solistes ou des prodiges de la musique. Bien entendu, j'ai sauté de joie et j'ai aussi pleuré lorsque j'ai reçu cette lettre. Parce que dans un sens, c'était la reconnaissance de mon travail acharné depuis tant d'années. C'était aussi la preuve que j'avais ma place dans le monde de la musique classique et rien ne pouvait me satisfaire plus que ça. Mais c'était aussi une marche de plus vers New-York, et bien plus proche que la date que je m'étais imaginée de base. En effet, la proposition était effective dans trois semaines, afin d'intégrer l'académie pour le prochain semestre. Ce qui voulait dire que je devrais quitter Los-Angeles et mes études ici avant la fin du mois. Pour mon cursus de musicologie, j'avais la possibilité de le valider avec les équivalences de Juilliard, ce qui me rassurait. Ce qui me rassurait moins, c'était de laisser ma routine sur le campus et par-dessus tout mes amis derrière moi. Partir loin ne voulait pas dire qu'on couperait les ponts, mais je m'étais habituée à leur compagnie. Alors me retrouver seule aux antipodes de Los-Angeles était clairement effrayant. M'imaginer loin de Zach m'a glacé le cœur, j'ai eu du mal à pouvoir me l'imaginer. Il y a quelques mois, j'aurais grogné de rage d'être finalement dépendante de sa présence certaines fois. Mais maintenant, je comprenais. Je comprenais que si j'avais autant besoin de lui c'est parce qu'il me complétait et m'apportait toutes les choses qui me manquaient pour m'accepter et apprécier mon quotidien. Zach était ma lumière. Et j'avais peur de replonger dans mes abysses sombres lorsque je volerais pour New-York, sans lui.

Finalement, Zach a bougé à côté de moi, resserrant son bras autour de ma taille pour m'attirer vers lui. Je me suis laissée faire sans rechigner, profitant du confort qu'il m'apportait. J'ai passé doucement ma main sur son bras avant me retourner pour poser ma tête contre son torse. Apparemment, mon geste l'a surpris, parce qu'il s'est redressé pour m'observer et caresser mes cheveux encore ébouriffés de la nuit.

— Tout va bien Jayden ? Sa voix cassée du matin sonnait inquiète.

— Tu peux juste me serrer dans tes bras ? S'il te plaît. J'ai chuchoté, ma tête encore contre lui et mes paupières fermées. J'essayais de retrouver le calme avant la tempête.

Il n'a rien répondu et il s'est contenté de me serrer contre lui. Il a pivoté sur le dos ensuite, m'entraînant avec lui, de façon à ce que je sois posée de tout mon long sur son torse et que je puisse entendre son cœur battre sous mon oreille. J'étais en sécurité ici, contre lui et dans ses bras. Je savais que je n'aurais pas dû dépendre de son confort de cette façon, mais Zach me redonnait les éclats de vie que j'avais fait exploser quelques années auparavant en décidant de m'isoler et de me consoler dans ma solitude. J'étais très bien seule certes, mais désormais, j'aimais aussi être avec Zach. Et avoir besoin de son amoureux dans des périodes comme celles-ci me paraissait totalement acceptable.

— Parle-moi mon cœur. Il a dit doucement en caressant mon dos.

Finalement, j'ai entrepris de me redresser pour me rasseoir à côté de lui. Il a suivi mon mouvement en s'adossant à la tête de lit. J'étais nerveuse. J'ai commencé à jouer avec le bracelet autour de mon poignet avant de soupirer longuement pour rassembler mes pensées et savoir par où je devais commencer. Zach a attrapé ma main en entrelaçant doucement nos doigts, puis j'ai croisé son regard, lui offrant un sourire timide. Finalement, j'ai raclé ma gorge une dernière fois avant de lui déballer l'entièreté de ce qu'il se passait. La lettre, l'académie, New-York, l'équivalence, absolument tout.

Je n'ai pas pu le regarder, mon regard était fixé sur le matelas, mes yeux étaient noyés de larmes parce que ça me brisait littéralement le cœur de m'imaginer loin de Zach, à l'autre bout du pays, sans la moitié de moi pour me tenir dans ses bras.

Zach n'a rien répondu, il s'est contenté de m'attirer doucement contre son torse, de m'enlacer si fort que mon cœur aurait pu se recoller instantanément. Il me tenait au-dessus de mon propre gouffre mais je savais qu'il ne me lâcherait pas.

— Je pense que tu devrais y aller. Il a finalement murmuré, son souffle claquant contre mon crâne.

— C'est loin.

— C'est loin, mais on a passé trois mois à se parler par sms, on vient de passer un mois et demi loin l'un de l'autre, pourtant on est toujours là. Et toujours plus forts. Et s'il y a bien une chose que je ne veux pas, c'est que tu renonces à tes rêves parce que tu as peur pour notre relation. Jayden, tu mérites d'y aller, d'intégrer cette académie incroyable qui te mènera enfin à la chose qui te comblera le plus sur cette putain de Terre. Réalise ton rêve. Fonce. On sera toujours dans le même pays. Je t'aimerai toujours. Que tu sois ici, à New-York ou à Paris. Je t'aimerai toujours Jayden. Je ne t'abandonne pas. Et toi non plus tu ne dois pas t'abandonner. Va réaliser ton rêve. Et rappelle-toi qu'on sera sûrement réunis dans quelques mois. Mon cœur, tout ira bien. Tu dois y aller. Saisis ta chance.

Sa voix était craquelée d'émotions et mes larmes ont coulé de plus belle. Je sentais toute sa sincérité et son amour dans ses paroles. Ses paroles qui ont glissé lentement contre les parois de ma cage thoracique pour plonger dans mon cœur battant à tout rompre. Ses paroles qui m'ont encore une fois montré que Zach n'était pas qu'une simple personne. Mais qu'il était celui qui me comprenait le mieux et qui savait à quel point tout ça était important pour moi. Il avait cette capacité à comprendre et à savoir que la musique était mon essence de vie. Et je ne le remercierais jamais assez pour tout ça.

— Jay…Arrête de pleurer s'il te plaît, tu me brises le cœur. Il a chuchoté en prenant mes joues dans ses mains pour me regarder.

Un triste sourire a fendu mon visage humide de larmes tièdes, puis je lui ai volé un baiser chaste avant d'embrasser sa joue.

— Je vais aller réaliser mon rêve Zachy.

Il a déposé tendrement ses lèvres sur les miennes, me transmettant une nouvelle fois tout son amour avant de plonger son regard dans le mien.

— Et j'ai hâte de te voir réussir et de venir t'applaudir sur les plus belles scènes de New-York.

— T'es le meilleur Zachary Jenkins. J'ai souri sincèrement en passant ma main dans ses boucles.

— Le meilleur des tocards. Il m'a fait un clin d'œil avant de m'embrasser une nouvelle fois comme il aimait tant.

*****

J'ai passé les semaines suivantes à organiser mon départ, finaliser mon dossier d'inscription à l'académie et préparer quelques cartons avec mes affaires. Je n'aurais probablement pas beaucoup de place, alors pour les mois à venir, je stockerais une partie de mes affaires chez Zach. Ça serait plus simple de cette façon. J'avoue que toutes ces semaines ont été épuisantes, stressantes et angoissantes. Plus les jours passaient et plus je voyais la date de mon départ se rapprocher. Dire que j'étais totalement sereine serait un véritable mensonge. Ce n'était pas du tout le cas. En ce moment, je tremblais un jour sur trois à cause de mon anxiété, je faisais des cauchemars à répétition que seuls les bras de Zach pouvaient calmer. Je ne mangeais presque pas, je pleurais beaucoup et j'avais envie de revenir sur ma décision à peu près dix fois par jour. Je ne pensais pas que le changement m'impacterait de cette façon. Et pourtant. La vague dévalait la rive et m'emportait au passage.

Mon avion était après-demain, alors avant que je parte, nous avions décidé de passer une journée tous les six avec Zach, Alex, Louis, Mia et Torrance. Je pense que c'était aussi l'une des choses qui allait le plus me manquer. Nos moments tous ensemble, qui me paraissaient hors du temps et au-delà de toutes mes espérances. Nos conversations, nos rires et nos incompréhensions. L'amitié était une nouvelle chose pour moi, et ils m'avaient appris ce que c'était que d'avoir des gens sur lesquels compter. Ils m'avaient donné les clés pour apprendre à faire confiance, apprendre à être vulnérable et à montrer mon vrai visage. Je ne serais jamais assez reconnaissante pour toutes ces merveilleuses choses. J'aurais aimé pouvoir leur dire qu'ils avaient changé ma vie. Parce que c'était la vérité. J'avais tellement évolué que parfois j'avais du mal à croire que c'est moi que je voyais dans le miroir. Pourtant si. C'était moi. Plus lumineuse, moins ternie par sa douleur et ses peines, illuminée par ses amitiés, scintillante de l'amour de son petit ami.

Nous étions donc tous assis autour d'une table de pique-nique à la plage. Finalement, c'était un endroit où on allait souvent tous ensemble. J'imagine que le cadre s'y prêtait bien et que c'était reposant.

J'appréciais toujours nos sorties ici, même si je ne me baignais jamais. Eh oui, l'humidité et la mucoviscidose ne faisaient pas bon ménage. C'était déjà compliqué de me doucher alors imaginez si je me décidais à plonger dans l'océan ? Un véritable carnage. Cela dit, j'aimais me prélasser sur le sable en lisant un livre et en les regardant s'amuser dans l'eau. Et aujourd'hui, autour de cette table, je me sentais apaisée et heureuse. Le départ serait forcément douloureux, mais je préférais me concentrer sur l'instant présent et sur le temps que nous avions encore tous ensemble. J'aurais tout le temps de me morfondre dans l'avion et lorsque je serais enfermée seule dans les quatre murs de ma chambre à l'académie. Aujourd'hui était un temps pour les sourires et le bonheur. Et tant que je pouvais le toucher du doigt, je comptais bien en profiter.

— Jayden, on a un cadeau pour toi. Torrance a avoué, en passant son gros bras autour de mes épaules.

J'ai froncé les sourcils, déboussolée. Je ne comprenais pas pourquoi ils m'avaient acheté un cadeau. Et dieu sait que je n'étais pas à l'aise lorsqu'on m'en offrait. Ils étaient vraiment pas croyables.

— Et avant que tu dises qu'on aurait pas dû, laisse-nous au moins te le donner. La voix de mon meilleur ami, Louis, me coupa avant que je puisse contester.

Mia est allée chercher un étui dans le coffre de la voiture de Torrance avant de revenir parmi nous. J'étais désormais assise sur les genoux de Zach alors que la perplexité ne quittait pas mon visage. Qu’est-ce qu'ils avaient manigancé encore ?

— Allez ouvre-le Jay. Alex m'a encouragé en me souriant chaleureusement.

J'ai finalement saisi l'étui avant de l'ouvrir doucement. Un immense sourire prit ensuite place sur mon visage. Le cadeau était si bien pensé que j'aurais pu en pleurer de joie et de reconnaissance. En effet, ils m'avaient acheté un nouvel archer pour mon entrée à l'académie. Il était noir verni, avec quelques écailles argentées pour le décorer et mes initiales gravées dessus dans une encre bordeaux. Il était magnifique et me correspondait parfaitement. J'avais tellement hâte de l'utiliser. Par-dessus tout, j'espérais les rendre fiers lorsque je jouerais les plus belles pièces avec à New-York.

— Merci, vous êtes les meilleurs. J'ai souri avant de descendre des genoux de Zach pour aller les enlacer un par un.

En arrivant au niveau de Zach, il m'a regardé avec les yeux plissés et j'ai haussé un sourcil sans comprendre, le questionnant du regard.

— Je peux avoir un bisou ? Il m'a finalement demandé, presque timidement.

Il était si adorable que ça devrait être interdit.

— Bien-sûr espèce de tocard.

J'ai posé ma main sur sa nuque pour l'attirer vers moi avant de poser mes lèvres contre les siennes. Son sourire se dessinait à mesure que notre baiser continuait. Je pouvais sentir une nouvelle fois cette électricité entre nous, et en ce moment, j'avais l'impression que plus rien n'existait autour de nous. Mais en fait si, notamment Alexander-Lee, qui ne pouvait s'empêcher de jouer les imbéciles lorsque Zach et moi, on s'embrassait.

— Vous êtes absolument adorables, ça me donne presque la nausée.

Je me suis détachée de Zach en étouffant un rire. C'est vraiment le pire celui-là.

— T'arrêtes un peu Alex ! Mon copain l'a réprimandé en secouant légèrement la tête.

Finalement, tout le monde a rigolé. Alex était celui qui faisait rire à n'en plus pouvoir et il ne manquait aucune occasion pour dire ou faire des conneries. Un vrai clown ambulant.

La fin de la journée était bien plus calme. En reprenant la route vers le campus, tout le monde savait ce qui allait arriver dans deux jours. Je ne serais plus là. Je ne prétendais pas être le lien qui soudait tous les membres de notre groupe, bien loin de là. Mais je savais que ça leur ferait bizarre, ils me l'avaient dit. Et même si j'ai eu du mal à y croire, finalement j'ai compris. J'ai compris que moi aussi j'avais la même place dans leur vie qu'eux avaient dans la mienne. À cette pensée, mon cœur s'était fendu un peu plus. Me rappelant qu'en descendant de mon avion dans deux jours, seules les cordes de mon violon pourront me tenir la main et me faire sourire. Seule. Une nouvelle fois.

*****

Deux jours plus tard, après des aurevoirs déchirants avec mes amis et beaucoup de larmes, Zach m'accompagnait à l'aéroport. Je lui ai demandé mille fois de ne pas le faire, argumentant que je n'arriverais pas à partir et à le laisser derrière moi pour je ne sais combien de temps. Mais il était borné, agaçant et surtout tellement attentionné qu'il n'aurait jamais pu me laisser partir sans m'avoir dit au revoir comme il fallait. En rentrant dans cet aéroport, mon cœur battait la chamade, mes mains tremblaient d'anxiété et j'avais la gorge brûlante de stress. Mes yeux piquaient de larmes prêtes à couler instantanément. J'étais si proche de mon rêve et en même temps si proche du gouffre qui me séparerait de tous les gens qui comptaient le plus pour moi. J'avais toujours rêvé de cette académie, j'aurais dû me réjouir, profiter de mon rêve. Mais chaque chose en son temps. Aujourd'hui était le temps pour mes larmes et les aurevoirs avec la personne que j'aimais le plus sur cette putain de planète.

Zach tenait ma main si fort que j'avais l'impression qu'il allait me casser les phalanges. Finalement, je relevai les yeux vers lui, il regardait l'écran des vols de départ, la mâchoire serrée et les yeux inhabituellement éteints. Il était en train de mettre en sourdine sa souffrance. Je le savais parce que je le connaissais par cœur. Je le savais parce qu'il ne me le disait pas mais que je le lisais en lui. Je le savais parce que je le ressentais aussi. Je le ressentais aussi, ce cœur qui lâchait et cette vague glaciale qui s'abattait sur moi.

Mon vol s'afficha finalement, m'indiquant que je devais passer les contrôles de sécurité. Les yeux de Zach trouvèrent les miens instantanément. Il était temps. Il était temps de nous dire au revoir. Et même si j'aurais voulu retarder ce moment au plus tard possible, je ne pourrais l'éviter éternellement. Mais comme on dit, ce n'était qu'un au revoir, pas un adieu. Du moins, je l'espérais.

Mes yeux se sont remplis de larmes au moment où Zach a posé ses mains sur mes joues pour me regarder. Je n'allais pas pouvoir me retenir de pleurer. Je me retenais depuis bien trop longtemps déjà. Aujourd'hui était le temps pour mes larmes. Celles que Zach pourrait encore sécher. Celles que Zach pourrait encore faire disparaître tendrement.

Je me suis raclé la gorge pour entreprendre de parler. Les seuls mots glissant de mes lèvres étaient ceux qui me hantaient depuis que j'avais reçu ma lettre.

— Ne m'oublie pas. J'ai chuchoté. J'étais terrifiée par l'idée que Zach m'oublie aussitôt lorsque j'aurais mis un pied dans l'avion. Il m'aimait si fort qu'il ne devrait même plus me le prouver. Mais mon anxiété ne pouvait s'empêcher de ternir chacune de mes pensées.

— Comment t'oublier alors que mon cœur t'appartient Jayden ? Il a rajouté, ses yeux plongeant dans les miens intensément.

— Je t'aime Zach.

— Je t'aime aussi Jayden.

Finalement, il a approché son visage du mien, et il m'a embrassée. Zach ne m'avait jamais embrassée comme ça. C'était un baiser qui renfermait un million de promesses. Un baiser qui hurlait « je t'aime » et « on se revoit bientôt ». Un baiser qui scellait une nouvelle fois notre amour si spécial. Je l'ai embrassé à mon tour. Et maintenant, mon baiser hurlait « Je te donne mon cœur, prends-en soin ».

Je lui ai donné mon cœur, et il m'a donné le sien. Symboliquement, on vivait grâce à l'autre.

Zach était ma maison, la moitié de moi, mon cœur tout entier.

Il m'a accompagnée jusqu'aux dernières portes, les larmes aux yeux, alors que les miennes dévalaient mes joues sans répit. Avant que je parte, il m'a serrée dans ses bras si fort que je ne voulais plus en ressortir. Il m'a embrassé le front comme à son habitude avant de me répéter dix fois qu'il m'aimait plus que tout et qu'il m'attendrait toute la vie s'il le fallait. Puis il m'a promis qu'il viendrait. Je lui ai souri entre mes larmes, en le traitant de tocard, puis je l'ai embrassé sur le cœur comme à mon habitude, et je lui ai chuchoté une dernière fois que je l'aimais. Finalement, j'ai passé les portes, je me suis retournée trois fois, et à chaque fois, Zach était toujours là, m'encourageant des yeux à y aller pour de bon. Alors, c'est ce que j'ai fait. Je suis montée dans l'avion, les joues encore humides et la musique tambourinant dans mes oreilles.

Contre moi, la lettre que Zach m'avait donnée en partant et que je m'apprêtais à lire dès lors que je serais assise.

Ni une ni deux, j'ai rangé mon sac avant de me plonger dans l'écriture verte que Zach avait laissé glisser sur ce papier épais.

« Jayden, mon cœur,

Même si tu as l'impression que tout s'arrête, ce n'est que le commencement. Je sais que tu as peur, que tu ne voulais pas me laisser derrière toi. Je sais que tu as peur que je t'oublie. Mais ça n'arrivera pas. Je le crierais sur tous les toits s'il le fallait. Je t'aime à en crever, plus que tout, plus fort que n'importe quoi.

Jayden, je t'aime, et aujourd'hui en te voyant prendre cet avion, j'ai le cœur brisé. Mais pas parce que tu t'en vas, non, je suis fier de toi d'aller vivre ton rêve. J'ai le cœur brisé parce que je ne serai pas aux premières loges pour te voir sourire dès que tu mettras un pied sur scène.

Et ce sourire, Jayden, ce sourire.

Je t'aime tellement que je pourrais m'arracher le cœur pour te voir sourire comme ça pour toujours.

Je veille sur toi de loin, et quand ça ne va pas, agrippe le collier autour de ton cou, je suis toujours là. Je ne te quitte pas. Tu ne me quittes pas. C'est promis.

Dès que je le peux, je viendrai.

Tu me manques déjà,

Je t'aime fort et mille fois plus encore,

Zach (ou ton tocard préféré).

PS : prends soin de toi, envoie-moi des sms, appelle-moi, tout ce que tu voudras Grincheux, je suis toujours là.»

J'ai doucement replié le papier en regardant par le hublot le ciel rempli de nuages. J'avais les yeux inondés de larmes une nouvelle fois. Je venais de quitter Zach. Juste physiquement certes. Mais pourquoi ne m'avait-on pas prévenu que quitter la moitié de soi était comme se jeter dans un trou noir ? J'avais l'impression d'être en chute libre vers ma propre fin. Zach me manquait déjà.

*****

En arrivant à l'académie, une jeune dame rousse m'a accueillie, un large sourire aux lèvres. J'étais quelque peu éteinte et je m'en voulais de ne pas être aussi avenante qu'elle l'était, mais c'était plus fort que moi. Je lui ai indiqué mon prénom puis elle m'a tendu les clés de ma chambre. Je suis restée figée quelques secondes avant de les attraper, je n'y croyais pas. Je ne croyais pas au fait que ça y était, c'était mon nouvel endroit.

J'ai pris l'ascenseur jusqu'au quatrième étage avant de m'aventurer dans le couloir étroit. Finalement, je suis tombée sur la chambre 40, la mienne désormais. J'ai ouvert la grande porte blanche avant d'observer la chambre qui se tenait devant moi. Presque identique à celle que j'avais à UCLA, un lit double contre le mur, une petite salle de bain, un bureau près de la fenêtre, et de quoi cuisiner rapidement. Autrement dit, un micro-ondes, une plaque avec un seul feu et un réfrigérateur si petit que je n'étais pas sûre de pouvoir y ranger mes courses pour une semaine. Mais c'était très bien ainsi, un petit cocon. Il me tardait de le décorer à ma façon pour me sentir un peu plus chez moi. Les murs blancs m'accueillaient froidement et je retenais un sanglot me rendant compte que rien n'était plus comme avant. Qu'il n'y avait plus la casquette et le sweat de Zach qui traînaient sur la chaise de mon bureau, qu'il n'y avait plus les livres d'Alex dans la bibliothèque, ni les bonbons de Louis dans ma table de nuit, ou encore une des consoles de jeu portable de Mia sur le lit. J'ai soupiré en fermant la porte derrière moi, puis je me suis laissée glisser contre celle-ci. J'ai ramené mes genoux à ma poitrine avant de poser ma joue dessus. Il n'aura pas fallu longtemps avant que je me mette finalement à pleurer. L'esprit terne de la chambre me rappelant à quel point j'étais seule. Certes, je venais d'arriver, mais savez-vous l'ampleur de l'esprit de compétition qui existait au sein de ce genre d'écoles ? Lorsque je mettrais un pied en salle de répétition demain, ça serait chacun pour soi. Pas de place pour les regards amicaux, ni pour les sourires chaleureux à Juilliard. La première place, c'était tout ce qui comptait. Et j'aurais aimé que dans ce combat éreintant, mes amis puissent me tenir la main quelques fois.

Je crois que je m'habituerais à cette nouvelle routine, tout était question de temps finalement. Ce soir, alors que j'essuyais mes joues humides, mon cœur se refroidissait et j'étais une nouvelle fois face à ma douleur et ma souffrance. J'allais mieux depuis quelques semaines. Moins de démons, moins de cauchemars, moins d'anxiété. J'étais plus calme. Je dormais mieux. Moins de pensées destructrices et de schémas obsessionnels négatifs. J'étais apaisée. Je souriais plus. Et outre mes traitements médicaux, la véritable raison de ma guérison, c'était Zach. Je faisais le travail toute seule, mais avoir quelqu'un sur qui s'appuyer et à qui se confier quand le monde nous tombait sur la tête, c'est toujours réconfortant. Zach me tenait à bout de bras, il me relevait sans cesse, il m'attrapait avant la chute, me recollant tous les jours un peu plus.

Alors que je tournais en rond dans ma chambre, un creux dans mon estomac m'a rappelé à quel point j'avais aussi besoin du réconfort de mes parents. Sans réfléchir, j'ai saisi mon téléphone avant de cliquer sur le contact de ma maman. Une partie de moi croyait encore qu'elle répondrait. Je savais au fond qu'elle ne le ferait pas. Comme toutes les autres fois.

Une larme solitaire a dévalé ma joue alors que son répondeur résonnait contre mon tympan. Quatorzième appel. Quatorzième répondeur. Je n'aurais jamais de réponse.

Je me suis raclé la gorge avant de laisser un énième message vocal. Elle ne l'écouterait probablement pas. Comme tous les autres.

— Salut Maman, c'est encore moi, Jayden. Je ne sais pas où tu es en ce moment, mais moi je viens d'arriver à New-York. Et je me sens seule. Terriblement seule. J'aurais aimé entendre ta voix ou que tu me dises que ça ira. Mais je comprends, tu es trop occupée. Je ne t'en veux pas. J'espère simplement qu'un jour, tu me rappelleras. Prends soin de toi. À plus tard, je t'embrasse.

J'ai raccroché avant de laisser tomber brutalement mon cellulaire contre le matelas de mon lit. Les larmes coulaient répétitivement sur mes pommettes. J'étais vide.

Et surtout, seule.

Atrocement seule.

*****

Ce soir, en regardant le ciel à travers ma fenêtre, je détaillais les étoiles en souriant tristement. J'imaginais que Zach veillait sur moi de loin, et que je faisais de même pour lui. J'avais encore les yeux meurtris et la gorge sèche de ma session de larmes d'il y a une heure. Je ne pensais pas que mes pleurs s'arrêteraient de si tôt, j'aurais besoin de temps. J'étais capable d'être seule. Je l'avais été bien trop souvent. Mais j'avais changé depuis quelques semaines. J'appréciais plus la compagnie et les moments partagés. Il était temps de me convaincre que ça irait. C'était ma voie. J'étais à ma place, il n'y avait pas de raison que ça se passe mal.

Alors que je m'installais finalement dans mon lit, mon téléphone a retenti. J'ai répondu instantanément, l'écran affichant désormais une tête bouclée que je ne connaissais que trop bien. Un soupir de soulagement m'a échappé en voyant le sourire de Zach fendre l'écran. Mon Univers tout entier.

— Salut Zachy. J'ai souri timidement, mes joues gonflées toujours douloureuses.

— Salut mon cœur, tu es bien installée ? Il s'est redressé dans son lit avant de recoiffer ses cheveux ébouriffés.

Je lui ai raconté mon arrivée, comment j'avais rangé ma chambre avant de lui montrer en vidéo comment cette dernière était agencée. Pour moi, ce n'était que des détails futiles, pourtant Zach écoutait si attentivement que j'aurais pu lui expliquer la dimension des murs pendant trois heures qu'il aurait continué de m'écouter parler.

C'est ce qui était spécial avec lui. Je pouvais lui parler de tout sans jamais me soucier que ce soit trop banal, idiot ou insensé. Il m'écoutait avec amour et intérêt. Et en pensant à toutes les conversations que je ne pourrais plus avoir avec lui, mon coeur se serra de nouveau. Je crevais d'envie qu'il soit là. Pourquoi fallait-il que cette foutue école soit si loin ?

— Tu as oublié quelque chose en partant. Zach a soupiré avant de pincer ses lèvres.

J'ai froncé les sourcils légèrement en cherchant ce que ça pouvait être puis je l'ai questionné du regard.

— Tu as oublié Jamie. Il sourit faiblement en saisissant l'ours en peluche dans ses mains avant de me le montrer.

C'était le premier cadeau que Zach m'avait offert. On ne s'était encore jamais vus. Depuis que je l'avais, je ne le quittais plus. Pourtant, je lui ai laissé. On dirait qu'une partie de moi ne voulait pas se séparer de Zach.

— Tu me le rapporteras ? J'ai finalement dit à demi-voix.

— Tu sais bien que si je n'avais pas de cours ni de championnats à remporter, je serais déjà dans un avion pour que tu puisses dormir avec, Jayden. Il a soufflé en souriant en coin.

Je l'ai détaillé du regard sans rien dire pendant un moment, le voir à travers un écran, si loin de moi me bouffait de l'intérieur. Les larmes piquaient de nouveau au fin fond de mes pupilles et je serrais la mâchoire si fort pour ne pas céder une nouvelle fois devant lui que j'en aurais sûrement des courbatures demain. Mais je ne voulais pas pleurer. Pas encore. Zach ne méritait pas de se sentir coupable pour quelque chose que j'avais choisi de mon plein gré.

Mais en partant réaliser ce rêve qui me tenait tant à cœur, je n'avais pas réalisé que je laissais une autre partie de moi bien trop loin derrière. La musique était tout ce que j'avais de plus cher. Je vivais pour ça, je me levais en ayant des fourmis d'excitation dans les doigts parce que j'allais jouer du violon, j'avais des éclats dans les yeux lorsque je répétais un Opéra. La musique était une forme d'oxygène pour moi. Mais depuis quelques semaines, j'avais réappris à respirer, et ce qui me donnait de l'air était un rugbyman d'un mètre quatre-vingt-dix qui me tenait si fort dans ses bras que j'avais l'impression de fusionner avec lui.

En le regardant, mes yeux brillaient et mon sourire fendait doucement mon visage. Parce que dans ses yeux, je voyais de l'amour, mais je voyais aussi une promesse. Celle qui disait qu'il serait là pour toujours.

Et aussi niais que ça puisse être, je savais. Je savais que nous étions faits pour être l'Éternité.

Finalement, je brisais le silence.

— Tu me manques Zach. J'ai chuchoté avant de soupirer longuement.

— Toi aussi, plus que tout. Mais mon cœur, je t'ai promis que ça irait. Tu crois en nous ?

— J'y crois.

— Alors laisse-nous du temps. On va y arriver, on va se retrouver. Tu ne verras pas le temps passer. Je serai toujours là pour t'emmerder ou te dire que je t'aime. Je ne pars pas. Et j'espère que tu as bien imprimé ça dans ta tête de Grincheux borné. Il m'a fait un clin d'œil en souriant largement.

— C'est noté tocard.

— Maintenant, va te coucher, tu as besoin de repos. On se rappellera demain.

— Zach ?

— Oui, mon cœur ?

— Je t'aime.

Il m'a offert son sourire radieux, celui que je préférais, qui me faisait vibrer et qui affolait tous les papillons dans mon ventre. Celui qui m'illuminait de mille feux.

— Je t'aime aussi Jayden.

— Bonne nuit Zachary Jenkins. J'ai conclu en souriant, amusée.

— Bonne nuit Grincheux. Il a souri avant de raccrocher.

J'ai posé mon téléphone sur la table de chevet avant de me tourner sur le dos et de regarder le plafond vide et blanc. Un long soupir m'a échappé. Je ne savais plus ce que je ressentais. De la joie ? De la tristesse ? De l'excitation ? De la panique ? Je n’en savais foutrement rien.

Mais je savais que ce soir, je m’endormais avec l'espoir de me réveiller dans les bras de Zach demain. Pourtant, je savais qu'il ne serait pas là.

Zach était à l'autre bout du pays et mon cœur était avec lui.

CHAPITRE 21

ZACH

.·。.·° ★ ·.·☆·° ·。.

Cela faisait désormais deux mois que je n'avais pas vu Jayden. Deux mois qu'elle était partie et que son cursus à l'académie de Juilliard avait débuté. Je mentirais si je disais que c'était simple. Bien sûr que ça ne l'était pas. Bien sûr que je crevais d'envie qu'elle soit juste à côté de moi. Cela faisait deux mois que je dormais seul dans mon lit, froid de son absence, deux mois que je n'étais pas allé me poser sur un toit, deux mois que je n'avais pas entendu une note de violon. Deux mois qu'elle me manquait, à moi et à chaque putain de cellule de mon corps. Je n'avais qu'une hâte, c'était que mon année scolaire prenne fin pour pouvoir la rejoindre et passer du temps avec elle. Et ça tombait bien, parce qu'aujourd'hui, c'était mon dernier jour.

En effet, aujourd'hui marquait la fin de mon cursus d'architecture à UCLA. C'était le jour où je présentais enfin le projet de fin d'étude sur lequel je travaillais depuis des mois. J'étais angoissé jusqu'aux os, parce que je détestais les oraux et que je doutais de moi à n'en plus pouvoir. Mais il fallait que je crois en moi, j'allais y arriver.

Pour me rassurer, je me répétais les mots de Jayden, ceux qu'elle m'avait dits au téléphone hier soir lors de notre FaceTime habituel avant de dormir.

« Tu vas y arriver Zach, et tu sais pourquoi ? Parce que tu es la personne la plus douée que je connaisse et que tu as fait un travail incroyable sur ce projet. Tu dois croire en toi, parce que tu es un tas de choses merveilleuses et surtout un mec beaucoup plus intelligent qu'il n'aime le croire. Zach, je t'aime, je crois en toi et tu vas réussir à merveille cet oral. Respire, concentre-toi sur toutes les choses qui t'attendent après. Tu vas y arriver. C'est promis. »

Je souris encore en repensant à sa petite voix à moitié endormie en train d'essayer de me remonter le moral car j'étais victime de mon anxiété hier soir et que j'ai cru encore une fois que j'allais exploser. Elle croyait toujours en moi de la même façon. De manière sincère et profonde, et je ne pouvais que tomber encore plus amoureux d'elle en pensant à tout ce qu'elle faisait pour moi. Je rêvais de l'avoir près de moi.

En chemin pour mon oral, j'ai rejoint Alex, il venait assister à ma soutenance. J'avais le droit de faire venir une personne avec moi et quoi de mieux que mon meilleur ami pour me soutenir dans une épreuve comme celle-ci. Il savait que ça marquerait un tournant pour moi, que je tournais une sorte de page. Et j'étais heureux qu'il puisse partager ça avec moi. Ça me rassurait aussi de me dire qu'il serait là.

Alex était toujours une partie de moi, un frère, un rempart, un meilleur ami et plus encore. La partie de moi que je ne pouvais jamais imaginer perdre. J'étais reconnaissant qu'il soit là.

— Tu vas tout déchirer Zach, je te le promets. Il m'a dit en souriant grandement avant de tirer sur sa cigarette.

— J'espère. De toute façon je ferai de mon mieux. J'ai souri timidement avant d'entrer dans le bâtiment d'examen.

J'installais l'ensemble de mon matériel pour l'oral qui m'attendait. Je l'avais appris par cœur, incapable de m'y résoudre autrement, j'étais trop anxieux pour me faire confiance et croire en ma capacité d'éloquence. Qui était quasi inexistante qu'on soit clairs. Après avoir terminé mon installation, j'ai essuyé frénétiquement mes paumes de main moites sur mon pantalon avant de me gratter la nuque de nerfs. Il allait falloir que je me prenne en main si je ne voulais pas exploser d'angoisse devant le jury. Non seulement je serais ridicule mais en plus, ça constituerait un échec quant à mon année scolaire. Oui, ils n'étaient pas trop conciliants avec la santé mentale à l'Université. Alors je me devais d'y arriver, dix minutes et j'étais libéré. J'en étais capable.

Et comme si une force supérieure m'avait entendu, mon téléphone a vibré au même moment dans ma poche m'indiquant que j'avais reçu un nouveau sms.

Un sourire grand comme le monde a pris place sur mon visage à mesure que je lisais les quelques lignes que j'avais sous les yeux.

SMS : Grincheux ♡

Je pense à toi Zachy, sois fort, tu vas y arriver.

Je t'aime ♡

J'avais de la chance de l'avoir. Et aujourd'hui, en me tenant dans cette salle d'examen, j'étais convaincu d'une chose, c'était que je devais croire en moi. Il n'y avait que comme ça que je pourrais avancer. J'ai fermé doucement mes paupières en ralentissant un peu mon souffle qui s'était emballé lors de mes installations, puis je me suis concentré sur mon sujet. Je l'avais si bien travaillé qu'il ne devrait plus avoir de secrets pour moi. Et c'est bien ce que je m'apprêtais à montrer aux professeurs qui allaient évaluer mon travail.

En ressortant de la salle d'examen, j'étais soulagé. J'avais envie de hurler de joie, de sauter dans tous les sens et par-dessus tout de sauter dans un putain d'avion pour aller à New-York. J'étais tellement heureux d'avoir terminé mon cursus universitaire, que mon sourire ne quittait plus mes joues. Je n'étais même pas sûr d'avoir validé, mais le simple fait d'en avoir fini me rassurait et m'enlevait un poids prépondérant des épaules. Enfin libre. J'avais adoré l'université ne vous méprenez pas, j'avais encore des études à poursuivre, mais j'avoue que ça faisait quand même du bien lorsque ça s'arrêtait.

Le soir même, j'étais allé fêter la fin de l'année avec mes amis. Nous avions mangé tous ensemble sur la plage avant de passer la soirée à discuter et à se raconter nos plans pour l'été. Avec les vacances qui arrivaient, on allait être amenés à se voir moins souvent. J'avais souvent du mal avec cette période, car bien qu'elle me permette de faire plein de choses, mes amis me manquaient souvent beaucoup. J'aurais aimé qu'on habite tous au même endroit pour pouvoir en profiter tous ensemble. Mais non. Louis rentrait au Canada. Mia et Torrance allaient en Europe. J'aurais toujours Alex et je croisais les doigts pour aussi voir Jayden, mais ce n'était pas pareil lorsqu'on se séparait autant de temps tous les six. Cela dit, nous n'étions qu'en mai, l'année scolaire se terminait tôt ici, mais les championnats sportifs duraient jusqu'à mi-juin. Donc logiquement, nous avions encore au moins un mois avant que tout le monde ne reparte chez soi. Les avantages d'être athlète universitaire avec ses potes c'est que finalement, on arrivait à se trouver un peu de temps tous ensemble avant les vacances. Néanmoins, on était tous un peu sous pression. L'équipe de rugby était en bonne route pour la finale, si bien que la pression que j'avais en tant que capitaine n'avait jamais été aussi grande que ces dernières semaines. L'équipe de hockey devait normalement se trouver en bonne position pour les phases finales également. Quant à l'équipe de volley-ball, le match décisif était ce week-end, si l'équipe gagnait alors ils accèderaient aux phases secondaires, sinon, ça marquerait la fin de saison pour eux. En bref, les examens étaient finis, mais la pression de nos championnats respectifs était toujours là.

En rejoignant ma chambre ce soir, un sourire solaire restait collé à mes lèvres. La raison était très simple. Je m'envolais pour New-York dans deux petits jours. Je n'avais prévenu personne. Ni ma famille, ni mes amis, ni Jayden. Je voulais que ce soit une surprise et je suis certain que si j'en avais parlé à qui que ce soit, la surprise aurait été gâchée aussitôt. Cela faisait quelques jours que Jayden pleurait au téléphone, la pression de l'académie lui tapait sur l'organisme, elle n'était pas dans une bonne période vis-à-vis de sa maladie. Et à chaque fois que je la voyais dans cet état, mon cœur se broyait en mille morceaux. Tout simplement parce que je me sentais impuissant et si inutile à l'opposé du pays que j'en avais la rage. Alors, il y a une semaine, j'avais réservé un vol pour la rejoindre, je ne voulais pas la laisser seule plus longtemps. Je voulais pouvoir la soutenir un peu et pourquoi pas la réconforter avant son concours d'entrée à Juilliard qui se passait d'ici deux petites semaines. Ah et j'avais aussi cruellement envie de l'avoir dans mes bras, mais ça, vous deviez déjà vous en douter. Je ne restais pas jusqu'à son examen, j'avais des entraînements et des matchs à jouer, mais disons que quelques jours étaient déjà mieux que rien, et je savais que ça nous ferait énormément de bien à tous les deux.

*****

En montant dans l'avion, j'avais la boule au ventre. Je ne pensais pas que ma surprise déçoive Jayden, au contraire. Mais je ne savais pas comment elle allait vraiment réagir et j'avoue que ça m'angoissait quand même. Surtout car je ne l'avais pas vue depuis deux mois et que j'avais peur qu'en me revoyant elle réalise que je n'étais pas celui qu'elle voulait. Je sais, c'est minable de penser comme ça, mais j'étais anxieux, stressé et je me posais dix mille questions par seconde. Je n'ai jamais douté de son amour envers moi, je savais qu'il était profond, plein et entier. Mais ça faisait deux mois que je ne l'avais pas vue. La moitié de moi me manquait et j'espérais qu'elle m'accueille avec le même sourire lumineux que je connaissais tant. Il me tardait de la revoir.

En deux mois, j'avais expérimenté le manque sous différentes formes. De la tristesse, de la frustration, de la colère ou encore de l'angoisse. Le manque n'a rien de positif. Même si les retrouvailles ne s'en faisaient que plus belles, le manque tourmentait et brisait le cœur. J'ai pleuré des nuits entières pour être honnête. Parce que j'aurais tout donné pour passer deux heures avec elle ou juste regarder un film en sa compagnie.

J'aurais tout donné pour l'observer accorder son violon ou lire un livre si passionnant qu'elle en oubliait que j'étais allongé à côté d'elle. J'ai été tellement broyé par le manque d'elle que j'ai dû rentrer voir ma famille presque tous les week-ends pour trouver du réconfort et surtout être rassuré. Parce qu'au-delà du manque, c'était la peur de l'oubli qui m'habitait. L'appréhension qu'elle soit passée à autre chose alors qu'on se parlait quand même tous les jours et qu'elle m'appelait tous les soirs. Je ne sais pas. J'imagine que je n'ai pas réussi à prendre conscience de la réelle place que j'avais dans sa vie. Mais, rassurez-vous, ma famille était là pour me rappeler que je ne devais pas avoir peur, que le manque faisait mal mais que bientôt je serai apaisé et heureux de nouveau. Tout était question de temps. Et aujourd'hui, il était temps.

Il était temps que je retrouve l'amour de ma vie.

J'ai réussi à trouver l'adresse de l'académie sur Internet, alors en descendant de l'avion, j'ai immédiatement pris un taxi dans cette direction. En arrivant, j'ai trouvé l'accueil où une jeune dame rousse m'a accueilli d'un grand sourire.

— Bonjour, je cherche Jayden Walsh. J'ai avoué doucement, comme si j'avais peur que Jayden débarque et me voie planté devant ce comptoir.

— Bonjour ! Jayden n'a pas de répétition aujourd'hui, sa chambre est la 40, dans le bloc sud juste derrière ce bâtiment. Elle m'a souri une nouvelle fois avant de m'offrir un regard compréhensif, comme si elle savait qui j'étais.

J'ai hoché la tête doucement après l'avoir remerciée puis j'ai récupéré mes affaires avant de m'aventurer vers le bloc sud. Une boule se forma dans mon estomac à mesure que je m'approchais du bâtiment. Je ne pensais pas que je serais si anxieux à l'idée de revoir ma propre copine. Mais j'imagine que ça faisait vraiment corps avec moi toute cette angoisse, et que je ne pourrais jamais vraiment m'en débarrasser.

Finalement, j'arrivais devant le bloc sud. Il était relativement petit, j'imagine qu'ils n'étaient vraiment pas nombreux à l'académie. Je détaillais les fenêtres du regard avant que mes yeux ne soient attirés par quelque chose. Ou plutôt quelqu'un.

Jayden.

Elle était en train de jouer du violon, comme elle n'avait pas de répétition, j'imagine qu'elle s'entraînait pour son concours. Elle ne faisait que ça depuis des jours. Ses doigts étaient tellement abîmés qu'elle a saigné hier, et je l'ai réprimandée de ne pas prendre assez soin d'elle à côté de sa pratique et de ses cours. Tout en sachant parfaitement que je pourrais prendre soin de ses petites mains en arrivant aujourd'hui.

J'ai souri grandement en la voyant, ça me paraissait presque irréel qu'elle se tienne devant moi de cette façon. Finalement, je me suis approché de la fenêtre. Elle était au troisième étage mais j'avais de la chance, le bâtiment n'était pas très haut. Si bien que je devrais pouvoir atteindre facilement le carreau de sa fenêtre avec un caillou. Oui, j'avais bien décidé de lui signifier ma présence de la manière la plus tocardienne possible.

J'ai saisi un caillou dans ma main avant de l'envoyer doucement contre sa vitre. Elle n'a pas réagi alors j'en ai envoyé un deuxième puis un troisième avant de la voir souffler et poser son violon. Quelques secondes après, elle ouvrait sa fenêtre et écarquillait les yeux en ouvrant la bouche de surprise.

Dans le mille !

— Salut Grincheux. J'ai souri en la regardant, les yeux humides des larmes de joie qui menaçaient de couler sur mes joues.

Elle n'a rien répondu. Elle s'est contentée de disparaître de ma vision sans même fermer sa fenêtre. J'espérais qu'elle était en train de descendre pour me rejoindre, parce que sinon j'aurais vraiment l'air d'un idiot fini.

— Zachary Jenkins, espèce d'immense tocard. Elle s'est exclamée alors que je l'entendais arriver dans mon dos.

Je me retournai pile au moment où elle me sautait dans les bras avant d'enrouler ses jambes autour de moi et de passer ses bras autour de ma nuque. Je lui rendais son étreinte avec grand plaisir, serrant mes bras autour de sa taille. Elle m'a tellement manqué.

Quelques secondes plus tard, je sentais de l'humidité au creux de mon cou. Jayden était en train de pleurer. Merde. Je ne voulais pas la faire pleurer, quel idiot.

— Ne pleure pas mon cœur. J'ai dit avant de la reposer au sol et de prendre ses joues dans mes mains pour essuyer ses larmes de mes pouces.

— Je ne pensais pas te revoir avant encore un mois. Je n'en pouvais plus d'attendre Zach. Je suis tellement heureuse, je ne peux pas m'empêcher de pleurer. Elle a dit finalement avant de revenir se loger dans mes bras.

J'ai caressé ses cheveux doucement en soupirant de soulagement, je retrouvais enfin ma paix. Je retrouvais enfin tout l'air dont j'avais besoin pour respirer. La moitié de moi était enfin dans mes bras. Et moi, j'étais enfin complet.

— Je pensais que tu m'oublierais. Elle a rajouté, presque en chuchotant.

Mon cœur a bondi dans ma poitrine. Comment pouvait-elle croire une telle chose ? Je n'ai jamais cessé de penser à elle. Tous les jours et toutes les putain de minutes. Mon cerveau ressassait son image à n'en plus finir et je m'en voulais de ne pas lui avoir plus dit. La vérité c'est que Jayden était si bornée, qu'elle n'arrivait pas à accepter que quelqu'un puisse l'aimer corps et âme. Pourtant, c'était bien mon cas. Et je ne lui en voulais pas. Tout simplement parce qu'on avançait chacun à notre rythme et que si de mon côté j'avais très bien compris qu'elle me portait un amour romantique inconditionnel, peut-être que ce n'en était pas de même de son côté. Elle prendrait le temps qu'il lui faudrait. Mais en attendant, je comptais bien lui répéter une nouvelle fois que je l'aimais. Pour lui assurer que depuis toutes ces semaines, rien n'avait plus peuplé mes pensées qu'elle et sa personnalité qui m'a fait tomber depuis le premier jour.

Lorsque je m'apprêtais à parler, je remarquai que des gens allaient et venaient autour de nous, entre les bâtiments. J'imagine qu'il y avait plus de monde que je ne le pensais ici, si bien que je me suis senti presque écouté alors que je m'apprêtais à confesser une nouvelle fois mon amour à ma petite amie. Un léger frisson d'appréhension m'a parcouru la colonne vertébrale et est remonté dans ma nuque avant de se transformer en tension dans mes trapèzes. Jayden et moi, nous n'étions pas fan des déclarations amoureuses en public. Disons que nous avions toujours entretenu une part de secret autour de notre amour, on avait toujours une bulle. Accueillir des étrangers à l'intérieur ne faisait pas vraiment partie du plan. Mais aujourd'hui, alors que je me tenais dans cette allée et que des gens se pressaient autour de moi, je m'en fichais. J'avais envie de lui dire, ici et maintenant. J'avais envie que tout le monde m'écoute et que la planète Terre soit au courant. J'avais envie de courir sur les toits du monde et de hurler que je lui appartenais. Mais je me retiendrais de le faire ici. Sinon elle se barrerait en courant, je la connaissais.

— Jayden, entends-le, je t'aime. Je ne t'oublierai pas. Jamais. Et tu sais pourquoi ? Parce que je suis tien, aujourd'hui, demain, la semaine prochaine et pour des siècles encore. Tant que je serai capable de respirer sur cette putain de Planète, je t'appartiendrai. Mon cœur a commencé à battre lorsque je t'ai rencontrée Jayden. Il est tout à toi. Garde-le jusqu'à la fin. Je t'aime fort et mille fois plus encore, tu m'entends ?

J'avais dit ça d'une manière si enthousiaste que les gens autour de nous se sont arrêtés pour écouter. Je m'en fichais parce qu'à ce moment-là, mon sourire ne quittait plus mes lèvres. J'aurais pu lui dire des tas de trucs romantiques, elle roulerait des yeux et me traiterait de tocard, pourtant je savais que je le ferais encore et encore. Parce qu'elle m'avait inspiré les plus belles choses du monde et que j'aurais pu remercier les étoiles d'avoir envoyé une si belle personne dans mon Univers. Parce que Jayden était tout ce dont j'avais besoin. Et que j'espérais ne jamais la laisser s'en aller.

— Je t'entends espèce de tocard. Elle m'a souri avant de me serrer dans ses bras de nouveau.

Je l'ai serrée contre moi comme si j'avais l'impression qu'elle allait m'échapper. Parfois j'avais du mal à croire qu'elle soit là et que ce soit la plus belle chose qui me soit arrivée depuis des mois. Mais pourtant c'était ma réalité. Ma réalité désormais ce n'était plus d'essayer de renaître de mes cendres parce que j'avais perdu la moitié de moi. Mais réalité désormais c'était d'aimer à n'en plus pouvoir ce rayon de soleil qu'était Jayden Walsh.

Et je savais qu'en me voyant renaître de la sorte, Glen était fier de moi. Il veillait sur moi de là-haut. J'espérais qu'en me voyant plus heureux que jamais, il souriait si fort que ses joues lui faisaient mal.

Finalement, après ma déclaration d'amour digne de la meilleure comédie netflixienne, Jayden et moi sommes montés dans sa chambre. Curieusement, elle ressemblait à celle qu'elle avait à UCLA. J'imagine que ça lui manquait et qu'elle n'avait pas vraiment à cœur de changer toute sa décoration en arrivant ici. Je prenais le temps de détailler les nouveaux ajouts à sa collection avant que mon regard ne se pose sur une guirlande de Polaroid autour de son miroir. C'était des photos de moi. Toutes les photos que Jayden avait prises de moi au fil des mois. J'ai souri doucement, mon cœur gonflant une nouvelle fois dans ma cage thoracique. Je trouvais ça adorable. Voyant que je restais planté comme un idiot devant son miroir, Jayden m'a rejoint avant de m'enlacer par derrière en posant sa tête contre mon dos.

— Je t'ai mis là. Comme ça, lorsque le matin je me regarde et que je suis toujours incapable de me complimenter moi-même, je me rappelle de tes paroles. Celles qui me disent de prendre conscience de ma valeur et que je suis une personne géniale. Et en commençant ma journée de cette manière, j'ai toujours un sourire sur le visage.

J'ai souri encore plus. Ça me touchait en plein cœur. Elle commençait la journée avec moi et la terminait toujours avec moi en s'endormant en Facetime. Je ne la quittais jamais. Et à cette réalisation, j'ai voulu une nouvelle fois hurler de joie. Notre amour mutuel étant plus grand que tous les univers réunis. J'étais certain que nous étions plus forts que tout, mais plus les jours passaient et plus j'en étais convaincu.

Depuis que j'étais tombé amoureux de Jayden Walsh, toutes les infimes parties de ma vie se sont connectées pour enfin prendre un sens.

Elle était le Soleil de ma Terre.

Celle qui gravitait autour de moi pour me donner la direction vers laquelle aller.

Sans jamais me lâcher la main.

— Je t'aime Zachary tocard Jenkins. Elle a finalement rajouté en voyant que je ne répondais pas.

Je me suis contenté de me retourner pour l'enlacer une nouvelle fois avant de plaquer mes lèvres contre son front. Je n'avais pas besoin de parler plus, elle savait déjà tout. Jayden me lisait comme son bouquin préféré, j'étais certain que même si j'avais un truc à lui dire elle le savait déjà. C'était son pouvoir magique. Et j'étais toujours autant abasourdi lorsqu'elle me coupait la parole pour dire la phrase que je m'apprêtais exactement à dire.

Après avoir passé du temps à discuter tous les deux, allongés sur son lit, enlacés l'un contre l'autre, je me suis finalement levé. Je devais lui donner son ours en peluche, Jamie. Elle n'avait pas arrêté de m'en parler depuis que je lui avais fait remarquer qu'elle l'avait oublié à Los Angeles.

Je l'ai attrapé dans mon sac avant de lui lancer gentiment dessus.

— Quelle délicatesse, m'en voilà ravie. Elle a dit avec son sarcasme habituel dans le fond de la voix.
— Estime-toi heureuse que je n'y ai pas mis plus de force. J'ai rajouté, un rictus moqueur aux lèvres.
— D'accord Hulk ? Elle a rigolé avant de secouer la tête.

J'avais autre chose pour elle. J'avais si peur de lui donner que mes paumes de main étaient devenues moites instantanément. Charmant n'est-ce pas ? J'étais si angoissé depuis une semaine à l'idée de lui donner que j'en avais même fait des cauchemars. Oui, l'angoisse était un euphémisme à ce stade, je sais. La vérité c'est que je ne savais pas pourquoi je me sentais comme ça à l'idée de lui donner. Au contraire. J'aurais clairement dû sauter de joie. Finalement, je ne laissais pas mon anxiété m'engloutir plus loin avant de soupirer un grand coup.

— J'ai autre chose pour toi. J'ai finalement avoué.
— Quoi donc Zachy ? Elle a penché sa tête sur le côté en me questionnant.

J'ai attrapé une enveloppe kraft dans le fond de mon sac avant de lui tendre. Elle l'a prise dans ses mains, la regardant sous toutes les coutures avant de me questionner du regard.

— Ouvre-la mon cœur. Je l'ai encouragée avant de me rapprocher et de me rasseoir près d'elle.

Elle l'a finalement ouverte, perplexe. Elle l'a lue. Presque cinq fois d'affilée je crois. Avant que ses yeux ne s'embuent finalement de larmes et qu'elles portent ses mains à son visage, cachant l'immense sourire qui prenait place aux creux de ses joues.

Ce que je venais de lui donner ? Ma lettre d'admission à l'école de dessin de New-York. Je l'avais reçue il y a quelques jours. Le timing était parfait.

J'avais passé l'entretien oral un mois auparavant, il s'était déroulé à distance en visioconférence. J'avoue avoir été rassuré de le faire de cette façon. Ce jour-là, cela dit, j'étais particulièrement confiant et j'y croyais du plus profond de moi. Parce que je savais que je voulais venir à New-York et que j'étais le seul capable de m'en donner les moyens. Alors c'est ce que j'ai fait. Et ça a payé. Me voilà désormais avec ma lettre d'admission pour l'année à venir. En d'autres termes, j'allais déménager à New-York. Et j'étais convaincu que Jayden serait là aussi.

— J'y crois pas Zach !!!! Elle a finalement dit, enthousiaste avant de se lever et de se planter devant moi.

— Va bien falloir, je suis là l'année prochaine ! J'ai souri, fier de moi.

— T'es le meilleur putain, je suis trop fière de toi Zachy ! Elle a souri grandement, me laissant voir sa fossette droite qui m'avait tant manqué.

— On va être new-yorkais ensemble, c'est dingue !

— Je ne suis pas encore admise Zach ! Elle m'a réprimandé, fronçant légèrement ses sourcils.

— C'est tout comme, je crois en toi. Tu vas le réussir ce concours. Il n'y a aucun doute.

— On verra. Elle m'a souri timidement avant que je ne la tire doucement par la main pour qu'elle s'asseye sur mes genoux.

J'ai posé délicatement ma main sur sa joue avant de l'attirer contre moi pour l'embrasser amoureusement. Ses lèvres contre les miennes m'avaient tellement manqué. Je retrouvais enfin ce goût vanillé que je connaissais par cœur et la douceur de son sourire contre le mien. Nos cœurs battaient dans ce baiser. C'était un orchestre entier qui se déchaînait dans mon corps à mesure que je prolongeais ce contact. La sensation de sa bouche contre la mienne m'apportait la plénitude que je n'avais plus ressentie depuis deux mois. Ses lèvres contre les miennes scellaient notre futur qui s'écrivait doucement. Je me suis détaché doucement, elle reprenait son souffle avant que je ne vienne déposer un chaste baiser sur le bout de son nez. Elle a enfoui sa tête dans le creux de mon épaule et j'ai joué avec ses cheveux délicatement. Tout reprenait sa place.

Finalement, on a passé quelques heures comme ça, plongés dans nos conversations. Rattrapant tous les moments que nous n'avions pas pu passer ensemble. Ça m'a fait tellement de bien de la retrouver. De passer du temps avec elle. De rire. De voir ses sourires et de l'embrasser. On ne se rendait jamais compte de la chance qu'on avait avant qu'elle nous file entre les doigts. Je n'avais jamais mesuré profondément la valeur de nos moments comme ceux-là. Les plus banals mais à la fois ceux dont je me rappellerais pour toujours. Parce qu'on faisait du quotidien une sorte de sphère magique qui me transportait si loin que je ne voulais plus jamais revenir. Notre pouvoir à nous, c'était de transformer les moments les plus simples en moments mémorables.

Notre réalité était simplement douce, et à la fois profondément spéciale. Il n'y en avait pas deux comme la nôtre. Pas d'autres personnes pour comprendre ce que nous partagions. C'était elle et moi. Rien de plus.

Elle était tout ce qu'il me fallait pour que je sois heureux.

*****

Lorsque je suis arrivé dans ma chambre étudiante quelques jours plus tard, je repensais à ces quatre merveilleux jours que je venais de passer à New-York. Je repensais à nos balades et à nos escapades sur les toits en pleine nuit. Je repensais au sourire de Jayden alors que je l'emmenais au sommet d'un building en la portant sur mon dos. Je revoyais les écureuils à Central Park et nos baisers sur Time Square. Je venais de passer les quatre jours les plus ressourçants de toute mon existence. Il ne m'en fallait pas plus pour terminer l'année de la meilleure façon possible. J'étais si heureux que j'avais peur d'exploser de joie. Ça ne m'était pas arrivé depuis des mois. Qui aurait cru que me tromper de numéro m'emmènerait jusque-là ?

Je me couchais, un sourire aux lèvres et le cœur léger. Ma copine était toujours à l'autre bout du pays, pourtant j'avais l'esprit convaincu que nous serions réunis tous les deux l'année prochaine dans la ville où j'étais il y a encore quelques heures. J'étais certain que c'était de cette façon que se passeraient nos prochains mois. À déménager et organiser notre nouvelle page. Celle qui s'écrirait à New-York. Celle qui marquerait un nouveau départ.

Et il n'y avait rien que je n'attendais plus que d'écrire ce nouveau livre avec Jayden Walsh.

ÉPILOGUE

JAYDEN

. · ° . · ° ★ · . · ☆ · ° · ° .

Alors que j'arrivais à UCLA, un large sourire prit place sur mon visage. Jamais je n'aurais pensé que je sourirais en revenant dans cette Université. Mais il faut croire que prendre de la distance m'avait fait réaliser à quel point j'avais grandi et évolué ici. À quel point cet endroit m'avait apporté tant de choses. Je n'avais prévenu personne de mon retour. Je ne prétendais pas être la plus belle des surprises, mais je m'étais dit que ça leur ferait plaisir de me voir aujourd'hui.

J'avais hâte de pouvoir tous les revoir aussi pour être honnête. Ils m'avaient terriblement manqué alors que j'étais à New-York. J'aurais aimé pouvoir les voir ou leur rendre visite. Mais je crois qu'on était tous beaucoup trop débordés pour pouvoir espérer voyager durant notre semestre. Maintenant que les cours étaient terminés, j'imaginais que nous aurions enfin plus de temps à nous accorder. Et j'avais hâte de voir ce que les prochaines semaines nous réservaient.

J'avais passé mon concours d'entrée à Juilliard ce matin. À peine avais-je eu mes résultats que j'étais dans le taxi pour me diriger vers l'aéroport. Je ne pouvais pas rester une seconde de plus à New-York alors que Zach et son équipe de rugby s'apprêtaient à jouer le dernier match de la saison à UCLA. Le match qui déterminerait s'ils seraient champions une nouvelle fois ou non. Je savais que c'était une échéance qui avait beaucoup tracassé Zach ces dernières semaines, la pression d'être capitaine lui pesait beaucoup sur les épaules. Alors lorsque j'ai compris que je pouvais être là à temps pour le soutenir, je n'ai pas hésité une seule seconde. D'une part c'était important pour moi d'être à ses côtés, d'une autre, j'adorais le voir jouer. Il était vraiment super craquant sur le terrain. Mais ne vous méprenez pas, je ne lui dirais jamais. Ça flatterait beaucoup trop son ego de tocard.

Alors que je sortais du Starbucks avec mon café au lait de noisettes à la main, une silhouette que je connaissais par cœur me faisait littéralement face. Louis Kingston. En d'autres termes, mon meilleur ami et aussi frère par procuration. J'aurais presque pu parier qu'il serait là à cette heure-ci. Louis avait toujours un chocolat chaud à la main, c'était affolant. En le voyant, figé et abasourdi par le fait que je sois devant lui, un large sourire reprit place sur mon visage. J'étais persuadée que mes yeux se remplissaient presque de larmes. J'étais si heureuse que j'avais peur d'exploser de joie.

— Est-ce que je suis en train d'halluciner ? Il articula doucement en me détaillant du regard.

— Non espèce d'idiot, je suis bien devant toi. J'ai rigolé avant de foncer dans ses bras pour lui faire un câlin.

Il m'a serrée dans ses bras ensuite, me soulevant un peu du sol comme il le faisait souvent. Son étreinte était si familière que j'avais l'impression d'être rentrée chez moi en quelques secondes. Louis était profondément la personne qui comptait le plus pour moi. Depuis toujours et pour toujours. Je n'avais pas réalisé qu'il m'avait autant manqué avant de le retrouver juste maintenant. Mais si. Il m'avait affreusement manqué.

— Comment tu vas Jay ? Il m'a reposée au sol avant d'embrasser mon front et de passer son bras autour de mes épaules pour marcher avec moi sur le campus.

— Mieux maintenant que je vous retrouve tous. J'ai souri timidement avant de boire une gorgée de mon café.

— Laisse-moi deviner, tu es venue pour encourager ton amoureux ? Il a souri en coin, amusé, avant de pincer ma joue.

— Coupable ! Mais ton amoureux joue aussi je te signale.

Je l'ai taquiné, je ne le lâchais pas avec Alex. Je savais qu'il aurait préféré se noyer plutôt que de me l'avouer mais il ne pouvait pas me mener en bateau. Je pense qu'il était toujours en train de se poser mille questions et qu'il ne voulait pas mettre des mots dessus trop tôt. Mais son attirance pour le meilleur ami blond de mon petit copain était indéniable.

— Moi qui pensais que l'air New-Yorkais te remettrait les idées en place ! Il a raillé avant de secouer la tête, visiblement plongé dans son déni le plus total.

Finalement, on a continué de marcher autour du campus et de se chamailler comme à notre habitude. On avait toujours été comme ça. On se cherchait et on se taquinait à plein temps. C'était notre dynamique. Mais pour rien au monde je ne l'échangerais contre quoique ce soit d'autre. Il en était hors de question.

Je lui avais dit que je n'avais prévenu personne de ma venue, alors il a fait profil bas et n'a mentionné à aucun de nos amis mon arrivée. Je voulais absolument surprendre Zach. Dans le fond, il m'a surprise à New-York il y a quelques semaines et je comptais bien lui rendre la monnaie de sa pièce. Il n'y a pas que lui qui avait le droit d'être un tocard après tout.

Louis m'a donc conduite sur la plage et particulièrement au snack où il avait prévu de manger ce midi avec Torrance et Mia, le but étant de les surprendre eux aussi. J'adorais voir l'air de surprise sur le visage des gens, je dois avouer. C'était plutôt satisfaisant.

Ça n'a pas loupé. Lorsqu'ils m'ont vue, leurs yeux se sont écarquillés avant qu'ils ne se lèvent dans une synchronisation parfaite pour venir me voir. Je leur ai souri chaleureusement avant que Mia ne me serre dans ses bras. Elle m'a tellement manqué. Je l'appelais toutes les semaines en FaceTime depuis que j'étais à New-York, mais ça ne valait pas tous les moments que l'on a pu passer toutes les deux. J'étais heureuse de la retrouver pour de vrai. J'étais sûre qu'elle avait plein de choses à me raconter. Finalement, Torrance m'a tirée dans ses gros bras à son tour, et je n'ai pu m'empêcher de sourire doucement dans son étreinte. Lorsque Torrance m'enlaçait, ce qui était rare étant donné que mon copain était toujours collé à moi habituellement, j'avais l'impression de faire un câlin à un gros ours en peluche. Derrière son air coriace de hockeyeur, Torrance avait un cœur gros comme le monde. Et particulièrement avec la petite brune qui était à côté de lui. Torrance donnerait tout pour Mia et on le savait tous. Il n'y avait qu'eux qui semblaient parfaitement ignorer ce qui les liaient vraiment.

Après nos joyeuses retrouvailles, nous avons finalement mangé. Nous avons profité du repas pour se donner mutuellement des nouvelles sur tout ce qui s'était passé ces dernières semaines. Grâce à ça, j'ai appris que Mia et Torrance avaient validé leur année et qu'ils pouvaient ainsi poursuivre leur cursus de médecine l'année prochaine. Cursus beaucoup trop long pour que ce soit acceptable qu'on soit clairs. Également, ils m'ont tenue au courant sur le fait qu'Alex avait décidé de poursuivre son cursus pour deux ans de plus à UCLA. Alex avait toujours voulu faire un doctorat, alors ça ne m'étonnait pas qu'il souhaite poursuivre ses études ici l'année prochaine. Les laboratoires de notre université étaient absolument géniaux et j'étais sûre qu'il saurait s'épanouir encore ici. D'autant plus qu'il serait toujours entouré de nos amis et aussi de Louis. Son obsession du moment.

Finalement, l'heure du match arrivait à grand pas. Je me suis donc dépêchée d'aller me changer dans la chambre de Mia afin de pouvoir porter le maillot de Zach. Je ne serais pas une tocarde si je ne faisais pas ça. Et Zach adorait me voir dans son maillot. Raison de plus pour que je montre à quel point j'étais fan de mon copain. On n'allait pas se voiler la face. C'était la vérité.

Alors que nous rejoignions les gradins, j'optais pour mon siège habituel au premier rang. J'étais toujours assise ici lorsque les garçons jouaient à domicile. De cette façon, j'étais sûre que Zach me remarquerait presque instantanément lorsqu'il rentrerait sur le terrain et j'avoue que je jubilais d'avance de voir la tête qu'il allait tirer en me voyant ici. Zach pensait que je rentrais d'ici trois jours seulement, alors autant vous dire que pour être surpris, il allait l'être.

Les garçons sont finalement rentrés sur la pelouse pour s'échauffer. Mon sourire a pris place instantanément sur mon visage lorsque j'ai vu Zach entrer sur le terrain. Il avait coupé ses cheveux pas plus tard qu'hier, et j'adorais le voir avec cette coupe, ça lui allait vraiment bien. Mes yeux se sont perdus sur lui pendant de longues minutes. J'étais incapable de détourner mon regard. J'avais l'impression de ne pas l'avoir vu depuis des mois. Mon cœur battait de plus en plus fort à mesure que j'observais mon petit copain s'échauffer sur le terrain. Il était si concentré que j'aurais presque pu palper son angoisse de là où j'étais.

Comme s'il avait senti ma présence, il a finalement relevé son regard marron sur moi. Ses yeux ont croisé les miens instantanément. Il a écarquillé les siens une demi-seconde avant qu'un sourire grand comme le monde prenne place sur son visage anguleux. Il était la plus belle chose que j'ai vue sur cette planète. Et son sourire qui me réchauffait le cœur me rappelait à quel point j'avais de la chance de pouvoir dire que j'aimais un garçon aussi génial que lui. Alors que je lui rendais son sourire, il trottina vers les gradins pour se planter juste devant moi en me faisant signe de descendre sur la pelouse. J'ai écarquillé les yeux le temps d'un instant alors qu'il insistait pour que je le rejoigne.

J'ai finalement pris mon courage à deux mains pour descendre sur le terrain alors que personne n'avait le droit de mettre un pied sur cette foutue pelouse habituellement. Sauf les joueurs et le staff bien sûr. J'arrivais au niveau de Zach alors qu'il me regardait comme s'il ne pouvait pas y croire. Je pense que j'ai réussi ma surprise. Et m'en voilà plus satisfaite que jamais.

— Tu es vraiment devant mes yeux là, je suis pas en train de débloquer à cause du stress ? Il finit par me dire alors que je continuais de le regarder en souriant, tellement il était adorable.
— Je suis bien là Zachy. C'était une surprise.

J'ai à peine eu le temps de terminer ma phrase qu'il me tirait dans ses gros bras pour me faire un câlin. Et alors que je venais me loger contre son torse, un sentiment tendre m'a rempli le cœur. Je venais de rentrer à la maison. Juste là, contre lui.

— Tu es pas croyable mon cœur. Il m'a chuchoté au creux de l'oreille avant de déposer un baiser sur mon front.

J'ai souri en passant ma main dans ses boucles avant de jeter un œil vers le reste de l'équipe qui nous regardait, des sourires satisfaits sur les lèvres. On dirait que Zach parle plus de moi que je ne l'aurais pensé.

— Je me devais de t'encourager pour ton dernier match. Tu es capitaine je te signale, je serai nulle de ne pas venir encourager mon petit ami pour la finale quand même.
— Je sais que ça te fait craquer de sortir avec le capitaine de l'équipe de rugby. Il a raillé, un air taquin sur le visage.

— Zachary Jenkins, espèce de tocard. J'ai soufflé en secouant légèrement ma tête, amusée.

— Embrasse-moi pour me souhaiter bonne chance. Il a rajouté en souriant.

J'ai considéré sa demande, un léger sourire en coin aux bords des lèvres, avant de poser mes mains sur ses joues et de l'attirer vers moi pour l'embrasser avec amour. Je n'étais pas fan des baisers en public habituellement. Mais aujourd'hui je m'en fichais, parce que je voulais que tout le monde sache que j'étais amoureuse de Zachary Jenkins et que je n'avais pas peur de le montrer. Je voulais que tout le monde sache que j'étais sienne et qu'il avait mon cœur entre ses mains.

Je voulais que tout le monde sache que je l'aimais plus que le monde entier.

Finalement, après m'avoir rendu mon baiser tendrement, il s'est détaché puis il a embrassé chastement le bout de mon nez. Avant qu'il ne retourne sur le terrain pour terminer l'échauffement, j'ai embrassé son cœur doucement en me mettant sur la pointe des pieds puis je lui ai offert un de mes sourires radieux, laissant apparaître la fossette qu'il adorait tant. Il m'a fait un clin d'œil avant de rejoindre ses co-équipiers et que je retrouve ma place dans les gradins, l'immense sourire ne quittant plus de mon visage.

*****

À la fin du match, les gradins explosaient de joie. L'équipe d'UCLA venait de gagner le championnat pour la deuxième année consécutive. Ce n'était plus arrivé depuis des années. Tous les garçons sur le terrain s'enlaçaient en hurlant de joie et je souriais doucement en voyant une telle émulation. Alex et Zach se prirent dans les bras si fort que je souriais encore plus. Leur amitié était si belle à voir que je pourrais être émue de leur lien. Peu de temps après, l'équipe récupérait la coupe et la soulevait, acclamée par des cris de joie et des applaudissements à n'en plus pouvoir. L'ambiance était dingue et il n'y avait rien de mieux pour terminer l'année que cette victoire. J'étais super fière d'eux. J'étais super fière de Zach et j'avais hâte de lui faire savoir lorsqu'il aurait l'opportunité de venir fêter sa victoire avec nous.

Une petite heure plus tard, alors que le soleil se couchait et que les garçons sortaient enfin du vestiaire, je guettais l'arrivée de Zach et d'Alex. J'étais super impatiente de les voir. Je ne pensais pas ressentir ça une fois dans ma vie mais il faut croire que les choses changeaient et que mon copain m'avait contaminée avec son impatience qui lui collait au corps.

Finalement, j'ai vu Zach, sa grande silhouette large ne passait pas inaperçue il faut dire. Il portait sa casquette fétiche à l'envers et un tee-shirt rouge qui allait parfaitement avec son teint bronzé de mi-juin. Je souriais en coin en voyant son attitude si confiante en sortant de ce vestiaire. Il savait qu'il avait bien joué et ça se lisait sur son visage. Juste derrière, Alex le suivait, ses cheveux encore humides de sa douche, son rictus arrogant aux coins des lèvres. Il portait un tee-shirt noir que je reconnaissais être celui de Louis et mon sourire s'agrandit en voyant qu'ils se cherchaient mutuellement dans la foule de personnes qui patientaient devant le vestiaire. J'ai vu Louis lui faire un clin d'œil avant de lui faire signe de le rejoindre. Quant à moi, j'ai été tirée de mes pensées par un géant qui me tirait dans ses bras en me soulevant du sol. En d'autres termes, Zachary Jenkins.

Alors que j'enroulais mes jambes autour de lui en passant mon bras autour de sa nuque, mon regard se perdit sur ses pommettes rosées par l'effort et la chaleur de juin. Je souris doucement alors qu'il posait sa main sur ma joue et qu'il me regardait avec émerveillement. C'était plutôt moi qui aurait dû le regarder de cette façon mais Zach était quelqu'un qui faisait les choses différemment on dirait.

— Bravo Zachy, je suis trop fière de toi. J'ai posé un chaste baiser sur ses lèvres avant de mettre ma tête dans son cou.

— Merci Grincheux. Mais je pense que ma victoire mérite un vrai baiser.

J'ai relevé ma tête avant de rouler des yeux. Récemment il avait développé une nouvelle passion pour le fait de m'embrasser devant tout le monde. Selon lui, ce n'était pas pour frimer mais juste pour montrer à tout le monde qu'il avait une copine incroyable. Et à chaque fois qu'il disait ça, je le traitais de tocard.

— Comment est-ce que tu veux que je t'embrasse Zachary Jenkins ? Je l'ai défié du regard en haussant un sourcil.
— Comme si tu disais « Zachary est à moi arrêtez de le mater ». Il a dit, amusé, en regardant autour de lui toutes les filles qui le mataient sans aucune gêne.

J'ai tourné la tête en fronçant les sourcils en constatant effectivement que les filles ne se gênaient pas pour le dévisager. Compte tenu de la façon dont il me portait, je pense que c'était plutôt clair que lui et moi n'étions pas juste amis, mais si elles insistaient à regarder mon Zach de cette manière, j'allais leur montrer.

Je retournai finalement la tête vers lui avant de poser mes mains sur ses joues et de m'approcher pour l'embrasser avec amour et comme il aimait tant. Il a répondu à mon baiser instantanément, posant une main derrière ma nuque, laissant ses lèvres fondre parfaitement contre les miennes. J'ai poursuivi un instant cette connexion qui nous liait si fort que ça réveillait tous les papillons dans l'ensemble de mon corps. Finalement, je me suis détachée pour reprendre mon souffle et poser mon front contre le sien.

— À moi alors ?

Je lui ai demandé, amusée. Ce n'était pas vraiment une notion que j'abordais avec lui. Je trouvais un peu ridicule les couples qui clamaient leur possession mutuelle. Mais j'avoue que c'était satisfaisant de le dire. Rassurez-vous, c'était très occasionnel. Je préférais le traiter de tocard.

— À toi, Jayden Walsh. Il m'a souri avant de me poser au sol et de prendre ma main dans la sienne.

Je lui ai souri grandement avant de pincer mes lèvres, essayant de retenir mes joues de rougir de la confession qu'il venait une nouvelle fois de me faire. Je savais qu'il m'aimait. Je savais qu'il pouvait donner corps et âme pour moi. Mais l'entendre le dire de cette façon me touchait différemment. C'était profond et je pouvais lire toute sa sincérité. Zachary Jenkins était spécial.

Peu après, nous avons rejoint le reste de nos amis. J'ai félicité Alex avant de l'enlacer, puis nous avons pris la route vers la plage où une fête était organisée pour célébrer leur victoire mais aussi la fin de l'année. Lorsqu'on m'a annoncé qu'on allait à un truc pareil, j'ai cru que j'allais avoir une réaction allergique, mais je me suis rappelée que c'était l'un des derniers moments que l'on passait tous ensemble avant longtemps alors j'ai pris sur moi. En fin de compte, c'était en extérieur, je pourrais toujours m'isoler dans un coin si j'étais trop épuisée d'avoir des humains autour de moi.

Alors que la fête battait son plein, que mes amis s'amusaient et riaient à n'en plus pouvoir, je triturais nerveusement la lettre qui était pliée en quatre dans le fond de la poche de mon jean. Je l'ai gardée là depuis que j'ai atterri ce matin et j'ai peur de l'avoir ruinée depuis tout ce temps. Mais non, elle était toujours là. J'étais enveloppée dans mes pensées alors que je jouais avec le coin de la feuille de papier. Cette lettre contenait la perspective de mon futur proche. Et je n'en avais encore parlé à personne. J'étais la seule personne au courant de ce qu'il y avait écrit dessus. En pensant au fait que je devais en parler à Zach, une boule s'est formée dans ma gorge. J'appréhendais. Pourquoi ? Je ne sais vraiment pas. Je pense que c'était le soulagement que l'on attendait tous les deux.

Alors quand je l'ai vu revenir vers moi, les yeux plissés en me demandant du regard ce que j'étais en train de fabriquer, je lui ai fait signe de me rejoindre. Il ne s'est pas fait prier avant de saisir ma main et de m'emmener un peu à l'écart, voyant probablement que quelque chose me tracassait et que je ne lui disais pas.

— Qu’est-ce qu'il se passe Jayden ? Il m'a demandé avant de poser ses mains sur mes joues pour savoir si tout allait bien. Lui et sa nature protectrice je vous jure.

— Du calme tocard, je vais bien. J'ai souri, me détendant doucement, avant d'attraper la lettre dans le fond de ma poche et de lui tendre.

— Qu’est-ce que c'est ? Il a froncé les sourcils en attrapant la feuille de papier.

— Ouvre-la Zachy.

J'ai soufflé à demi-voix avant de jouer nerveusement avec mes mains le temps qu'il la lise. J'essayais de lire ses émotions à mesure qu'il lisait. Pas de doutes, elles étaient positives.

J'en ai été certaine lorsqu'il a relevé ses yeux vers moi, remplis de larmes, avec son immense sourire collé au visage. Je n'avais jamais vu Zach aussi heureux que maintenant.

— Tu as été acceptée à Juilliard ?

J'ai hoché la tête doucement, la gorge trop nouée par les émotions pour dire quoi que ce soit. Je ne réalisais pas encore que ça allait enfin m'arriver.

— Est-ce que ça veut dire que toi et moi on va à New-York l'année prochaine ? Il a poursuivi en se rapprochant de moi pour coller son front au mien.

J'ai scellé ses lèvres aux miennes dans un baiser amoureux avant de lui sourire en passant ma main sur sa mâchoire.

— On va à New-York l'année prochaine.

J'ai souri avant qu'il ne m'embrasse de nouveau.

Ce soir, rien n'était plus beau que ce moment que nous étions en train d'écrire. Cette page qui se tournait afin d'ouvrir un nouveau livre pour nous deux. Ce soir, je prenais conscience que j'avais appris à aimer ce gigantesque jeune homme devant moi pendant un an et que je ne regrettais aucun instant de ces derniers mois. Je prenais conscience que je m'étais ouverte, donnée et perdue dans ses bras. Je lui avais donné toutes les parties de moi et il les avait recollées. C'était comme si j'avais rencontré la réponse à toutes mes questions, l'amour de ma vie et mon âme sœur la même année. C'était comme si j'avais enfin trouvé une maison.

C'était comme s'il m'avait donné tout ce que j'avais perdu des années auparavant.

Zach m'a appris à aimer et je lui ai redonné son goût de vivre.

À nous deux, on s'est sauvés.

L'année prochaine serait notre nouveau départ. Le début de notre histoire.

Et j'étais persuadée qu'elle n'aurait jamais de fin.

FIN.

BONUS

JAYDEN

Aujourd'hui n'était pas un jour comme les autres. C'était un jour que j'avais attendu depuis quelques temps déjà. Une journée que j'avais appréhendée, réfléchie et pensée mille fois. Mais ça y est. C'était enfin aujourd'hui.

J'étais chez moi, au Canada, avec mon petit frère, Jonah. Et aujourd'hui, il allait rencontrer Zach. Le fameux garçon dont je lui parlais depuis quelques semaines et qu'il avait plus que hâte de rencontrer. Il était persuadé qu'ils allaient devenir meilleurs copains. Et à chaque fois que Jonah me demandait des nouvelles de mon petit-ami, je fondais un peu plus. Il n'y avait rien qui me comblait plus que de savoir que les deux hommes de ma vie allaient enfin se rencontrer.

J'étais en train de ranger le salon lorsque la petite tête brune de mon frère est apparue dans mon champ de vision, son saxophone autour du cou et ses lunettes perchées sur le bout de son nez. J'étais persuadée qu'il allait me demander de l'aide pour une partition et un petit sourire en coin m'a échappé en le voyant s'approcher de moi.

— Jayjay, tu veux bien m'aider ? Je comprends pas le troisième mouvement de ma partition. Il a avoué avec une moue adorable que je ne lui connaissais que trop bien.

— Bien sûr mon ange. Viens, on va se poser dans le studio. Je l'ai pris par la main avant de me diriger vers le sous-sol.

Nos parents n'étaient certes pas très présents. Mais, ils avaient aménagé une salle de musique pour nous deux afin qu'on ait de quoi s'exercer correctement à la maison. Dans l'implicite, ça voulait dire beaucoup de choses. Notamment qu'ils faisaient un minimum attention à ce qu'on aimait. Et pour mon frère et moi, il n'y avait rien de plus important que la musique.

On s'est installés sur les fauteuils alors que Jonah me tendait sa partition. J'ai attrapé un stylo et une feuille avant de lui noter des astuces pour mieux comprendre les mouvements complexes. Il n'était qu'au premier cycle du Conservatoire, le solfège n'était pas ce qu'il préférait, alors dès que je le pouvais je lui donnais un petit coup de main.

— Est-ce que tu penses qu'un jour je jouerais de la musique aussi bien que toi ? Il a articulé doucement, ses grands yeux bleus perçant subtilement mon épiderme.

J'ai pincé mes lèvres avant de poser la feuille et de l'attirer dans mes bras. J'ai embrassé son front avant de caresser tendrement son dos dans un geste réconfortant.

— Je crois en toi. Je sais que tu vas accomplir de grandes choses avec ce saxophone. Et lorsque tu auras l'impression de ne pas y arriver, sache que je serai toujours ta plus grande supportrice.
— Même à l'autre bout du monde ?
— Jusqu'au bout du monde et même sur la lune.

Il m'a offert son sourire angélique avant de rester blotti dans mes bras. J'ai passé l'heure suivante à jouer de la musique avec lui et à lui expliquer certains points de ses partitions. Je trouvais un certain confort à passer des heures avec mon petit frère. Comme un apaisement particulier. Il était le calme de la tempête qui s'opérait en moi. Et parfois, je regrettais d'habiter si loin de lui.

*****

Aux alentours de quinze heures, j'ai finalement entendu une voiture se garer dans l'allée. Ça ne pouvait être que Louis qui était allé chercher Zach à l'aéroport il y a une quarantaine de minutes. J'étais drôlement impatiente de retrouver mon petit-ami. Faut dire qu'il m'avait manqué ce gros tocard. Jonah s'est précipité avant moi sur la porte alors qu'elle s'ouvrait sur mon meilleur ami et Zach. Il s'est arrêté net en voyant la grandeur de ce dernier avant d'écarquiller les yeux et de s'exclamer en l'enlaçant.

— Wahou ! Tu ressembles à un super-héros.

Zach a croisé mon regard avant de rire doucement et de rendre son étreinte à mon petit frère. J'ai fondu sur place à cette vue puis j'ai rejoint Louis pour le serrer dans mes bras. Il n'y avait rien qui me faisait plus plaisir que des retrouvailles comme celles-ci. Toutes les personnes que j'aimais le plus étaient réunies dans la même pièce. Comment pourrais-je me sentir triste alors que mes trois humains préférés étaient avec moi ?

— Je suis super content de te rencontrer Jonah ! La voix de mon petit-ami a percé l'atmosphère alors qu'il se détachait de mon petit frère avant de se tourner vers moi.

— Moi aussi, Zach ! Jayjay ne fait que de me parler de son amoureux.

J'ai piqué un fard alors que Louis éclatait de rire et que Zach m'adressait un clin d'œil malicieux. Bon sang, les enfants et leur sincérité maladive.

— Bonjour mon cœur. Mon petit copain m'a finalement saluée avant de poser ses mains sur mes hanches et de m'embrasser tendrement.

Mon dieu, qu'est-ce que ça me faisait du bien de le retrouver.

— Salut Zachy. J'ai embrassé son cœur avant de poser ma tête contre son torse et de baisser les yeux sur mon frère qui nous regardait.
— Jayjay, je peux montrer la maison à Zach ? Il m'a questionnée timidement en jouant avec la manche de son tee-shirt.

J'ai hoché la tête en guise de réponse avant de me détacher de Zach. Ça me faisait plaisir que mon petit frère veuille passer du temps avec lui. Il n'avait pas l'air intimidé et j'aimais le fait qu'ils restent un peu tous les deux. Ça leur permettrait de vraiment faire connaissance comme ça.

Pendant que les garçons vagabondaient autour de la maison, Louis et moi étions en train de faire des cookies dans la cuisine. Lorsqu'on était au lycée, c'était notre tradition de faire des gâteaux ensemble le week-end. On passait presque tout notre temps libre tous les deux. Avec les études, c'est vrai que c'était quelque chose qu'on faisait moins, genre vraiment moins. Et ça nous manquait. Alors rien de mieux que des bonnes vacances d'été pour rattraper un peu de ce temps qui nous avait volé entre les doigts.

— Comment tu te sens vis-à-vis de leur rencontre Jay ? Louis m'a finalement questionnée alors que je mettais les cookies au four.

— C'est assez symbolique pour moi. Tu sais que je ne présenterai pas n'importe qui à Jonah. J'imagine que c'est un peu comme passer un cap entre Zach et moi. Mais je suis convaincue que notre relation commence tout juste. Alors je sais que Jonah pourra grandir en voyant toujours Zach à mes côtés et qui sait, peut-être trouver une figure masculine à laquelle se référer lorsqu'il aura des périodes plus compliquées et qu'il ne voudra pas en parler à sa grande sœur.

J'ai haussé les épaules avec un sourire en coin avant de m'asseoir sur le plan de travail et d'observer mon meilleur ami en train de faire du chocolat chaud pour tout le monde. C'était une obsession chez lui. À ce stade j'étais persuadée qu'il buvait plus de chocolat que d'eau chaque jour. On aurait dit que c'était son essence. C'était sérieusement hallucinant.

Finalement, Zach et Jonah sont revenus de leur visite afin de prendre le goûter avec nous. Mon copain était la personne la plus gourmande sur Terre, et j'aurais pu parier que c'était l'odeur des cookies qui l'avait attiré ici aussi vite. Mon petit frère est venu m'enlacer avant de saisir la tasse de chocolat chaud que lui avait fait Louis. Il n'y avait rien de plus simple que notre après-midi et pourtant je ne m'étais jamais sentie aussi comblée qu'avec ces trois personnes autour de moi à manger des biscuits et à discuter de nos futures vacances.

*****

Plus tard, alors que mon petit frère dormait et que j'étais installée dans le salon avec Zach, sa voix grave m'a sorti du film dans lequel nous étions plongés.

— Ton petit frère m'a parlé de tes parents aujourd'hui. Il a avoué doucement en mettant finalement le film sur pause.

J'ai froncé les sourcils en me redressant. Assise sur ses genoux, j'ai relevé le menton pour pouvoir croiser son regard en me tournant légèrement.

— Et qu'est-ce qu'il t'a dit ?

— Il m'a demandé pourquoi il ne les voyait jamais. Et aussi… S'il pouvait venir habiter à New-York avec nous.

Mes yeux se sont embués instantanément. J'étais tellement triste que mon petit frère doive grandir avec les mêmes absences que moi. J'aurais aimé pouvoir lui donner autre chose. J'aurais aimé le voir se développer dans une famille saine.

— Parfois, je m'en veux. Je me dis que je n'aurais pas dû partir. Je n'aurais pas dû le laisser seul.

— Mon cœur, je peux te dire quelque chose ?

— Dis-moi Zachy. J'ai chuchoté en jouant distraitement avec les boucles à la base de sa nuque.

— Ce n'est pas ta faute.

— Quoi ?

— Ce n'est pas ta faute. Il a répété en posant sa main sur ma joue.

Une larme solitaire a roulé sur ma joue alors que je baissais le regard, incapable de le regarder. Il avait une nouvelle fois lu en moi comme dans un livre ouvert. Traduisant parfaitement toute la culpabilité que je ressentais vis-à-vis d'une situation dont je ne devais pas être responsable.

— Mon cœur, je veux simplement que tu comprennes que ce n'est pas à toi d'endosser le rôle du parent. Tu es sa grande sœur, certes, mais tu ne dois pas t'en vouloir de ne pas être aussi présente qu'une maman, ce n'est pas ton rôle. Et crois-moi, tu fais déjà beaucoup pour lui. Ça se voit à la façon dont il te regarde. Je t'assure, Jay. Ton petit frère t'aime plus que tout.

— Je voudrais juste que… Ma voix s'est brisée avant que je ne puisse finir ma phrase.

— Tu voudrais juste qu'il puisse être un enfant. Il a murmuré en me blottissant contre son torse alors que je fondais en larmes.

Zach avait une drôle de façon de me comprendre et de lire mon histoire même quand je ne lui racontais pas tout. Comme s'il pouvait entrevoir dans mes failles et lire dans mes plaies. J'imaginais que c'était le lien entre nous qui créait autant de compréhension. Comme s'il était toutes les petites pièces que j'avais brisées pendant des années.

Le temps passait mais Zach me complétait chaque jour un peu plus.

Et ce soir-là, en m'endormant dans ses bras, j'ai espéré qu'il puisse me donner la famille que je n'ai jamais eu en grandissant.

En trouvant le sommeil, enfouie dans ses bras, je savais qu'il soignait chaque soir l'enfant que je n'avais jamais été.

Envie de connaître la suite de l'histoire de Zach et Jayden à New-York ? Découvre dès maintenant le prologue de *New-Yorkers*, le deuxième tome qui leur est consacré, dans les pages suivantes !

(Sortie prévue : **hiver 2023**)

PROLOGUE

ZACH

2 MOIS PLUS TARD / 5 AOÛT 2019.

Alors que je finalisais mes affaires, mon téléphone vibrait soudainement dans ma poche. Je n'avais même pas besoin de regarder l'écran pour savoir qui m'envoyait un message aujourd'hui. Un sourire en coin prenait place sur mon visage alors que je posais ma casquette à l’envers sur mes boucles. Je remontais finalement les escaliers qui menaient jusqu’au salon avant de me diriger vers la porte d’entrée et de l’ouvrir vivement.

— Salut Grincheux. J’ai souri doucement en la détaillant du regard.

— Zachy !! Elle s’est exclamée avant de se jeter littéralement dans mes bras.

— Je ne savais pas que je t’avais autant manqué. Je l’ai taquiné en resserrant mon étreinte autour d’elle avant d’embrasser son front.

— Ça fait un mois que l’on ne s’est pas vus espèce de tocard ! Elle a soufflé.

En effet, ça commençait à faire long. Et bien sûr qu'elle m'a manqué tout autant. Lorsque l'année s'est terminée après notre dernier match de rugby, Jayden, Louis, Alex, Mia, Torrance et moi sommes restés un mois tous ensemble à Los Angeles. On voulait profiter du début de nos vacances, on savait parfaitement que quelques semaines après, nous ne serions plus tous les six et c'était les dernières occasions de passer des moments ensemble avant une longue période. Notamment parce que Jayden et moi, on sera officiellement à New-York d'ici quelques jours et au moins pour les deux prochaines années à venir. Bien sûr que oui je vais revenir à Los-Angeles, toute ma famille est ici, mais disons que ce sera un peu plus compliqué de se voir de manière régulière maintenant qu'on allait tous habiter aux opposés du pays.

Le mois que nous avons passé ici a été incroyablement génial. Je crois que je n'ai jamais autant fait de choses en quelques semaines. Louis nous a appris à surfer, on s'est baladés tous ensemble tard la nuit autour de la ville, j'ai emmené Jayden au planétarium et sur des toits, Torrance nous a appris à cuisiner pour de vrai, Alex s'est fait tatouer pour la première fois et Mia nous a tous battus aux jeux vidéos. En d'autres termes, des moments simples mais inoubliables car je les ai partagés avec mes meilleurs amis et que ça n'avait pas de prix. J'aurais pu passer des mois entiers à leurs côtés sans jamais me lasser de la dynamique si spéciale qui existait entre nous six. Je crois qu'on se complétait de la meilleure façon possible et c'est ce qui rendait notre groupe particulièrement solide et sincère.

À côté de toutes ces activités, Jayden et moi avons commencé à organiser notre déménagement. Oui, notre. Parce qu'elle et moi on a décidé de s'installer ensemble. Et vous devez vous douter que j'étais le mec le plus heureux de la planète à l'heure actuelle. J'allais enfin pouvoir partager toutes mes journées avec ma copine et pour moi c'était inestimable. Je savais que lorsque je rentrerai à la maison le soir, mon soleil m'attendrait. Et mon sourire n'a plus quitté mon visage depuis que j'en avais pris conscience.

S'installer ensemble était certes un grand pas mais je crois que Jayden et moi savions parfaitement que c'est ce qui nous attendait si l'on se retrouvait à New-York ensemble. J'étais certain dans ma tête que je finirai ma vie avec elle, que c'était avec elle que je voulais avoir une famille et tous les trucs ringards qu'on voit dans les films. J'étais certain que c'était avec elle que j'allais écrire mon futur. M'installer avec elle était la décision la plus naturelle que j'avais prise. Parce que lorsqu'on rencontrait sa personne, on le savait. Et je savais viscéralement que Jayden était ma personne, aujourd'hui, demain et pour des années et des années encore. Il n'y aura jamais aucun doute là-dessus.

Ce n'était pas une décision que nous avions prise à la légère, vous vous doutez bien. Je pense que nos conversations à propos de ça ont été les plus longues que nous n'avions jamais eu. Parce qu'au final c'était un vrai projet et c'était important qu'on soit tous les deux à cent pour cent ok avec cette nouvelle vie qui allait s'offrir à nous. La vie à deux.

Lorsqu'on s'est mis d'accord pour de bon et qu'on a pris la décision de s'installer ensemble, nous avons commencé à chercher des appartements. Autant vous dire qu'avec chacun notre crédit étudiant sur le dos, nous ne pouvions pas prétendre à du grand luxe. Il faut dire que les loyers new-yorkais n'étaient pas donnés. Nous étions déjà chanceux d'avoir nos frais de scolarité payés par nos écoles respectives. En effet, Jayden a obtenu une bourse pour la meilleure prestation du concours d'entrée et j'ai obtenu la mienne grâce à mon projet artistique de sélection. La bande dessinée que j'avais donnée quelques mois plus tôt à Jayden. Elle m'a porté chance, une nouvelle fois.

Nos recherches n'ont pas été les plus simples, mais finalement, nous avions trouvé un petit appartement qui nous conviendrait parfaitement et qui était aussi abordable pour nous deux. Peu importe l'endroit où nous habitions, je savais qu'à nous deux nous en ferions un endroit que nous pourrions appeler *notre* maison. Et c'était le plus important.

De toute façon, ma maison était partout où Jayden se trouvait. C'était elle mon foyer.

*****

Après avoir bu un chocolat chaud avec mes parents qui mouraient d'envie de revoir Jayden depuis quelques semaines, nous sommes descendus tous les deux dans ma chambre afin qu'elle m'aide à finaliser mes affaires. Notre départ était prévu pour dans deux jours et c'était elle la pro de l'organisation qu'on soit clairs. J'étais nul pour décider de ce que je devais emmener ou non. Un petit coup de main de ma copine était donc nécessaire pour que je n'arrive pas à New-York avec la moitié de mes affaires.

Jayden était installée dans mon lit avec Loki, mon chien, alors qu'elle écrivait un tas de listes différentes pour vérifier que j'avais bien sélectionné les bonnes affaires. Qu'est-ce que je vous disais ? L'organisation et elle ça fait un. L'organisation et moi ça fait cinq cent. Heureusement qu'elle était là, je serai sûrement partie avec une valise à moitié vide à ce rythme.

— C'est quoi le prochain point sur la liste ? Je lui ai demandé alors que je terminais de plier les sweat que je devais emmener avec moi. La moitié de mon armoire étant déjà dans la valise de Jayden de toute façon.

— Le prochain point c'est : faire un bisou à ma super copine. Elle m'a sourit, amusée, avant d'hausser les épaules innocemment.

Un rictus s'est installé aux coins de mes lèvres avant que je ne m'approche d'elle et que je pose mes mains sur ses joues pour l'embrasser. Mes lèvres fondant parfaitement sur les siennes avec les fourmillements agréables que j'aimais tant lorsque nous partagions des baisers. À son tour, elle a posé sa main sur ma nuque pour répondre à mon baiser le temps d'un instant. Elle s'est détachée la première avant de déposer un dernier baiser chaste sur ma bouche et que j'embrasse le bout de son nez légèrement rougi par la chaleur californienne d'août. Je pourrais l'embrasser toute la journée je vous jure.

-Voilà qui est mieux. Elle m'a sourit grandement, me laissant voir sa fossette droite que j'affectionne de tout mon être.
— Tout le plaisir est pour moi Grincheux. J'ai simplement dit avant d'embrasser son crâne et de poursuivre mes affaires.

Jayden m'avait rejoint à Los Angeles avant notre vol de départ afin que nous puissions faire le voyage ensemble. C'était plus rassurant pour nous et j'avoue que j'étais soulagé de me dire que nous arriverons en même temps sur place. Puis, entre nous, on avait hâte de découvrir notre appartement. Et il fallait absolument qu'on soit ensemble pour le faire. Enfin, d'après la minuscule brunette qui était en train de dévorer ses Lucky Charms dans mon lit à l'heure actuelle. Elle avait été si adorable lorsqu'elle m'avait dit ça pendant un de nos

FaceTime que je n'avais pas pu me retenir de fondre sur place. Mais clairement avec elle, c'était très simple de me faire craquer. Je n'en avais pas honte pour être honnête. J'adorais l'aimer de cette façon et je crois que ça s'est encore plus développé au fil des mois. Je l'aimais d'un amour inconditionnel.

— Tu as eu des nouvelles d'Alex ? Elle m'a finalement demandé après avoir dévoré le bol de céréales.

— Il devrait venir nous aider quelques jours après qu'on soit arrivés ! Et Louis ?

Jayden s'est grattée la nuque nerveusement avant d'hocher doucement la tête.

— Oui, oui il viendra aussi. Elle a dit, quelque peu crispée. je sentais que quelque chose avait changé.

-Est-ce qu'il y a quelque chose que tu ne me dis pas ?

Elle a dégluti en détournant le regard avant de pincer l'arête de son nez et de soupirer longuement.

— Je pensais qu'Alex t'en aurait parlé. Mais… Lui et Louis ne se parlent plus depuis deux semaines.

J'écarquillais les yeux un instant avant de froncer légèrement mes sourcils en y réfléchissant. Alex ne m'en avait pas parlé et désormais je me sentais idiot de ne pas avoir remarqué que quelque chose avait changé. Mais si, Alex était plus éteint et renfermé qu'il y a quelques semaines et j'imagine que cette coupure de contact avec Louis n'y était pas pour rien. Disons qu'ils avaient partagé un lien particulier pendant de nombreuses semaines, personne n'arrivait à mettre de mots dessus et ils taisaient toutes les spéculations que nous pouvions faire à ce sujet. Nous avions deviné qu'ils étaient tous les deux très proches. Alors forcément, ne plus lui parler devait l'affecter plus que je ne pouvais l'imaginer. Je lui enverrai un sms pour en savoir plus. Je pense qu'il ne me lâchera pas un mot, comme d'habitude, mais je pouvais au moins essayer.

— Dis donc, on va avoir une sacrée ambiance alors ! J'ai essayé de plaisanter avant de secouer légèrement la tête.

— M'en parle pas. Jayden a soupiré avant de se lever finalement et de s'étirer.

J'ai terminé mes affaires en vitesse avant d'aller prendre une douche. J'avais prévu une petite soirée pour Jayden et moi étant donné que nous ne nous étions pas vus depuis un mois. Je ne dirai pas que Jayden était la plus grande fan de date pour être honnête, mais de temps en temps ça lui faisait plaisir. De mon côté, je trouvais ça craquant qu'elle puisse se satisfaire de tous nos moments passés ensemble et qu'elle puisse en faire des souvenirs mémorables. J'avais aussi appris il y a quelques semaines que Jayden tenait un journal où elle racontait ses journées depuis que nous étions ensemble. Elle m'a expliqué que c'était d'une part pour ne rien oublier, mais aussi pour se rappeler lorsqu'elle passait des journées plus difficiles que la lumière brillait toujours de nouveau. Je n'ai pas trouvé ça bizarre ou complètement dingue, en fait, j'ai trouvé ça touchant. Parce que lorsqu'elle traversait une période compliquée, ce n'était pas dans ses livres qu'elle se réfugiait, c'était dans notre propre histoire. Et comment ne pas être touché lorsque votre petite-amie vous disait un truc pareil ? J'ai cru que j'allais exploser de joie.

Une fois prêt, je sortais de la salle de bain et j'ai cru tomber dans les pommes instantanément en voyant Jayden. Elle portait une robe. C'était vraiment rare. Pourtant, elle était absolument splendide, et j'allais m'empresser de graver cette vue dans ma mémoire pour toujours. Je crois qu'elle arrivera toujours à me couper le souffle et je n'étais pas le moins du monde alerté. Mourir à cause de sa beauté me paraissait être la plus belle façon de décéder possible.

— Tu baves Zach. Elle s'est moquée de moi en s'approchant pour passer ses bras autour de ma taille.

— Tu t'es vue ? Ce n'est pas étonnant. J'ai répondu en lui faisant un clin d'œil.

— Je sais que tu adores me voir en robe.

— Le plus important c'est que toi tu te sentes bien et à l'aise dedans. Tu n'as pas besoin de mettre une robe pour me plaire, mon cœur. Je t'aime en robe et dans ton pyjama vert adorable. Peu importe ce que tu portes tu seras toujours la plus belle femme pour moi. Alors, est-ce que toi tu te plais dans cette robe ?

Elle a réfléchi un instant avant de me sourire timidement et d'hocher la tête.

— Oui. Je me sens jolie avec.

— Alors, c'est parfait. J'ai embrassé son front avant de me détacher et de prendre sa main pour sortir de la maison et rejoindre ma voiture.

À peine rentrée dans ma Range, Jayden branchait son téléphone aux enceintes pour pouvoir y mettre sa playlist. Je lui en avais fait une toute nouvelle récemment, c'était notre truc à nous ça aussi, confectionner la playlist de l'autre. J'imagine que c'était un langage d'amour pour nous. La musique a toujours été quelque chose qui nous reliait. Dans un sens je trouve que c'est assez poétique. Je voyais un peu notre relation comme une grande peinture, un truc artistique, Jayden et moi étant les créateurs d'une œuvre terriblement belle.

Je conduisais, une main sur sa cuisse comme à mon habitude, afin de rejoindre l'aquarium de Los-Angeles. Nous n'y étions jamais allés avant et je me suis dit que ce serait une sortie agréable. On ne faisait pas vraiment dans les trucs romantiques de base mais à vrai dire, ça me plaisait dix fois plus comme ça. Je ne pensais pas que tomber amoureux me procurerait un sentiment de plénitude comme celui-ci. Pourtant, chaque jour qui passait me rappelait à quel point j'étais heureux et complet.

— L'aquarium ? Jayden s'est tournée vers moi en me questionnant du regard.

— Je me suis foiré ? J'ai demandé en me grattant nerveusement la nuque.

— Non espèce de tocard, je ne suis jamais venue, ça me fait super plaisir. Elle s'est penchée pour m'embrasser la joue avant de sortir de la voiture.

Finalement, nous avions passé deux longues heures dans cet endroit. J'avoue que c'était apaisant d'être ici et j'ai passé un moment génial. J'imagine que Jayden aussi, étant donné qu'elle n'arrêtait pas de sourire depuis qu'elle a mit le pied à l'intérieur. J'ai pris tellement de photos que la mémoire de mon téléphone menaçait d'exploser. Ça m'avait cruellement manqué de passer des soirées comme celle-ci avec elle.

Mon sourire ne me quittait plus en me disant que bientôt, je passerai toutes mes soirées avec elle. Que je pourrais m'endormir à ses côtés et me réveiller en la serrant dans mes bras pour pas qu'elle n'ait froid. Bientôt, j'allais créer un quotidien avec la moitié de moi et il n'y avait rien qui puisse me rendre plus heureux que ça.

Dans deux jours, nous serons à New-York. Notre appartement n'attendait plus que nous. Et mon cœur battait à tout rompre de me dire que j'allais démarrer une nouvelle vie là-bas. Nouvelle école, nouvelle ville, nouvelle maison. Des tas de choses terrifiantes et à la fois excitantes.

Et le plus important dans tout ça, c'est que Jayden Walsh sera là pour créer cette toute nouvelle vie avec moi.

REMERCIEMENTS

Écrire UNKNOWN NUMBER a été une aventure particulière. Pour être honnête, je ne savais même pas si j'atteindrai la fin, ou si ce livre verrait le jour. Mais finalement, j'ai réussi. Et dans tout ça, j'ai eu la chance d'être épaulée par de nombreuses personnes merveilleuses qui ont rendu ce voyage un peu plus paisible.

Tout d'abord, je tiens à remercier mes bêta-lectrices sans qui ce manuscrit ne serait pas celui qu'il est à l'heure actuelle. Jehanne et Marine, mille mercis, ce roman ne serait pas le même sans vous. Merci pour vos conseils et votre œil attentif sur chaque détail du livre. Merci pour le soutien et l'amour pour mon univers. J'ai déjà hâte de travailler sur la suite avec vous. Vous êtes géniales. Je vous aime très fort.

Un grand merci également à Clara et Manel sans qui le manuscrit n'aurait pas pu avancer également et qui m'ont donné de précieux conseils. Merci infiniment les filles !

Merci à Solène d'avoir lu ce livre dès le début, d'avoir suivi chaque évolution et d'avoir écouté chaque idée et suggestion que j'avais. Merci de m'avoir écouté parler de mes personnages pendant des heures, d'avoir regardé mes vidéos et d'avoir choisi des photos avec moi. Merci d'avoir été le Alex de mon Zach et d'être toujours à mes côtés depuis tous ces mois. J'en serais pas là sans toi.

Merci à Charlène de toujours m'apporter autant rien qu'avec sa présence. Merci d'être la partie de moi qui me tient hors de l'eau et qui sait m'équilibrer quand j'ai l'impression de tomber. Merci de m'avoir écouté parler de cette romance et d'écouter mes idées qui sont parfois insensées. Merci d'être toujours là depuis des années.

Merci à toutes mes copines de bookstagram qui ont cru en ce projet et qui ont donné une chance à ce livre. Je serai à jamais reconnaissante de l'intérêt que vous portez à mes personnages et à mon univers. Fati, Sarah, Emma, Alex, Zayneb, Éloïse, Mélanie, Amely, Léna, Stass, Jeanne, Thaïs, Mathilde, Cléa, Sara, et Elona, mille merci. Je vous aime plus fort que l'Univers. Merci d'avoir été ces mains tendues lorsque je voulais tomber.

Merci à Eden pour tout l'amour et le soutien vis à vis de ce projet. Merci pour tes encouragements et tes messages adorables sur chacun des chapitres. Merci d'avoir donné une chance à cette histoire et de porter mes personnages dans ton cœur comme tu le fais.

Merci à chaque personne qui a donné une chance à ce livre sur Wattpad lorsque j'ai commencé à le publier sur cette plateforme. Sans votre engouement je n'aurais jamais sauté le pas pour le publier. Je suis vraiment reconnaissante pour tout le soutien et l'amour que j'ai reçu grâce à cette plateforme.

Merci à mes partenaires qui m'aident à donner de la visibilité à ce petit (gros) bébé qu'est UNKNOWN NUMBER. J'espère que ce voyage dans mon Univers vous aura plu. C'est grâce à vous que le livre vit enfin. Je n'ai pas de mots pour exprimer ma gratitude.

Et enfin, merci à chaque lecteur et lectrice qui aura ouvert ce livre ou qui l'aura commandé par curiosité. J'espère également que vous serez de la partie pour la suite. De belles choses se profilent pour cette série !

MILLE MERCIS,

Avec amour,

K.C Teddy

Retrouvez l'autrice sur Instagram :

@kiddowithabook